리버스

리버스

초판 1쇄 찍은 날 | 2014년 08월 21일
초판 1쇄 펴낸 날 | 2014년 08월 28일

지은이 | 르비쥬
펴낸이 | 서경석

편 집 장 | 권태완
편　　집 | 최고은
디 자 인 | 신현아

펴낸곳 | 도서출판 청어람
등록번호 | 제387-1999-000006호
등록일자 | 1999. 5. 31
어람번호 | 제5-0382호

주소 | 경기도 부천시 원미구 부일로 483번길 40 서경B/D 3F (우) 420-822
전화 | 032-656-4452 팩스 | 032-656-4453
http://www.chungeoram.com
E-mail | chungeorambook@daum.net

ⓒ 르비쥬, 2014

ISBN 979-11-316-9159-5　03810

리버스

르비쥬 장편 소설

Chungeoram romance novel

도서출판
청어람

Contents

프롤로그

"그래, 지금 가고 있다니까."

그녀를 태운 택시가 막 신호가 떨어진 사거리에서 속도를 높이고 있을 때. 택시에 몸을 싣자마자 보낸 '택시 탔어.' 라는 문자메시지에도 그녀를 믿지 못하겠다는 듯 기어이 확인 전화를 건 상대를 향해 지안은 한 톤 낮춘 목소리로 나름의 불만을 표시하고 있었다.

"안 늦어. 안 늦는다고."

그녀가 피곤에 지친 얼굴을 쓸어내리며 시트에 깊숙이 몸을 묻었다.

[설마 밤 꼴딱 새운 몰골 그대로인 건 아니겠지?]

전화기 너머로 들려오는 목소리에 힐긋 시선을 내려 자신의 매무새를 살핀 지안이 왜 아니겠어, 속으로 중얼대며 눈가를 꾹 눌렀다.

"세수는 했어."

[야!]

이어질 반응을 예상했다는 듯 일찌감치 전화기를 귀에서 떼고 있던 지안이 다시 전화기를 갖다 대며 무심하게 물었다.

"내가 지금 선 보러 가?"

[그래도!]

"그냥 집으로 간다?"

[아, 알았으니까 만나기 전에 제발 거울이라도 한 번 들여다보고. 응?]

듣는 둥 마는 둥 머리를 쓸어 올리며 의미 없는 시선을 창밖으로 던지던 지안이 갑자기 눈을 크게 뜨며 창문에 얼굴을 붙였다.

"······!"

튀어나올 듯 커다래진 눈이 망연히 무언가를 응시하더니 이내 불꽃을 일으킨다.

"저, 저기요, 아저씨, 여기서, 여기서 내려주세요!"

빨리요, 빨리. 숨이 넘어갈 듯한 다급한 재촉에 얼른 비상등을 켠 기사가 갓길에 차를 세웠다. 지갑을 여는 손이 덜덜 떨려 서너 장의 지폐가 한꺼번에 딸려 나왔지만, 그조차 인식할 겨를이 없었던 지안은 손에 잡힌 지폐를 앞좌석 시트에 던지듯 놔두고 황급히 차 문을 열었다. 미터기를 확인한 기사가 4만 원이나 되는 돈을 놓고 간 손님을 향해 미약한 반응을 던져 보지만 곧바로 닫힌 차 문 안으로 묻히고 만다.

[여보세요? 야! 서지안!]

끊어지지 않은 전화기를 지갑과 함께 커다란 가방 안에 욱여넣은 지안이 넋 빠진 표정으로 무작정 거리를 달리기 시작했다. 정신없는 얼굴로 휙휙 주변을 돌아봤다. 하지만 그녀가 찾는 얼굴은 보이지 않는다. 마음이 일그러질 것만 같은 기분에 질끈 입술을 깨문 그녀가 숨을 몰아쉬며 거리를 질주했다. 달려가 얼굴을 확인하고 주저앉는 한이 있더라도 일단은 남자부터 찾는 게 우선이었다. 후들거리는 다리에 힘을 주며 조금 더 속도를 보탰다.

"네 스무 살의 사랑이 나 때문에 슬퍼지는 거, 정말 싫다. 그러니까…… 잊어. 처음부터 존재하지 않았던 것처럼."

"제발 그런 소리 마요. 선배 돌아올 때까지 기다릴 거야. 그러니까 꼭 수술 성공해서 돌아온다고 약속해요."

가쁘게 퍼져 나가는 숨결 사이로 누군가를 향해 울며 매달리던 스무 살의 제가 어른거렸다. 어쩌면, 이란 막연함이 어느 날부턴가 당연히 죽은 사람으로 굳어져 버린, 그러나 8년이 지난 지금까지 그녀의 심장 안에 단단히 자리하고 있는 남자의 눈동자는 여전히 그녀를 애잔하게 바라보고 있었다.

단 한 번도 남자가 죽었을 거라 생각해 본 적은 없었다. 돌아온단 약속은 없었지만 기다리겠다던 다짐은 어제 일처럼 생생하기만 하다. 얼마나 근사한 남자였는데. 얼마나…… 보고 싶은 남자인데.

남자를 찾아야 한다는 일념 하나로 눈을 빛낸 지안이 죽어라 다리를 움직였다. 얼마 뛰지도 않았는데 벌써부터 숨이 턱까지 차오

르고 있었다. 높다랗게 솟은 빌딩들이 한꺼번에 저를 향해 빙글빙
글 쏟아지는 기분이었다. 마음과 달리 벌써 지쳐 버린 심장에 한
껏 원망을 쏟아붓던 순간, 저 멀리 누군가가 우뚝 멈춰 서는 게 느
껴졌다. 결코 가까운 거리가 아니었음에도 그녀는 작은 움직임에
촉각을 집중시킬 수밖에 없었다. 뿌예진 시야를 밝히고자 크게 눈
을 감았다 뜬 그녀의 눈동자에 한 남자의 모습이 서서히 맺히기
시작했다.

"선…… 배?"

입술 안에서 뭉개진 작은 소리였다. 떨어져 있는 거리를 가늠해
보건대 절대 남자의 귀에 닿지 않을. 하지만 남자는 거짓말처럼
천천히 몸을 돌리고 있었다. 어느 순간 한 방향으로 고정된 남자
의 짙은 눈동자가 지그시 지안을 응시했다.

눈이 마주치는 순간 아, 하며 손을 입가로 가져간 지안이 그대
로 바닥에 툭 주저앉아 버렸다. 석상처럼 서 있던 남자가 저벅저
벅 걸음을 옮겨 다가왔다. 거리가 좁혀지는 것을 넋 없이 지켜보
던 지안의 눈동자가 대책 없이 흔들렸다. 지안의 옆에 한쪽 무릎
을 꿇고 앉은 남자가 천천히 고개를 기울이며 물었다.

"괜찮으십니까?"

남자의 물음에 그만 눈물이 터지고 말았다. 물동이를 엎은 듯,
말 그대로 하염없는 눈물을 쏟아내기 시작했다.

"어딜 다치신 건가요? 119를 불러 드릴까요?"

예의로라도 괜찮다는 말을 해야 할 테지만 지안은 아무런 말도
못한 채 그렁그렁 젖은 눈으로 남자를 올려다보고만 있었다.

선밴 이렇게 물으면 안 되는 거였다.

오랜만이다, 지안아.

그러고 환히 웃어줘야 하는데.

그러나 눈앞의 남잔……

"이보세요."

마치 처음 보는 사람을 대하는 양 그녀를 바라보고 있었다.

1. 나를, 잃어버렸어요?

"나를, 잃어버렸어요? 잃어버린 거예요?"

잊어버렸느냐가 아닌, 잃어버렸느냐고 묻는 여자의 까만 눈이 금세 또 부예지고 만다. 그 모습에 작게 한숨을 흘린 태건이 직원을 향해 냅킨 좀 가져다 달라는 손짓을 했다.

얼마 지나지 않아 꽤 두툼한 양의 냅킨이 테이블 위로 놓였다. 아까부터 슬금슬금 이쪽을 살피던 직원의 눈에도 여자가 흘릴 눈물이 결코 적지 않을 거란 예상이 든 듯하다. 두어 장의 냅킨을 집어 든 태건이 그녀의 앞에 그것을 내밀었다. 마음이 쓰이긴 하지만 처음 본 여자의 눈물을 닦아주는 건, 아무리 생각해도 오버였다.

그가 묵묵히 냅킨을 내밀고 있자 물끄러미 그것을 바라보던 여자가 꿀꺽 숨을 삼키며 가늘게 떨고 있던 손을 움직였다. 투명한 유리잔에 담긴 카모마일 티는 어느새 뜨겁던 온기를 잃은 채 그녀의 눈물처럼 식어가고 있었다.

"나를 압니까?"

태건이 묻자 어떻게 그런 걸 묻냐냔 눈빛이 돌아왔다. 난감한 표정으로 눈썹을 모은 태건이 여자의 얼굴을 찬찬히 살피며 기억을 되짚었다.

화장을 전혀 하지 않은 여자의 얼굴은 지치고 피곤한 기색이었음에도 무척이나 아름다웠다. 이마에서 콧날, 그리고 입술로 이어지는 선은 단정하고 유려했으며 자꾸만 시선이 가는 목선은 당장 얼굴을 묻고 흠뻑 체향을 빨아들이고 싶을 정도로 아찔하게 그를 자극했다.

하지만 아무리 되짚어도 도무지 기억에 없는 얼굴이었다. 혹시 다른 사람과 착각을 한 걸까?

"수술 때문에 기억을 잃은 거예요?"

여자가 물었다. 수술이라니. 꿰매야 할 상처조차 만들어본 적 없는 제 몸을 떠올리며 태건은 싱거운 미소를 지었다. 역시, 사람을 잘못 본 거였군.

"다른 분과 착각을 한 모양입니다."

태건이 제 몫의 잔을 들어 올리는 순간 여자의 입술이 움직였다.

"그럴 리가 없어요."

느릿하게 눈꺼풀을 움직인 태건이 우아한 동작으로 커피를 마시곤 조용히 잔을 내려놓았다. 이만 자리를 벗어나야 할 것 같았다. 아름답지만 낯선 여자의 하소연을 들어주느라 들인 시간과 노

력은 이만하면 충분했다. 하지만,

"태건 선배."

떨리는 목소리를 듣는 순간 무심히 가라앉았던 태건의 눈동자가 빠르게 초점을 맞추며 그녀를 향해 돌아섰다.

"선배 맞잖아요. 진태건, 태건 선배."

처음 말을 배우는 아이처럼 태건의 이름을 반복해 부르는 여자의 젖은 목소리가 질척한 늪처럼 그의 다리를 잡아끌었다. 아, 하고 그가 신음을 뱉었다. 버티고 있는 손을 놓았다간 금세 늪 속으로 빨려 들어갈 것만 같았다. 대책 없이 흔들리던 그가 급히 숨을 들이쉬며 정신을 가다듬었다.

"나는 당신을 모릅니다."

마주한 상황이 난처하다는 듯 슬쩍 고개를 틀어 앞머리를 쓸어 올린 태건이 마른 입술을 적시며 입을 열었다.

"한국대학교 시각디자인과 06학번 서지안. 기억해 봐요."

"한국대학교에 다닌 건 맞습니다만, 저는 경영학을 전공했습니다. 게다가 졸업은……."

"알아요. 3학년 1학기를 마치고 바로 미국으로 떠났죠."

주저 없이 뱉는 여자의 얼굴을 보며 태건이 눈매를 가늘게 좁혔다. 같은 과도 아니었으면서 어떻게 제 사정을 이렇게 빤히 알고 있는 걸까. 바라보는 눈에 담긴 의심을 읽었는지, 여자가 다급히 설명을 덧붙였다.

"과는 달랐지만 동아리가 같았어요. 더 뮤즈. 선밴 베이스기타를 쳤고 난 키보드를. 물론 기수가 달라 정식으로 합주를 한 적은 없었지만……. 정말 기억 안 나요?"

방금 전의 의심이 무색할 정도로 여자는 정말 절박한 표정을 짓고 있었다. 차마 고개를 저어 보일 수 없었던 태건은 난감한 듯 입매를 꾹 늘이며 느릿하게 눈을 깜빡였다. 절망을 방울방울 담은 여자의 눈이 힘없이 아래로 떨어졌다. 순간 미안하단 말이 튀어나오려는 것을 간신히 삼킨 태건이 고개를 숙이며 표 나지 않게 미간을 구겼다. 지금 이 상황에서의 사과는 여자에게 또 다른 상처를 안겨줄 게 뻔했다. 어떻게 해야 하나. 그가 지그시 입술을 깨물었다.

　"일단 이렇게 하죠."

　안주머니로 손을 가져간 태건이 명함지갑에서 꺼낸 명함 하나를 여자에게 건넸다. 시선을 들어 올린 여자는 멍하니 태건의 얼굴을 바라보다 그것을 받아 들었다.

　"뭔가 생각나는 게 있으면 연락을 드리겠습니다. 그쪽…… 아, 서지안 씨라고 하셨죠? 서지안 씨도 명함 있으면 한 장 주시겠습니까?"

　인형처럼 앉아 있던 여자가 옆에 있던 커다란 가방을 열어 주섬주섬 안을 뒤적이기 시작했다. 얼마 지나지 않아 강렬한 초록색의 장지갑을 찾아낸 여자가 검은 활자가 그림처럼 박힌 새하얀 명함을 꺼내 들었다.

　―아름답게 기억되고자 하는, 캘리그래퍼 서지안

　하나하나 글자를 읽어 나가던 태건의 눈이 '아름답게 기억되고자 하는'에서 한동안 머무른 채 움직이지 않았다. 뭔가 여자의 바람을 무참히 깬 듯한. 쓰게 웃은 태건이 명함을 지갑 안에 잘 갈무리하며 몸을 일으켰다.

"그럼."

태건이 짧게 고개를 숙이자 뒤늦게 몸을 일으킨 여자가 서글픈 눈으로 그를 바라봤다. 더는 미련을 두어선 안 되겠단 생각에 그가 과감히 몸을 돌렸다.

계산을 마친 그가 문을 열고 저벅저벅 멀어져 갔다. 어느새 그의 모습은 유리문 너머로 사라진 지 오래였지만 미동도 않고 선 여자의 눈은 망연히 그 흔적을 좇고 있었다.

"하아……."

그녀의 입술이 버석한 음성을 토해냈다. 그와 동시에 마치 주술이 풀린 인형처럼 지안의 다리가 휘청 움직였다. 간신히 테이블을 짚고 선 지안이 흘러내린 머리카락을 귀 뒤로 넘기며 시선을 내렸다. 바닥으로 추락할 듯 아슬아슬하게 쥐어져 있던 명함이 천천히 그녀의 시야 안으로 들어왔다.

─이당건설 해외개발사업 팀장 진태건

태건의 이름을 다시 한 번 확인하며 지안은 명함을 쥐고 있던 손에 와락 힘을 주었다. 달라진 거라곤 고작 진태건이란 이름 앞에 붙은 직함 정도라 위안했지만, 그녀가 딛고 선 세상은 이미 통째로 뒤집히고 난 뒤였다. 어떻게 나를 잃어버릴 수 있을까. 조용히 중얼거리며 무너지듯 의자에 몸을 앉혔다.

"지안아."

금방이라도 그가 저 문을 열고 들어와 자신의 이름을 불러줄 것만 같았다. 손에 쥔 명함이 아니었다면 방금 전의 기억이 모두 꿈일지 모른다 생각될지 모르겠다. 그의 목소리는 여전히 부드럽고 따뜻했다. 대화를 할 때면 다정히 고개를 기울여 눈을 맞추던 습관도 변하지 않은 그대로였다. 하지만 그는 자신을 기억하지 못했다.

"나를 압니까?"

잠시 떠올리는 것만으로도 심장이 뒤틀리듯 고통스러웠다. 울고 있는 저를 달래줄 다정한 손길을 기대했지만 그는 그저 냅킨을 내밀 뿐이었다. 누군가 제 가슴에 날카로운 유리 조각을 박아 넣는 것만 같았다. 머릿속에선 내내 같은 장면만 수없이 반복되고 있었다.

Rrrrr. Rrrrr.

"저기, 손님. 아까부터 계속 전화 오는 것 같은데요."

정신을 차리고 보니 반쯤 몸을 숙인 직원이 지안의 옆에서 쭈뼛대고 있었다. 물속에 잠긴 듯 먹먹하던 귓가로 어느 순간에서부터인가 낯익은 벨소리가 들려오기 시작했다. 자신에게로 집중된 시선을 느끼며 지안이 주섬주섬 가방을 뒤졌다.

[대체 무슨 일이야! 혹시 사고 났어?]

통화 버튼을 밀자마자 쏟아진 음성에 지안이 머리를 쓸어 올리며 느릿하게 눈을 감았다 떴다.

"태건 선배 만났어."

맥없는 목소리로 그녀가 입을 열자 수연이 대뜸 물어왔다.

[누구?]

"태건 선배."

[태건 선…… 설마, 진태건?]

"응."

[말도 안 돼.]

예상된 반응과 함께 잠시 침묵이 흘렀다.

[지금 어디야. 같이 있어?]

"아니, 혼자."

[어딘지 말해. 지금 갈 테니까.]

"아…… 약속."

[등신아! 지금 약속이 문제야? 어딘지나 말해. 아, 얼른!]

직원의 안내를 받아 움직이던 태건이 '잠시만요.' 하고 손을 들어 보이며 주머니 안에서 진동하는 휴대전화를 꺼내 들었다. 조용히 걸음을 옮겨 예약된 룸 앞에 멈춰 선 직원이 입 모양으로 '이 방입니다.' 살짝 미소를 짓자 알았다는 듯 고개를 끄덕인 태건이 통화 버튼을 밀며 룸 앞에 섰다.

[5분만 더 기다려 준다.]

"인내심이라곤 약에 쓸래도 없는 놈."

문 앞에서 노크하려는 직원을 싱긋 웃는 낯으로 저지한 태건이 허리를 살짝 숙이며 드르륵 문을 열었다. 전화기를 귀에 댄 채 뚱하니 앉아 있던 찬성이 휘릭 고개를 돌리곤 이내 입술을 비틀었다.

"다 왔다며. 요 앞이라며."

불만이 가득 실린 찬성의 불평에도 표정 하나 바뀌지 않은 태건이 빨간 방석 위에 털썩 몸을 앉히며 직원을 향해 눈매를 접어 보였다.

"식사 바로 주세요. 얘가 원래 배고프면 성격이 포악해지거든요."

"야!"

슬쩍 웃음을 삼키며 문을 닫고 사라지는 직원을 보며 험악하게 얼굴을 일그러뜨린 찬성이 잡아먹을 듯한 기세로 소리치자 태건이 물수건을 집어 들며 조용히 말했다.

"고작 30분도 못 기다릴 우정이었냐?"

"그 얘기가 아니잖아. 처음부터 30분 늦는다면 누가 뭐래? 다 왔다던 놈이 '잠깐만.' 한마디만 던지곤 그 뒤로 전화도 안 받고. 준형이라도 같이 있으면 모를까, 혼자서 얼마나……."

"그래, 그래, 어쨌든 배고프단 소리 아냐. 잘못했다. 죽을죄를 졌어."

"이게 진짜."

눈을 부릅뜨며 태건을 바라보던 찬성이 물잔을 집어 들곤 슬쩍 목소리를 낮췄다.

"그런 의미에서 오늘 점심은 네가 사."

"돈 많은 사장님께서 일개 팀장한테 밥을 얻어먹나?"

"야. 설명이 잘못됐지. 나는 구멍가게 사장이고 너는 재벌 3세 팀장이잖아."

투정하듯 뱉은 찬성의 말에 태건의 입매가 금세 딱딱하게 굳었다. 금기시되던 단어를 입에 올린 찬성도 아차, 하는 표정으로 얼른 입을 다물며 눈치를 살폈다.

"또 그놈의."

태건의 눈썹이 슬쩍 구겨지는 것을 바라보던 찬성이 두 손을 들어 보이며 이내 항복의 의사를 드러냈다.

"알았다, 알았다."

분위기가 어색해지려던 찰나 다행히 똑똑, 하는 노크 소리가 들렸다. 반갑다는 듯 찬성이 냉큼 네, 하고 대꾸하자 닫혀 있던 문이 열리며 차례로 음식이 들어오기 시작했다. 기본 찬이 준비되는 잠깐을 기다리지 못하고 벌써 숟가락을 손에 쥐고 있던 찬성이 해삼 내장젓갈이 곁들여진 마즙이 제 앞에 놓이기 무섭게 그것을 후루룩 입안으로 떠 넣었다.

"음. 바다 향이 그냥 입안에 쫙."

눈을 감은 채 고개까지 흔들어 보이는 찬성의 너스레에 금세 픽하고 웃은 태건이 노란빛의 젓갈과 마즙이 잘 섞이도록 숟가락을 움직였다.

"그나저나 뭐 때문에 늦은 거냐? 이유나 좀 들어보자."

두툼하게 썰린 회 한 점을 집어 든 찬성이 태건의 얼굴을 바라보며 물었다. 막 키조개 관자를 입에 넣었던 태건은 우물우물 그것을 씹으며 잠시 생각에 잠겼다.

"서지안이라고, 알아?"

태건의 물음에 막 성게알과 전복, 돌멍게 등이 먹음직스럽게 담겨 있는 모둠 해산물 접시로 젓가락을 움직이던 찬성이 누구? 하고 되물었다.

"서지안."

"서지안? 그게 누군데?"

도통 모르겠다는 듯 찬성이 눈을 끔뻑이며 묻자 태건의 눈에 얼핏 실망의 빛이 어렸다.

"그러게. 그게 누굴까."

"뭐야. 장난해?"

찬성이 와락 눈썹을 모았다. 그와 반대로 태건의 표정은 바람 한 점 불지 않는 한낮의 바다처럼 고요하기만 하다. 짙게 가라앉은 눈이 허공 어딘가를 응시하며 아련하게 빛났다.

여자들이 보면 뻑 가겠군, 이라 생각하며 찬성이 낮게 한숨을 뱉었다.

"서지안이란 여자가 쫓아오기라도 한 거야? 한눈에 반했다고?"

"쫓아온 건 맞는데, 날 보고 울더라."

농담처럼 던진 말에 태건이 진지한 반응을 보이자 찬성이 눈을 동그랗게 뜨며 큰 소리로 되물었다.

"울어?"

"응."

"왜?"

"글쎄."

그가 몸을 돌린 순간부터 이미 눈물범벅이 되어 있던 그녀의 얼굴을 떠올리며 태건이 어깨를 으쓱해 보였다.

"학교 후배라던데, 전혀 기억에는 없고."

"신경 쓰이냐?"

태건의 얼굴을 물끄러미 바라보던 찬성이 묻자 응? 하고 돌아보는 그의 눈길이 느껴졌다.

"아니, 신경 쓰는 것 같아서."

이내 젓가락질에 집중하며 무심한 듯 뱉은 찬성의 말에 태건은 곰곰이 생각을 되짚었다. 신경이 쓰이는 건가? 파편처럼 떠오른 여자의 눈동자엔 그리움과 원망이 그렁그렁 맺혀 있었다.

"기억을 못하는 게 굉장히……."

미안하다고 해야 하나. 다음에 이어질 마땅한 말을 고르고 있는데 찬성이 불쑥 말을 뱉었다.

"일일이 다 어떻게 기억해. 너 좋다고 따라다니던 애들이 어디 한둘이었어야지."

"그래도 뭔가……."

말끝을 흐리며 태건이 눈썹을 모으자 답을 알았다는 듯 고개를 끄덕인 찬성이 그를 보며 입을 열었다.

"예쁘구먼. 것도 엄청."

장난처럼 던진 찬성의 지적에 듣고 있던 태건이 피식 웃었다.

어, 하는 얼굴로 몸을 바짝 세운 찬성이 조금 더 진지해진 표정으로 태건의 얼굴을 살폈다.

"진짜 예뻐?"

찬성이 재차 물으며 눈을 반짝 빛내자 무심히 생각에 잠겨 있던 태건이 느릿하게 눈꺼풀을 들어 올렸다.

"꽤."

한 음절의 답이었지만 그의 표정은 꽤나 다양한 생각을 품고 있는 듯했다.

"연락처라도 물어보지 그랬냐."

떠보듯 묻는 찬성의 중얼거림에 대답 대신 태건이 자신의 안주머니를 툭툭 쳐 보였다. 의외라는 표정이 찬성의 얼굴에 드리워졌다. 단지 예쁘다는 이유로 연락처를 물어볼 태건이 아니었음을 누구보다 잘 알고 있던 찬성은 믿기지 않는 상황에 재차 확인을 했다.

"진짜?"

"응."

"정말, 네가?"

"음."

담담히 대답하는 태건의 얼굴을 여전히 놀랍다는 듯 바라보던 찬성이 조심스러운 말투로 입을 열었다.

"그 여자, 만나볼 거냐?"

지안의 얼굴을 떠올리던 태건의 입매가 느슨해졌다. 말은 하지 않았지만 그의 표정이 답을 대신하고 있었다. 치열했던 과거로부터 드디어, 라 생각하며 찬성이 조용히 지안의 이름을 중얼거렸다. 서지안. 묘하게 낯설지 않은 이름이었다.

※　※　※

"물 마실래?"

신발을 벗자마자 주방 쪽으로 걸음을 옮긴 수연이 거실 소파에 몸을 앉히는 지안을 돌아보며 물었다. 전화를 끊자마자 차를 몰고 달려간 수연은 그곳에서 넋을 반쯤 빼고 앉아 있던 지안을 발견하고 그대로 굳어 있을 수밖에 없었다. 허공을 응시하고 있던 모습이 어찌나 위태로워 보이던지 지안아, 부르기만 해도 바스스 가루처럼 부서질 것만 같았다. 어찌해야 하나 멍청히 서 있던 그녀를, 다행히 먼저 발견한 지안이 아는 체를 해줬다. 아프기 짝이 없는 미소를 애써 지어 보이느라 바르르 경련을 일으키면서 말이다.

"지안아, 물 줄까?"

커다란 유리잔이 찰랑거릴 정도로 가득 물을 따르며 수연이 재차 물었다. 지안이 마시지 않겠다고 해도 반드시 마시게 할 기세였다. 쏟아지지 않게 조심히 물 잔을 받쳐 들고 온 수연은 지안의 앞에 잔을 내려놓으며 조용히 몸을 앉혔다. 그와 동시에 우두커니 앉아 있던 지안이 갑자기 가방을 뒤져 태건의 명함을 꺼내 들었다. 지안이 수연을 향해 불쑥 명함을 내밀었다.

"태건 선배가 줬어. 꿈 아니야."

꿈을 꾼 것이 아니라는 확신을 받아야겠다는 듯 지안의 눈빛이 단호하게 빛났다. 지안에게로 고정되었던 시선을 내린 수연이 그녀의 손에 들린 명함을 바라보았다.

—이당건설 해외개발사업팀장 진태건

이름을 확인한 수연의 눈이 흠칫 커졌다. 죽었다던 사람이 어떻게. 혹시 동명이인인 걸까. 아니면 진태건이 여태 장난을…… 설마 인간인 이상 그럴 리는 없겠지.

대체 어떻게 된 일이냐, 지안의 어깨를 잡아 흔들며 묻고 싶었지만 일단 저라도 이성을 추스르고 있어야만 했다. 따져 묻는 거야 언제든 할 수 있는 것이다.

가만히 그녀의 손에 들려 있던 명함을 받아 쥔 수연은 태건의 이름을 확인하며 고개를 끄덕였다. 안 그래도 힘들 아일 공연히 자극할 필요는 없었다.

"그래, 꿈 아니야."

담담히 들려온 수연의 동의에 그제야 지안의 얼굴이 환하게 밝아졌다.

"아, 다행이다. 난 또 네가 믿지 않으면 어쩌나……."

맥없이 웃어 보인 지안이 물끄러미 제 얼굴을 바라보고 있는 수연의 시선에 횡설수설 입을 열기 시작했다.

"그게, 태건 선배가 지금은 잘……. 음, 나를 기억하지 못한대. 아마 수술 후유증 때문인가 봐. 처음엔 좀 놀랐는데, 괜찮아. 그럴 수도 있는 건데 내가 거기까지 미처 생각을 못했어. 뭔가 기억나면 전화한다고 명함 받아갔거든? 나도 이렇게 태건 선배 명함 갖고 있으니까 이제……."

그녀가 작게 숨을 고르며 수연을 바라봤다. 지안의 까만 눈동자가 사정없이 흔들리고 있었다.

"나, 너무 떨려."

어미를 잃고 어쩔 줄 모르는 아기 새처럼 지안은 하얗게 질린 얼굴로 파들거리고 있었다. 팔을 뻗은 수연이 그녀의 어깨를 지그시 감싸 안았다. 가냘픈 떨림이 고스란히 수연의 팔로 전해졌다. 울컥 올라오는 감정을 억누르며 수연이 그녀의 등을 가만히 토닥였다.

"여전히…… 그래?"

고작 두 달이었는데. 고작 두 달뿐이었는데, 여전히 그렇게 그 남자가 좋니?

차마 묻지 못한 말을 입안으로 삼키며 수연이 짙은 한숨을 뱉어냈다.

그래. 고작 두 달이었지만, 네 이십대의 전부였던 사람이었으니까.

"지안아."

쓰게 올라오는 감정을 누르며 수연이 그녀의 이름을 불렀다.

"응."

"네가 상처받는 거…… 싫어."

묵묵히 침묵을 지키고 있던 지안이 조용히 입술을 움직였다.

"나도. 더는 아프기 싫어."

"그런데도 또 그 남자여야 해?"

수연의 물음에 지안이 그녀의 품에서 천천히 몸을 떼어내며 시선을 맞췄다.

"나는, 그래야 할 것 같아."

미안한 표정으로 웃어 보이는 지안의 얼굴이 애처로웠다. 어이구, 미친년. 지칭할 대상을 알 수 없는 욕이 흘러나왔다. 그래야 할 것 같단 지안을 향한 것인지, 그런 그녀를 말릴 수 없는 저를 향한 욕인지. 한껏 입술을 비튼 수연이 말아 쥔 주먹으로 그녀의 어깨를 툭 때렸다. 그러곤 쌩하니 등을 돌리고 앉아버렸다.

"미안."

수연의 등을 보며 지안이 작게 사과했다. 묵묵부답인 수연의 어깨가 그녀의 호흡을 따라 함께 오르내렸다.

"수연아."

"몰라. 진태건이고 뭐고 나는 모르겠으니까 너 알아서 해."

마음에 없는 소릴 툭 던진 수연이 1초도 안 돼 불쑥 몸을 돌렸다.

"어휴, 진짜!"

뾰족이 눈썹을 세운 수연이 지안을 노려보며 씩씩거렸다. 눈 안에 가득 고인 감정이 복잡하게 엉켜 있다 주르륵 흘러내렸다.

"이 화상. 이 물러터진 계집애를 진짜."

일그러뜨린 눈에서 눈물을 뚝 떨어뜨리는 수연 옆으로 몸을 붙인 지안이 그녀를 바짝 끌어안으며 중얼거렸다.

"나 때문에 울지 마."

"나 아니면 울어줄 사람도 없는 게."

붙잡고 울어줄 어머니도, 등짝을 때리며 말릴 아버지도 계시지 않는 지안의 등을 보듬으며 수연이 훌쩍였다. 가끔은 정말 하늘이 원망스럽다. 사람이 착하게 살면 복(福)까지는 아니더라도 적어도 화(禍)는 피해줘야 되는 게 아닌가.

예쁘고 착한 데다 공부까지 잘한 지안은, 솔직히 중학교를 같이 다닌 것도 모자라 같은 고등학교에 입학할 때까지만 해도 부러움 반, 시샘 반으로 어울려 다니던 친구였다.

꽤 탄탄한 규모의 식품회사를 운영하시던 지안의 아버지는 유치원 현장 학습을 다녀오던 중 발생한 버스 전복사고로 아들을 잃고 세상에 하나 남은 외동딸을 공주님 모시듯 애지중지 여겼다.

원하기만 하면 무엇이든 가질 수 있는 물질적 풍요와 현모양처란 표현이 딱 들어맞는 어머니까지. 지안과 함께 있으면 뭔지 모르게 비교당하고, 비교하게 되는 묘한 열등감에 그녀는 드러내지 못한 시샘과 질투를 우정이란 포장 아래 숨긴 채 학창 시절을 보내야만 했다.

그림에 소질이 있었던 지안이 취미가 아닌 전공으로 공부해 볼까, 고민 상담을 신청하던 날도 기껍게 그녀의 선택을 받아들이지 못했다. 역시 부자 부모님을 둬서 그런지 돈 많이 들어가는 예체능도 거리낌 없이 결정하고 그러는구나, 슬쩍 아니꼬운 생각도 하게 되었다.

하지만 열여덟 살의 여름. 마냥 행복할 것만 같던 그녀에게 닥친 불행은 순식간에 모든 것을 앗아가 버리고 말았다. 회사에서 재무이사로 재직 중이던 그녀의 고모부가 업체에 지불해야 할 대금을 모조리 들고 자취를 감춰 버린 것이다. 그간 찔끔찔끔 빼돌린 공금으로 수차례 도박판을 기웃거린 전적이 있었으나 그때마다 눈치 빠른 고모가 나서 지안의 아버지가 알기 전에 미리 수습을 했다고 했다. 가족이라고, 그래서 믿었던 것이 죄라면 죄였다. 작정하고 횡령한 액수는 고모가 급히 수습하기에 너무나 큰 금액이었다. 고모가 이리 뛰고 저리 뛰고 하는 사이 강원랜드에서 그를 봤다는 목격담이 들려왔고, 분노로 잔뜩 흥분한 지안의 아버지 대신 운전대를 잡은 그녀의 어머니 앞에 미처 속도를 줄이지 못한 트럭이 중앙선을 넘어 달려든 것이다.

생명 연장 장치를 주렁주렁 매단 채 중환자실에 나란히 누워 있는 부모님을 보며 하얗게 질려 있던 지안은 울음조차 쏟지 못한 채 인형처럼 넋을 놓고 있었다. 괜찮아지실 거야, 라는 위로의 말을 건네야 했지만 어린 제가 보기에도 남아 있는 생명의 빛은 미약하기만 했다. 시트 아래로 드러난, 핏기 없이 누렇게 변한 발가락은 바라보는 것만으로도 죽음의 공포를 느끼게 했다. 할 수 있는 것은 아무것도 없었다. 지안의 손을 잡고 어떡해, 만 줄곧 중얼거렸다. 그래도 괜찮아지실 거라고, 확신을 더해줄 만한 어떤 말을 떠올리기도 전, 그녀의 부모님은 두어 시간의 시차를 두고 같은 날 함께 세상을 떠나셨다.

한꺼번에 부모를 잃은 충격을 채 추스르기도 전에, 그래도 혈육이라 믿었던 고모 내외의 배신이 이어졌다. 고모부의 횡령사건은 지안 부모님의 급작스러운 죽음과 혼란스러운 틈을 타 이루어진 고모의 발 빠른 대처로 금세 유야무야 묻혀 버리고 말았다.

그날 이후, 유일한 혈육이었던 고모는 지안이 미성년자란 이유로 후견인을 자처하고 나서며 회사는 물론 그녀 부모 소유의 재산을 교묘히 빼돌리기 시작했다. 보는 눈들 때문인지 그래도 지안의 학원비며 먹고 입는 것에 인색하게 굴진 않았다. 아무리 물정 어두운 지안이라도 그것이 진심에서 우러난 것이 아님을 알고 있었을 것이다. 하지만 열여덟의 지안은 그저 묵묵히 견디는 것 외엔 아무것도 할 수 있는 게 없었다.

이러다 네 고모한테 재산 다 빼앗기겠다, 수연이 대신 열폭을 했을 때에도 지안은 그래도 고아가 된 저를 내치지 않는 고모가 고맙단 소릴 했었다. 미친 거 아니냐고, 바보 아니냐는 수연의 다

그침에 지안은 고모마저 없으면 정말 혼자인 것 같아서, 라며 공허하게 웃었다. 눈물을 흘리지 않고도 울 수가 있구나, 수연은 그때 지안의 눈을 보며 처음 그 사실을 깨닫게 되었다.

그나마 보는 눈들 때문에라도 이어지던 지원이 끊긴 것은 지안이 대학에 들어가던 해, 스무 살의 봄이었다. 1년 치 등록금이 든 통장과 아홉 평짜리 원룸 열쇠 하나를 덜렁 쥐어준 고모는 그동안 네게 들어간 돈이 얼만 줄 아느냐며 그나마 이것도 네 고모부 몰래 만드느라 힘들었단 생색을 냈다. 지안이 화를 낼 줄 몰라 그것을 감사합니다, 받아 들고 나온 것은 아니었을 것이다. 그만큼 두려웠단 뜻일 것이다. 그나마도 이어진 끈이 끊길까 봐, 지안은 지독히 그것을 경계하고 두려워했다.

혼자라는 것. 그것은 혹한의 겨울바람 속에서 달랑 티셔츠 한 장을 걸치고 선 것과는 또 다른 추위를 안겨줄 것이다. 아무리 제가 친구입네 곁을 지킨다 할지라도 혈육이란 이름으로 이어진 울타리를 대신할 순 없을 것이다.

다행히 학교생활에 잘 적응한 지안은 동아리 활동도 하며 적극적인 삶을 이어 나갔다. 특유의 밝은 모습을 되찾은 지안의 얼굴을 보며 수연은 진심으로 안도할 수 있었다. 어린 시절 자신이 품었던 시샘이 혹 그녀에게 그런 큰 불행을 가져다준 것은 아닐까, 남모를 죄책감에 시달리던 수연은 그간 가졌던 마음의 짐을 조금이나마 덜어내며 함께 웃음 지을 수 있었다.

그해 여름이 시작될 무렵, 발갛게 상기된 얼굴로 수연을 찾아온 지안은 제 삶을 통째로 내주어도 아깝지 않을 남자를 만났다며 흥분해 있었다. 정말 오랜만에 보았던, 세상을 다 가진 듯 들뜬 얼굴

이었다. 마음을 다해 그녀의 행복을 빌어주었다. 터럭만큼의 시샘
도 담기지 않은 순수한 바람이었다. 그런데 고작 두 달이었다. 그
녀가 누린 행복은 고작…….

"이제 울 일 안 만들게."

8년 전, 제 삶을 가득 채우던 남자를 통째로 잃어버린 지안이
어떻게 무너졌던지, 지안의 초점 잃은 눈동자를 떠올리던 수연의
귓가에 나직한 목소리가 들려왔다. 퍼뜩 상념에서 깨어난 수연이
작게 한숨을 내쉬며 지안을 바라봤다. 지금은 꽤 알아주는 캘리
그래퍼로 자리를 잡은 지안이 까만 눈을 빛내며 자신과 시선을
마주하고 있었다. 이래도 저래도 속은 문드러질 것이다. 제발 8
년이란 시간이 그녀를 좀 더 단단하게 만들어주었기만을 바랄 뿐
이다.

"나, 살인자 만들고 싶지 않으면."

다신 울지 마. 뒷말을 삼킨 채 퉁명스럽게 말을 뱉자 긴장하고
있던 지안의 얼굴에 온기가 감도는 게 느껴졌다. 그녀를 안으려는
듯 지안이 와락 손을 뻗자 '저리 가.' 툴툴거리면서도 다가오는 그
녀를 거부하지 않았다. 수연의 어깨를 꼭 끌어안은 지안이 얼굴을
묻은 채 나직이 중얼거렸다.

"고마워."

❊   ❊   ❊

어스름 동이 터오던 하늘은 어느새 온전한 푸른빛을 띤 채 아침
이 주는 활기에 젖어 있었다. 식탁 의자에 앉아 밤이 아침으로 바

뀌는 광경을 고스란히 지켜본 지안은 내려온 앞머리를 힘없는 손 길로 쓸어 넘기며 앞에 놓인 커피잔에 시선을 돌렸다. 넘칠 정도로 따랐던 커피는 그녀가 식탁 앞에서 흘려보낸 시간을 증명하듯 잔의 밑바닥을 하얗게 드러낸 채 말라붙어 있었다. 느릿하게 눈꺼풀을 깜빡여 봤다. 잠을 자지 못한 눈은 건조하다 못해 모래가 가득한 듯 뻑뻑하기만 했다.

"이제 올 일 안 만들게."

자신 있게 말은 뱉었지만, 막상 그녀가 한 일이라곤 밤새 제 앞에 놓인 명함과 휴대전화 사이에서 끙끙대는 것밖에 없었다.

"뭔가 생각나는 게 있으면 연락을 드리겠습니다."

희미하게라도 뭔가를 기억해 낼 거라 믿었다. 저와의 만남이 어떤 기폭제가 되어 그간 묻혀 있던 기억이 봇물 터지듯 그렇게 떠오를 거라고. 당연히 그럴 것이라 믿었기에 한순간도 전화기를 손에서 놓은 적이 없었다. 그와 현실을 연결하는 유일한 동아줄이었기에 지안은 물을 마실 때도, 커피를 내릴 때도, 심지어 화장실을 갈 때에도 전화기를 쥐고 있었다.

그러나 밥은 먹었느냥 수연의 걱정 섞인 전화와 영화 포스터의 타이틀을 의뢰하는 전화만이 걸려왔을 뿐, 그녀가 기다리던 목소리는 들려오지 않았다. 온전히 채우지 못한 하루는 그녀를 8년 전 그날로 되돌려 놓은 듯했다. 뭔가를 해야 했지만 막상 그녀가 할 수 있는 건 아무것도 없었다.

2개월의 짧은 만남 끝에 찾아온 이별. 그리고 8년 만의 재회. 이름은커녕 얼굴조차 기억해 주지 못하는 옛 연인 앞에 안절부절 못하는 제 상황을 까맣게 죽어 있는 휴대전화의 액정과 그 옆에 놓인 명함이 고스란히 설명하고 있는 듯해 그것을 바라보던 지안의 입가에 픽, 맥없는 웃음이 지어졌다.

손을 뻗어 휴대전화의 버튼을 누르니 오전 7시 46분이란 시간이 배경화면으로 설정해 둔, 노을 진 하늘을 가르고 날아가는 비행기 사진과 함께 반짝였다.

"7시 46분."

그녀가 작게 읊조렸다. 다시 버튼을 눌러 눈으로 다시 확인한 시각은 여전히 '이름은커녕 얼굴조차 기억해 주지 못하는 옛 연인'에게 전화를 걸기엔 너무나 이른 시각임이 분명했다. 차라리 어젯밤에 할 걸 그랬나. 뒤늦은 후회를 해보지만 어젯밤이라고 해서 덥석 전화를 할 만한 배짱이 깜짝 할당되었을 리 만무했다. 왜 전화했냐고 묻는다면, 아니, 그보다 먼저 누구냐 묻는 그의 담담한 목소리가 들려온다면, 과연 자신은 그것을 감당할 수 있을까.

막막했다. 어쩌면 태건이 사라진 그날보다 그가 건넨 명함을 마주하고 있는 지금이 훨씬 더……. 입술을 물어뜯던 지안이 생각을 털어내듯 얼른 고개를 저었다. 지금 무슨 생각을 하는 거야. 생사도 모른 채 하루하루 피를 말리던 그때를 생각하면 지금의 고민은 복에 겨운 투정일 뿐이다.

그녀가 했던 '사랑'은 '思浪'이라 표현될 만큼 오직 진태건 한

사람만을 위한 생각으로 가득했었다. 사랑했다. 이 말 외엔 달리
떠오르는 표현이 없다.

"네가 진태건한테 하는 거 보면, 진태건네 엄마도 너처럼은 못
할 거다."
"자꾸 진태건, 진태건 할래?"
"너한테나 선배지 아무 상관도 없는 나한테까지 선배냐?"

어떠한 이유에서인지 태건은 세상에 둘도 없는 친한 친구란 설
명에도 수연에게 자신을 소개시키는 것을 꺼려했다. 남자친구가
생겼으니 당연히 제게 소개를 시켜줄 거라 믿었던 수연 입장에선
차일피일 미루기만 하는 지안이 서운하기도 했을 것이다. 직접 서
운함을 드러내는 대신 수연은 '진태건'이란 호칭으로 그녀가 가
진 불만을 에둘러 표현하곤 했다.
애초에 다니는 학교부터 달랐으니 수연과 태건 사이엔 선후배
로 규정지어질 어떤 접점도 없었다. 그럼에도 지안은 함부로 이름
을 부르는 것 대신 선배란 호칭을 붙여 부를 것을 종용했다. 한 번
얼굴도 본 적 없는, 그것도 별로 마음에 들지 않는 친구의 남자친
구를 꼬박꼬박 선배라 부를 만큼 너그럽지 못한 수연과는, 그래서
태건의 호칭 문제로 자주 실랑이를 벌이곤 했다.

"그래도."
"그래도는 무슨. 왜, 오빠라고 불러줄까?"
"그건……."

"그건 싫지? 그럼 나한테 강요하지 마."

수연의 심정을 이해하면서도 한편으론 서운하고 속상했다. 그것이 원래 태건에게로 향해야 했을 화살이란 걸 알면서도 정작 그 앞에선 왜 '나중에'란 핑계로 모든 것을 미루려고만 하는지 따져 묻지 못했다. 사랑 앞에선, 그래, 더 많이 사랑하는 사람이 약자라니까. 그것이 그녀 스스로에게 할 수 있는 최선의 위안이었다.

"하아."

저도 모르게 흘러나온 한숨이 창문으로 새어든 맑은 햇살 사이로 조용히 흩어졌다. 미간을 모으며 정신을 집중시켰지만 하나둘 펼쳐 놓은 생각들은 도무지 정리될 기미가 보이지 않았다.

"식빵이라도 구워 먹어야 하나."

머릿속이 깜깜하기만 한 이유가 탄수화물 부족 때문이라 결론지은 지안은 홀로 중얼거리며 식탁 위에 놓인 토스터를 바라봤다. 하지만 비어 있는 쟁반을 보며 곧 토스터에 넣을 식빵을 사다 놓지 않았단 사실을 떠올렸다. 사실을 인지하는 순간 밤새 느끼지 못하던 허기가 일시에 몰려오는 것을 느꼈다. 배가 고프기 때문에 이렇게 막막한 거였구나. 그녀가 느리게 눈을 깜빡이며 주위를 둘러봤다.

냉장고에 뭐가 있더라. 기억을 더듬어보니 마트를 다녀온 게 언제였던지조차 까마득했다. 다른 건 몰라도 제발 밥은 먹고 다니라던 수연의 잔소리가 귓전에서 쨍, 하고 부서지는 듯했다.

유통기한이 3일쯤 지난 우유가 있음을 떠올린 지안이 앉아 있던 의자에서 몸을 일으키다 윽, 소리와 함께 다시 주저앉아 버렸다. 밤새 굳어 있던 다리 근육이 극한 통증과 함께 비명을 질러왔다. 당장 종아리와 허벅지를 주물러 근육을 풀어야만 했지만, 그보다 먼저 눈에 물기가 차오르기 시작했다. 손을 올려 눈물을 닦아야 할지, 아니면 다리를 주물러야 할지 우왕좌왕하던 지안이 결국 울음을 터뜨렸다.

"흑, 이럴 땐 뭘 어떻게……."

울지 않겠다던 다짐이 고작 다리 통증 따위에 무너진 것이 속상했다. 다리는 왜 아파서, 나는 왜 밤새 이러고 있어서, 태건 선배는 왜 전활 안 해서!

쟁여놨던 감정이 한꺼번에 폭발하며 날카로운 파편을 뱉어냈다. 원인이 명료하지 않은 분노가 그녀의 가슴을 마구 헤집으며 상처를 만들었다.

"흐윽!"

끅끅 울음을 참던 지안이 공허한 허공을 향해 크게 울음을 토해냈다. 울어도 달래줄 사람 없는, 어차피 혼자인 마당에 꾹꾹 눌러 참을 필요도 없었다.

"흐읍, 읍."

넓지 않은 공간이 오늘따라 유난히 광활하게 느껴졌다. 너른 벌판 위에 홀로 버려진 기분이었다. 갑자기 엄마 아빠가 보고 싶었다. 그녀의 가녀린 어깨가 가쁘게 들썩였다.

"으읍, 흑."

갑자기 서린 한기에 한껏 몸을 움츠린 지안이 고개를 숙이며 자신의 팔을 감싸 안았다. 하염없이 흘러내린 눈물은 그녀의 얼굴을 금세 엉망으로 만들었다. 눈물을 닦아야 했지만 손을 올리는 간단

한 동작조차 잊어버린 듯 그녀는 내내 울기만 했다. 동그랗게 말린 그녀의 몸이 점점 더 작아졌다. 의자 위로 올린 다리에 얼굴을 묻은 그녀가 무릎을 끌어안으며 소리 내어 흐느꼈다. 공간을 비추는 찬란한 햇살과 달리 그녀만이 홀로 어둠 속으로 빨려 들어가는 것만 같았다.

얼마나 시간이 흘렀을까. 뺨 위로 말라붙은 눈물이 바닥을 드러낸 소금 호수처럼 버석하게 갈라졌다. 온몸의 기력이 죄다 소진된 기분이었다. 손가락 하나 까딱할 기운은 없었지만 더는 딱딱한 식탁 의자에 몸을 맡기고 있을 수만은 없었다.

무턱대고 몸을 일으키려던 지안은 아까의 통증을 떠올리며 조심스레 다리를 주물렀다. 접었다 폈다 몇 번을 움직여 상태를 체크한 지안이 천천히 몸을 일으켰다. 통증은 없었지만 곧바로 힘이 들어가지 않은 다리가 잠시 휘청거렸다. 식탁에 손을 짚고 숨을 고른 지안이 다리를 움직여 비척비척 침대로 걸어가 몸을 던졌다. 뽀송뽀송한 이불에 얼굴을 묻으니 뭉근한 섬유유연제 향이 코끝에 밀려왔다. 몸을 눕히는 순간 그대로 잠이 들 줄 알았는데 오히려 정신은 점점 말짱해졌다.

"예나 지금이나……."

이불에 얼굴을 묻은 채 작게 웅얼거리던 지안이 도르르 몸을 굴려 천장을 바라봤다.

"기다리게 하는 건 여전하네."

말라붙은 입술을 애써 당겨 올린 지안이 '태건 선배.' 하고 힘없이 읊조렸다. 그러고는 다시 눈을 감으려는 순간 꿈결처럼 들려오는 소음에 그녀가 천천히 고개를 틀었다.

Rrrrr. Rrrrr.

소음의 근원지가 식탁 위라는, 그것이 저의 휴대전화 벨소리라는 사실을 그제야 인지한 지안이 벌떡 몸을 일으키며 눈을 크게 떴다. 어서 나를 보란 듯 연신 빛을 반짝이고 있는 휴대전화는 요란한 벨을 울리며 제 존재를 드러내고 있었다.

어쩌면, 이란 생각이 순간 그녀의 머리를 스치고 지나갔다. 실망하지 말자, 생각하면서도 대책 없이 요동치는 심장을 잠재울 방법이 없었다. 꿀꺽 마른침을 삼킨 지안이 빠른 걸음으로 식탁을 향해 다가갔다.

—태건 선배

명함을 받자마자 저장해 두었던 번호가 액정 가득 떠오르고 있었다. 아득해지는 정신을 다잡으며 지안이 얼른 전화기를 향해 손을 뻗었다. 정신없이 떨리는 손이 행여나 전화기를 놓칠까 두 손으로 꼭 휴대전화를 붙잡은 지안이 통화 버튼을 밀며 귓가로 가져갔다.

"……."

태건 선배, 하고 반갑게 입을 열어야 했지만 소리가 되어 나오는 것은 아무것도 없었다. 목소리를 잃은 인어공주처럼 그녀가 마른 입술만 달싹이고 있자 전화기 너머로 눈물 나게 그립던 음성이 들려왔다.

[서지안?]

심장이 둥, 울리는 듯했다. 드디어 생각이 난 걸까. 왈칵 울음이 쏟아지려는 걸 간신히 참은 지안이 입술을 깨물며 전화기를 부여잡았다.

2. 끌림

오전의 따사로운 햇살을 가득 담고 있는 카페는 여유롭게 브런치를 즐기려는 사람들로 북적이고 있었다. 건물 깊숙이 들어온 자연 채광 때문인지 원목의 인테리어는 잔잔한 무게감을 실어주며 우아한 빛을 발했다. 널찍하게 배치된 테이블에선 저마다의 모습을 사진으로 남기려는 사람들의 손길이 바쁘게 움직였다. 밝게 웃음 짓는 사람들과의 조화로 더욱 따뜻하고 부드러운 분위기를 연출하는 듯하다.

사각의 유리문을 밀고 들어선 지안이 주변을 살피며 긴장한 듯 입술을 깨물었다. 빠른 눈길로 1층 구석구석을 훑던 지안은 이내 시선을 돌려 2층으로 향하는 계단을 바라보았다. 또각또각. 간절함을 담은 발길이 계단을 따라 천천히 움직였다.

원형으로 이어진 계단을 올라서자 1층과 닮은 브라운의 내부가 한눈에 들어왔다. 다만 다른 점이 있다면 정원을 향해 열린 커다란 테라스가 푸른 자연을 품은 채 눈부시게 펼쳐져 있다는 것. 절로 눈이 찡그려질 정도로 햇빛이 강했지만, 사람들의 표정은 오히려 그것을 즐기는 듯 유쾌하게 튀어 있었다.

"……."

언제 멈췄는지 모를 지안의 걸음이 등을 보이고 앉아 있는 한 남자를 향해 조금씩 움직이기 시작했다. 피사체로 이동하던 카메라가 줌인(Zoom In)을 하듯 그녀의 시야엔 오롯이 한 남자의 모습만이 담겨 있었다. 머리카락 끝까지 피가 몰리는 듯한 착각에 그녀가 눈에 힘을 주며 숨을 들이쉬었다.

"어, 왔어?"

마치 영화 속 한 장면처럼 천천히 몸을 돌린 태건이 활짝 웃는 낯으로 그녀에게 말했다. 긴장으로 경직되어 있던 지안의 입가가 온기를 받아 녹기 시작한 얼음처럼 부드럽게 움직였다.

"선배……."

진정되지 않는 심장을 억누르며 지안이 의자에 몸을 앉혔다.

"찾는 데 어렵진 않았어?"

태건이 지안의 얼굴을 살피며 묻자 그녀가 가볍게 고개를 저었다.

"아뇨."

"다행이다. 고생할까 봐 걱정했어."

전보다도 훨씬 다정해진 눈빛에 애써 다독여 둔 감정이 왈칵 쏟아지려 하자 지안이 질끈 입술을 깨물었다.

직원이 다가오는 기척에 지안이 표정을 가다듬으며 숨을 골랐다. 메뉴를 건네받은 태건이 지안 쪽으로 펼쳐 보이며 그녀에게 물었다.

"아침 먹었어? 안 먹었으면 같이 먹자. 여기 모차렐라 파니니랑 오믈렛 괜찮은데."

8년의 공백이 전혀 느껴지지 않는, 스스럼없이 물어오는 태건의 물음에 지안도 얼른 어색함을 지운 채 메뉴에 시선을 두었다.

"저는 파니니로 할게요."

스스로 생각하기에도 놀라울 만큼 너무나 자연스러운 행동이었다.

"음료는 뭐로 할래?"

"음. 자몽주스요."

고개를 끄덕인 태건이 접은 메뉴를 직원에게 건네며 '나도 같은 걸로요.' 주문하자 이야기를 나눌 틈 없이 다시 다가온 직원이 포크와 나이프를 세팅하고 금세 사라졌다. 그제야 지안에게로 향한 태건의 시선이 그녀의 얼굴 위로 조용히 머물렀다.

"많이 마른 것 같네."

잠시의 침묵 끝에 뱉어낸 그의 말에 지안이 내내 혀끝에 머물던 말을 목 너머로 삼키며 지그시 눈을 맞췄다.

'기억…… 난 거예요?'

확인하고 싶은 말을 애써 삼킨 지안이 입술을 깨물며 차분히 숨을 골랐다. 다정하게 건넨 말로 미루어 그럴 리 없단 걸 알면서도 아니, 라는 답이 들려오면 어쩌나 배가 당길 정도로 긴장이 됐다. 이렇게 그를 마주하고 있으면서도 꿈인 양 믿기지 않는 현실에 입 안의 침이 바짝 말랐다. 잘못 건드렸다가 눈앞에서 펑, 하고 사라지는 비눗방울을 바라보는 것처럼 조마조마하고 아슬아슬한 기분. 괜히 건드려 나락으로 떨어지고 싶지 않았다. 그래, 뒤늦게 기억이 난 거겠지. 그런 걸 거야.

"나이 드니까 젖살이 빠진 거죠."

"이런, 그럼 난 뭐야. 네 눈에 아저씨쯤 되는 건가?"

덩달아 얼굴을 문지르며 태건이 웃자 지안이 당황한 듯 얼른 손을 내저었다.

"아니, 그게 아니라."

"그게 아니라?"

조금은 짓궂은 표정을 지은 태건이 테이블 가까이 몸을 붙이며 답을 기다리는 듯 지안을 바라봤다.

"선밴……."

조그마한 소리로 입을 연 지안이 잠시의 공백 뒤에 말을 이었다.

"선밴 여전히 근사한데."

발그레 볼을 붉힌 채 마음을 고백하는 소녀처럼 지안이 쭈뼛거리며 말하자 스륵 입술 끝을 늘인 태건이 느릿하게 몸을 세웠다.

"정말?"

한쪽 눈썹을 휙 추켜올리며 태건이 묻자 지안이 선생님의 질문에 답을 하는 학생처럼 진지하게 고개를 끄덕였다.

"네."

지안의 반응에 태건이 삐뚜름 미간을 모았다.

"농담을 이렇게 받으면…… 진짜 같잖아."

"진짜 근사한데."

눈썹을 세우며 그녀가 반박하듯 말하자 1, 2초간 지안을 응시하던 태건이 고개를 뒤로 젖히며 호쾌하게 웃었다.

"아, 미안."

지안이 멍한 얼굴로 그를 바라보자 얼른 고개를 바로 한 태건이 손을 들어 보이며 사과했다.

"근데 기분은 좋네."

여전히 미소를 지우지 않은 태건이 싱긋 입술 끝을 늘이며 그녀에게 말했다.

"이렇게 예쁜 지안이한테서 그런 소리도 듣고."

얼굴이 확 붉어지는 느낌에 얼른 고개를 숙인 지안이 더듬더듬 물 잔을 집어 입술을 축였다. 그와 동시에 주문했던 음식들이 테이블 위로 놓였다. 접시가 놓이는 달그락거리는 소음이 이렇게 반가운 적이 없었다.

"오늘은 더 맛있어 보인다. 얼른 먹자."

음식을 권하는 그의 음성에 그제야 고개를 든 지안이 주섬주섬 포크를 집어 들며 어색하게 미소 지었다.

"캘리그래퍼라고?"

주스를 한 모금 마신 태건이 컵을 내려놓으며 묻자 지안이 '네.' 하고 대답했다. 뜨끈한 치즈가 흘러내리는 파니니를 크게 베어 문 태건이 고개를 끄덕이며 입가를 닦았다.

식욕을 절로 일으키는 먹음직스러운 모양에 자신도 얼른 파니니를 입에 넣고 싶단 충동을 느꼈다. 하지만……. 잠시 망설이던 지안이 접시에 함께 담긴 샐러드로 포크를 움직였다. 샐러드의 아삭한 식감을 느끼는 순간 상큼한 발사믹의 향이 입안 가득 퍼져

나갔다.

"졸업 후 바로 시작한 거야?"

"아뇨. 한 몇 달 광고 회사 다니다가……."

"그랬구나."

물끄러미 지안을 바라보던 태건이 부드러운 얼굴로 말했다.

"잘 어울릴 것 같다."

그의 말에 굳어 있던 지안의 입가가 설핏 풀어지는 게 보인다. 일에 대한 애정이 듬뿍 묻어나는 표정에 태건의 얼굴도 절로 편안해졌다.

"고민을 많이 해야 하는 일이긴 하지만, 그 고민하는 과정이 저는 좋아요."

그가 가볍게 고개를 끄덕이곤 말을 이었다.

"잘은 모르겠지만 보통 영화, 드라마 타이틀이나 로고 작업 같은 거 많이 하는 것 같던데."

"네. 단순히 '글자'였던 것을 그것에 포함된 의미를 어떻게 끌어내 표현하느냐 하는. 글자이지만 많은 사람의 공감을 이끌어내야 하는 작업이에요. 그래서 작품 의뢰가 들어오면 우선 그것을 바라볼 이용자의 입장이 되고자 노력하곤 하죠."

"글씨만 예쁘게 쓴다고 되는 게 아니구나. 힘들겠지만 꽤 매력적으로 보이는데?"

그의 말에 지안이 수줍게 웃음 지었다.

"고심해서 만든 작품이 좋은 평을 얻으면……."

"직접 한 번 보고 싶네."

얼굴에 와 닿는 시선과 나직한 목소리에 지안의 심장이 두근거렸다. 눈을 내린 채 잠시 망설이는 기색을 보이던 지안이 입술을 움직였다.

"아직 별로 내세울 만한 실력이 아니라."

"겸손은 알고 보면 자신감에서 나온다던데."

금세 눈부터 키우는 지안을 보며 그녀보다 먼저 태건이 입을 열었다.

"또 그런 거 아니라고 하려고?"

생각을 읽힌 지안이 움직이려던 입술을 앙다물자, 그 모습이 또 재미있다는 듯 태건이 웃음을 머금었다.

"그렇게 금방 얼굴에 다 드러내서 어떻게 사회생활을 해? 의뢰인들한테 매번 끌려다니는 거 아냐?"

약하게 고개를 저은 지안이 길게 숨을 들이쉬곤 태건에게 말했다.

"의뢰인들한텐 안 그래요."

조금은 고집스러울 정도로 단호한 빛을 띤 지안의 눈동자가 태건의 얼굴 위로 고요히 머물렀다.

"선배니까."

단호함 속에 배인 간절함이 태건의 동공 안으로 그대로 박혀들었다. 담담하게 들려온 음성은 시릴 정도로 맑고 투명했다. 방금 전까지 시선조차 맞추지 못할 정도로 쩔쩔매던 모습은 온데간데 없이 사라지고 없었다. 그 까맣고 단정한 눈망울에 태건의 미간이 움찔 움직였다.

빠져들 듯 지안의 얼굴을 깊게 응시하던 태건이 빠르게 눈을 깜빡이곤 다시 그녀에게로 시선을 고정시켰다.

"의외의 매력이 숨어 있었네."

싱긋 웃은 그가 다시 식사를 이어갔다. 그 모습을 물끄러미 지켜보던 지안도 고개를 내리곤 묵묵히 포크를 움직였다. 표 내지 않고자 애쓰고는 있지만 화끈 달아오른 얼굴은 금세 김을 뿜을 듯 열이 오르고 있었다. 얼굴 위로 붉은 노을이 드리워진 기분이었다. 포크를 쥔 손에 힘이 들어갔다.

'선밴 여전히 근사한데.' 도 모자라 '선배니까.' 라니. 조바심을 드러내지 않기 위해 안간힘을 다하던 지안은 제 입으로 뱉어낸 어처구니없는 발언에 조용히 한숨을 삼켰다. 통제 불가능한 감정을 다스리는 노력 따윈 이미 물거품처럼 사라지고 난 뒤였다.

"그래서 더 끌리는 걸까."

중얼대듯 들려온 태건의 목소리에 내내 입술만 못살게 굴고 있던 지안의 고개가 번쩍 들려졌다. 눈이 마주쳤다. 순간 따스하게 웃어주던 태건의 입술이 조용히 움직였다.

"자주 보자, 서지안."

그의 만족스러운 미소에 아슬아슬한 두근거림이 등줄기를 타고 흘러내렸다.

탁.

차 문을 닫은 지안이 몸을 돌리자 층층이 불을 밝히고 선 오피스텔 건물이 눈에 들어왔다. 올봄 이사를 와 매일같이 드나드는 곳인데도 이곳 입구에만 서면 불 켜진 창문을 눈물 날 정도로 부러운 눈으로 올려다보던 때가 생각난다.

"혼자 사는 거야?"

상념에 젖어 있던 지안이 문득 들려온 목소리에 흐렸던 초점을 바로잡았다.

"네."

지안이 대답하자 잠시 머뭇거리던 그가 입매를 늘이며 부드럽게 미소 지었다.

"아침부터 불러내 피곤했겠다. 얼른 들어가 쉬어."

어느새 파르스름한 어둠에 휩싸인 주변을 바라보는 태건의 얼굴엔 짙은 아쉬움이 배어 있었다. 고개를 들어 물끄러미 태건을 바라보던 지안이 떨어지지 않는 입술을 움직였다.

"선배도 조심해서 들어가세요."

"응. 얼른 들어가."

"네."

고개를 끄덕인 지안이 무겁게 닿아 있는 발을 움직였다. 자박자박. 유리문 안으로 들어선 지안이 살짝 몸을 틀자 여전히 그 자리에서 자신을 보고 있는 태건의 모습이 보였다. 잠시 걸음을 멈춘 지안이 그와 시선을 맞추자 어서 들어가라는 듯 태건이 손짓을 했다. 깊게 숨을 들이쉰 지안이 어설프게 미소를 지어 보이곤 몸을 돌렸다.

시야에서 그녀가 완전히 사라질 때까지 자리를 지키고 있던 태건이 조용히 몸을 움직여 운전석에 올랐다. 스타트 버튼을 누름과 동시에 물 흐르듯 도로로 빠져나간 차는 어느새 어둠이 잠식해 버린 아스팔트 위를 달리고 있었다. 빠르게 지나가는 가로등 불빛이 그의 매끈한 차체를 훑고 사라지기를 반복했다. 깎아놓은 듯한 이목구비가 강렬한 불빛이 남긴 음영과 함께 더욱 날카롭게 빛났다.

똑똑.

핸들 위에 얹은 손가락이 규칙적인 소음을 만들어냈다. 느릿하게 눈꺼풀을 들어 올린 태건이 작은 음성으로 지안의 이름을 불러보았다.

"서지안."

밤새 잠을 자지 못해 까칠해진 얼굴을 쓸어내리며 그가 턱을 괴었다.

"어째서 너에 대한 기억이 전혀 없는 걸까."

그가 작게 중얼거렸다.

"나를, 잃어버렸어요? 잃어버린 거예요?"

곧 바스라질 것 같은 얼굴로, 그것도 사람들이 오가는 거리 한복판에서 저를 망연히 바라보던 지안과의 첫 만남을 떠올리며 그가 낮게 숨을 뱉어냈다. 물론 그런 상황이 몹시도 낯설다거나 그래서 당황하거나 했던 것은 절대 아니었다. 길에서 갑자기 말을 건다든가 별다른 친분이 없음에도 친한 척 손을 내밀어오는 그런 유의 사람들이라면 어려서부터 신물 나게 겪어온 그였다. 당연히 상황에 대한 대처 또한 능숙했다. 그래서 적당한 거리를 둔 채 늘 그래 왔듯 상대에게 응했다.

그런데 뭔가 묘한 기분이었다. 그녀가 수술 운운하며 그래서 기억을 못 하는 것이냐 물었을 때는 사람을 잘못 본 거였구나, 어쩐지 옅은 실망감까지 느껴질 정도였다. 하지만 반박하듯 들려온 제 이름에 신기하게도 안도의 한숨이 절로 지어졌다. 정말 무언가에 홀린 듯 서지안이란 여자에게 이끌리고 있었다. 원래부터 그런 사이었던 듯 자연스럽고 익숙한 느낌.

처음 보자마자 선배라 부른 것은 둘째 치고 이름과 학교까지 정확히 기억하는 것으로 보아 어떤 식으로든 친분이 있었을 게 분명하다. 그러나 각인시키듯 들려준 그녀의 이름이며 얼굴은 아무리 되짚어도 의식 속에 간직된 터럭만큼의 실마리도 찾아낼 수 없었다. 혹시나 사전에 자신의 정보를 입수하고 일부러 접근한 사람이라면……. 생각이 그에 미치자 태건이 피식 웃음을 흘리며 고개를 저었다.

"잘난 형님들이라면 모를까."

작게 중얼거리는 태건의 입가에 쓸쓸한 미소 한 자락이 조용히 머물다 사라졌다.

작은 단서라도 찾을 수 있지 않을까 하여 찬성과의 점심식사에서 서지안이란 이름을 언급해 보았으나 딱히 얻어낸 결과는 없었다. 오히려 증폭된 궁금증은 그를 지독한 불면으로 이끌었을 뿐이었다. 명함을 건네던 얼굴을 떠올리자 걷잡을 수 없이 그녀가 궁금해졌다. 결국 아직은 이른 시각이란 이성적 판단을 강압적으로 잠재우며 다급히 전화기를 집어 들게 된 것이다.

그녀가 나타나지 않을 거란 생각은 들지 않았다. 하지만 약속 시각보다 훨씬 앞서 카페에 도착한 그는 기다리는 내내 몇 잔의 물을 들이켜야 할 정도로 초조한 상태였다. 예전과 다름없는 모습인 척 반갑게 그녀를 맞긴 했지만, 실은 기억이 난 거냐 물어볼까 얼굴을 보는 내내 속이 바짝바짝 탔다. 만일 그녀가 물어온다면 무어라 답을 해야 좋을까. 이마를 긁적이며 솔직하게 이실직고를 하면 그녀는 어떤 반응을 보일지. 얼렁뚱땅 넘길 수 있는 방법은 없을까. 그런데 문득……

"많이 마른 것 같네."

의도치 않은 말이 튀어나와 버렸다. 시선에 들어온, 컵을 쥐고 있던 하얗고 가느다란 손가락과 창백하게 마른 얼굴을 보는 순간 마치 그녀의 옛 모습을 기억하고 있는 양 멋대로 입술이 움직인 것이다.

이런.

심하게 놀랐을 때 심장이 철렁 내려앉는다는 표현을 쓰던가. 정말로 머릿속에서 한꺼번에 피가 빠져나가는 기분이었다. 애써 감춰두었던 판도라의 상자를 제 손으로 열어젖힌 꼴이었다. 분명 기억이 난 것이냔 물음이 들려올 거란 절망감에 그럴듯하게 둘러댈 방도부터 궁리하기 시작했다.

그녀를 기억하고 못 하고가 어느 정도의 중요성을 띠는 문제인지 모른다. 그러나 전날 보았던 그녀의 반응으로 미루어 보아 절대 가볍게 지나갈 리 없단 생각이 머릿속을 지배했다.

어떤 재앙이 제 발목을 죄어올까. 열어젖힌 판도라의 상자 앞에서 잔뜩 긴장하던 그때 유난히 하얀 얼굴에 미소를 머금은 그녀는 젖살이 빠진 거라며 수줍게 중얼거렸다. 브레이크가 고장 난 차를 절벽 앞에서 가까스로 멈춰 세운 기분이었다.

카페를 나와 영화를 보고, 무작정 도로를 따라 드라이브를 하다

발견한 맛집에서 이른 저녁을 먹고, 다시 분위기 괜찮은 카페를 찾아 차를 마시는 동안 머릿속에선 수많은 경우의 수들이 치열하게 전쟁을 치렀다.

다행히 아무것도 묻지 않은 덕에 제가 이마를 긁적여야 할 민망한 상황은 연출되지 않았지만, 그렇다고 문제가 해결된 것은 아니었다. 게다가 빼도 박도 못 할 거짓말을 해버린 탓에 실은, 이라며 사실을 고할 기회는 영영 잃어버린 셈이다. 당장 오늘 밤에라도 들통이 날 수 있는 상황에 절로 이마가 찌푸려졌다. 어떻게든 제 안에서 잊혀진 그녀의 존재를 기억해 내고 싶었다.

"하아."

잔뜩 긴장하고 있던 어깨가 질러대는 뻐근한 비명에 태건이 좌우로 목을 움직이며 창밖의 풍경을 무성의하게 훑었다. 긴장이 사라진 얼굴엔 대신 짙은 고민의 빛이 어렸다.

"대체 어떤 기억이었을까?"

정체를 알 수 없는 감정의 파도에 대책 없이 떠밀리는 기분이었다. 몸을 맡기고 유영하는 것도 딱히 나쁠 것 같진 않지만 아까부터 자꾸 가슴 한구석을 무겁게 짓누르는 죄책감은 평온을 가장하는 그의 신경을 조금씩 갉아먹고 있었다. 어떻게든 당면한 문제를 해결해야겠단 생각을 하며 그가 핸들을 쥔 손에 힘을 주었다.

❋　　❋　　❋

[만났으면 가타부타 보고가 있어야 할 거 아냐!]

전화기 너머로 들려오는 쩌렁쩌렁한 목소리에 지안이 젖은 머리를 감싸고 있던 수건을 풀어내며 픽 웃었다. 그러곤 침대에 슬쩍 엉덩이를 걸쳐 앉으며 전화기를 고쳐 쥐었다.

"씻고 이제 막 보고하려고 했지."

[지금 들어온 거야? 아침에 만나서?]

느릿하게 눈을 깜빡이며 그와의 만남을 떠올리던 지안이 입가에 미소를 머금으며 고개를 살짝 숙였다.

"들어오긴 8시쯤 들어왔는데 간만에 욕조에 몸 담그고 와인도 한 잔 홀짝이느라."

[궁금한 건, 물어봤어?]

그와 동시에 지안의 얼굴이 굳었다. 전화기 너머에서 휴, 하는 한숨 소리가 들려온다.

[8년이나 연락이 없었는데 너는 그게 아무렇지도 않아? 무슨 사정이 있었는지 적어도 이유는 알아야 할 거 아냐.]

시선을 내린 채 가만히 숨을 내쉬던 지안이 조용히 입을 열었다.

"당연히 그것부터 묻게 될 거라 생각했었어. 걱정했으니까. 보고 싶고, 또 나중엔 화도 났었으니까."

지안이 손끝으로 꾹꾹 침대 시트를 눌렀다.

"근데 무섭더라. 그럴 리 없다는 걸 알면서도 갑자기 다시 또 8년 전으로 돌아가게 될까 봐. 바보 같다고 생각하면서도 그게."

[지안아.]

"별로 한 것 없이 하루가 간 것 같아. 시간이 이렇게 빨리 흘러가기도 하는구나, 그런 생각이 들 정도로 오늘 하루가 정말…… 다 잊어버릴 정도로 좋았어."

[어휴. 정말 구제불능이다, 서지안.]

"훗, 그러게."

[그렇게 좋냐?]

"……응."

숨을 꿀꺽 삼킨 지안이 말을 이었다.

"누군가 따뜻하게 달군 행복을 심장 안에 넣어준 기분이야."

목소리에 묻어난 설렘이 전화기를 통해 그대로 전해졌다. 힘들고 외로웠던 시간을 말없이 지켜보아야만 했던 친구 역시 그녀와 다를 바 없는 기분에 잠겨 있을 것이다.

[휴. 그래, 다른 건 다 필요 없고, 지금은 그냥 너만 생각하자. 응?]

"내가 언젠 안 그랬어?"

퍽이나, 라고 툴툴거린 수연이 어이없다는 듯 혀를 끌끌 찼다. 그러나 지안의 얼굴은 이미 싱싱한 푸른빛을 피워내기 시작한 봄날의 나뭇가지처럼 생기가 돌고 있었다. 조각나고 갈라진 마음 한편으로 풋내 어린 온기가 스며든 덕이다. 복숭앗빛으로 물든 볼을 가볍게 톡톡 두드린 지안이 갑자기 뭔가 떠오른 듯 입술을 벌렸다.

"아! 그때 그 미팅, 다시 잡아야 하지 않아?"

[미팅?]

"왜, 어제 그 출판사."

[아아, 그거?]

"나 때문에 곤란하진 않았어? 준범 씨 아는 사람이라며."

[원래 급한 것도 아니었는데 뭐.]

중얼거리듯 들려온 말에 지안이 눈썹을 휘며 고개를 기울였다.

"뭐?"

[아, 아니, 다시 만나면 된다고. 암튼 피곤할 텐데 끊고 쉬어.]

허겁지겁 갈무리한 수연이 서둘러 전화를 끊었다. 재진이가 깨서 울기라도 한 건가. 갑자기 끊긴 전화에 멋쩍은 듯 눈을 깜빡이며 앉아 있던 지안이 어깨를 으쓱하곤 다시 수건을 집어 들었다.

Rrrrr. Rrrrr.

전화기를 놓기 무섭게 울려오는 벨소리에 피식 웃으며 발신자를 확인하던 지안의 눈이 금세 커다랗게 열렸다. 반가움과 당황스러움이 동시에 그녀의 얼굴 위로 스쳤다. 흐트러졌던 자세를 얼른 바로 한 지안이 흠, 하고 목을 가다듬곤 검지로 통화 버튼을 밀었다.

"아, 선배."

[자는 거 깨운 건 아니지?]

묵직하게 들려온 음성에 지안의 시선이 9시 30분계를 가리키고 있는 시계를 재빠르게 훑었다.

"자긴요, 아직 초저녁인데."

[늦게 자는 편인가 보네.]

"아. 작업을 주로 밤에 해서요."

[저런. 건강에 별로 안 좋은 습관인데.]

걱정이 담긴 목소리를 듣는 순간 잔잔히 멈춰 있던 마음에 파문이 이는 것을 느꼈다. 불어온 바람에 툭 건들린 나뭇잎처럼 그녀의 눈꺼풀이 파르르 떨렸다.

"낮보단 밤에 집중이 잘······."

[조용하고 어둡기 때문에 밤에 집중이 더 잘될 거라 생각하지만 사실 집중을 잘할 수 있는 생물학적 시간대는 오후 2시부터 5시 사이라더군. 물론 물리적 환경이나 개인의 여건과 능력에 따라 조금씩 다르기는 한다지만.]

태건의 설명에 지안은 고개를 들어 자신의 오후 시간을 떠올렸다. 뭔가 부산하고 어수선한 풍경. 집중은커녕 도저히 손을 움직일 수 없는 분위기에 그녀가 삐죽 눈썹을 모았다.

[몸에 밴 습관을 당장 바꿀 순 없겠지만 그래도 조금씩 노력해 봐. 어릴 땐 몰랐는데, 서른 넘고 나니 사람은 제때 자고 제때 먹어줘야 건강한 법이란 말이 뭔지 알겠더라고.]

이 지지배야, 밥 좀 먹고 다녀. 세상에. 어제 또 밤 새웠냐? 비슷한 잔소리임에도 수연의 입을 통해 듣는 그것과는 또 다른 느낌이었다.

"네······."

생각이 많은 얼굴로 그녀가 작게 대답하자 그와 달리 단호한 음성이 들려왔다.

[대답만 하지 말고. 지금 노인네 같단 생각 하고 있지?]

시선을 내리고 있던 지안이 눈과 입술을 동시에 키우며 고개를 저었다.

"아뇨?"

[그럼?]

"좋다는 생각 했어요. 세상에 나를 걱정해 주는 이가 한 사람 더 늘었다는 게 너무······."

변명처럼 중얼거리던 지안의 입술이 꾹 다물려졌다. 조금의 부끄러움도 없이 적나라하게 드러낸 속내를 듣고 있었을 태건을 의식하자 갑자기 민망함이 밀려들었다. 가지가지 하는구나. 부끄러움에 질끈 입술을 깨문 지안이 고개를 뒤로 젖히며 조용히 숨을 뱉었다.

[잊고 있었는데, 누군가 걱정할 사람이 있다는 것도 꽤…… 근사한 일인 것 같다.]

민망해할 저를 달래기 위해 그저 해본 말이 아니라는 듯 담담하게 들려오는 그의 목소리엔 깊은 신뢰감이 듬뿍 담겨 있었다. 품에 안아 토닥토닥 등을 두드려 주는 듯한 따스한 기운에 민망함으로 굳어 있던 얼굴이 느슨하게 풀어졌다. 그렇게 생각하니 정말로 그에게 안겨 있는 듯한 기분이 들었다.

잊고 있었는데, 라는 그의 음성이 차분히 귓전을 맴돌았다. 이렇게 조금씩 기억을 찾는 건가. 어쩐지 가슴께가 간질거리는 것 같아 슬며시 웃음이 지어졌다. 그래, 서두를 필욘 없는 거지. 이미 지난 기억 따위가 무슨 소용이라고.

여기까지 생각하던 지안이 스스로에게 놀란 듯 눈을 치떴다. 일찌감치 행복이란 감정을 박탈당한 채 살아온 자신이 또다시 감내해야 했던, 스무 살 여름이던 그날부터 자그마치 8년이란 긴 세월 동안 제 삶을 지배해 왔던 기억을 이렇듯 쉽게 버릴 수가 있던 것인가.

고통으로 일그러진 시간들과 치열하게 인내해야만 했던 수없는 불면의 밤이 떠올랐다. 오직 고통으로만 점철된, 피가 마르다 못해 바짝 쪼그라든 가슴을 손톱으로 쥐어뜯으며 울음을 삼켜야 했

던 시간들을. 안간힘을 다해 발버둥을 쳐도 떨쳐 낼 수 없던 기억
들을 이렇게 아무렇지 않게……

[가슴이 뛰는 게 어떤 느낌이었는지.]

멍한 얼굴로 혼자만의 생각에 빠져 있던 지안이 고개를 털어내
며 태건의 목소리에 집중했다.

짧게 말을 끊어냈던 태건이 조용히 침묵했다. 오로지 서로의 숨
소리만 간간이 오갈 뿐이다. 전화기를 쥔 지안의 손에 힘이 들어
갔다. 솜털의 작은 움직임까지도 지배당할 듯한 팽팽한 긴장감에
그녀가 꿀꺽 숨을 삼켰다.

[네 덕에 이렇게 하나씩 알아가는 것도 참 좋은데?]

"……!"

살얼음판 위에 서 있듯 숨을 죽이고 있던 지안이 아, 하고 가슴
을 쓸어내렸다. 곧 깨질지 모른단 아슬아슬한 두려움이 사라진 그
곳엔 파랗게 움이 트기 시작한 푸른 벌판이 펼쳐져 있었다. 갑자
기 등 뒤에서 따뜻한 바람이 불어와 그녀의 몸을 감싸는 것만 같
았다. 파괴적인 절망감 대신 그녀의 마음을 채워준 다정한 음성에
금세 눈가가 뜨끈해졌다.

재빨리 눈가를 훔치던 그녀는 깨달았다. 곧 갈라질 얼음 위에
서 있다 할지언정 자신은 다시 또 이 남자에게 모든 것을 걸어야
할 순간이 온다면 흔쾌히 온몸을 내던질 것이라는 것을. 살을 에
는 추위 따윈 이미 안중에 없었다. 그조차도 스스로 기꺼이 받아
들여야 할 운명처럼 느껴졌다. 그것이 그와 처음 마주한 순간부터
정해진 운명이라면.

[바보 같은가?]

마치 제 속마음을 읽은 것 같은 그의 질문에 전류에라도 감전된 듯 지안이 흠칫 놀라며 고개를 들었다.

　"아뇨."

　스스로에게 다짐하듯 지안이 단호한 음성으로 그의 말을 부정했다. 표 나지 않게 숨을 내쉬고 나자 가슴 한쪽을 무겁게 짓누르던 생각들이 힘을 잃은 채 와스스 부서졌다. 마음이 홀가분해지며 머리가 한층 가벼워졌다. 이 순간만큼은 그저 좋아하는 이의 목소리를 들으며 한껏 행복에 빠져들고픈 마음을 억누르고 싶지 않았다. 아무래도 통화가 길어질 것 같단 예감에 그녀가 살짝 걸터앉았던 자세를 바로잡으며 전화기를 고쳐 쥐었다. 그녀의 입술 끝에 길게 미소가 드리워졌다.

3. 이렇게 알아가는 것도

오후 6시를 막 넘긴 시각. 사무실 책상 위에 놓인 노란 메모지를 뚫어져라 바라보는 태건의 눈동자가 더할 나위 없이 진중해 보인다. 여유로운 척 느릿하게 눈꺼풀을 들어 올려보지만, 톡톡 책상을 두드리는 손가락은 어딘지 안절부절못한 기색이다.

'내 동아리 후배도 연락이 끊긴 마당에 친구놈 동아리 후배를 쑤시고 다니다니.'

툴툴거리는 목소리로 메모지를 건네던 찬성의 목소리가 귓가를 울리는 듯하다.

—최인호

010—XXXX—XXXX

메모지에 적힌 이름의 주인은 8년 전 허겁지겁 한국을 떠나면서 동시에 잊고 지냈던 동아리 '더 뮤즈'의 멤버였다. 정확히 말하면 드럼을 치던 두 기수 후배. 모난 곳 없이 털털한 성품 덕인지 주변에 늘 사람을 달고 다니던 밝고 쾌활한 성격의 소유자였다.

졸업도 하기 전에 학교를 떠난 탓도 있지만 해외를 떠도는 생활을 하는 내내 의식적으로 모든 연락을 끊고 살았다. 예외가 있다면 본가로부터 용케 소식을 알아내 덜렁 배낭 하나를 메고 날아온 찬성과 준형. 덕분에 지금까지도 친분을 지속 중인 몇 안 되는 사람이 된 셈이지만.

이런 제가 동아리 후배의 연락처를 수소문한 것은 '더 뮤즈'의 회원이었다던 지안 때문이었다. 인호를 통해서라도 그녀에 대한 기억을 최대한 더듬어 보고 싶었다. 쉽게 곁을 내어주는 성격이 아님에도 그녀에게만큼은 자꾸만 '예외'를 적용시키는 제 행동이, 그러면서도 어딘가 익숙하게 느껴지는 기시감에 그저 손을 놓고 있을 수는 없었다.

그런데…… 꼭 알아봐 달란 부탁을 하고 사흘 만에 얻어낸 전화번호였지만 선뜻 손이 움직이지 않았다. 마치 보이지 않는 힘에 의해 저지당한 듯. 그것은 학습이나 경험과는 상관없는, 위기에 처한 자신을 보호하려는 방어 본능에서 비롯된 행동일지 모른다.

그렇다면 왜? 메모지에 적힌 전화번호를 바라보던 태건의 미간에 깊은 골이 패었다. 대체 무엇을 두려워하는 거지?

골똘히 생각에 잠겨 있던 태건이 흘긋 시각을 확인하곤 메모지를 집어 들었다.

"흐음."

그것을 손에 쥐고 잠시 망설이던 태건은 이내 지안과의 약속을 떠올리며 스륵 서랍을 열었다. 가장 안쪽에 메모지를 내려놓은 태건이 조심스럽게 갈무리를 하고 서랍을 닫았다.

수연이랬던가? 가장 친한 친구와 함께 저녁을 먹어도 되겠느냐 조심스레 물어오던 지안에게 흔쾌히 고개를 끄덕였다. 평소의 저였다면 바로 사양을 했거나 받아들였대도 좀 더 나중에, 란 기약 없는 약속을 내뱉었을 것이다. 하지만 지안의 절친이란 점이 그의 발목을 잡아끌었다. 어쩌면 지안을 기억해 낼 단서를 얻지 않을까. 그의 심장이 두근거렸다.

그녀와의 약속을 위해 몸을 일으켜야 할 시각이다. 인호는, 조금 천천히 연락을 해봐도 되는 문제겠지. 슈트 상의에 팔을 꿰어 넣으며 태건이 몸을 돌렸다.

주차 라인에 맞춰 차를 세운 태건이 외관을 하얀 벽돌로 장식한 인상적인 건물을 올려다봤다. 전날 미리 예약을 해둔 이태원에 있는 스테이크 전문점이다.

"우리 고기 먹으러 가요. 수연이 고기 엄청 좋아해요. 근데 혹시나 재진일 못 맡기고 올 수도, 아, 재진인 수연이 아들이에요. 이제 막 8개월이 됐는데 얼마나 예쁜지 몰라요. 친정이 가까워서 거의 어머님이 봐주다시피 하시는데 그래도 혹시 모르니까. 그럼 고기 구워 먹는 덴 좀 불편하겠죠?"

잔뜩 들뜬 얼굴로 속사포처럼 말을 쏟아내던 지안을 보는 순간 수연이란 친구와 얼마나 친밀한 관계인지 단번에 알아챌 수 있었다. 얼마 되지 않았지만 그간 저와 나눴던 대화 중 가장 긴 문장의 대사를 구사해 내는 그녀의 발랄한 모습에서 실은 일말의 서운함까지 느껴질 정도였으니.

입구에 들어서자 스테이크 전문점에 어울리지 않을 법한 커다란 수족관과 씨알 굵은 랍스터가 가장 먼저 눈을 반긴다. 달큰하고 포실하게 익힌 하얀 속살을 떠올리자 절로 침이 꿀꺽 넘어갈 정도로 식욕이 돋았다.

어서 오십시오, 하고 정중히 인사를 한 직원이 다가와 예약 유무를 물었다. 이름을 말하자 가볍게 고개를 끄덕인 직원이 자리를 안내해 드리겠다며 미소를 지었다.

2층으로 향하는 계단 앞에 놓인 쇼케이스에는 크기별로 진열된 티라미수가 지나가는 이의 발목을 잡는다. 디저트로 맛을 본 대다수의 사람들이 비싼 가격에도 다시 포장을 해갈 만큼 맛으로 정평이 나 있는 티라미수라 그 역시 지안의 손에 들려줘야겠단 생각을 하며 슬쩍 미소를 지었다.

높다란 천장 위에 드리워진 샹들리에를 힐긋 올려다보며 천천히 계단을 오르자 생각지도 못했던 긴장감이 발끝을 타고 휘감겨오는 게 느껴졌다. 잘 보여야 한단 생각에 잠시 걸음을 멈춘 태건이 넥타이를 바로잡으며 매무새를 손봤다.

계단 끝에 이르자 하얀 천장과 대비되는 브라운의 통창이 이제막 저녁으로 접어든 하늘의 풍광을 고스란히 담고 있었다. 낮이면 개방되었을 그것은 조명을 보고 달려드는 벌레 때문인지 아쉽게도 굳게 닫혀 있었다.

"여기예요."

직원의 안내를 받기도 전, 밝게 웃으며 손을 들어 보이는 지안의 얼굴이 눈에 들어왔다. 테이블마다 정갈하게 덮인 하얀 테이블보와 마찬가지로 그녀의 얼굴 역시 테라스 밖에 달린 주황색의 조명을 받아 발그레 익어 있었다.

서둘러 테이블로 다가간 태건이 손목에 찬 시계를 확인하는 순간 그의 움직임을 저지하듯 지안이 말했다.

"제가 일찍 온 거예요."

그가 고개를 들자 그녀가 덧붙였다.

"먼저 와서 기다리고 싶어서."

지안의 말에 싱긋 웃음을 지은 태건이 의자에 몸을 앉히자 어느새 다가온 직원이 쪼르르 물을 따랐다.

"주문은 조금 이따 할게요."

그의 주문에 가벼운 미소와 함께 직원이 사라졌다.

몸을 바짝 당겨 지안과 눈을 마주한 태건이 입이 마르는 듯 물잔을 집어 들었다.

"몰랐는데, 긴장하고 있는 것 같다."

단숨에 물을 들이켠 태건이 잔을 내려놓으며 말하자 지안의 눈이 대뜸 동그래진다.

"긴장을요?"

"어. 그 친구, 많이 무섭니?"

진지한 얼굴로 물어오는 그의 물음에 지안이 '에?' 하고 입을 벌리곤 이내 픽 웃음을 지었다.

"뭐예요."

지안이 곱게 눈을 흘기자 진짠데? 하는 표정으로 그가 가슴을 툭툭 쳐보았다.

"가슴이 막 뛰어, 벌 받으러 가는 학생처럼."

"뭐, 잘못한 거 있어요?"

입을 꾹 다물고 심각하게 고민을 하던 태건이 절레절레 고개를 저었다.

"아니."

그 모습을 물끄러미 바라보던 지안의 눈동자에 순간 미묘한 동요가 일었다. 새까만 어둠을 닮은 애잔한 눈동자를 마주하는 순간 불현듯 느껴진 불안감에 그가 아랫입술을 잘근 씹었다.

"왜 그런."

잘게 떨려 갈라지기까지 하는 음성에 그가 얼른 말끝을 흐리며 지안을 바라봤다. 눈동자에 맺혀 있던 감정을 털어내듯 빠르게 눈을 깜빡인 지안이 처연한 눈빛으로 입을 열었다.

"8년이란 시간이 길긴 했나 봐요."

물 잔을 만지작대며 맥없이 지어 보이는 미소에 태건이 꿀꺽 숨을 삼켰다. 도무지 생각을 읽을 수 없는 표정에 그가 난감한 듯 넥타이의 매듭을 느슨하게 풀어냈다. 미간을 모으며 집중을 해봤지만 그렇다고 백지처럼 하얗기만 한 머릿속에서 갑자기 무언가를 떠올리는 기적 따위가 벌어질 리는 만무했다. 입이 바짝 말랐다. 공유할 수 없는 시간의 무게가 그의 가슴을 더없는 공허의 늪으로 이끌었다.

"선배 예전엔 이런 농담 안 했잖아요. 아니, 그러고 보니 말이 거의 없었구나."

예전엔. 그의 눈동자가 재빠르게 생기를 되찾으며 기억을 더듬기 시작했다. 분노로 점철되어 있던 시기. 지금이라고 썩 나아진 것은 아니지만 사람과의 관계 유지에 있어 훨씬 더 서툴렀던 20대의 제 모습이 떠올랐다. 절대 기억하고 싶지 않은.

"이렇게 근사한 레스토랑에서 밥 먹어본 적도 없었네."

혼잣말처럼 중얼거린 지안이 잠시 잠겼던 회상에서 깨어나며 아, 하고 입을 가렸다. 굳은 얼굴로 침묵하고 있는 태건의 얼굴이 눈에 들어온 탓이다. 불평처럼 들렸을까? 그의 눈치를 살피며 지안이 서둘러 입을 열었다.

"그땐 학생이었으니까, 당연한 거예요."

지안의 말간 눈동자에 당혹감이 어렸다. 변명하듯 늘어놓은 말에도 그의 굳은 표정은 풀어질 기미가 보이지 않았다.

태건은 '학생이었으니까 당연한 것'이란 그녀의 말을 도통 이해할 수 없었다. 누가 들어도 그것은 '학생이니까 돈이 없어서'로 해석될 수밖에 없었다. 태어나 한 번도 물질적으로 부족함을 느껴보지 못했던 그로서는 '돈이 없어서'로 해석되는 지금 이 상황을 어떻게 받아들여야 할지 몹시도 혼란스러웠다. 그러니까, 돈이 없어서 한 번도 이런 레스토랑엘 가지 못했다? 그게 대체⋯⋯.

"사실 아르바이트하느라 정신없어서 그런 덴⋯⋯ 그러니까 저는, 그때 못 했던 걸 지금은 할 수 있으니까, 그게 좋아서."

혼자만의 생각에 잠겨 있던 태건이 고개를 들어 올렸다. 제 속내와는 다른 오해로 곧 울 것처럼 창백하게 질린 지안의 얼굴이 보였다. 배려하지 못한 행동으로 인해 잔뜩 불안에 떨고 있는 지안의 모습을 보니 양심의 가책이 느껴졌다. 거칠게 뛰어대는 심장을 가라앉힌 태건은 방금 전까지 느슨하게 풀어두었던 넥타이를 바로 매며 부드럽게 미소 지었다.

"울고 싶을 정도로 그렇게 좋아?"

"네?"

"툭 건들면 울 것 같잖아."

지안이 얼른 눈에 힘을 주며 고개를 내렸다. 그러자 몸을 바짝 기울여 다가온 태건이 길게 뻗은 두 손으로 지안의 볼을 따스하게 감쌌다. 그러곤 들어 올려진 눈동자에 지그시 시선을 맞췄다.

"모르는 것 같아서 말해주는데, 지안아."

"⋯⋯네."

두 볼을 잡힌 채 지안이 작게 대답하자 태건의 입술이 활짝 열렸다.

"웃는 게 훨씬 예쁘다."

"⋯⋯."

그렁거리던 두 눈이 수줍게 휘어지는 순간 갑자기 옹알거리는 아이 소리가 머리 위에서 들려왔다. 고개를 돌리자 아기 띠를 맨 수연이 눈을 가늘게 좁힌 채 흠, 하고 헛기침을 하고 있었다. 지안의 볼에서 얼른 손을 떼어낸 태건이 몸을 일으키자 지안도 튕겨 오르듯 자리에서 일어났다.

"어, 왔어?"

"응."

짧게 답하고 그대로 몸을 돌린 수연이 태건을 향해 입을 열었다.

"드디어 뵙네요. 지안이 친구 한수연이에요."

어딘지 모르게 조금 불퉁하게 느껴지는 어투에 씰룩 눈썹을 휜 태건이 가볍게 고개를 숙였다.

"진태건이라고 합니다."

"모를 리가 있나요, 귀에 못이 박히도록 들은 이름인데."

대놓고 적대감을 드러내는 수연의 태도에 금세 얼굴에 당황한 빛을 드리운 지안이 그녀의 팔을 잡아당기며 작게 속삭였다.

"왜 이래."

"내가 뭘."

툴툴거리면서도 힐긋 지안의 표정을 살핀 수연이 작게 한숨을 내쉬곤 태건에게 사과했다.

"말이 삐딱하게 나갔네요. 죄송해요."

수연의 사과에 아닙니다, 하고 부드럽게 웃은 태건이 의자를 빼내주며 자리를 권했다.

"우선 좀 앉으시죠. 아이 때문에 힘드실 텐데."

그러자 대뜸 지안을 향해 몸을 돌린 수연이 잔뜩 찡그린 얼굴로 투덜거렸다.

"엄마가 맡아주기로 해놓곤 마사지 받으러 간 거 있지. 공짜 티켓이 생겼다나 뭐라나."

그래서 어쩔 수 없이 아이를 데리고 왔단 푸념을 늘어놓으며 수연이 아기 띠의 버클을 풀었다. 그녀가 아기 띠를 푸는 동안 태건은 직원을 향해 유아용 보조 의자를 가져다줄 것을 부탁했다.

"아, 룸으로 자릴 옮기시는 게 편할까요?"

뒤늦게 생각났다는 듯 태건이 묻자 수연이 얼른 고개를 저으며 가방을 뒤적였다.

"아뇨. 배만 부르면 별로 시끄러울 일 없는 애라."

쿨하게 답한 수연은 곧 직원이 가져다준 보조 의자에 아이를 앉히곤 오물거리는 작은 입술에 앉아서 빠는 젖병을 물려주었다.

하얀 접시에 담겼던 두툼한 스테이크는 물론 가니쉬(Garnish)로 나온 구운 채소들까지 모조리 흡입하듯 먹어치운 수연이 점점이 남은 소스를 아쉬운 얼굴로 바라보며 슬쩍 입맛을 다셨다. 출산 전 몸매로 되돌리겠다며 그간 애써왔던 폭풍 다이어트는 식욕을 마구 불러일으키던 전채요리에서 이미 머릿속에서 사라진 뒤였고, 탄수화물 섭취라도 줄여보잔 생각에 밀쳐 두었던 빵 바구니는 방금 전 마지막 스테이크 조각과 함께 텅 빈 바닥을 드러내고 있는 중이었다.

이런, 쿠크다스 같은 의지하고는.

주인의 의지를 철저히 배반한 본능에 심한 배신감을 느끼며 한탄하던 수연이 힐긋 시선을 들어 태건을 바라봤다. 자신들과 달리 A코스를 선택한 지안을 위해 태건은 아까부터 코스별로 나온 음식들을 조금씩 덜어 그녀의 접시 위에 놓아주고 있었다.

예전 같으면 '저런 가식 덩어리 같으니라고.' 따위의 불만부터 쏟아냈겠지만 아이를 낳고 살아보니 우습게도 어딘지 익숙하게 느껴지는 그의 눈빛에 저도 모르게 피식 미소를 흘리고 말았다. 재진이가 아직 젖병을 빠는 아기라 그렇지 만일 고기를 씹을 정도만 되었더라면 저 역시 그와 다름없는 눈으로 저렇게 제 자식을 챙기고 있을 것이 분명하기 때문이다.

"원래 여자한테 별로 친절한 사람은 아니라고 들은 것 같은데.

이젠 좀 달라지셨나 봐요?"

집어 든 냅킨으로 입가를 닦으며 수연이 묻자 막 식사를 끝내고 물을 마시려던 지안의 시선이 급하게 날아온다.

'왜 그런 걸 물어!'

'그럼 그냥 밥만 쑤셔 넣고 있을까? 이런 것도 못 물어?'

'제발, 좀!'

'어휴, 등신.'

태건의 눈치를 살피며 필사적으로 질문을 막으려는 지안의 간절함에 표 나지 않게 입술을 씰룩인 수연이 애써 미소를 지으며 물 잔을 집어 들었다.

"아무래도 전보다는."

수연의 물음에 답을 하려는 듯 입술을 움직인 태건이 잠시 말을 끊어내곤 슬쩍 지안을 돌아봤다.

"가끔은 내 스스로가 가식이라 느껴질 만큼 어쩔 수 없는 부분도 있었지만, 때론 진심을 다하고 싶을 때도 분명 있으니까요."

지안을 바라보며 부드럽게 입술 끝을 당겨 웃는 남자의 눈이 따스하게 반짝였다. 설마 저 눈빛이 연기라고는 믿고 싶지 않았다. 그저 좋기만 한 지안은 둘째 치더라도 그 모습을 지켜보는 제 심장까지 이렇게 반응할 리는 없단 믿음 때문이다. 그만큼 지안의 행복을 바라는 마음이 간절한 탓이다. 제발 그러했으면 좋겠다.

"음! 티라미수 정말 맛있다."

후식으로 나온 티라미수를 한입 떠 넣은 지안이 입술 끝을 방싯 끌어 올리며 곱게 눈을 접었다. 한껏 예쁜 미소가 걸린 얼굴이 아름답게 빛났다. 그녀를 볼 때마다 위태롭게 드리워져 있던 그림자 따윈 거짓말처럼 사라지고 없었다. 그리고 그 옆엔 지안보다 더 환한 미소를 지으며 그녀를 바라보고 있는 태건의 얼굴이 보였다. 앉아 있는 주변 모두를 허물어 버릴 정도의 달달한 온기에 그녀도 덩달아 뜨끈해지는 기분이다.

"여기 티라미수 유명해. 이따 갈 때 포장해 가자."

예쁘게 휘어진 눈가를 그윽하게 바라보던 태건이 싱긋 웃자 오물거리던 티라미수를 꿀꺽 삼킨 지안이 얼른 고개를 저었다.

"에이, 이렇게 맛봤으면 됐어요."

그러곤 바짝 몸을 당겨 앉으며 작은 소리로 속삭였다.

"아까 올라올 때 보니까 가격이 장난 아니던데."

손바닥보다 조금 큰 크기임에도 4만 원이란 적지 않은 가격이 적혀 있던 것을 떠올리며 지안이 뾰족 입술을 세우자 그 모습마저도 사랑스럽다는 듯 태건의 입가에 작게 드리워져 있던 미소가 점차 커다랗게 번져 갔다.

작은 것 하나라도 놓치지 않겠다는 듯 세세히 살피는 그의 얼굴을 보고 있자니 갑자기 제 가슴이 먹먹하게 아려오는 듯했다. 따져 묻겠다, 잔뜩 별렀던 말들이 봄눈 녹듯 사라져 버렸다. 굳이 제가 날을 세우지 않더라도 될 만큼 오롯이 지안만을 담은 그의 눈빛은 고마운 마음이 들 정도로 충분히 정직해 보였다. 무엇보다 세상에서 가장 행복한 표정을 짓고 있는 지안의 얼굴에 자꾸만 가슴이 울렁거렸다. 달콤한 행복에 취한 얼굴은 어느 때보다 예쁘게 반짝거렸다. 이렇게 지안을 웃게 하는 사람이라면, 충분히 좋은 사람이리라. 티라미수마저 싹싹 비워낸 수연이 홀가분한 얼굴로 방긋 웃음 지었다.

"내가 먹는 걸로 막 넘어가고 그런 사람이 아닌데."

차에서 내린 수연이 제 손에 들린 티라미수 상자를 힐긋 바라보며 말하자 옆에 서 있던 지안이 고개를 숙여 가방에 시선을 두었다. 낯선 환경 탓인지 후식으로 나온 커피를 반쯤 마신 즈음부터 재진은 평소 안 하던 잠투정을 하며 칭얼거리기 시작했다. 덕분에 부랴부랴 몸을 일으켜야만 했던 수연은 바래다주겠다고 나선 태건의 차를 얻어 타고 집으로 돌아온 것이다.

"실은 이 지지배하고 싸울 각오하고서라도 따질 생각이었어요. 어떻게 8년이나 연락이 없을 수가 있었던 건지, 무슨 대단한 사정이 있었기에⋯⋯."

숙였던 고개를 금세 들어 올리며 눈을 동그랗게 키우는 지안을 보며 휴, 하고 숨을 뱉어낸 수연이 머리를 쓸어 올리며 뒷말을 이었다.

"솔직히 밥 먹는 내내 따지고 싶은 걸 간신히 참았어요. 이 답답이가 제 입 열어 따질 깜냥만 됐어도⋯⋯. 근데 내 속 시원하자고 지안이 아프게 하고 싶지는 않고⋯⋯."

레스토랑에 모습을 드러내던 순간부터 전전긍긍 제 눈치를 살피던 지안을 떠올리며 말끝을 흐린 수연이 굳혔던 표정을 풀며 태건을 바라봤다.

"아까 말씀하셨던 진심을 다하고 싶을 때가 오늘처럼, 지안이에게만 향했으면 좋겠네요."

썰물에 바닥을 드러낸 갯벌처럼 시커멓기만 하던 아파트 주차장은 일찌감치 귀가를 끝낸 차량들로 빼곡해 있었다. 잠시 칭얼대던 재진은 어느새 그녀의 품에서 쌕쌕 잠이 든 채 오물오물 배냇짓을 하는 중이었다. 재진만 아니었다면 술이라도 한잔하며 이야기를 나눴을 테지만, 아쉽게도 오늘은 그저 면을 익힌 것에 만족해야 했다.

"암튼 덕분에 맛있는 저녁 잘 먹었습니다. 이것도 잘 먹을게요."

수연이 손에 든 티라미수 상자를 살짝 흔들어 보이자 단정하게 다물려 있던 태건의 입술이 부드럽게 호를 그렸다.

"만나서 반가웠습니다. 조만간 다시 뵙죠."

"네, 그땐 꼭 술 한잔."

경쾌한 표정으로 말을 끊어낸 수연이 다짐을 받겠다는 듯 까딱 고개를 움직이자 태건 역시 그에 못지않은 명쾌한 목소리로 응대를 했다.

"네, 그러죠."

"중학교 때부터 친구라고 했지?"

아파트를 빠져나간 차가 막 도로에 진입했을 때 건넨 태건의 물음에 지안이 고개를 끄덕이며 난처한 듯 미간을 모았다.

"저기, 아까 수연이가 한 말 때문에 기분 상한 건……."

어제 그렇게 전화로 신신당부를 했건만 만나자마자 새끼를 보호하고자 덤비는 어미닭처럼 날을 세우던 수연 때문에 실은 저녁을 먹는 내내 바늘방석에 앉은 듯 불편한 심정을 지울 수 없었다. 물론 곧바로 사과도 했고, 방금 전도 아무렇지 않게 인사를 나눴

다지만 자칫 불쾌한 기억을 남겨줄 수 있는 첫 만남이었기에 지안은 대뜸 태건의 눈치부터 살폈다.

"기분이 왜?"

되레 의외라는 듯 물어오는 태건의 물음에 쉽게 말을 꺼내지 못한 지안이 가만히 입술을 깨물었다.

완벽한 어둠이 깔린 차창 너머로 길게 이어진 자동차 불빛과 빌딩의 조명들이 조각조각 균열을 일으킨 보석처럼 반짝거렸다. 하지만 손가락을 꼼지락대며 고개를 숙이고 앉아 있는 지안의 마음은 창밖의 풍경처럼 평화롭지 못했다. 순간 꼬물거리던 지안의 손가락 위로 따스하고 커다란 손이 조용히 겹쳐졌다. 화들짝 놀라 고개를 들자 태연하게 정면을 응시하고 있는 태건의 날렵한 콧날과 한일자를 그리고 있는 입술이 눈에 들어왔다. 간간이 지나가는 가로등 불빛이 그의 얼굴에 진한 음영을 만들어냈다. 지독스럽게 매력적인 모습에 잠시 넋을 잃는 순간 핏, 하고 그의 입꼬리가 올라가는 게 보였다.

"뚫어지겠네."

부드럽게 말려 올라가던 입술이 장난기 가득한 음성을 뱉어내자 멍하니 입술의 움직임을 바라보고 있던 지안이 빠르게 눈을 깜빡이며 손을 빼냈다. 하지만 금세 다시 잡힌 손은 조금 전보다 훨씬 강한 힘에 의해 단단히 속박되었다. 뿌리치기 힘든 따뜻한 온기에 지안은 잡힌 손을 그대로 두었다. 그러자 그가 가만히 깍지를 끼어왔다.

"지안아."

"네."

"아까 내가 뭐라고 했지?"

내내 정면을 응시하던 태건이 시선을 마주하며 묻자 지안의 까만 눈망울이 금세 의문을 품는다. 궁금하긴 한데 무엇을 어찌 물어야 할지 모르는 눈치에 태건이 대신 답을 알려줬다.

"웃는 게 훨씬 예뻤댔잖아."

깊은 눈으로 바라보던 태건이 한 손으로 핸들을 꺾으며 말하자 곧 뜬금없다는 듯한 표정이 따라왔다. 그게 수연이랑 무슨 상관이냔 얼굴이다.

"왜 그렇게 걱정을 달고 살아. 누가 나한테 뭐라고 하든, 그게 뭐 그렇게 중요하다고."

침묵하는 지안을 보며 태건이 말을 이었다.

"설령 수연 씨가 날 잡아먹으려고 했어도, 아, 그건 안 되겠다. 아무튼."

"……"

"그러니까 내 앞에서만큼은 불안해하고 눈치 보고, 그런 거 하지 마."

물론 다른 사람들 앞에서도 그랬으면 좋겠지만.

무심한 척, 그러나 진심이 묻어나는 그의 음성에 지안은 불쑥 가슴이 뛰는 걸 느꼈다. 언제부턴가 자연스레 마음을 비우는 일에 익숙해진 그녀였기에 실은 담담하게 그의 말을 받아넘길 수도 있었다. 그러나 어느 한편으론 낯설지만 오래도록 동경해 온 영역 안으로 발을 들여놓고 싶단 강한 충동을 느꼈다. 그의 마음을 오롯이 차지하고픈 간절함. 정말 그래도 되는 걸까. 어떤 기대, 혹은 설렘 따위의 감정이 혈류 사이로 스며들어 제 몸을 맹렬하게 태우는 것만 같았다. 뭉클해지는 기분에 그녀가 시큰거리는 콧잔등을 찡긋거렸다.

그에게 잡혀 있던 손이 허전하다고 느껴지는 순간 뺨 위로 전해지는 온기에 그녀가 얼른 고개를 돌렸다. 길쭉한 손가락이 그녀의 뺨을 가볍게 쓸고 지나갔다. 마치 웃는 게 예쁘다니까, 하고 재촉하는 듯한 손길에 지안이 피식 웃음을 머금었다.

"아, 예쁘다."

조금은 능청스럽기까지 한 그의 너스레에 지안이 좀 더 활짝 웃었다. 예쁘다는 말에 이렇게 설렐 수도 있는 거구나. 어색함을 덜어내고 나자 연인 사이에서 느낄 법한 친밀감이 느껴졌다. 한없이 샘솟는 행복감에 지안은 떨리는 심장을 진정시키려는 듯 가슴에 얹은 손을 가만히 내리눌렀다.

❋　✼　❋

딸랑.

빈티지한 철제 손잡이를 밀고 들어서자 테라코타와 앤틱 벽돌로 장식된 실내가 보인다. 칵테일 바 특유의 어둡고 탁한 조명에 곧 익숙해진 시야 사이로 번쩍 손을 들어 보이는 찬성의 모습이 들어왔다.

"어, 여기!"

찬성을 발견한 태건이 씩 미소를 지어 보이며 걸음을 옮기자 등을 보이고 앉아 있던 준형이 몸을 돌리며 가볍게 손을 들어 인사를 했다.

"오랜만이다."

"그러게."

"요즘 연애한다며?"

의자에 엉덩이를 붙이기 무섭게 날아든 준형의 질문에 태건이 대뜸 찬성을 바라봤다. 어깨를 으쓱인 찬성이 준형을 향해 몸을 기울이며 입을 열었다.

"같은 학교를 다녔단 죄로 내가 얘네 동아리 후배놈 전화번호까지 수배하고 다녔다니까?"

휙, 하고 돌아오는 시선에 '덥다.' 한마디를 한 태건이 다가온 바텐더를 향해 모히토를 주문했다.

"짜식, 목 타냐?"

옆구리를 툭 치며 찬성이 묻자 태건이 비식 입꼬리를 말아 올렸다.

"스읍. 이 자식, 진짠가 보네."

눈매를 가늘게 좁힌 찬성이 슬쩍 몸을 세우며 말하자 별다른 대꾸 없이 머리를 쓸어 넘긴 태건이 다시 한 번 '덥다.' 하고 중얼거렸다.

"대체 어떤 여잔데?"

침묵하고 있던 준형이 입을 떼며 태건을 바라보자 찬성이 먼저 툭, 하고 말을 던졌다.

"예쁘단다. 예쁘다는 말을 입에 달고 살아."

찬성의 말에 슬쩍 미간을 좁힌 준형이 의아한 듯 고개를 기울였다.

"단지 예쁘다고?"

"예쁘기만 하겠냐. 몸매도 좋고 집안도 빵빵하겠지."

투덜대듯 뱉은 찬성의 말에 가만히 시선을 늘이고 있던 태건이 조용히 입을 열었다.

"오롯이 나만 바라보는 눈길이…… 좋은 것 같아."

푹 빠졌구만. 중얼거린 찬성이 몸을 바짝 당겨 앉으며 태건에게 물었다.

"집에는, 말씀드렸어?"

뭐가 그렇게 궁금한지 눈까지 반짝이는 찬성을 슬쩍 바라본 태건이 마침 바텐더가 건넨 모히토를 받아 들며 눈인사를 했다.

"말씀드렸냐고."

재차 물어오는 질문에 모히토를 한 모금 머금은 태건이 지그시 찬성을 응시한다.

"아니."

그러자 찬성이 고개를 끄덕거린다.

"하긴, 쉽게 꺼낼 얘긴 아니지."

팔짱을 끼며 심각하게 얼굴을 굳혔던 찬성이 이내 준형을 돌아보며 물었다.

"그래도 장족의 발전 아니냐? 이 녀석 입에서 여자 예쁘단 소리가 다 나오고."

그 말에 연어샐러드를 입에 넣던 준형이 피식 웃었다.

"세월 덕인가 보다."

혼잣말처럼 중얼거린 소리에 찬성이 동조하듯 그래, 세월이 얼마냐, 맞장구를 쳤다.

태건의 얼굴에 잠시 그늘이 지는가 싶더니 언제 그랬냐는 듯 밝은 빛을 되찾는다. 그러곤 문득 생각났다는 듯 준형에게 물었다.

"그나저나 리모델링 작업은 다 끝냈어?"

준형은 2년 전에 아버지로부터 물려받았던 출판사를 요즘 들어 새롭게 손보느라 정신이 없다 했다. 자수성가로 이뤄낸 출판사였기에 남다른 애착을 보이던 준형의 아버지는 출판사가 책만 잘 만들면 됐지 뭘 따로 돈까지 들여 리모델링을 하느냐 한창 반대를 하셨다지만 젊은 감각이 경영에 도움이 된다는 준형의 오랜 설득에 결국 허락을 하셨단 소식을 전해 들은 뒤다.

"얼추."

"한시름 놨네."

"실은 변화를 주는 김에 로고도 바꿀까 해서 캘리그래퍼 한 명 소개받기로 했는데."

캘리그래퍼란 소리에 태건의 귀가 번쩍 틔었다.

"캘리그래퍼?"

"응. 근데 만나기도 전에 실망을 해서 다른 사람을 알아봐야 하나 싶다."

"왜?"

"만나기로 한 날 말도 없이 펑크를 냈어. 약속 안 지키는 사람 질색인데."

마음에 들지 않는다는 듯 고개를 절레절레 흔드는 준형을 보며 태건은 머릿속으로 지안을 떠올렸다. 지안을 소개시켜 줄까? 그러나 이내 마음을 접는다. 유치하게도 지안에게로 닿을 준형의 시선이 신경 쓰인 탓이다. 말도 안 되게 유치하다 생각하면서도 끝끝내 지안을 소개시켜 주겠단 말은 목 너머로 감춘 채다.

"일단 내일 만나기로 다시 약속을 잡긴 했는데 이미 신뢰를 잃은 뒤라."

"피치 못할 사정이 있었겠지. 너무 박하게 굴지 말고 잘 만나봐."

모히토가 담긴 잔을 빙빙 돌리며 뱉은 태건의 말에 준형의 눈썹이 씰룩 휘어졌다.

"그 여자가 많이 예쁘긴 한가 보다. 너 이렇게 너그러워진 거 보니."

"훗."

슬쩍 고개를 내리며 웃은 태건이 그런가, 하고 혼잣말을 했다.

지안의 얼굴을 떠올리니 갑자기 그녀의 목소리가 듣고 싶었다. 밤이라 그런 건가. 전화기가 들어 있는 주머니를 더듬어본 태건이 화장실을 가는 척 몸을 일으켰다. 지금 바로 지안의 목소리를 들어야만 할 것 같았다.

✻　✻　✻

―도서출판 나무의 꿈

작은 화분을 품에 안은 지안이 건물 입구에 세워진 입간판을 바라보며 옅게 한숨을 쉬었다. 시선을 들어 건물을 올려다보는 그녀의 얼굴에 난감한 기색이 가득 어린다.

처음이었다, 누군가와의 약속을 그렇게 일방적으로 깨뜨린 것은. 제 개인적인 변명으로야 태건 선배 때문이었단 구실을 들 수 있다지만 그것은 말 그대로 그녀 개인의 사정일 뿐, 그것으로 지키지 못한 약속을 정당화시킬 순 없었다. 게다가 업무상의 만남이었다. 그것도 수연의 남편, 준범 씨의 소개로 이루어진. 일에 관한 한 더할 나위 없이 철두철미하단 평을 듣던 그녀였으나 태건 선배를 보는 순간 내려앉은 심장은 남아 있던 이성마저 마비시키고 말았다.

"······."

머리로는 얼른 들어가 지키지 못한 약속에 대한 사과를 하라 한다지만 선뜻 다리가 움직이지 않았다. 이유를 물으면 무어라 답을 해야 할까. 답을 한다 해도 그것으로 준범 씨까지 곤란을 겪게 만들며 약속을 어긴 것에 대한 이해를 얻어내긴 힘들 것이다. 이곳까지 오는 내내 사라지지 않는 묵직한 긴장감이 그녀의 발목을 잡아끌었다.

"후우."

가만히 눈을 감고 크게 심호흡을 한 지안이 떨어지지 않는 발을 떼며 천천히 걸음을 옮겼다.

"어, 북 카페 아직 영업 안 하는데요."

유리문을 열고 들어서자 면장갑을 낀 손으로 책장에 책을 꽂아 넣던 남자가 그녀를 돌아보며 머쓱한 미소를 지어 보였다. 한창 정리 중이었던 듯 전면 유리를 통해 쏟아진 햇살이 수북이 쌓아놓은 책들 위로 잘게 부서졌다. 제법 카페 모습을 갖춘 1층 내부가 시야 안으로 환하게 들어왔다. 또 다른 사람은 없는지, 주위를 얼른 돌아본 지안이 남자를 향해 말했다.

"저기, 대표님을 뵈러 왔는데요."

대표를 만나러 왔단 말에 아, 하고 표정을 밝힌 남자가 안쪽을 돌아보며 누군가를 불렀다.

"영현 씨!"

그러자 네, 하는 음성과 함께 쪼르르 여자 하나가 달려 나왔다.

"대표님 찾아오신 손님."

남자가 짧게 설명하자 고개를 끄덕인 여자가 '약속하셨나요?' 하고 묻는다.

"네, 서지안이라고."

"아. 이쪽으로 오세요."

여자는 단숨에 3층 계단을 오르며 지안을 돌아봤다.

"힘드시죠? 4층 건물이라 엘리베이터가 없어요."

"이 정도는 운동 삼아서라도 늘 다니는데요, 뭐."

별것 아니라는 듯 밝게 웃어 보였지만 실은 점점 가빠오는 호흡을 가다듬느라 벌어진 입술로 연신 숨을 내쉬는 중이었다.

똑똑.

대표실이라 적힌 문 앞에서 노크를 하고 들어간 여자가 방문객의 도착을 알렸다.

"안녕하세요."

애써 담담한 얼굴로 사무실에 들어선 지안이 고개를 숙여 인사를 했다. 내내 집중하고 있던 서류에서 그제야 시선을 들어 올린 준형이 지안을 바라보며 몸을 일으켰다.

"앉으시죠."

싸늘한 표정만큼이나 냉랭한 목소리에 지안이 입매를 굳히며 소파로 다가갔다.

"차 드시겠습니까?"

사실 목이 말랐으나 분위기가 분위기인 만큼 물 한 잔 청하는 말이 쉽사리 나오지 않았다. 들고 온 화분을 소파 옆에 내려놓은 지안이 준형을 바라보며 살짝 고개를 저었다.

"아뇨, 괜찮습니다."

준형이 여자를 향해 눈짓하자 가볍게 고개를 숙인 여자가 문을 닫고 나갔다.

"그날은, 정말 죄송했습니다."

시선을 내린 지안이 조용히 말하자 바라보고 있던 준형도 입을 열었다.

"나는 무책임한 사람을 싫어합니다."

"네."

"때문에 실은, 서지안 씨와 마주하고 있는 게 썩 유쾌하진 않군요."

"이해합니다. 저라도 그랬을 거예요. 변명의 여지가 없는 일이라……."

"이런 기분으로 일을 맡긴다는 건."

"저, 일 때문에 찾아뵌 건 아니에요."

담담한 얼굴로 말을 끊는 지안의 얼굴을 물끄러미 응시하던 준형이 한쪽 눈썹을 씰룩 추켜올리곤 눈매를 가늘게 좁혔다.

"사과를 드리고 싶어서."

"사과라면 이미 강준범 씨를 통해 받았습니다."

다음날 걸려온 전화를 떠올리며 준형이 말했다. 숨넘어갈 만큼 급한 일 때문이었다며 대신 사과를 전하던. 하지만 준형은 그마저도 무책임한 변명이라고 생각했다. 대체 어떤 급한 일이었기에 전화 한 통 걸어줄 생각조차 하지 못했단 말인가. 아니, 어쩌면 급했다던 일보다 제 약속을 등한시 여긴 지안에 대한 불만이 좀 더 크게 작용했는지 모르겠다.

"그래서 찾아뵌 거예요, 제가 드린 사과가 아니니까. 그리고 저 때문에 강준범 씨까지 곤란을 겪게 해드린 것 같아 그것도……."

지안이 깊게 고개를 숙였다.

"정말 죄송합니다. 변명의 여지가 없어요."

찰랑. 흘러내린 머리카락 사이로 하얗게 드러난 목덜미가 왠지 모르게 시려 보였다. 어느새 여름의 문턱에 접어들었건만 이게 무슨.

여전히 굳힌 얼굴을 풀지 않은 채 그가 입을 다물고 있자 숙였던 고개를 들어 올린 지안이 무안한 듯 지그시 입술을 깨물었다. 어색한 침묵이 계속해서 흘렀다. 너무나 길고 아득한 순간이었다. 알았으면 그만 빨리 사라지란 무언의 압박처럼 느껴졌다. 저한테 화를 내는 건 얼마든 감당할 수 있지만 저로 인해 준범 씨가 곤란을 겪지 않았으면 했다. 하지만 입을 더 벙긋거렸다간 오히려 긁어 부스럼을 만들 것도 같았다. 숨도 크게 쉬지 못한 채 얼어 있던 지안이 옆에 있던 가방을 주섬주섬 챙겨 들었다.

"시간 내주셔서 감사합니다. 그럼."

지안이 몸을 일으키려는 순간 그가 물었다.

"대체 그 숨넘어갈 만큼 급한 일이 뭐였습니까?"

말을 뱉은 준형이 천천히 시선을 들어 지안과 눈을 마주했다.

"피치 못할 사정이 있었겠지."

여유롭게 중얼거리던 태건의 목소리가 떠오른 것과 거의 동시에 튀어나온 질문이었다.

가방을 쥔 채 물끄러미 눈을 깜빡이던 지안이 머뭇머뭇 입술을 움직였다.

"말씀…… 안 드리는 게 나을 것 같아요. 제게는 숨이 넘어갈 만큼 중요한 일이었지만, 그걸 이해받자고 대표님까지 우울하게 만들어 드릴 순 없으니까."

혹시나 집안 식구 누가 죽거나 다친 것일까. 상대방의 사정 따윈 살필 겨를 없이 모난 얼굴로 내내 몰아세우기만 했던 행동에 조금은 미안한 감정이 들었다.

"안 좋은 일이었습니까?"

딱딱하게 굳어 있던 준형의 미간이 어느새 풀어졌다.

"아뇨. 잃어버렸던 사람을 찾았어요."

말끝을 흐리는 지안의 눈동자가 얼핏 흔들렸다. 감정을 추스르려는 듯 그녀가 단단히 턱에 힘을 주었다. 가방을 움켜쥔 그녀의 손등에 하얗게 관절이 도드라지는 것을 지켜보며 준형이 말했다.

"피치 못할 사정이 있었나 보군요."

한결 부드러워진 목소리가 입술을 타고 흘러나왔다. 가슴 안에서 문득 일렁인 안쓰러움 때문이었다. 지안은 정말로 사과만 하고 갈 작정이었는지 곧장 일어날 기색으로 가방을 쥐고 있었다. 이런 기분으론 일을 맡길 수 없다며 먼저 선을 그은 것은 자신이었지만, 그것은 어디까지나 업무적 우위를 선점하고자 한 시위였을 뿐

실제 실행에 옮길 생각은 없었다. 물론 일방적인 약속 파기에 기분이 언짢았던 것은 사실이었지만.

"그건, 무슨 나뭅니까?"

무안해진 마음에 힐긋 시선을 내린 준형이 소파 옆에 놓인 화분을 바라보며 물었다.

"아."

좀 전까지도 날카롭게 올라섰던 눈매가 느른하게 풀어진 것을 느낀 지안이 작게 안도하며 그를 따라 시선을 내렸다. 지안이 손을 뻗어 화분을 집어 들었다.

"커피나무예요."

흔하게 주고받는 화분이 아닌 탓에 나무를 바라보는 준형의 눈빛이 조금 더 진해졌다.

"커피나무를 화분에서도 키웁니까?"

"네."

로스팅을 하지 않은 생두는 접해봤어도 커피나무를 직접 보는 건 처음이었다. 늘 마시던 커피와는 또 다른 느낌에 찬찬히 나무를 살피던 준형이 지안을 바라보며 물었다.

"설마 진짜로 커피가 달리는 건 아니죠?"

그저 관상용으로, 푸른 잎이나 보고자 키우는 것이라 생각하고 던진 준형의 질문에 지안이 입을 열었다.

"지금 당장은 아니지만 한 3, 4년쯤 뒤엔요."

"이 나무에서요?"

"그땐 지금보다 좀 더 자란 모습이겠죠."

그녀가 말한 대로 지금보다 훨씬 풍성한 잎과 가지 사이로 빨간 커피체리가 맺힌 모습을 상상하던 준형이 고개를 털었다. 정말 이 나무를 키워 커피를 수확하기라도 하겠다는 건가. 나무 따위를 키워본 경험도 없거니와 우연히라도 화분에 물을 준 기억조차 없는 사실을 떠올린 준형이 픽 미소를 지으며 나무를 바라봤다. 반짝거리는 커다란 잎을 조심히 쓸어내린 지안이 작은 소리로 중얼거렸다.

"그때쯤이면 이 아이도 예쁜 꿈을 꾸고 있겠네요."

"나무가 꾸는 꿈이라. 결국 열매를 맺는 거라 생각하시는 겁니까?"

'나무의 꿈'이란 자신의 출판사 사명(社名)을 떠올린 준형이 시선을 돌려 지안을 바라봤다. 초록색 물감이 뚝뚝 떨어질 것만 같은 싱싱한 나뭇잎을 쓸어내리는 지안의 눈도 함께 반짝이고 있었다.

"사람마다 꾸는 꿈이 다르듯 나무도 마찬가지일 거라 생각해요."

준형의 물음에 담담히 대꾸한 지안이 잠시 생각하곤 곧 말을 이었다.

"하지만 해석은 사람의 몫이겠죠."

옅게 미소를 지은 지안이 준형을 돌아봤다.

4. 불안한 행복

오픈을 앞둔 일식집에서 급하게 맡긴 로고 마무리 작업 때문에 일산까지 다녀오고 나니 어느덧 6시가 넘어 있었다. 굳이 현장에서 미팅을 갖자던 재촉에 어느 정도 예상을 하긴 했지만 역시나 계약 외적인 일들이 그녀를 기다리고 있었다. 평소 같았으면 칼같이 거절을 했겠지만 출판사에서의 마음 졸임 탓인지 제 눈치를 살피는 중년의 여사장과 눈이 마주치는 순간 그만 고개를 끄덕이고 말았다.

"오늘뿐이야."

스스로에게 타이르며 지안이 숨을 뱉었다.

종일 동동거리느라 샌드위치 하나로 대강 허기를 달랜 탓인지 몸이 께느른한 게 팔다리가 축 처지는 기분이었다. 불 꺼진 집에 들어가, 그것도 제 손으로 밥을 해 먹을 엄두 따윈 이미 온몸을 내리누르는 무기력함 앞에서 완벽히 무너진 뒤였다. 고추냉이를 푼 간장에 콕 찍어 먹는 새콤달콤한 초밥도 먹고 싶고, 빨갛게 달아오른 숯불에 치익 구워가며 먹는 두툼한 등심도 눈앞에서 아른거렸다. 아니다. 머리가 쨍, 할 정도로 시원한 냉면 육수를 쭉.

Rrrrr. Rrrrr.

머릿속에 그려진 진수성찬에 홀로 만족스러운 포만감을 느끼던 순간 들려온 전화벨 소리가 그녀를 현실로 뚝 떼어놓았다. 멍하니 허공을 응시하고 있던 지안이 허겁지겁 가방 안에서 전화기를 꺼내곤 환한 웃음을 입술에 내걸었다.

"선배."

재빨리 통화 버튼을 밀어 귀에 갖다 댄 지안이 가라앉았던 목소리를 밝게 띄우며 입을 열었다.

[무슨 좋은 일 있었어? 목소리가 밝네.]

그의 물음에 고개를 숙이며 후후 웃은 지안이 멋쩍은 듯 말했다.

"먹고 싶은 거 떠올리고 있었거든요."

[뭐가 그렇게 먹고 싶었는데?]

"그냥 이것저것 다요. 배고프니까 생각나는 것마다 다 먹고 싶어서."

[아직 일산인가?]

"아뇨. 방금 서울 들어왔어요. 지금 버스정류장."

[사람들하고 같이 있는 거 아니야?]

"일 마치고 바로 헤어졌죠."

[그럼 지금 혼자서······.]

잠시 말을 끊어낸 그가 후, 하고 숨을 내쉬곤 그녀에게 물었다.

[지금 있는 곳이 어디야?]

근처 커피숍에 들어가 있으란 그의 말끝에 어딘지 화가 묻어나
는 듯해 지안은 버스정류장에서의 기다림을 포기하고 그의 말을
따르기로 했다. 사람들로 북적이는 브랜드 커피숍을 피하고자 휘
적휘적 걸음을 옮기니 모퉁이 옆, 작은 커피숍이 눈에 들어왔다.
유리문을 통해 대강의 내부를 살피며 금속 재질의 손잡이를 밀자
눅눅한 바깥 공기와는 다른 에어컨의 찬기가 얼굴을 훅 스쳤다.
은은하게 감도는 커피 향에 잠시 마음이 흔들렸지만 창가 테이블
에 자리를 잡고 앉은 지안은 메뉴판을 내려놓는 직원에게 레모네
이드를 주문했다.

송골송골 기포가 맺힌 레모네이드를 빨대로 쭉 빨아들이자 탄
산의 쌔한 기운에 찔끔 눈물이 솟았다. 식도를 통해 내려가는 적
나라한 느낌에 그녀가 작게 어깨를 떨며 팔을 쓸어내렸다. 예정되
어 있지 않은 약속이 주는 설렘에 가슴 한쪽이 살짝 두근거림을
느끼지만 무언가를 하지 않은 채 막연히 창밖을 바라보고 있는 것
은 아무리 얼마 없는 손님들 사이에서라도 머쓱한 것은 사실이었
다. 머리를 쓸어 올리며 휴대전화를 힐긋 내려다본 지안이 가방
안에서 주섬주섬 펜과 수첩을 꺼내 무언가를 쓱쓱 끼적였다.

—바스락바스락. 텀벙텀벙. 뽀득뽀득. 죄암죄암.

머릿속에서 떠오른 의성어와 의태어들이 그녀의 수첩 위에서

사각사각 소리를 내며 점차 기지개를 켜기 시작했다. 같은 글자라도 표현하는 이의 생각과 느낀 감정에 따라 다르게 표현되는 것이 캘리그래피였다. 찰방찰방이란 글자를 쓰더라도 오동통 젖살이 오른 다리로 물장구를 치는 아이의 느낌과 커다란 어른의 것은 확연히 다르니까. 때문에 지안은 틈이 날 때마다 종이와 펜을 통해 그때그때의 느낌을 저장시키곤 했다.

얼마나 지났을까. 지안은 문득 뺨에 닿는 시선을 느끼며 살며시 고개를 돌렸다. 언제 와 있었는지 세워둔 차에 느른히 몸을 기댄 채 자신을 바라보고 있는 태건의 모습이 유리 너머로 들어왔다. 그를 발견한 지안이 활짝 웃으며 빠른 손길로 테이블 위를 정리하자 그제야 몸을 바로 세운 태건이 성큼성큼 커피숍 입구로 다가왔다.

"왔으면 들어오든가 아님 전화를 하지 왜 그러고 있어요."

그가 열어준 문밖으로 걸음을 옮기며 지안이 묻자 태건이 대답 대신 조수석 문을 열어 보였다.

"배고프다며. 일단 타."

지안이 조수석에 몸을 앉힘과 동시에 차체를 돌아 운전석으로 향한 그도 곧 차에 올랐다. 묵직한 엔진음과 함께 차가 움직였다. 나란히 앉아 있는 공간 안으로 길고 무거운 침묵이 켜켜이 내려앉았다.

"흠."

눈썹을 움찔 씰룩인 그가 핸들에 손을 올린 채 입을 열었다.

"실은 화가 났었어."

말끝에 묻어나던 화기가 착각이 아니었구나. 입술에 걸렸던 미소를 지워낸 지안이 시선을 내리며 빠르게 눈동자를 굴렸다.

"아니, 솔직히 말하자면 서운했다는 게 맞겠지."

이유를 유추해 내기도 전, 날아든 음성에 고개를 들어 올린 지안이 그를 바라봤다.

"길거리에서 혼자 음식을 골라야 하는 그 순간에도, 어째서 너는 나를 먼저 떠올리지 못했던 걸까."

아니, 솔직하지 못한 변명이다. 말도 안 되는 억지. 하지만 순간에 치민 감정의 주체를 '서운하다'라는 형용사로 덧씌우지 않는다면 거리에서 홀로 방황하던 지안의 모습을 익숙한 듯 떠올린 제 자신을 설명할 길이 없었다. 어째서, 어째서 기억에도 없다던 그녀의 외로움을 그렇게 당연한 듯 떠올릴 수 있었던가.

스멀스멀 차오르는 한기에 이곳까지 오는 내내 끊임없이 머리를 굴렸다. 하지만 먹물을 끼얹은 듯 막막하기만 한 기억은 깊이를 알 수 없는 절벽 위에서 줄을 타는 곡예사처럼 그를 위태롭게 흔들 뿐이었다.

반쯤 붕 뜬 채로 운전대를 움직이다 보니 어느새 그녀가 있었다던 버스정류장 근처에 다다라 있었다. 차를 세우고 전화를 걸 요량으로 속도를 줄이며 모퉁이를 도는데 커피숍 유리 너머로 보이는 작은 등을 구부린 채 앉아 무언가를 쓰고 있는 누군가의 뒷모습에 순간 눈길이 닿았다. 가냘픈 어깨, 작은 바람에도 곧 바스러질 듯 위태로운 목덜미…….

무의식적으로 시선을 따라 올리던 그때, 잔뜩 집중한 채 입술을 앙다물고 있는 그녀의 얼굴을 확인하는 순간 복잡하게 머릿속을 잠식하던 생각들이 순식간에 증발해 버렸다. 불안정하게 뛰던 심장도 평온을 되찾으며 싸늘하게 식었던 손끝으로 뜨거운 피를 내돌렸다. 스스로 생각해도 헛웃음이 나올 정도로 어이가 없는 상황이었지만 이미 통제를 벗어난 이성은 그를 제어 장치가 고장 난 로봇처럼 무기력하게 만들어 버린 뒤다. 전화를 걸 생각도, 커피숍 문을 열고 들어가 그녀를 불러낼 생각도 하지 못한 채 말끄러미 그녀를 지켜보던 그는 아까까지 느끼던 익숙함과 달리 지금의 이런 상황이 무척이나 낯섦을 느꼈다. 하지만 기억을 되짚어봤자 별다른 소득이 없다는 것을 이미 학습한 그로서는 금세 부피를 키우며 다가오는 불안의 기운을 떨치고자 그녀를 바라보던 눈동자에 힘을 줄 뿐이었다.

"서운했어."

그가 지안에게 사실을 단단히 주지시키려는 듯 고저 없는 말투로 말했다.

"그런데."

꿀꺽. 그의 목울대가 울렸다.

"네가 날 보고 웃는 순간 바보같이 다 잊어버렸다."

꾹 다물려 있던 그의 입술이 피식 열리자 긴장으로 잔뜩 어깨를 굳히고 있던 지안이 천천히 눈을 깜빡였다.

"널 만나면서 좋아하는 것만 생기는 줄 알았는데, 싫어하는 것도 하나씩 늘어가."

불퉁하게 말을 뱉은 그가 슬쩍 지안을 돌아봤다.

"네가 혼자 그러고 있는 거, 싫어. 눈치 살피는 것도, 꾹 눌러 참기만 하는 것도 싫다. 내가 이렇게 말도 안 되는 억질 부리면 따져 묻기도 하고 풀릴 때까지 화도 내. 배고플 땐 맛있는 거 먹으러 가자, 갖고 싶은 게 있으면 사달라 떼도 쓰고."

"⋯⋯아."

무슨 생각을 하는지 고개를 숙인 채 가슴에 가만히 손을 얹고
있던 지안이 빙그레 웃음을 지었다.

"정말 화난 줄 알고 긴장했는데."

살짝 끝말을 흐린 지안이 고개를 들어 그를 바라봤다.

"지금은 가슴이 간질거려요, 설레고 좋아서."

부끄러움에 발끝부터 빨갛게 달아오르는 기분이었지만 그가 뱉
어낸 한마디 한마디에 가슴이 설렌 건 사실이다. 8년 전과 달리
이렇게 고스란히 자신의 속을 내보이는 태건 선배가 낯설면서도
좋았다. 그의 적극적인 고백이 믿기지 않으면서도 기뻤다. 저에게
로 흘러드는 그의 마음을 눈앞에서 확인했던 사실이 꿈만 같았다.
이 사람이 정말 내 남자인 게 맞는 걸까? 무수한 생각들이 머릿속
을 교차하며 지나갔지만 지안은 순간 떠올렸던 표현에 마음이 들
뜨는 것을 느꼈다.

내 남자.

새빨갛게 달아오르다 못해 화르륵 불꽃이 일 것 같지만 온몸에
생생한 활기를 불어넣는 잔잔한 행복에 가슴 한편이 뻐근해졌다.

배시시 입술 끝에 맺힌 미소에 태건은 오히려 미안한 마음이 들
었다. 숨을 꿀꺽 삼키며 다시 전방에 시선을 꽂은 태건이 뚝뚝한
얼굴로 말을 뱉었다.

"이것저것 먹고 싶대서 일식 뷔페 예약했다."

"네."

지안이 방싯 웃었다.

나무 향이 짙게 나는 입구를 들어서자 이곳이 과연 실내일까 싶을 정도로 조경이 잘 꾸며진 정원이 눈에 들어왔다. 인공적이라 하기엔 너무도 자연스러운 느낌에 고개를 들어 천장을 올려다보니 커다란 유리를 통해 어스름 노을빛이 쏟아지고 있었다. 시간에 의해 조율된 조도는 인위적인 공간을 시시각각 변화시키며 편안한 분위기를 자아내고 있었다.

"오셨습니까."

태건을 알아본 지배인이 반갑게 다가와 고개를 숙이자 태건도 가벼운 목례로 답을 했다.

"룸 안내해 드리겠습니다."

바위틈으로 흐르는 물길 사이로 천천히 걸음을 옮기자 2년 전 수연과 함께 묵었던 교토의 료칸이 떠올랐다. 결혼 전 누리는 마지막 자유라며 지안을 잡아끌고 향했던. 아침에 일어나 문을 열면 화려하진 않지만 잘 정돈된 정원이 오래된 목조 건물과 어우러진 채 절로 탄성을 자아내게 했고, 유카타를 입고 작은 연못과 조경이 아기자기한 정원을 거닐다 보면 마치 액자 속 풍경을 들여다보고 있는 듯한 작은 착각에 빠지곤 했다. 야외 온천을 즐긴 뒤 입이 아닌 눈으로 먹어야 할 것 같은 가이세키 요리를 맛보며 느꼈던 작은 사치. 잠시 떠올리는 것만으로도 눈가가 아련해진 지안이 얼른 생각을 털어내며 걸음을 옮겼다.

지배인의 안내를 받아 프라이빗룸으로 향하던 지안은 각 코너에 진열된 음식들을 눈으로 훑으며 군침을 삼켰다. 잠시 허기를 잊었던 위가 음식을 보자 아우성을 쳤다. 자칫 꼬르륵, 소리가 들릴 듯한 걱정에 지안은 손으로 배를 지그시 누르며 룸 안으로 들어섰다.

기본 세팅이 되어 있는 테이블에 자리를 잡고 앉자 단정하게 머리를 틀어 올린 직원이 다가와 작은 사발에 담긴 전복죽을 조용히 올려놓고 나갔다.

"먹고 있어."

지안을 향해 작게 속삭인 태건이 몸을 일으켰다. 화장실에라도 가려는가 싶은 생각에 고개를 끄덕인 지안이 김이 모락모락 피어오르고 있는 전복죽을 향해 시선을 돌렸다.

식전 죽으로 나온 전복죽의 고소한 풍미가 입안에서 사라지기 전 모습을 드러낸 태건의 손엔 꽃무늬가 그려진 동그란 접시가 들려 있었다.

"젠사이(前菜) 몇 개 담아왔어. 먹어봐."

"젠사이요?"

한입 크기의 작은 접시에 담긴 아기자기한 요리들을 보며 지안이 묻자 '식전 음식.' 이라 답하며 자리에 앉았다.

"이건 전복이랑 새우 같은데, 이건 뭐예요?"

"모주꾸. 해초의 일종인데 먹으면 입맛이 돌 거야."

이미 왕성하다 못해 펄펄 끓어오르는 식욕으로 눈을 번뜩이고 있는 지안의 사정을 아는지 모르는지 그는 그녀의 식욕을 돋우기 위해 담아온 전채요리를 차분히 설명하며 미소 지었다.

"손대기 아까울 정도로 예쁘긴 한데 지금은 배가 너무 고파서."

멋쩍게 웃은 지안이 그가 가져온 전채음식으로 손을 뻗었다. 오물오물 음식을 씹느라 통통해진 볼을 사랑스럽게 바라보던 태건도 그제야 손에 쥔 숟가락으로 전복죽을 떠먹기 시작했다.

익숙한 풍경이 눈에 들어오자 가방을 만지작거리던 지안의 입에서 작은 한숨이 흘러나왔다. 집에 도착했단 생각보다 먼저 그녀의 머릿속을 지배한 것은 그와 헤어져야 한단 아쉬움이었다.

음식의 맛도 맛이지만 그와의 식사는 정말로 즐거웠다. 초밥을 쥐는 요리사의 손길을 반짝이는 눈으로 바라보다 접시를 내밀기도 하고, 생소하기만 한 시소잎에 싼 두툼한 생선회를 입에 넣으며 작게 웃음을 짓기도 했다. 슬슬 포만감을 느끼면서도 로바다야키 코너에 미리 주문해 두었던 모둠 바비큐의 고소한 냄새에 또다시 심기일전, 젓가락을 놀린 제 먹성에 새삼 놀라움을 느꼈다. 시원한 메밀소바를 먹고 마지막으로 향한 디저트 코너에선 배가 불러 맛보지 못할 디저트들에 대한 안타까움에 절망의 탄식이 흘러나왔다.

힐긋 시각을 확인하니 어느새 9시가 넘어 있었다. 차라도 한잔하고 가란 말을 꺼내고 싶었지만 그러기엔 시각이 너무 늦은 듯했다. 하지만 이대로 보내자니……. 혼자서 이런저런 고민을 하는데 차를 세운 태건이 시동을 끄며 그녀를 바라봤다.

"올라가서 차 한잔할래요, 라는 말이 들려올 린 없겠지?"

그녀가 고개를 획 돌려 태건을 바라보자 말을 꺼내놓고도 머쓱했던 듯 이마를 긁적이며 멋쩍게 웃는 그의 얼굴이 눈에 들어왔다. 늘 당당하고 자신감 넘치는 모습만 보여주던 사람이 웬일인지 목덜미를 벌겋게 물들이며 수줍어하고 있었다. 말을 듣지 못했다면 모를까 게다가 이미 마음이 기울어 있던 그녀가 이제 와 거절을 하는 것도 우스운 일이다.

"안 그래도 그 말 하려고 했는데."

애써 태연한 척 지안이 눈에 힘을 주며 말하자 태건의 눈썹이 휘익 휘어졌다. 두 눈 가득 '정말?' 이란 물음을 담은 태건이 입을 살짝 벌린 채 눈을 깜빡이고 있자 먼저 벨트를 풀어낸 지안이 덜컥, 차 문을 열며 태건을 돌아봤다.

"안 내리세요?"

자박자박 엘리베이터 안으로 들어선 지안이 11이라 적힌 숫자판을 누르며 마른 입술을 적셨다. 호기롭게 말은 꺼냈지만 막상 행동에 옮기고 보니 그냥 근처 커피숍으로 갈 걸 그랬나, 후회가 밀려왔다.

문이 닫히자 우웅 하는 기계음과 함께 엘리베이터가 움직이기 시작했다. 늘 대하던 익숙한 공간에서의 적막이지만 밀폐된 장소가 주는 은밀함에 지안은 숨이 막힐 듯한 긴장감을 느껴야만 했다. 그저 사람을 실어 나르던 운반 기구에 불과하던 그곳이 갑자기 지극히 사적인 장소가 되어버린 듯한 기분에 지안은 대체 어디다 시선을 두어야 할지 난감할 따름이었다. 후우. 조용히 숨을 삼킨 지안은 시선을 위로 올려 층수를 표시하는 불빛을 응시했다.

땡, 하는 소리와 함께 문이 열리자 참았던 숨이 한꺼번에 터져나왔다. 환하게 불이 켜진 복도를 따라 걸어 나온 지안이 1105호라 적힌 문 앞에 멈춰 서자 조용히 그녀의 뒤를 따르던 태건도 우뚝 그녀의 옆에 걸음을 멈췄다. 바로 옆에서 느껴지는 태건의 시선에 도어락 비밀번호를 누르는 지안의 손가락이 가늘게 떨렸다.

달칵.

문이 열리자 머리 위에서 금세 빛을 밝히는 센서등이 환하게 두 사람을 맞이했다.

"들어오세요."

허리를 숙여 바닥에 벗어두었던 신발들을 허둥지둥 정리한 지 안이 거실 조명을 켜며 그를 돌아봤다. 그녀의 뒤를 따라 신을 벗 고 들어선 태건은 조심스럽게 오피스텔 내부를 둘러보았다. 살풍 경한 제 오피스텔과는 달리 단아하면서도 아기자기한 느낌의 공 간이 눈에 들어왔다. 누우면 정말로 향긋한 꽃향기가 날 것 같은 포근한 침구, 작업 공간으로 쓰는 듯 붓이며 펜 등이 꽂혀 있는 커 다란 테이블과 의자, 원목으로 만들어진 2인용 식탁과 깔끔하게 씻어 쪼르르 엎어놓은 그릇들까지. 지안을 똑 닮은 분위기에 태건 은 슬며시 웃음이 흘러나왔다.

"불편하실 텐데 옷 걸어드릴게요."

옷걸이를 들고 다가온 지안이 슈트 상의를 벗어달라는 듯 손을 내밀자 그가 고개를 내려 물끄러미 그녀의 손을 바라봤다. 어렸을 때를 제외하고 누군가로부터 옷시중을 받아본 기억이 없다. 묘하 게 가슴을 저려오는 감정에 그가 가만히 눈을 깜빡였다.

"그냥 입고 계시는 게 편하면……."

"아니."

짧게 고개를 저은 태건이 서슴없이 상의를 벗어 지안에게 건 넸다. 옷을 받아 든 지안이 탁탁 주름을 털어내며 태건을 돌아봤 다.

"손 씻고 싶으시면 저기, 욕실이요."

지안이 손으로 욕실을 가리키자 그가 고개를 끄덕이며 걸음을 옮겼다.

행거에 옷을 건 지안도 싱크대로 다가가 물을 틀었다. 거품을 낸 손을 씻던 지안의 시선에 꽁꽁 닫아두었던 창문이 들어왔다.

"왜 이렇게 더운가 했더니."

피식 웃음을 지은 지안이 서둘러 물기를 닦고 창문을 향해 다가갔다. 본격적인 더위가 시작되진 않았지만 낮 동안엔 제법 햇살이 뜨겁다. 외출하면서 닫아둔 창문 탓에 오피스텔 안은 아직 가시지 않은 한낮의 잔열로 후덥지근했다. 곧바로 에어컨을 틀까 하다가 잠시 환기를 해야겠단 생각에 잠겨 있던 창문을 활짝 열었다. 냉장고에서 꺼낸 생수를 주전자에 담는 순간 욕실 문이 열렸다.

"밤이니까 커피보단 허브티가 좋겠죠?"

가스레인지의 불꽃을 점화시키며 지안이 묻자 태건이 응, 하고 대답하며 다가왔다.

"보시다시피 소파는 없어요."

그녀가 식탁 의자를 가리키며 웃자 태건이 알겠다는 듯 같이 미소 지었다.

"아, 잠깐 환기만 시키고 금방 에어컨 틀어드릴게요. 내내 창문을 닫아두어서."

혼자였다면 이 정도 더위쯤이야 견뎌냈겠지만 태건에게까지 이런 불편을 감수하게 하고 싶지 않았다.

"괜찮아. 밤이라 많이 선선해졌는데 뭐."

"그래도."

"내내 에어컨을 쐬어선지 그냥 밤공기가 더 좋아."

그의 만류에 그런가, 하고 갸웃 고개를 기울인 지안이 꺼낸 찻잔을 닦아 쟁반에 얹었다.

식탁 의자에 앉아 느슨하게 등을 기댄 태건이 사부작사부작 손을 놀리고 있는 지안의 등을 바라봤다. 혼자 생활한 지 꽤 오래된 듯 조용하게 움직이는 그녀의 손길에선 군더더기 없는 익숙함이 느껴졌다. 부모님이 어디 멀리 계시는 걸까. 조용히 의문을 제기하던 태건이 시선을 돌려 다시 그녀의 공간을 둘러봤다. 순간 그의 눈가가 씰룩 움직였다. 아까는 미처 보지 못한 액자 하나가 눈에 들어왔다. 고등학생쯤 되었을까. 앳된 얼굴의 지안과 그녀의 부모님으로 추측되는 분들이 한껏 미소를 짓고 있는 사진이었다.

침대 옆에 두고 볼 정도로 자주 보는 사진인데 어째서 최근 모습이 아닌 거지? 족히 10년은 넘은 듯한 사진에 태건의 미간에 살짝 주름이 잡혔다. 혹시 부모님이 돌아가신 건가? 다급히 앞선 감정에 비해 그녀에 대해 아는 바가 너무 없단 생각이 다시금 밀려들었다. 그때 그 수연이란 친구와 좀 더 많은 이야기를 나누었더라면…….

"히비스커스예요."

지안의 목소리에 고개를 드니 유리 다기를 들고 다가온 지안이 거름망에 차를 올리고 있었다. 김이 모락모락 오르는 주전자를 기울이자 쪼르르 물이 쏟아졌다. 물기를 머금은 꽃받침이 점차 와인과도 같은 붉은빛을 피워내며 새콤한 향을 흘렸다.

"로즈힙이랑 같이 섞어서 마시면 맛이 훨씬 좋은데."

아쉽다는 듯 지안이 중얼거리며 콧등을 찡긋거렸다.

"지금도 향이 꽤 근사한데?"

그가 슬쩍 몸을 숙여 향을 음미하곤 지안을 바라보자 아, 하고 작게 소리 낸 그녀가 다행이라는 듯 생긋 웃었다. 얼마 지나지 않아 최상급의 루비를 연상케 하는 붉은 액체가 유리 다기 안에서 찰랑거렸다.

"부모님이셔?"

그가 힐긋 사진을 돌아보며 묻자 차를 따르던 지안의 눈동자가 애잔하게 가라앉았다.

"네."

"아버님을 많이 닮았구나."

"아주 어렸을 땐 엄마랑 똑같단 소릴 많이 들었는데 커가면서 점점 아빠를 더 닮아가더라고요. 근데 지금은…… 살아 계셨다면 누굴 더 닮았을지."

애써 끌어 올린 입가가 바르르 떨리는 것을 지켜보던 태건은 괜한 질문을 했단 자책을 하며 얼굴을 굳혔다.

"저게 마지막 가족사진이 될 줄 알았다면 좀 더 예쁘게 웃는 거였는데."

헤, 하고 웃어 보이는 지안의 눈에 금세 물기가 어렸다. 아무렇지 않은 척 붉어진 눈을 한껏 접어 보이는 지안을 보는 순간 가슴 한쪽이 쫙 갈라지는 듯한 통증을 느꼈다. 설명할 수 없는 죄책감에 위로의 말을 건네려던 태건은 이내 생각을 바꾸며 입을 꾹 다물었다. 어설픈 위로 따위로 괜히 그녀의 상처를 들쑤시고 싶지 않았다. 그가 말없이 차를 마시자 손등으로 쓱 눈가를 훔친 지안도 조용히 찻잔을 응시했다.

"처음이네요, 선배한테 이런 얘기."

지안이 피식 웃으며 말끝을 흐리자 태건이 고개를 들어 올렸다.

"내 얘길 들어주는 선배 모습이 낯설기도 하면서…… 좋아요."

찻잔을 만지작거리며 중얼거리는 지안의 말에 태건의 얼굴이 무겁게 가라앉았다. 명확하지 않은 기억의 편린들이 그의 마음을 옥죄었다. 답답한 기분에 그가 한숨을 흘렸다.

"저, 좀 주책이죠?"

어깨를 살짝 움츠리며 지안이 웃자 그가 물끄러미 시선을 고정시켰다.

"그때나 지금이나 선배만 보면 정신을 못 차려. 근데 지금은 더 미치겠어요. 예전엔…… 그냥 나 혼자만 좋아하는 게 아닐까."

잠시 말을 끊어낸 지안이 허공 어딘가를 아련하게 바라봤다.

"마주 보고 있어도 선밴 늘…… 다른 곳을 바라보는 것 같았거든요. 그때마다 가슴이 서걱거렸는데, 차마 그걸 못 물어보겠는 거예요."

왜. 왜 그랬느냐 물어야 했지만 입이 떨어지지 않았다.

"그랬다간 선배가 등을 돌릴 것 같아서. 그럼 잡지 못할 것 같아, 그게 무서워서."

반쯤 남은 찻잔을 응시하는 지안의 얼굴이 아파 보였다. 기억은 나지 않지만 안절부절못한 얼굴로 그저 제 눈치만 살피고 있었을 그녀의 안타까움이 고스란히 전해졌다. 순간 누군가 제 심장을 쥐었다 놓은 듯한 고통이 스쳤다. 표 나지 않게 미간을 일그러뜨린 태건이 이를 악물며 주먹에 힘을 주었다.

"지금도 실은 무섭고 겁이 나요. 그런데 불안하면서도 행복해요."

찻잔을 쥔 채 작게 중얼거리던 지안의 눈이 흔들렸다. 파들거리는 긴 속눈썹을 바라보는 태건의 마음도 위태롭게 흔들거렸다. 출처를 알 수 없는 불안이 온몸을 휘감으며 빠르게 잠식해 들어왔다. 눈앞에 빤히 보이는 그녀가, 어느 순간 갑자기 부스러질지 모른단 생각이 밀려들었다. 가슴이 쿵쾅거리면서 아무 생각도 들지 않았다. 그저 그녀를 잡아야겠단 생각만이 유일했다. 황급히 손을 뻗은 태건이 그녀의 손목을 잡아챘다.

"⋯⋯!"

갑작스러운 행동에 놀란 지안이 크게 눈을 뜨며 태건을 바라봤다. 갑자기 왜 이런 행동을 했는지 그 자신도 알 수 없는 일이었다. 심장은 여전히 요동쳤지만 이성은 빠르게 그를 되돌렸다.

"불안해하지 마."

손목을 잡은 채로 그가 말했다. 말을 하는 그조차도 실은 그것이 누구를 향한 당부인지 알 수 없었다. 하지만 그도, 그녀도 불안해해선 안 된다는 강한 의지가 담겨 있었다.

"네가 불안해하면, 나도⋯⋯."

"선배."

여전히 놀란 눈으로 지안이 그를 바라봤다. 잡힌 손목이 뜨겁다고 느끼는 순간 어느새 제 앞에서 몸을 일으키는 그가 보였다. 목을 꺾어 그를 올려다보던 지안이 긴장했다. 시선을 돌리는 것과 동시에 고개를 숙여 다가온 그가 입술을 겹쳐 온다. 안타까울 정도로 아찔한 숨결에 지안이 질끈 눈을 감았다. 볼을 쓸어내리던 태건의 손이 그녀의 턱을 가볍게 감쌌다. 제 쪽으로 가볍게 당기는 손길에 저도 모르게 이끌리듯 몸을 일으켰다.

파묻히듯 그의 품에 안긴 그녀의 입술 사이로 그가 혀를 밀어넣자 힘을 이기지 못한 지안의 고개가 한껏 뒤로 젖혀졌다. 깊이 지안의 혀를 빨아들여 조심스레 어르던 태건은 이내 그녀의 입속을 뜨겁게 휘저었다. 키스가 깊어질수록 타액으로 젖은 입술과 그 사이로 흘러나오는 숨결도 덩달아 거칠어졌다.

소용돌이치듯 올라오는 갈증에 태건은 지안의 몸을 바짝 당겨 안으며 조금 더 깊이 그녀의 입술을 탐했다. 그간 참았던 그리움을 한꺼번에 표출하려는 듯 지안은 팔을 뻗어 그의 목을 감싸 안았다.

순간 아슬아슬하게 참고 있던 본능이 한꺼번에 폭발했다. 절대 서두르지 말잔 다짐은 이성과 함께 멀리 날아간 뒤다. 하얗게 드러난 목덜미에 이를 박은 그가 달큰한 체향을 들이마시며 여린 살을 힘껏 빨아들였다.

"웃."

꽤나 아팠는지 지안이 몸을 움츠리며 짧은 신음을 흘렸다. 슬쩍 시선을 내려 제가 만든 흔적을 만족스럽게 바라본 그가 다시 입술을 집어삼켰다. 질척하게 엉킨 혀가 사뭇 음란하게 움직이자 목을 감싸 안았던 지안의 손에 바짝 힘이 들어가는 게 느껴졌다.

입술을 맞댄 채 지안의 어깨를 어루만지던 태건이 손을 내려 그녀의 셔츠 안으로 손을 집어넣었다. 손안에 느껴지는 보드랍고 말랑한 살결에 태건은 타들어갈 듯 강렬히 솟구치는 소유욕을 느끼며 그녀의 가슴을 움켜쥐었다.

"하아."

"앗, 그만……."

지안이 반사적으로 몸을 경직시키며 그를 밀어내자 태건이 우뚝 움직임을 멈췄다. 성급했다. 그녀를 좀 더 배려했어야 했는데 조절 못 한 욕구가 짐승처럼 반응을 해버린 것이다. 젠장. 그가 미간을 찡그리며 그녀의 머리를 다정히 쓰다듬었다.

"쉬이. 미안. 미안하다."

뛰는 심장을 진정시키며 그녀를 품에 꼭 당겨 안았다. 제 가슴에 얼굴을 묻는 지안의 정수리로 고개를 내린 태건이 가만히 입을 맞추며 그녀의 등을 어루만졌다. 전력질주를 한 듯 두 사람의 어깨가 연신 들썩거렸다.

"나도 같이 키스했는데."

가볍게 숨을 몰아쉰 지안이 품에 안긴 채 웅얼거리자 잔뜩 긴장하고 있던 태건의 입술이 순간 픽 말려 올라갔다. 품에서 살짝 떼어낸 태건이 지안의 입술에 쪼옥 소리가 나게 입을 맞췄다.

"지금 그 말이 얼마나 날……."

할 말 많은 얼굴로 바라보던 태건이 장난스럽게 그녀의 머리를 흐트러며 웃었다. 그러곤 다시 한참을 바라보던 태건이 그녀를 바짝 당겨 안으며 중얼거렸다.

"미치겠다, 정말."

＊　　＊　　＊

"이야. 역시 돈이 좋구나."

소파 등받이에 느긋이 몸을 기댄 찬성이 준형의 사무실을 둘러보며 부럽다는 듯 입을 열었다. 근처 협력사에 외근을 나왔던 그는 함께 점심이나 먹자며 준형의 사무실에 들른 것이다.

"차 줄까?"

막 결재를 마친 파일을 덮은 준형이 몸을 일으키며 묻자 찬성이 바로 고개를 저었다.

"밥 먹을 건데, 무슨."

말을 마친 찬성이 제가 앉아 있던 소파 팔걸이를 슬쩍 문지르며 준형에게 물었다.

"건물도 완전 새것처럼 됐더라. 사무실 이렇게 꾸미려면 돈 많이 들지?"

"목돈이 들긴 했지만, 그래도 태건이 통해서 했더니 필요 없는 지출은 많이 줄였지."

"십만 원짜리 물건 사면서 한 오천 원 깎은 것처럼 말한다?"

"그보단 더 깎았지."

"됐다. 애초에 그 십만 원이 없는 나는 침이나 흘릴 수밖에."

"왜 갑자기 앓는 소리야, 우리 셋 중 제일 알짜인 놈이."

준형의 말에 픽 바람 빠진 소리를 낸 찬성이 머리를 쓸어 올리며 고개를 저었다.

"뭔 말이 되는 소릴 해야 위로랍시고 받아들이기나 하지."

"집에 손 안 벌리고 그만큼 자리 잡은 거, 태건이나 나 같으면 꿈도 못 꿀 일이다."

그저 듣기 좋으라고 던진 소리가 아니라는 듯 준형이 진중한 눈빛으로 말하자 그의 시선을 피해 눈을 내린 찬성이 작은 소리로 입을 열었다.

"비빌 언덕이라도 있는 니들이랑은 달랐으니까. 태건이 자식도 내내 팔(八) 자로 미간 모으고 다녔어도 결국은 제자리 찾아 들어가잖아."

잠시 침묵하던 준형이 작게 고개를 끄덕이곤 중얼거리듯 말했다.

"의외긴 했지."

"그때 생각하면 진짜."

푹, 하고 한숨을 쉰 찬성이 뾰족이 눈썹을 세우곤 준형을 바라봤다.

"멀쩡히 사람 구실 하고 돌아다니는 게, 단지 나이가 들었다는 이유만으로 설명이 되는 거냐?"

"훗. 글쎄."

입술 끝을 들어 올리며 준형이 웃자 이내 몸을 뒤로 젖힌 찬성이 볼을 긁적이며 말했다.

"하긴, 나이는 태건이만 먹은 게 아니니까. 할아버님도 이제 어지간해지셨지?"

"일선에선 물러나셨다지만 그래도."

"그래. 그 포스가 어디 가겠냐. 딱 한 번 뵌 기억이 아직도 강렬하게 남아 있을 정돈데."

슬쩍 몸서리를 친 찬성이 절레절레 고개를 흔들었다.

"그래도 손잔데 좀 져주시지."

그가 작게 중얼거리곤 준형을 바라봤다.

"이번엔 괜찮겠지? 걔 또 돌아버리는 꼴을 어떻게 봐."

"태건이도 속수무책이었을 때완 다르니까."

"어쩌면 그게 더 문제일 수 있다니까? 그때야 연애로 끝날 수 있었다지만 이젠 결혼을 생각해야 할 거 아냐."

"……."

"농담처럼 말하긴 했지만 사실 쟤 저렇게 사람 구실 하고 다니는 게 더 불안해. 아무리 나이가 들어서라고 해도 사람이 그렇게 쉽게 변할 수 있는 거냐? 피우던 담배까지 바로 끊어버리는데 내가 아주."

말끝을 흐린 찬성이 절레절레 고개를 저었다.

"만난다는 사람, 학교 동아리 후배라고 했나?"

"어. 궁금한 건 많은데 겁나서 뭘 물어보지도 못하겠어."

걱정스러운 얼굴로 말하는 찬성을 물끄러미 바라보던 준형이 좁힌 미간을 풀지 않은 채 후우, 숨을 내쉬었다.

"조만간 소개시킨다니까 일단 기다려 보자."

"에이그, 나도 모르겠다. 네 말대로 그때랑은 다르기를 바라봐야지."

얼굴을 털어내던 찬성이 문득 생각났다는 듯 물었다.

"근데 1층 북 카페는 언제 오픈하냐? 얼추 모양은 갖춘 것 같던데."

"로고 맡긴 게 내일 나온다고 해서. 간판 작업 마치면 다음 주 중에 오픈해야지."

"이름은 그대로 나무의 꿈?"

찬성의 물음에 준형이 느릿하게 눈꺼풀을 들어 올렸다.

"사람마다 꾸는 꿈이 다르듯 나무도 마찬가지일 거라 생각해요."

순간 귓가에 스친 말간 목소리에 그가 가만히 눈을 깜빡이며 생각에 잠겼다.

"하지만 해석은 사람의 몫이겠죠."

"그럴지도 모르겠군요. 나무의 꿈. 아버님이 처음 사명(社名)을 지으실 땐 읽는 이의 입가에 행복한 미소가 걸릴 수 있는 종이책이 되는 거라 생각하셨다니까요."

"나무도, 독자도 행복한 꿈이네요."

"서지안 씨가 고른 이 나무는 어떤 꿈을 꿀 것 같습니까?"

"글쎄요. 제가 이 나무를 고를 땐……."

"나무의 꿈이냐니까?"

재촉하듯 물어온 찬성의 목소리에 퍼뜩 상념에서 깨어난 준형이 응, 하고 답하며 가만히 시선을 내렸다.

"아, 배고프다. 밥이나 먹으러 가자."

툭, 하고 옷의 주름을 털며 몸을 일으킨 찬성이 다시 한 번 사무실을 돌아보며 구시렁댔다.

"밥 먹고 다시 사무실 들어가 봐야 하는데 눈만 잔뜩 버려서. 특박 나왔다가 북한에서 쏜 미사일 때문에 갑자기 복귀해야 하는 군바리 심정이 이럴까."

문가로 걸음을 옮기면서도 내내 구시렁거리는 찬성의 뒷모습에 피식 웃음을 지은 준형이 그의 뒤를 따라 사무실 문을 나섰다.

❊　❊　❊

　"ASME(American Society of Mechanical Engineer:미국 기계학회) 인증 획득을 축하하며!"

　회사 부근의 한 고깃집. 찰랑찰랑 술을 채운 잔들이 허공 위에서 한데 모아졌다. 늘 포커페이스를 유지하던 태건도 오늘만큼은 기쁜 기색을 숨기지 않고 한껏 감정을 드러냈다.

　그간 전자와 자동차, 통신사업 분야에서 두각을 드러내던 그룹 계열사들과 달리 국내 부동산 경기 악화로 눈에 띄게 하향세를 그리고 있던 이당건설은 뒤늦게 해외사업팀을 신설, 주택사업 비중을 낮추는 모험을 감수하며 해외원전사업 분야에 뛰어들었다. 남들보다 늦게 출발한 만큼 모두가 총력을 기울였고, 드디어 원전건설, 원자력발전소 건설의 세계적 공인기관인 ASME의 인증을 획득했단 소식이 전해진 것이다.

　"이미 KEPIC(Korea Electric Power Industry Code:전력산업 기술 기준) 인증을 획득한 이당건설은 오늘 ASME의 인증을 획득함으로 이제 국내외 원전건설 전문성을 인정받은 셈입니다. 국내에서 다져진 경험과 기술력을 바탕으로 발전플랜트 사업 실적과 시장 지배력을 높여 이당그룹의 미래 핵심 수익원으로 육성시켜 나가도록 합시다."

　지속적인 고유가로 자금 여력이 충분한 중동 지역은 우리나라 해외 플랜트 수주의 50% 이상을 차지할 정도의 주요 시장이 되었다. 넉넉한 재원을 바탕으로 정유, 발전 사업 및 공공시설과 군사시설 확대에 대규모 자금이 투자되고 있는 그곳엔 제2의 중동 붐과 맞물려 현지의 산업설비 수요가 급증하고 있는 추세다. 물론 예상치 못한 Hidden Coast나 만연한 공기(工期) 지연 등 문제점이 없지 않으나 리스크 관리 시스템을 강화, 위기에 대한 전반적인 대응 체계를 확립하고 있는 중이다.

바닥을 드러낼 틈 없이 금세 채워지는 술잔에 모두가 기분 좋게 취해가고 있었다. 사람들 틈에서 홀로 뚝 떨어진 듯 술잔을 기울이던 태건이 움직임을 멈춘 채 허공을 응시했다.

"수고했다."

그런 말씀도 하실 줄 아셨던가. 전화기를 통해 들려온 짧은 한마디를 떠올리며 그가 쓴웃음을 지었다.

이당이란 이름을 등에서 내릴 수는 없겠지만 굳이 이당을 차지하고 싶단 생각도 갖고 있지 않았다. 그의 나이 이제 서른셋. 사회인으로도, 남자로도 한창 전성에 이를 때이긴 하지만 그저 제 능력만큼의 결과를 바랄 뿐 부모님들의 바람처럼 경영에 대한 욕심 따위로 제 가슴을 채워본 적은 없었다. 해서 진 회장의 눈에 들고자 애쓰는 이들과 달리 그는 결혼식이나 제사 따위가 아니면 거의 집안 행사에 참여하지도 않고 있었다.

그러나 보란 듯 해내고 나니 성취했다는 흥분감이 온몸을 관통하며 짜릿한 전율을 안겨준다. 비서가 대신 눌러준 전화기를 귀에 대셨을 할아버지의 표정이 궁금했다. 아버지는 어땠을까? 이제 전처럼 전전긍긍 눈치를 살피지 않아도 된단 안도감에 몰래 가슴을 쓸어내리셨겠지. 쓸데없는 곳에 능력 발휘할 생각 말라며 자신이 경영을 맡고 있는 자동차 쪽으로 슬슬 자리 이동을 생각하고 계실지도.

비식 입술 끝을 들어 올린 태건이 제 몫의 잔을 한 번에 비워내며 다시 술병을 집어 들었다.

"삼성동 세움오피스텔로 가주시죠."

술기운이 오른 얼굴로 그가 대리기사에게 밝힌 행선지는 저의 집이 아닌 지안의 오피스텔이었다. 문득 그녀가 보고 싶었다. 지금쯤 자고 있을까? 힐긋 휴대전화의 시각을 확인한 태건은 주로 밤에 작업을 한다던 지안의 말을 떠올리며 건강을 위해 일찍 자는 습관을 들이라던 제 조언을 오늘만은 제발 잊어버렸기를 희망했다.

무작정 찾아가 지금 너의 집 앞이니 당장 얼굴을 보여달라 떼를 쓴대도 그녀는 말갛게 웃는 낯으로 한껏 저를 반겨줄 것 같았다. 오롯이 제 얼굴만 담은 채 반짝거리는 눈동자를 마주하고 싶었다. 급히 신발을 꿰어 신고 달려 나온 그녀가 헉헉 숨을 몰아쉬며 작은 가슴을 들썩이는 모습도 보고 싶었다. 하지만 제 욕심을 채우고자 그녀를 당황하게 만들 수는 없었다.

아무래도 행선(行先)을 밝혀야겠지. 물끄러미 바라보던 전화기의 단축 버튼을 누른 태건이 스윽 숨을 들이쉬며 그녀의 목소리를 기다렸다.

[전화를 받을 수 없어 소리샘으로……]

뚜우뚜우 들리던 긴 신호음 끝으로 달갑지 않은 음성이 와 닿았다. 벌써 자는 건가? 다시 한 번 시각을 확인한 태건이 씰룩 미간을 좁히곤 통화 버튼을 터치했다. 같은 메시지가 흘러나오는 것을 귀로 묵묵히 확인한 태건이 종료 버튼을 누르며 잠시 고민했다.

이대로 돌아가야 하나.

하지만 차 안에 앉아 있는 몸과 달리 이미 경중경중 그녀의 집 앞으로 달려간 마음을 되접는 것은 쉬운 일이 아니었다. 상상으로나마 이미 그녀의 얼굴을 접한 이성은 주책없이 들썩이는 심장을 책임지라며 아우성을 부리고 있었다. 만일 잠이 든 것이라면 불 꺼진 창문이라도 올려다보고 와야 마음이 놓일 것 같았다. 느슨하게 기대고 있던 몸을 바짝 세운 태건이 대리기사를 향해 입을 열었다.

"속도를 조금만 높여주시겠습니까?"

대리기사를 보내고 벌써 10분 넘게 지안의 번호를 눌러대던 태건이 전화기를 내리며 고개를 꺾어 들었다. 11층 1105호. 분명 환히 불을 밝힌 창문의 주인은, 그러나 내내 전화를 받지 않고 있는 중이다. 불을 켜놓은 채 잠이 든 것이 아니라면 지금의 상황이 설명되지 않는다. 혹 전화를 받지 못할 상황에 놓인 거라면.

멈칫 움직임을 멈춘 태건의 머릿속으로 축 늘어진 채 홀로 앓고 있는 지안의 모습이 스쳐 지나갔다.

다급히 출입문 앞으로 걸음을 옮긴 태건이 급히 손가락을 움직여 세대 호출을 했지만 역시나 대꾸가 없다. 얼음을 쥐고 있는 듯 손끝이 싸하게 식으며 심장이 덜컥 내려앉는 기분이었다. 통화 버튼을 누르며 전화기를 귀에 갖다 댄 태건이 다른 한 손으로 세대 호출을 누르며 마른 입술을 적셨다.

안절부절 출입문 주변을 맴돌던 그가 갑자기 번쩍 고개를 들었다. 출입문을 향해 다가오는 누군가의 인기척을 느낀 것이다. 위잉 소리와 함께 문이 열리자 그 틈을 놓치지 않은 태건이 빠른 걸음으로 들어섰다. 다행히 1층에 멈춰 있는 엘리베이터에 성큼 몸을 실은 그가 숫자판을 누르곤 초조한 얼굴로 머리를 쓸어 올렸다.

땡.

문이 열리자마자 튕겨 나가듯 엘리베이터를 나선 태건이 1105호를 향해 질주했다. 문 앞에 선 그가 딩동딩동 정신없이 벨을 눌렀다. 말아 쥔 주먹으로 탕탕 현관문을 두드리며 지안의 이름을 부르는 순간 거짓말처럼 문이 열리며 눈을 동그랗게 뜬 그녀가 모습을 드러냈다. 목욕을 하고 있었던 듯 수건으로 대강 말아 올린 머리카락에서 뚝뚝 물기가 떨어져 내리고 있었다.

"선……."

끝말을 채 잇기도 전에 성큼 문 안으로 들어선 태건이 와락 지안을 끌어안으며 그녀의 목덜미에 얼굴을 묻었다.

"선배."

"잠깐만."

쿵쾅거리는 심장을 잠재우며 간신히 입을 연 태건이 가쁜 숨을 몰아쉬며 중얼거렸다. 영문도 모른 채 태건의 품에 안긴 지안도 그가 진정되길 기다리며 가만히 기다렸다.

"후우."

몸을 떼어낸 태건이 멋쩍게 웃으며 크게 숨을 뱉어냈다. 그녀가 무사하단 사실에 안도하면서도 제멋대로 펼친 상상으로 헐레벌떡 달려온 제 모습에 헛웃음이 터져 나왔다.

"술 마셨어요?"

황급히 태건의 얼굴을 살핀 지안이 그에게서 느껴지는 짙은 술 냄새에 눈썹을 모으며 물었다.

"응."

"많이 마신 것 같아요."

"어."

지안의 시선이 제 머리에서 떨어진 물기로 금세 젖어든 그의 어깨를 향했다.

"젖었어요."

지안이 어깨의 물기를 털어내자 가만히 그녀의 손목을 움켜쥔 그가 잔뜩 가라앉은 음성으로 말했다.

"괜찮아."

"무슨 일, 있었어요?"

걱정스러운 듯 묻는 지안의 얼굴을 물끄러미 바라보던 태건이 조용히 입을 열었다.

"전화했었어. 그런데 너는 받지 않았지."

당황한 듯 눈을 깜빡인 지안이 입술을 질겅 깨물며 그를 올려다 봤다.

"욕조에서 깜빡 잠이 들었어요."

방금 보았던 그의 낯빛이 어찌나 질렸던지 '걱정했어요?'라는 물음을 입 밖으로 꺼내기조차 민망할 지경이었다.

"미안해요, 나 때문에."

"생각했던 것보다……."

그녀의 손목을 잡은 채 뚫어져라 말간 얼굴을 응시하던 그가 들릴 듯 말 듯한 목소리로 뒷말을 이었다.

"마음이 깊은가 보다."

푹 고개를 숙이는데 조금 전까지도 인지하지 못하고 있던 비누 향이 살 냄새와 뒤섞인 채 코끝을 어지럽혔다. 꿈틀거리는 욕망을 내리누르며 깊게 눈을 감았다 뜬 태건이 그녀의 손목을 놓아주며 현관 손잡이를 잡았다. 그와 동시에 지안이 그의 옷깃을 붙잡았다.

"많이 취했잖아요."

그가 천천히 몸을 돌리며 물었다.

"그래서?"

"술이 좀 깨면……."

한동안 눈을 마주하고 있던 태건이 무섭게 굳힌 얼굴로 물었다.

"무슨 짓을 저지를지 모를 남자랑 한 공간에 있어야 해. 감당할 수 있어?"

"……."

"이 상태로 있다간 내가 무슨 짓을 저지를지 몰라."

나지막하게 뱉은 그가 다시 몸을 트는 순간 등 뒤로 느껴지는 온기에 우뚝 움직임을 멈췄다. 제 등에 얼굴을 묻은 지안이 뻗은 팔로 허리를 감은 것이다.

"······!"

"그렇게 등 돌리고 가지 말아요. 잡고 싶은데 잡지 않는 거, 그 거 이제 안 할래. 안 할 거야. 가지 말아요. 가지 마."

주문을 외우듯 쉼 없이 속삭이는 목소리에 심장이 통째로 뒤흔 들렸다. 긴장으로 딱딱해진 폐부 안으로 서서히 공기가 들어차자 녹슨 기계처럼 멈춰 있던 몸이 삐거덕 움직이기 시작했다.

몸을 돌린 태건이 다급히 지안의 얼굴을 감싸 쥐며 그녀의 입술 을 와락 베어 물었다. 놀라 벌어진 입술 사이로 깊숙이 혀를 밀어 넣은 태건이 볼이 홀쭉해질 정도로 힘껏 그녀의 혀를 빨아들였다. 사납게 요동치는 심장박동을 잠재울 틈 없이 뜨겁게 맞닿은 숨결 은 곧 그의 머릿속을 하얗게 태우기 시작했다. 머리부터 발끝까지 그녀의 전부를 다 맛보고 가지고 싶었다. 말아 올린 티셔츠 사이 로 손을 집어넣은 태건이 그녀의 가녀린 허리를 쓸어내렸다. 온몸 이 저릿할 정도로 아찔한 감각에 태건이 나른한 신음을 흘려냈다.

"하아."

손가락이 닿는 부위마다 불에 데기라도 한 듯 화끈거렸다. 고통 을 닮은 쾌락에 몸을 떨었다. 바르작거리며 품으로 안겨오는 지안 이 태건은 너무나 사랑스러웠다. 걷잡을 수 없이 커진 감정의 불 꽃에 타오르는 몸을 더는 자제할 수가 없었다.

"갖고 싶어."

정염에 휩싸여 잔뜩 갈라진 음성이 가쁜 숨과 함께 그녀의 귓 전에 흩어졌다. 지안의 까만 눈동자가 그의 얼굴을 향해 들려졌 다.

사랑으로 빛나는 눈동자를 바라보고 있자니 가슴이 벅차 견딜 수가 없었다. 허락을 구하듯 그가 간절한 손길로 그녀의 얼굴을 쓸어내렸다. 한껏 짙어진 눈동자가 그녀를 향해 고정된 채 뜨겁게 일렁거렸다.

크게 숨을 삼킨 지안이 발끝을 들어 그의 입술에 입을 맞췄다. 목을 감아오는 것을 신호로 마음이 다급해진 태건은 그녀의 몸을 번쩍 안아 들곤 뛰듯이 침대로 향했다. 거칠게 안아 든 것과는 달리 조심스러운 손길로 그녀를 내려놓은 태건은 제 목을 답답하게 죄고 있던 넥타이를 풀어내며 그녀의 이마와 콧날, 그리고 입술에 부드럽게 입을 맞췄다. 빨리 그녀의 몸 안으로 들어가고 싶었지만 이대로 급히 몰아쳤다간 지안을 다치게 할지 모른단 걱정이 앞섰다. 유리 조각을 다루듯 세심히 지안의 입술을 머금으며 그녀의 뺨을 어루만지던 그가 갑자기 아, 탄식을 흘리며 미간을 좁혔다.

"콘돔이 없어."

"……그냥 해도 괜찮은 날이에요."

볼을 붉게 물들인 지안이 어깨를 움츠린 채 작게 속삭였다. 몸을 세워 셔츠를 벗어 던진 태건이 몸을 겹치며 그녀의 티셔츠를 과감히 밀어 올렸다. 한기가 느껴짐과 동시에 밀려든 부끄러움에 지안이 손을 들어 올리자 그보다 빠르게 그녀의 머리 위로 티셔츠를 벗겨낸 태건이 툭, 하고 브래지어의 후크도 풀어버렸다.

"앗."

생각할 틈 없이 가슴을 가리고 있던 브래지어가 침대 밑으로 떨어지자 적나라하게 가슴을 드러내고 누운 지안이 민망한 듯 얼굴을 붉혔다. 손을 들어 가리고 싶었지만 이미 그녀의 손목은 태건에게 점령당하고 난 뒤였다. 그저 시선이 닿았을 뿐인데도 하얀 젖가슴 위의 정점은 꼿꼿이 곤두선 채 잔뜩 긴장해 있었다. 소담하게 부푼 가슴 위로 태건의 탁한 시선이 내려앉았다.

"이렇게 예쁜데."

목소리를 낮게 흘리며 그가 고개를 숙였다. 따뜻한 숨결이 점점 가까워짐을 느끼는 순간 그녀의 가슴을 입안 가득 머금는 그의 행동에 지안이 몸을 움츠리며 하아, 하고 신음을 뱉었다. 몸 안 어디선가 불꽃이 이는 느낌이었다. 뜨겁다 못해 타들어갈 것 같은 아득함에 그녀가 허리를 휘며 고개를 젖혔다. 스르르 그녀의 손목을 놓아준 태건이 다른 가슴을 힘껏 쥐며 빠르게 혀를 놀렸다.

"흐읏."

짜릿한 감각이 옆구리를 타고 흘렀다. 바지를 입고 있음에도 겹친 몸 아래로 그의 단단해진 남성이 고스란히 느껴졌다. 가슴을 쥐고 있던 그의 손이 어느새 배꼽 부근에서 천천히 맴돌았다. 배가 당기며 아래가 뜨끈해지는 기분이었다. 그의 커다란 손이 따뜻하게 아랫배를 감싼다고 느끼는 순간 팬티 안으로 쑥 들어온 손이 그녀의 숲을 조심히 어루만졌다.

"하아, 선배……."

본능에 충실한 아찔한 감각이 그녀의 뇌리를 지배하기 시작했다. 이성의 통제를 벗어난 지안의 육체는 그가 주는 쾌락에 정직하게 반응하며 한껏 달아올라 있었다.

"지안아……."

잔뜩 잠긴 목소리가 신음처럼 흘러나왔다. 조심스레 꽃잎을 어루만지던 그의 손이 샘 안 깊숙이 들어오자 아앗, 하며 몸을 비튼 지안이 태건의 팔을 급히 잡았다.

"괜찮아……."

그가 달래듯 속삭이며 천천히 그녀의 바지를 벗겨내었다. 이제 그녀의 몸에 남은 거라곤 손바닥만 한 작은 팬티뿐이었다. 부끄러 운 듯 고개를 살짝 내린 지안의 몸은 더없이 아름다웠다. 더는 견 딜 수 없는 듯 바지와 속옷을 한꺼번에 벗어 던진 태건이 그녀의 입술을 빨아들이며 몸을 겹쳐 왔다. 손을 더듬어 지안의 팬티를 벗겨낸 태건이 그녀의 쇄골에 입술을 묻고 한껏 체향을 들이마셨 다. 부드럽고 달콤한 향이 코끝으로 전해졌다. 가슴을 어루만지던 손이 잘록한 허리를, 그러곤 파르르 떨고 있는 허벅지를 힘껏 움 켜쥐었다.

"하아."

그대로 몸을 내린 태건이 혀로 납작한 배를 핥아 내리곤 말랑한 살을 쪼옥 빨아들였다. 입술이 지나간 자리에 붉은 화인이 찍혔 다. 그가 허벅지로 입술을 내리자 흠칫 놀란 지안이 몸을 비틀며 태건을 저지했다.

"아앗, 거긴…… 흐읏."

허벅지를 잡아 벌린 태건이 촉촉이 젖어든 그녀의 샘에 입술을 갖다 댔다. 순간 짜릿한 전류가 등줄기를 타고 내렸다. 휘었던 허 리를 내려놓는 순간 그대로 가루가 되어 부서질 것만 같았다. 뜨 거운 혀가 그녀의 붉은 속살을 깊게 탐했다. 그 집요한 움직임에 수줍음과 뒤섞인 흥분감이 그녀를 애태우기 시작했다. 요동치는 쾌감에 그녀의 몸이 들썩거렸다. 전희만으로도 이미 진이 다 빠져

버린 듯 그녀는 몸을 축 늘어뜨린 채 가쁜 숨을 내쉬었다.

쾌락의 여운에 빠져 있던 지안이 혼미해진 정신을 가다듬던 순간 어느새 그녀의 다리 사이에 자리를 잡았다.

"웃."

은밀한 공간에 와 닿는 기척에 입술을 무는 순간 단단하고 뜨거운 뭔가가 그녀의 몸을 가르며 들어섰다. 몸이 쪼개지는 것 같은 격통이었다. 본능적으로 뻗어 나간 손이 그를 밀어내려 했지만 바위처럼 단단하게 버티고 선 그를 저지하기엔 너무도 미약한 반항이었다. 그녀가 미간을 찡그리며 몸을 움츠리자 잠시 주춤거리던 그가 깊게 입을 맞추며 힘껏 몸을 밀어 넣었다.

"아아, 지안아, 미안⋯⋯."

고통으로 일그러지는 지안의 얼굴을 보며 태건도 같이 얼굴을 일그러뜨리며 그녀의 등을 어루만졌다. 생리적 반응으로 흘러내린 눈물이 또르륵 떨어지자 안타까운 눈길로 바라보던 태건이 미안, 하고 다시 한 번 속삭였다. 슬쩍 몸을 빼내었던 그가 다시 힘껏 몸을 쳐올렸다. 그 거센 몸짓에 지안이 움찔 긴장하자 단단히 턱을 굳힌 태건도 동시에 움직임을 멈췄다. 그의 턱 끝에 맺힌 땀방울이 툭, 하고 떨어지며 작은 궤적을 남겼다.

"하아, 하아."

시간이 지나도 익숙해지지 않는 통증에 파르르 눈꺼풀을 떨던 지안이 머무적머무적 그의 목에 팔을 감았다. 자신 못지않게 힘들 태건의 고통이 고스란히 전해졌기 때문이다.

"나, 괜찮아요."

애써 미소 짓는 지안의 얼굴에 한없이 소중한 보물을 만지듯 뺨을 쓸어내린 태건이 그녀의 몸을 꼭 끌어안은 채 천천히 몸을 움직이기 시작했다. 여전히 고통스럽긴 했지만 이런 자신의 상태를 태건에게 알려 그를 불편하게 만들고 싶지 않았다. 질끈 입술을 깨문 지안이 그의 목을 끌어안은 팔에 더욱 힘을 주며 나직이 속삭였다.

"사랑해요."

"하아, 지안아."

표현할 수 없는 행복감이 가슴 가득 번져 왔다. 뜨겁게 데운 피가 한꺼번에 심장 안으로 쏟아지는 느낌이었다. 자신에게 안겨 있는 지안이 얼마나 소중한 사람인지, 가슴이 벅차 견딜 수가 없었다. 통제 못할 정도의 황홀한 쾌감이 온몸을 휘감으며 그를 천국으로 이끌기 시작했다.

이런 저와 달리 지안은 얼마나 고통스러울지, 이성으론 그녀를 배려해야 한단 생각이 지배적이었지만 도무지 절제되지 않는 본능에 그가 질끈 입술을 깨물었다. 눈앞이 부서질 듯한 성적 흥분감에 그가 마지막 몸짓에 박차를 가했다. 절정을 향해 폭주하던 태건이 으읏, 소리를 내며 그녀의 몸 위로 쓰러졌다. 그와 동시에 지안도 작게 몸을 떨며 탄성과도 같은 신음을 흘렸다. 터질 듯 요동치는 심장이 그녀의 가슴 위에서도 고스란히 느껴졌다. 사랑하는 이와 함께 심장을 맞대고 있는 순간이 너무도 행복했다.

두근두근. 불현듯 솟구치는 설렘에 태건이 빙긋 입술을 늘이며 그녀를 힘껏 끌어안았다. 축 늘어진 지안의 이마에 길게 입을 맞추는 태건의 얼굴에 짙은 만족감이 배어들었다.

물에 젖은 솜처럼 전신이 무겁고 나른했다. 몽롱한 의식 속에서 눈을 뜨려는 순간 머리를 쓰다듬는 다정한 손길이 느껴졌다. 따뜻하고 편안한 느낌에 입술 끝이 절로 호선을 그렸다. 파르르 눈꺼풀을 들어 올리던 그녀의 정수리 위로 입술을 누르는 태건의 숨결이 다정하게 내려앉았다.

"종일 이렇게 있고 싶은데 돈을 벌러 가야 할 것 같다."

그가 지안의 어깨를 끌어안으며 나직이 속삭였다. 느긋하게 눈을 감은 채 그의 온기를 느끼고 있던 지안이 화들짝 눈을 뜨며 시각을 확인했다. 7시 27분. 직장 생활을 하는 태건의 하루를 생각한다면 벌써 일어나 그의 출근 준비를 도왔어야 했을 시각이다. 다행히 새로 사둔 식빵이 있음을 떠올린 지안이 그에게 토스트라도 해 먹이고자 몸을 꿈지럭댔다.

"웃."

아래에서부터 타고 오르는 강렬하고 홧홧한 통증에 그녀가 작은 신음을 흘리며 몸을 웅크렸다. 그와 동시에 튕겨 오르듯 몸을 일으킨 태건이 고개를 숙여 그녀의 얼굴을 살폈다.

"왜 그래?"

"아, 아니에요."

움켜쥔 이불로 황급히 몸을 가리며 볼을 붉히는 지안을 보며 뒤늦게 그녀의 상태를 눈치챈 태건이 어깨를 다독이며 입을 열었다.

"움직이지 말고 있어. 욕조에 뜨거운 물 받아놓을 테니."

"나 신경 쓰지 말고 얼른 출근 준비부터 해요."

조그맣게 중얼거린 지안의 말에 바닥에 발을 딛던 태건이 멈칫 움직임을 멈춘 채 그녀를 돌아봤다.

"출근하지 말란 소리보다 더 무섭네."

"그게 아니라……."

"주머니에 접어 넣고 가고 싶은 걸 간신히 참고 있는데."

"픕."

"왜 웃어?"

"70년대 멜로 영화 대사 같잖아요."

맥없이 웃는 지안의 얼굴을 물끄러미 바라보던 태건이 느릿하게 눈을 깜빡였다.

"You always did look pretty, just pretty nigh good enough to eat."

"……?"

"엘리자베스 테일러와 제임스 딘이 출연한 '자이언트' 에 나온 대사야. 1956년 영화지."

당신은 언제나 귀엽다. 한입에 먹고 싶을 만큼 예쁘다? 방금 전 대사의 의미를 헤아리던 지안의 눈에 지그시 시선을 맞춘 태건이 말을 이었다.

"If you do not love me, I love you enough for both."

그녀도 아는, 영화 '누구를 위하여 종은 울리나' 의 명대사. 만약 당신이 나를 사랑해 주지 않는다면, 내가 두 사람 몫만큼 사랑하겠어요.

"시간이 지나고 문명이 변화했다 해서 사람의 감정이 달라질 거란 생각은 하지 않아."

50년대 영화든 70년대 영화든, 사랑이란 건 때때로 사람을 유치하게 만들기도 하는 법이니까.

가벼운 미소와 함께 지안의 볼을 쓸어내린 태건이 침대에서 내려섰다. 욕조에 물을 받고자 저벅저벅 욕실로 들어서는 태건의 너른 등을 바라보던 지안이 홍조가 오른 뺨에 손을 갖다 대며 귓전에 머문 채 사라지지 않는 그의 목소리를 떠올렸다.

'If you do not love me, I love you enough for both.'

그저 영화에 나오는 대사를 읊어줬을 뿐인데도 그의 진심을 에둘러 표현한 것일지 모른단 설렘이 문득 파고들었다. 한때는 날카로운 흉기가 되어 제 가슴을 도려내던 사람. 그러나 어느새 뿌리치기 힘든 온기를 심장에 각인시켜 준 사람이 되어 있었다. 이제 홀로 숨죽인 채 우는 일은 없을 것이다. 제게 찾아든 운명을 더는 망설임이란 이유로 뿌리치고 싶지 않았다. 이 사람을 사랑하지 않고서는 삶의 의미를 느낄 수 없게 되어버린.

"If you do not love me, I love you enough for both."

움켜쥔 이불을 가슴께로 끌어 올린 지안이 작게 중얼대며 물소리가 흘러나오는 욕실 문을 바라보았다.

❋　❋　❋

[할 얘기 있으니까 이따 집으로 갈게.]

멈춰 있던 차량 행렬들 틈에서 막 파란불로 바뀐 신호를 받아 가속 페달을 밟던 태건은 퇴근을 한 시간쯤 앞두고 걸려온 찬성의 전화를 떠올리며 턱을 쓸었다.

"답지 않게 왜 목소리는 깔고. 대체 무슨 얘긴데."

[이따 얼굴 보고 얘기해.]

재차 채근을 해봤지만 퇴근 시각에 맞춰 준형도 집으로 오기로 했단 소리만 들려올 뿐이었다.

무슨 일일까. 정체를 알 수 없는 불안감이 손끝을 타고 흐르자 두어 번 주먹을 쥐었다 편 태건이 천천히 속도를 높이며 크게 숨을 골랐다.

딩동.

공동출입문 비밀번호까지 꿰고 있던 찬성이 며칠 전 바꾼 현관 비밀번호를 결국 풀지 못한 채 문 앞에서 벨을 눌렀다.

삐릭, 소리와 함께 문을 연 태건이 뚝뚝한 얼굴로 찬성을 바라보곤 힐긋 뒤를 살폈다.

"준형인?"

"맥주 사가지고 올라올 거야."

"집에 있는데, 왜."

"모자랄 테니까."

툭, 뱉듯이 말한 찬성이 곧 올라올 준형을 위해 현관 고정발을 내렸다.

"대체 무슨."

허리에 손을 얹으며 후, 하고 숨을 내쉰 태건이 거실 소파에 몸을 앉히는 찬성을 따라 걸음을 옮겼다.

"혹시 회사에 문제 생겼어?"

태건의 물음에 고개를 저은 찬성이 그를 바라보며 입을 열었다.

"내 문제 아냐."

시선이 부딪치자 어딘가 덜컥 겁이 나는 것 같다.

"말해."

잠시 머뭇거리던 찬성이 슬쩍 입매에 힘을 주더니 그를 향해 물었다.

"서지안이라고 했지? 그 동아리 후배."

이유는 알 수 없지만 지안이란 이름이 나오는 순간 갑자기 뭔가에 쿵, 부딪치는 충격이 느껴졌다.

"······어."

"진심이냐?"

도무지 의도를 알 수 없는 질문에 태건이 미간을 찡그리는 순간 담담히 잠긴 찬성의 목소리가 들려왔다.

"접을 수 있음 접어라."

"무슨 소릴 하는 거야?"

그와 동시에 태건의 얼굴이 험악하게 일그러졌다. 물끄러미 태건의 얼굴을 바라보던 찬성이 착잡한 듯 머리를 쓸어 올리곤 입을 열었다.

"서지안, 기억났다."

급격히 밀려오는 불안이 어느새 두려움으로 돌변한 채 그의 발밑을 휘감기 시작했다.

"민혜서 다칠까 봐 바람막이로 대신 내세운 애. 기억 안 나?"

눈앞이 하얗더니 금세 까맣게 변하는 것 같다.

"하기야 그땐 민혜서한테 정신 팔려서 걔 이름도 제대로 기억 못 했지. 그런 애가 있었던 건 기억하냐?"

석상처럼 굳은 얼굴이 파르르 경련을 일으켰다.

"하아, 심각하네."

"……."

"민혜서 쫓아 미국 들어갈 때, 수술받으러 간다고 해서 떨궜잖아."

✽   ✽   ✽

태건이 살고 있는 오피스텔을 올려다보는 지안의 발걸음에 속도가 실린다. 한 시간 전쯤, 퇴근해 집으로 가고 있단 전화를 받은 지안은 고모 집으로 향하던 버스 안 창밖으로 보이는 오피스텔 건물에 저도 모르게 벨을 누르고 말았다.

지난 토요일. 그의 오피스텔에서 함께 밤을 보낸 지안은 종일 그의 품 안에 안겨 그가 만들어준 음식을 먹으며 주말 오후의 여유를 만끽했다. 등에 맞닿은 그의 가슴에서 울리는 심장 소리와 느릿하게 어깨를 쓸어내리던 따뜻하고 간질거리는 손길. 떠올리는 것만으로 진득하게 퍼져 나가는 행복에 지안이 수줍게 미소를 지었다. 그가 그랬던 것처럼, 그녀 역시 예고 없는 방문으로 불쑥 그를 놀래주고 싶었다.

'엄마, 아빠, 나 정말 좋은 사람 생겼어요.'

1년에 한 번. 평소 걸음 않던 고모 집을 향한 이유는 오늘이 돌아가신 부모님의 기일이기 때문이었다. 어느 정도 자리를 잡은 이

후 제가 제사를 모실까도 잠시 생각했었지만 그나마 1년에 한 번 이어지던 끈마저 끊어질까 이내 마음을 접어버렸다. 마냥 힘들고 쓸쓸하기만 하던 기일이었지만 예년과 달리 부모님께 기쁜 소식을 전해 드릴 수 있겠단 생각에 내딛는 걸음이 무겁지만은 않았다. 잠깐 얼굴만 보고 가는 거야. 한참이나 많이 남은 시간을 확인하며 그녀가 작게 고개를 끄덕였다.

그가 알려준 공동출입문의 비밀번호를 누른 지안이 자박자박 엘리베이터를 향해 다리를 움직였다. 땡, 소리와 함께 문이 열리자 긴 복도를 따라 차분히 걸음을 옮겼다.

"어?"

작게 열려 있는 문 앞에서 다시 한 번 호수를 확인한 지안이 의아한 얼굴로 태건을 부르려던 그때.

"서지안, 기억났다."

안에서 들려오는 목소리에 지안이 입술을 다물었다.

"민혜서 다칠까 봐 바람막이로 대신 내세운 애. 기억 안 나?"

민혜서. 얼음처럼 굳은 채로 중얼거리듯 이름을 읊자 얼굴 하나가 떠올랐다. 각종 CF며 드라마에 얼굴을 내비치던 예쁘장한 탤런트.

"하기야 그땐 민혜서한테 정신 팔려서 걔 이름도 제대로 기억 못 했지. 그런 애가 있었던 건 기억하냐?"

지금 저 남자가 말하는, 이름도 제대로 기억 못했다던 애가 설마…….

꿀꺽 숨을 삼킨 지안이 바싹 마른 입술을 축이며 등줄기를 타고 흘러내리는 불안감을 잠재우고자 눈에 힘을 줬다.

"하아, 심각하네."

팔을 타고 흐르는 냉기에 지안은 우뚝 움직임을 멈춘 채 문을 바라봤다.

"민혜서 쫓아 미국 들어갈 때, 수술받으러 간다고 해서 떨궜잖아."

갑자기 천장과 바닥이 뒤바뀐 채 빙빙 돌기 시작했다.

5. 스무 살, 기억의 시작

"편의점 아르바이트까지 한다고?"

눈썹을 세우며 묻는 수연의 물음에 덤덤히 고개를 끄덕인 지안이 남아 있던 김밥을 입에 밀어 넣곤 오물거렸다.

"쇼핑몰 이미지 제작 아르바이트랑 패션쇼 헬퍼 아르바이트는?"

"그것도 하고."

"미쳤어? 그러다 죽어!"

"이미지 제작은 건당 4천 원 안팎이라 일감이 많지 않으면 돈이 안 되고, 패션쇼 헬퍼는 두세 시간 바짝 일하고 3만 원이나 받아서 좋긴 한데 패션 디자인학과 애들이 먼저 물어가서 내 몫까진 잘 안 돌아와."

"그래도……."

"학교 앞 편의점이라 교통비 들 것도 없고, 일단 일이 고정적이니까."

지안의 사정을 모르는 바 아니지만 그래도 스무 살의 봄, 대학 새내기란 나름의 특권으로 누려야 할 것들을 모두 묻은 채 벌써부터 인생의 고단함에 찌들어 있는 지안의 처지가 너무나 안타까워 수연은 긴 한숨을 내쉬며 미간을 구겼다.

"고모한테 돈 좀 더 내놓으라 그래."

"집 얻어줬잖아. 1년 치 등록금도 줬는데."

"너 이럴 때마다 속 터지는 거 알아? 그게 원래 다 누구 돈인데. 누구 땜에 네가 이렇게……. 됐다, 그만하자."

후, 하고 숨을 내쉰 수연이 거칠게 앞머리를 쓸어 올리며 지안을 바라봤다. 애써 담담히 표정을 숨기고 있는 지안을 보자 제 감정을 못 이겨 마구잡이로 뱉어낸 말들을 다시 주워 담고 싶을 정도로 후회가 밀려왔다. 정작 지안 본인은 지옥 불 같은 하루하루를 견디고 있을 텐데 친구란 것은 옆에 앉아 분탕질이나 하고 있다니.

"미안. 생각하면 자꾸 열 받아서."

풀 죽은 소리로 수연이 말하자 지안의 입술 사이로 피식, 바람 빠진 소리가 새어 나왔다.

"괜찮아, 나도 열 받으니까."

"……."

"그런 표정 하지 마. 아무것도 못하고 죽을 것 같았는데도 다 살아지더라."

"휴. 정말, 젠장."

"이 김밥 꼬다리 안 먹을 거면 내가 먹는다?"

접시 위에 덜렁 하나 남아 있는 김밥 끝 부분을 나무젓가락으로 홀랑 집어 든 지안이 눈앞에서 휘휘 보이곤 입안으로 밀어 넣었다. 바닥에 자작하게 남아 있던 우동 국물을 호로록 들이마신 지안이 빼든 냅킨으로 입을 닦으며 가방을 집어 들었다.

"일어나자. 7시 반까지 가야 돼."

"오늘부터 시작이야?"

"그제부터."

계집애, 벌써 시작해 놓고. 걱정스럽다는 듯 입매를 굳힌 수연이 그녀를 따라 엉거주춤 몸을 일으키며 물었다.

"몇 시까지 하는데."

"새벽 1시 반."

"뭐?"

딸랑.

졸음이 막 눈꺼풀 위로 내려앉던 그때 유리문에 달린 작은 종이 금속음을 울렸다. 제풀에 놀라 화들짝 눈을 키운 지안이 꼿꼿이 허리를 세우며 입술을 움직였다.

"어서 오세요."

고작 다섯 음절을 뱉은 짧은 시간이었음에도 문을 열고 들어온 이는 어느새 제 머리 위로 그림자를 드리우고 있었다. 천천히 시선을 들어 올리니 키가 무척이나 큰 남자의 무표정한 얼굴이 보였다.

"……."

범상치 않은 준수한 외모에 혹시 TV에서 봤던 탤런트가 아닐까 생각하는 찰나 주머니에 손을 꽂고 있던 그가 불쑥 어딘가를 가리켰다. 그의 손끝을 따라 고개를 돌리니 담배 진열대가 눈에 들어왔다.

"담배 어떤 걸로 드릴까요?"

지안이 물었지만 얼굴에 설핏 짜증을 실은 남자는 재차 손끝으로 담배를 가리킬 뿐이었다.

"음……."

말보로 레드일까, 아님 그 옆에…….

정확하게 초점을 읽지 못한 지안이 고개를 기울인 채 망설이던 순간 남자의 무뚝뚝한 음성이 들렸다.

"말보로 레드. 근데 고등학생이 담밸 팔아도 되는 건가?"

몸을 돌려 그가 말한 말보로 레드를 집어 든 지안이 계산대 위에 올려놓은 담배를 바코드로 찍으며 대꾸했다.

"대학생인데요. 그리고 2천 5백 원입니다."

아님 말고, 라는 얼굴로 지안을 슥 바라본 남자는 지갑에서 꺼낸 돈으로 담뱃값을 지불하곤 계산대 위에 놓여 있던 담배를 집어 들었다. 눈앞에서 포장을 벗겨낸 남자가 담배 한 개비를 막 입에 무는 순간 조용하던 공간에 휴대전화 벨소리가 울렸다.

빙긋. 조금은 살벌하리만치 딱딱하게 굳어 있던 남자의 입가가 근사한 호선을 그리며 부드럽게 올라섰다.

"음. 이제 끝난 거야?"

벌어진 입술 사이로 흘러나온 음색마저도 감미롭다. 방금 전 고등학생이 담배를 팔아도 되느냐 묻던 것과는 전혀 딴판이다. 훗,

하고 웃음 지으며 살짝 숙인 머리를 쓸어 올리는 모습이 느릿한 화보 영상을 보는 듯하다.

"아니, 나도 이제 막 나오는 길이야. 지금 바로 갈게."

그대로 몸을 돌린 남자가 긴 다리를 성큼성큼 움직여 문가로 다가갔다.

딸랑.

그가 들어왔을 때와 같은 종소리가 울렸지만 처음과 달리 시원하면서도 은은한 향기가 두근거리는 심장 안으로 뭉근히 배어들고 있었다.

✻　✻　✻

수요일. 교수님 개인 사정으로 7교시 수업이 휴강이 된 터라 편의점 아르바이트까지 꽤 넉넉한 시간이 남아 있었다. 지난 주말, 운 좋게도 이틀 연속 패션쇼 헬퍼 아르바이트 일을 잡은 지안은 지금 이미지 작업을 맡고 있는 쇼핑몰 사장의 소개로 한 여성복 쇼핑몰의 메인 커버 일러스트 작업까지 하게 되었다.

지안이 상대하는 쇼핑몰이 대부분 신규 소규모 업체다 보니 제품의 상세 페이지나 팝업창, 배너 제작, 그리고 유지 보수 관리 등에 많은 비용을 투자하지 못했다. 처음엔 고작 스무 살짜리가, 라고 미덥지 못한 시선을 보내던 이들도 전문 업체에 맡기는 것 못지않게 세심히 신경을 쓰는 지안의 성실함과 뛰어난 감각에 알음알음 팝업이나 이벤트 페이지 제작 등등의 웹디자인 일감을 소개해 줬다.

새벽 1시 반까지 이어지는 편의점 아르바이트 전후로 일을 몰아서 하다 보니 항상 잠이 부족할 수밖에 없었다. 어제도 고작 네 시간밖에 잠을 자지 못한 것을 떠올리자 급격한 피로감에 온몸이 흐물흐물 무너질 것만 같았다. 잠깐이라도 가서 눈을 붙여야지. 교문 근처에 위치한 자신의 원룸을 가고자 바삐 걸음을 옮기던 지안은 건물의 복도 한편, 작게 열린 문틈으로 새어 나오는 음악에 힐긋 시선을 돌리다 그대로 걸음을 멈췄다.

"아."

문득 돌린 시선 끝에 낯익은 얼굴 하나가 사람들과 뒤섞인 채 베이스기타를 연주하고 있었다. 요 며칠 저녁 시간이면 빠짐없이 들러 담배를 사가던 남자. 그와 이어주는 것이라곤 고작 '2천 5백 원입니다.' 란 한마디가 다라지만 매일같이 반복되는 단조로운 일상 속, 남들에겐 결코 들키지 않을 뭉근한 기대감을 갖게 하던…….

"누구세요?"

우리 학교 학생이었구나. 홀로 생각하며 좀 더 고개를 내밀던 찰나 갑자기 등 뒤에서 들려온 목소리에 지안은 화들짝 어깨를 들썩이며 몸을 돌렸다. 동그랗게 뜬 눈을 깜빡거리자 무안한 듯 머리를 긁적인 남학생이 동아리방 쪽을 돌아보며 다시 물었다.

"무슨 일로. 혹시 누구 찾아왔어요?"

"아, 아뇨."

"태건 선배 보러?"

태건? 그게 누군데?

의문 가득한 눈으로 바라보자 알았다는 듯 고개를 끄덕인 남학생이 그녀의 얼굴을 들여다보며 물었다.

"아, 동아리 가입하려고요?"

"네?"

"에구, 가입 기간 끝났는데."

"네에."

따로 변명을 하기도 뭐해 머쓱한 미소로 대강 얼버무리려는데 갑자기 표정을 밝힌 남학생이 그녀의 옷깃을 잡아끌며 동아리방 쪽으로 걸음을 옮기기 시작했다.

"앗, 저기."

"일단 들어가 봐요. 가끔 한두 명 더 뽑기도 하니까 잘만 말하면."

뭐라 말릴 틈 없이 동아리방으로 지안을 데리고 들어간 남학생이 막 합주를 끝낸 사람들 앞에 그녀를 세웠다.

"누구야?"

제일 앞, 마이크를 잡고 서 있던 보컬이 지안을 힐긋 바라보며 묻자 함께 들어온 남학생이 선배들을 둘러보며 말했다.

"가입하고 싶은가 봐요."

"20기 애들 다 뽑지 않았나?"

보컬이 주변을 둘러보며 묻자 드럼 스틱을 챙겨 든 남자가 어깨를 으쓱해 보이며 '그럴걸?' 하고 답했다. 그게 아니라, 라는 변명을 하기엔 문 앞에서의 제 행동을 달리 설명할 길이 없었다. 그게 아니라면 뭐라 말할까. 남자의 모습을 넋 놓고 바라보다 엉겁결에 따라 들어온 거라고?

"키보드?"

갑자기 고개를 돌려 묻는 남학생의 물음에 지안이 눈을 동그랗게 뜨자 그가 재차 물어왔다.

"피아노 칠 줄은 알아요?"

"네? 네."

생각할 겨를 없이 대답을 하고 나니 홀로 고개를 끄덕인 남학생이 줄줄 말을 늘어놓기 시작했다.

"물론 가족적인 분위기도 좋지만 가끔은 북적대는 동아리가 부러울 때도 있잖아요. 우린 드럼, 베이스, 기타, 키보드, 보컬. 기타는 세컨드 기타까지 뽑는다 해도 다 해서 여섯 명인데."

무엇보다 이렇게 예쁜 후배가 들어오고 싶다는데요. 능청스럽게 뒷말까지 붙인 그가 선배들 앞으로 지안을 떠밀었다. 순간 베이스기타를 메고 있던 남자와 눈이 마주쳤다. 지은 죄도 없이 움찔 어깨를 움츠린 지안이 꿀꺽 숨을 삼키며 몸을 굳혔지만 표정의 동요 없이 무심한 시선을 슥 돌린 남자는 메고 있던 베이스기타를 손가락으로 튕기기 시작했다.

"아, 태건 선배."

남학생이 부른, '태건 선배'란 호칭에 슬랩(Slap:엄지로 줄을 튕기고 검지로 줄을 뜯는 연주 기법)을 연습을 하던 그가 움직임을 멈춘 채 고개를 들어 올렸다.

아. 이 남자 이름이 태건이었구나.

그 와중에 그의 이름을 되뇐 지안이 슬쩍 시선을 들어 그를 바라봤다.

"키보드가 둘씩이나 필요해?"

기타의 Neck 부분을 잡고 있던 그가 서늘한 음색으로 물었다.

노골적으로 드러낸 경계의 눈빛에 지안은 달아오른 볼을 손등으로 가리며 질끈 입술을 깨물었다. 누가 가입시켜 달랬나? 생각해 보니 억울했다. 게다가 매일 저녁 얼굴 마주치는, 같은 학교 학생끼리 꼭 이렇게…….

"복학생 주제에 회장한테 개기기는. 왜, 너 보러 온 애 아니라니까 서운하냐?"

쯧, 혀 차는 소리와 함께 태건을 바라본 보컬이 회장이라 불린 남학생을 향해 입을 열었다.

"이제 회장은 인호 너잖아. 그 정돈 네 선에서 알아서 해. 안 그래도 니들 연습할 시간까지 뺏어 미안한데."

"에이, 무슨 말씀을. 신입들은 제대로 악기 다룰 줄도 모르는데요."

"사실 결원 문제가 아예 안 생기는 것도 아니고. 파트별로 한두 명 더 뽑는 것도 생각해 볼 문제긴 해. 근데 이름이 뭐야? 무슨 과?"

갑자기 몸을 돌린 보컬이 스윽 허리를 낮춰 지안을 바라봤다. 이름을 말하면 정말 동아리 가입을 해야 될지 모른단 생각에 지안이 잠시 머뭇거리며 입술을 오므리자 무릎 위에 손을 짚고 선 보컬이 고개를 기울이며 재촉하듯 물었다.

"응?"

"아…… 시각디자인과 1학년 서지안이요."

"역시 예술 하는 후배라 분위기가 남달랐군."

그때 문이 열리며 스틱 가방을 멘 또 다른 남학생이 동아리방 안으로 들어섰다.

"안녕하세요."

그의 등장과 동시에 여기저기서 쿡, 하는 웃음소리가 들려왔다.

"아이고, 민성아. 그건 또 뭐냐."

그러자 민성이라 불린 남학생이 어깨에 멘 스틱 가방을 힐긋 돌아보며 말했다.

"아, 스틱 가방이요."

"그러니까, 네가 그게 왜 필요해?"

"스틱 넣어 다니려고요."

"하이고."

"놔둬. 타이어도 4만 원짜리 스틱으로 두드리는 앤데."

타이어를 4만 원짜리 스틱으로? 도무지 알 수 없는 대화가 오가는 가운데 주변의 반응에 전혀 아랑곳하지 않은 민성이 가방을 내려놓으며 불만스러운 듯 물었다.

"우리도 연습 패드 구입하면 안 돼요? 타이어 두드리는 거, 모양 빠지는데."

툴툴거리며 뱉은 민성의 말에 선배들의 얼굴이 묘하게 변했다.

"민성아, 나 신입이었을 땐 타이어 두드리는 것도 선배들 눈치 보면서 했다. 아이고, 요즘 애들은 진짜."

"세대가 변했잖냐. 우리 때랑 같아?"

"저, 드럼은 언제 쳐요?"

"인마, 멋 부릴 생각 말고 타이어나 제대로 두드려. 타이어를 괜히 두드리라는 줄 알아? 드럼부터 두드리다 어설프게 재미 들리면 정작 중요한 기본 주법을 무시하게 되니까 그런 거야."

"그래. 반동이랑 셈여림 연습은 충분히 해두고 드럼 앞에 앉아야지, 안 그럼 원하는 대로 컨트롤 못 해. 실제 드럼은 타이어보다 반동이 훨씬 심하니까."

"다른 애들은 벌써 악기 만지잖아요."

"그거야……."

한창 떠들어대는 남자들 틈에 물에 뜬 기름처럼 머쓱하게 서 있던 지안은 조용히 한숨을 흘리며 시선을 돌렸다. 아까 그냥 집엘 가는 건데. 후회막급이다. 이제라도 몰래…….

"아, 가입신청서 써야지?"

몰래 왼발을 한 발짝 뒤로 옮기는 순간 들려온 인호의 말에 재빨리 다리를 제자리로 붙인 지안이 어색한 미소와 함께 시선을 들어 올렸다.

※　※　※

주차된 차로 향하던 태건이 주머니에서 꺼내 든 담배를 입술에 물며 라이터를 켰다. 익숙한 손길로 불을 붙이고 볼이 패이도록 깊게 한 모금 빨아들이자 알싸한 담배 향이 폐부 안으로 스며들었다.

"후우."

희뿌연 연기가 잠시 시야를 가리곤 이내 허공 사이로 흩어져 사라진다. 눈을 가늘게 좁힌 그가 의미 없는 시선을 허공에 둔 채 긴 손가락에 끼운 담배를 다시 입술로 가져갔다.

Rrrrr. Rrrrr.

순간 울린 휴대전화 벨소리에 힐긋 시선을 내린 그가 발신자를 확인하곤 이내 미간을 찡그렸다. 받을지 말지를 망설이는 듯 잠시 움직임을 멈췄던 그가 낮은 한숨과 함께 통화 버튼을 눌렀다.

"네."

[어디냐.]

귓전을 타고 흐르는 건조하기 짝이 없는 음성에 입술 끝을 살짝 비튼 그가 무감한 말투로 입을 열었다.

"학교죠."

[헛짓 벌이고 다니는 건 아니지?]

지극히 무심하던 눈빛이 잠시 흔들린다.

[할아버지 귀에 또 쓸데없는 소문 들어가지 않게 처신 잘하고.]

"……."

[왜 대답이 없어. 혹시 또…….]

막 언성이 높아지려는 순간 굳게 다물고 있던 입술을 뗀 태건이 단호한 음성으로 말을 잘랐다.

"아닙니다."

전화기 너머, 이내 의심 가득한 목소리가 들려온다.

[확실한 거냐?]

"네."

[이번에도 애빌 속일 생각이라면.]

"아니요, 아니라고요."

고압적이지만, 할아버지와는 또 다른 느낌의 목소리가 이내 귓가를 울렸다.

[지켜보마.]

인사도 없이 끊긴 전화가 공허한 적막을 안겨준다. 천천히 고개를 든 그가 찌꺼기처럼 엉킨 감정을 토해내듯 긴 숨을 뱉어냈다. 벌어진 입술 사이로 설핏 쓴웃음이 비어져 나왔다. 전화기를 쥔 그대로 한참을 서 있던 그가 손가락 사이에서 타들어가던 담배를 비벼 끄곤 휴지통을 향해 툭, 손가락을 튕겼다.

띠릭.

막 걸음을 떼려는 순간 들려온 문자 알림음에 다시 고개를 내린 태건이 메시지를 확인했다.

—아직 동아리방이냐?

내용을 확인한 그가 통화 버튼을 누르며 걸음을 옮기기 시작했다.

[웬일로 바로 전활 다 하셔?]

"술이나 한잔하자."

[민혜서 만나러 안 가?]

"안 가."

찬성이 있다던 중앙도서관으로 차를 몰아 간 태건이 계단을 내려오고 있던 그를 발견하고 조용히 차를 세웠다. 차창 너머로 태건의 얼굴을 힐긋 확인한 찬성이 빠른 걸음으로 걸어와 조수석 문을 열었다.

"왜 한기(寒氣)는 폴폴 풍기고 그래, 무섭게."

찬성이 안전벨트를 매며 중얼대자 대답 대신 단단히 턱을 당긴 태건이 가속 페달을 부웅, 밟아 빠르게 차를 출발시켰다.

"천천히 몰아. 여기 학교야."

거친 운전에 화들짝 놀란 찬성이 태건의 팔을 툭, 치며 눈을 키우자 잔뜩 미간을 세운 그가 낮게 욕설을 읊조리며 핸들을 움켜쥐었다.

"야, 진태건!"

태건 쪽으로 휙 몸을 돌린 찬성이 그의 팔을 우악스럽게 잡으며 크게 소리치자 그제야 속도를 줄인 태건이 한옆에 차를 세우곤 고개를 뒤로 젖혔다.

"대체 무슨 일인데."

거칠게 몰아쉬던 숨소리가 조금씩 잦아드는 것을 지켜보던 찬성이 조심스러운 얼굴로 물었다.

"엿 같아."

"그러니까 뭐가."

"이당그룹."

"뭐?"

"이당그룹 진한석 회장님. 이당자동차 진철환 사장님, 비서실, 홍보실, 젠장!"

처음엔 조용조용 중얼대던 태건이 점점 소리를 키우며 버럭 화를 냈다.

"비서실에서 또 사람 붙였어?"

"……."

"들켰어?"

계속되는 찬성의 질문에 후우, 숨을 뱉은 태건이 낮게 가라앉은 음성으로 조용히 입을 열었다.

"아직은."

"아직은, 이라고 하는 거 보니까 조만간……."

Rrrrr. Rrrrr.

갑자기 울린 전화벨에 찬성을 향해 손을 들어 올린 태건이 얼른 발신자를 확인했다. 딱딱하게 굳어 있던 입가가 부드럽게 풀어지는 것을 본 찬성이 민혜서구만, 중얼대며 창밖으로 시선을 돌렸다.

"문자 본 거야?"

전화기를 귀에 갖다 댄 태건이 다정한 음색으로 묻자 이내 낭랑한 목소리가 흘러나왔다.

[응. 이제 막.]

"며칠 몸 사려야 할 것 같아."

[후후. 겁쟁이.]

"그렇게 말하지 마, 나는."

잠시 말을 끊어낸 태건이 미간을 모은 채 숨을 고르곤 다시 말을 이었다.

"밥은? 또 굶고 있는 건 아니지?"

[굶긴. 방울토마토 먹고 있어.]

묵묵히 듣고 있던 태건의 이마에 굵은 힘줄이 빠직 선다.

"그게 밥이야?"

[오빠 안 볼 때라도 관리해야지. 먹이는 대로 다 받아먹었더니 700그램이나 붙었단 말이야.]

"그래 봤자 43킬로야."

[44.2.]

"자꾸 토 달래?"

[밴댕이. 내가 오빠 아님 누구한테 이래.]

입술을 꾹 붙인 태건이 고개를 내려 핸들을 응시했다.

"너 힘든 거 싫어."

[그렇다고 잉여인간이 되는 건 더더욱 싫지.]

"혜서야."

[그렇게 근사한 목소리로 잔소리하는 것도.]

턱 근육을 팽팽히 당긴 그가 질끈 입술을 깨물었다. 차라리 투정을 부렸다면 나을 것이다. 하지만 지금 상황에서도 보다시피 불뚝불뚝 불평을 늘어놓는 쪽은 언제나 태건 자신이었다. 불평을 하는 대신 오히려 저보다 어른스러운 모습으로 온통 가시로 뒤덮인 저를 녹녹히 함락시키는 혜서의 모습을 무기력하게 지켜봐야만 하는 것이 속상하고 가슴이 아팠다. 어쩌면 이 통증은 가시를 세워봤자 누구에게도 위협이 되지 못한다는 사실에서 기인한 것일지 모른다. 만일 혜서를 놓친다면.

[아, 오빠. 다음 씬 촬영 들어가나 보다.]

잔뜩 소리를 낮춰 소곤대는 혜서의 목소리에 상념에 잠겨 있던 태건이 퍼뜩 고개를 들어 올렸다.

[술 너무 많이 마시지 말고.]

마치 눈앞에서 지켜보고 있는 양 당부하는 말투에 심각하게 얼굴을 굳히고 있던 태건이 피식 웃음을 흘렸다.

"매니저 1층에서 돌려보내지 말고 꼭 현관까지 같이 가. 아니다. 매니저도 남자지."

[오빠.]

"요새 미친놈이 얼마나 많은 줄 알아?"

[알았어, 알았어. 코디랑 같이⋯⋯. 앗, 나 지금 가봐야 해. 끊
어!]

끊어진 전화가 야속한 듯 아쉬운 눈길로 바라보고 있는 태건의
모습에 절레절레 고개를 저은 찬성이 팔짱을 끼며 혀를 찼다.

"언빌리버블."

금세 표정을 지운 태건이 고개를 돌려 찬성을 바라봤다.

"대체 어떤 마법을 부리기에."

"무슨 소리야?"

그가 씰룩 미간을 세웠다.

"민혜서 말이야."

혜서란 이름에 태건이 더욱 날카롭게 가시를 세운다.

"네가 이렇게 말랑한 인간이냐? 특히 여자한테?"

태건이 시선을 내리며 고개를 틀었다.

"어떻게든 너랑 말 한 번 섞어보겠다고 들이대는 애들. 걔들도
사실 빠지는 애들은 아니잖아. 물론 민혜서야⋯⋯."

말끝을 살짝 흐린 찬성이 '걔는 진짜 예쁘긴 하지만.' 중얼거렸
다.

"근데 단순히 예쁘단 이윤 아닐 테고. 진짜 뭐냐?"

침묵을 지킨 채 물끄러미 핸들을 응시하던 태건이 조용히 입을
열었다.

"예뻐."

이번엔 찬성의 미간이 씰룩 움직였다.

"뭐야. 단순히 예쁘다고?"

"단순히 예쁜 게 아니야."

"그럼."

"설명해도 넌 몰라."

그러자 기가 막힌 듯 허, 헛웃음을 지은 찬성이 태건을 향해 따지듯 말했다.

"잊고 있나 본데 머린 내가 훨 좋거든? 이래 봬도 난 장학생이다."

"술이나 마시러 가자."

깔끔하게 말을 잘라낸 태건이 다시 시동을 걸며 앞을 응시했다.

❋　❋　❋

"어서 오세요."

딸랑, 하는 종소리가 들리자 냉장고 앞에서 유제품의 유통기한을 확인하던 지안의 고개가 반사적으로 돌아갔다. 하지만 문이 열릴 때마다 가졌던 기대는 곧 실망으로 바뀌며 그녀의 마음을 헝클어뜨렸다. 샐쭉 볼을 불리고 다시 냉장고로 시선을 돌리던 지안이 입매를 굳히며 흠칫 눈을 키웠다.

설마. 그 남자를 기다리기라도 하는 거야?

절레절레 고개를 저은 지안이 삐죽 입술을 비틀곤 미간을 모았다.

"키보드가 둘씩이나 필요해?"

턱을 바짝 당겨 중저음의 목소리를 조그맣게 흉내 낸 지안이 태건의 얼굴을 떠올리며 허공을 향해 눈을 흘겼다.

가입할 거 아니라고 말하는 건데. 속이 꽤나 상했던 듯 깊게 한숨을 내쉰 지안이 좁힌 미간을 풀지 않은 채 구시렁거렸다. 웃겨, 진짜. 왜 자기 맘대로…….

"이거 계산이요."

냉장고가 태건의 얼굴인 양 한껏 노려보던 지안은 계산대 앞에서 자신을 부르는 손님의 목소리에 얼른 네, 하고 답을 하곤 몸을 일으켰다. 급히 움직이다 진열대 모서리에 무릎을 부딪친 지안이 윽, 신음을 뱉곤 절룩이며 계산대 안으로 들어섰다. 밀려드는 통증에 뺨까지 후끈 달아오르는 기분이다.

"괜찮으세요?"

계산대 위에 과자와 음료수를 올려놓고 기다리던 손님이 함께 얼굴을 찡그리며 물었다. 아픈데 창피하기까지 했다.

"아, 네, 괜찮아요."

아무렇지 않은 척 미소까지 지어 보인 지안은 빠른 손길로 바코드를 찍어 나갔다.

딸랑, 종소리와 함께 손님이 사라지자 얼른 몸을 굽힌 지안이 바짓단을 걷어 무릎을 살폈다. 벌겋게 변한 그곳이 욱신거린다.

"아. 멍들겠네."

쩝, 입맛을 다신 지안이 구석에 놓인 플라스틱 의자를 끌어와 털썩 몸을 앉혔다.

"이게 다…….."

그 사람 때문이야.

뒷말을 삼킨 지안이 입술을 꾹 붙이며 어깨를 늘어뜨렸다. 원망의 대상을 찾고 싶긴 하지만, 누가 봐도 억측일 뿐이다.

입술을 모아 후, 하고 숨을 뱉은 지안이 올렸던 바짓단을 내리며 동아리방에서 한창 연주에 집중하던 태건의 모습을 떠올렸다.

"아까 그 곡? 'Red Hot Chili Peppers' 의 'Can't Stop'. 그거 은근 신나지?"

동아리방을 나서기 전, 새로 선출된 회장이라 자신을 소개한 인호에게 넌지시 아까의 연주곡에 대해 물었었다.

신이 났었나? 돌이켜 보니 베이스기타를 튕기던 그가 몸을 들썩인 것 같기도 하다.

"근데 그 곡도 좋지만……."

갑자기 침을 꿀꺽 삼킨 인호는 멍하니 올린 시선을 허공에 고정시킨 채 곧바로 말을 이었다.

"태건 선배가 'Coffee Shop' 연주할 땐 정말, 그건 어떻게 말로 설명할 수가 없다. 딱 한 번 본 적이 있는데, 진짜 신들린 손길이라고 밖엔."

"베이스기타를 잘 치시나 봐요."

"잘 치는 정도가 아니지. 남자인 내가 봐도 반했을 정도니까. 그 파워풀한 슬랩(Slap)은 진짜."

노래를 모르니 연상이 되거나 상상되는 그림은 없었다. 그런데 그토록 입에 침이 마르도록 칭찬을 하니 그가 말한 'Coffee Shop'이 어떤 곡인지 궁금하긴 했다.

사실 베이스기타를 그렇게 가까이서 본 것도 처음이었고, 그렇게 근사한 소리를 낸다는 것도 오늘 처음 안 사실이다. 따로 집중해서 듣지 않으면 인식하지 못할 정도로 둥둥거리는 중저음으로 리듬이나 받쳐 주는 악기라 생각했는데 이상할 정도로 묵직한 음색이 자꾸만 어른거렸다. 아니, 어딘지 서늘하기까지 한 그의 음성과 겹쳐져 계속해서 귓가를 어지럽힌다.

그 불친절한 남자한테 반한 건 아닐 테고.

헛웃음과 함께 고개를 털어낸 지안의 시선에 방금 전 손님이 흐트러뜨리고 간 과자 진열대가 들어왔다. 마치 지금 한가하게 남자나 떠올리고 있을 때냐는 듯 중심을 잃고 삐딱하게 기울어진 과자 봉지가 그녀를 노려보고 있었다.

"그래. 간다, 가."

끄응, 몸을 일으킨 지안이 무겁게 늘어지는 다리를 이끌며 진열대로 향했다. 걸음을 옮기던 그녀의 눈동자가 문가 근처로 힐긋, 미련 한 자락을 흘렸다.

＊　　＊　　＊

"절 올리자."

망팔(望八)을 훌쩍 넘긴 진 회장의 묵직한 음성이 떨어지자 주르르 검은 양복을 갖춰 입고 선 사내들이 일제히 제사상을 향해 절을 올렸다. 신위(神位) 앞에 꿇어앉아 피웠던 향이 피워낸 연기에 집 안 가득 매캐한 향이 가득하다.

드디어 사신(辭神:고인의 영혼을 보내 드리는 절차). 숨 막힐 듯 답답하기만 하던 행사도 어느새 끝을 드러내고 있다. 진 회장의 손끝에 있던 지방(紙榜)이 화르륵 불꽃을 일으키곤 이내 사그라졌다.

"이만 철상(撤床)하자."

그의 말이 끝나기가 무섭게 기다렸다는 듯 뒤쪽에서부터 차례로 제수(祭需)를 물리기 시작했다. 검은 양복을 입은 채 사람들 틈에 껴 있던 태건은 점점 더 간절해지는 담배 생각에 초조한 손길로 턱 끝을 문질렀다. 음복(飮福)이 끝나기 전엔 절대로 옷을 벗거나 담배를 피워선 안 된다는 엄명 때문도 있겠지만 기가 막히게 담배 냄새를 잡아채는 어머니가 늘어놓을 한 시간짜리 잔소리를 감당할 자신이 없다는 것이 흡연 욕구를 내리누르는 데 있어 좀더 큰 작용을 했을 것이다.

"후우."

답답하게 쥔 넥타이를 끌러 내리고자 손을 들어 올렸던 태건이 멈칫 움직임을 멈추곤 이내 손을 거뒀다.

단정하게.

눈이 마주친다면 들려올 목소리를 떠올리자 보이지 않는 손이 숨통을 죄는 듯 답답해져 왔다. 하지만 참아야 할 테지. 표정을 구기는 대신 입매에 단단히 힘을 준 태건이 천천히 고개를 들어 올렸다. 역시나 속마음까지 탐색할 듯 날카로운 어머니의 눈빛이 저를 향해 고정되어 있었다.

"……."

동요 없는 눈동자가 묵묵히 그 눈빛을 받아들였다. 어때요, 잘

하고 있지 않습니까? 눈으로 물은 태건이 무감한 얼굴을 스윽 돌리며 음복을 위해 움직이는 무리들에 섞여들었다.

"영국이면, 1년 생각하고 있는 거니?"

"아뇨. LBS(London Business School)요."

"아. 하긴 태현이 네 스펙이라면. 근데 굳이 LBS를 고집하는 이유가 있어?"

"일단 학생이나 교수진들의 외국인 비율이 높다는 건 그만큼 세계 각국의 다양한 인재들이 찾는단 뜻이고, 무엇보다 기업의 사회적 책임이라든지 기업 윤리에 대한 확고한 커리큘럼이……."

음식을 입에 문 채 사촌 형 태현의 모습을 물끄러미 바라보던 태건이 물 잔을 집어 들며 조용히 시선을 내렸다. 고모와 나누는 대화는 먼 나라 남의 이야기인 양 귓가에서 따로 놀고 있다. 같이 앉아 밥 먹는 것도 황송할 정도로 대단한 사람들 틈에 끼어 있자니 소태를 머금은 것처럼 입이 쓰다.

전자, 통신, 제철, 자동차, 건설……. 조부모인 진 회장 내외 주변으로 소위 잘나가는 식구들이 서열순으로 포진해 있다. 나이순으로 능력을 타고난 것인지 공교롭게도 매출 규모 순서와 나이 서열 또한 비슷했다. 만년 4위인 아버지는 6남매 중 네 번째. 그나마도 뒤를 바짝 쫓고 있는 고모부의 추격이 버거운 듯하다.

"그래, 태건인 요새 학교 잘 다니고 있는 게냐?"

갑자기 들려온 음성에 퍼뜩 정신을 차리니 일제히 쏠린 시선이 느껴졌다. 당연히 네, 라고 대답을 해야겠지만 뱉는 이도, 듣는 이에게도 모두 가증스러운 답이 될 것임을 알고 있다.

"그럼요, 아버님. 요즘 학점 관리도 잘하고 있고, 얼마나 열심인데요."

묵묵히 침묵을 지키고 있는 태건을 대신해 어머니 미현이 얼른 입을 열었다.

"하긴. 군대도 다녀오고 어느새 3학년인데 정신 차려야지. 맨날 그렇게 사고만 치고 다님 되나."

걱정을 가장해 던진 큰어머니의 염장에 미현의 얼굴이 붉으락푸르락 달아올랐다.

"그러게요. 아유, 태건아. 그래도 대학 졸업장은 있어야지. 네 어머니 걱정이 얼마나 큰지 아니?"

"걱정, 이제 안 한다니까요, 형님."

앙다문 잇새로 간신히 말을 뱉은 미현이 애써 미소를 지으며 화를 내리눌렀다.

"아유, 말은 그렇게 해도 자네 속이 속이 아닌 걸 알지. 어디서 뭐가 터질지, 실은 다들 조마조마해."

"우리 태건이가 무슨 폭탄도 아니고, 착실히 학교 잘 다니고 있는 애한테 왜들 이러세요?"

"그렇게 무작정 발끈할 게 아니라."

"돌려 말할 거 뭐 있어요?"

옆에서 팔짱을 낀 채 관망하던 태건의 고모, 연주가 싸늘한 목소리로 입을 열곤 태건을 돌아봤다.

"태건이 너, 요새 탤런트 만나니?"

순간 태건의 뺨이 움찔 움직였다.

"엄마도 참, 아무 말 말라니까."

사촌 동생인 현아가 새초롬히 눈을 흘기며 난감한 듯 태건을 바라봤다.

"미안. 지난주에 에스테틱 갔다가 커플룸에서 민혜서랑 나오는 거 봤어."

말로만 미안한 건지, 표정은 전혀 그렇지 않다. 평정을 유지하려던 태건의 얼굴이 혜서의 이름이 나오는 순간 동요하기 시작했다.

"일부러 말하려고 했던 건 아니고, 하필 엄마랑 통화 중이었거든. 민혜서가 워낙 예뻤어야지. 그냥 눈이 돌아가기에 나도 모르게 그만."

울컥 올라오는 감정을 삭이기 위해 다문 입매가 미세하게 떨려왔다. 커플룸에서 함께 나오는 걸 봤다는 말은 거짓일 것이다. 만전을 기하기 위해 숍에 들어갈 때부터 나올 때까지 두 사람은 충분한 시차를 두고 철저히 따로 움직였다. 커플룸을 드나들 때도 15분 이상의 시차를 두었으니 로비에서 잠복을 하지 않은 이상 둘이 같은 룸을 사용했다 확신할 근거는 없을 것이다. 하지만…… 주차장에 세워두었던 차를 떠올린 태건이 작게 신음을 삼켰다. 자신의 차와 혜서. 충분히 유추 가능한 가설이다. 같은 에스테틱을 이용하게 된 건 우연이었을지 몰라도 차후에 벌어진 상황들엔 두 모녀의 작당이 있었을 터. 그녀가 짠 각본대로 따라줄 생각은 추호도 없다.

"예쁘긴 하더라."

느긋하게 허리를 세운 태건이 현아를 바라보며 입을 열었다.

"커플룸에서 나오지만 않았어도 한 번 집적대 보는 건데. 근데 아쉽게도 내가 예쁜 여자에 환장하긴 해도 임자 있는 여잘 건드리는 취민 없거든."

"태, 태건아."

태건이 민혜서란 탤런트와 에스테틱 커플룸에서 함께 나왔단 말에 혹시나 정말일까, 하얗게 질린 채 사태를 주시하던 미현이 일단 태건을 저지시키며 숨을 골랐다.

"현아 넌 확실하지도 않은 얘길 해선. 오빠 곤란하게 이게 뭐니?"

미현이 나무라듯 말하자 삐딱하게 고개를 튼 연주가 그녀를 바라보며 입을 열었다.

"확실한지 아닌지 두고 보면 알겠죠. 사실 태건이가 누굴 만나든 별 관심 없어요. 근데 적어도 남들한테 피핸 주지 말아야지."

"아니, 우리 태건이가 아가씨한테 무슨 피핼 입혔다고."

"나한테 뭘 어쨌으면 차라리 다행이죠. 쟤 하나 때문에 회사에서 풀가동 중인 홍보실 인력이 얼만지 아세요? 작년에 연예인 엑스파일인가 뭔가 때문에 증권가 정보지 단속이 강화됐으니 망정이지, 그거 아니었음 벌써……."

"크흠."

설전(舌戰)이 오가던 가운데 칼날처럼 가르고 들어온 기척에 한창 입을 놀리던 연주가 말을 멈췄다. 순간 납빛 같은 정적이 싸늘하게 내려앉았다.

"쯧쯧. 나이는 어디로 먹은 게야."

시선의 끝이 자신에게로 향하자 원망의 빛을 머금은 연주의 얼굴이 심술 난 아이의 볼처럼 부풀어 올랐다.

"아버지."

"그래도."

그 단호한 한마디에 연주가 꾹 입을 다물었다.

"한창나이에 만나는 여자가 없는 것이 더 이상한 게지."

서늘하게 들려오는 음성이 대놓고 목을 죄는 것보다 훨씬 큰 파장을 일으킨다. 조금 전보다 더 깊은 정적이 몰려들었다. 모두가 숨을 삼켰다. 차라리 물어뜯을 듯 오가던 설전이 몸서리치게 간절해질 지경이다.

"만나더라도."

잠시 말을 끊어낸 진 회장이 태건의 눈을 무심히 바라보며 말을 이었다.

"설마 시끄럽게 말 돌 아이를 만났겠느냐."

"……."

"전에 내가 당부한 것. 태건이도 잘 기억하고 있을 거라 믿는다."

이당그룹의 자제일지라도 경영 일선에 발을 내딛지 않은 3세들은 철저히 베일에 가려진 채 생활을 하게 된다. 학생이니 당연히 '평범한' 학창 시절을 보내야 한다는 원론적 지론 같지만 그것은 어디까지나 허울 좋은 핑계일 뿐, 회사에 필요한 옥석을 가리기 위한 수단에 지나지 않는다는 사실을 모를 리 없다.

미리부터 언론에 노출시켜 기업 이미지에 득실을 따질 불필요한 에너지 소모를 미연에 방지하잔 계산일 것이다. 사고뭉치나 다름없는 그가 결코 좋은 일로 사람들 입에 오르내릴 리 없다는 것은 이미 그룹 차원에서의 대비책만 보더라도 알 수 있는 사안이

다. 혹시라도 놓쳐 배경이 노출되는 경우가 생긴다면 기사를 내보낸 언론사는 물론 관련 업체까지 혹독한 대가를 치르게 될 것을 너무나도 잘 알고 있을 것이다. 그러나 이것은 어디까지나 짜여진 매뉴얼대로의 대응일 뿐 손쓸 틈 없이 벌어지는 상황에선 아무리 이당그룹이라도 막을 재간이 없을 것이다.

연예인 엑스파일 사건을 계기로 대대적인 단속이 이루어진 덕에 그나마도 주춤해진 증권가 정보지 쪽은 한시름 놓고 있긴 하지만, 이런 와중에 민혜서의 남자 따위의 스캔들이 터지기라도 한다면…… 초반 혜서에게로 집중될 언론의 관심은 곧 연예인인 혜서보다도 상대인 저에게로 쏟아질 것이 분명하다. 그쯤 되면 그룹 차원의 통제도 한계가 있을 것이다.

숨겨왔던 배경이 드러남과 동시에 사람들은 앞 다퉈 그를 헐뜯을 준비를 할 것이다. 어쩌지, 로 시작될 시기와 원망. 하지만 자신은 어떻게든 빠져나가게 될 것이다. 확실치 않은 추측과 근거 없는 낭설은 감히 건드릴 수 없는 자신 대신 혜서를 공격하게 될 것이다. 그룹의 입김이 작용할 것은 불을 보듯 뻔한 일이다. 아니, 실은 스캔들 따윈 터지지 않을 것을 알고 있다. 무슨 일이 벌어질지 아무도 모른다. 자신이 다치는 것은 상관없지만 혜서에게 무슨 일이 생긴다면. 꿀꺽 숨을 삼킨 태건이 시선을 들어 올렸다.

"잘…… 기억하고 있습니다."

조용히 답하는 태건의 목소리 끝이 살짝 갈라져 흔들렸다. 무덤 속 같은 침묵 속에서 물끄러미 자신에게 꽂히는 시선을 느끼자니 온몸의 신경이 바짝 곤두서는 기분이었다. 촘촘히 박힌 바늘들이 얼굴을 쓸어내리는 것만 같았다.

"그래. 마저 식사들 하자꾸나."

지극히 평온한 음성과 함께 입술 끝을 살짝 들어 올린 진 회장이 천천히 손을 움직였다.

❋ ❋ ❋

선을 이용해 생활환경을 표현하란 기초디자인 과제 때문에 주말 오전 학교 도서관을 찾은 지안은 두 시간째 들여다보던 일러스트북을 잠시 덮어둔 채 뻣뻣이 굳은 어깨를 주물렀다.

과제에 치여 살다 보니 내가 지금 디자인을 배우러 학교엘 다니는 건지, 과제를 하기 위해 다니는 건지 혼란스러울 때가 한두 번이 아니었다. 물론 디자이너가 되기 위한 훈련 과정일 테지만 2, 3학년이 되면 더욱더 과제가 많아진단 소리에 벌써부터 진이 쭉 빠지는 기분이다. 그래도 뭐든 자꾸 하다 보면 실력이 늘 거라 그것으로 위안을 삼는다지만 어찌 됐든 몸이 힘든 것은 사실이었다. 취업을 한다 해도 일상이 야근이라니 영혼 없는 디자인을 그려낼 것이 아니라면 미리부터 체력은 좀 키워둘 필요가 있단 생각이 든다.

권당 가격이 10만 원에 육박하는 일러스트북을 척척 사낼 형편이 못 되는 지안은 편의점 아르바이트를 하는 나머지 시간을 주로 도서관에서 보내고 있었다. 기본적으로 사용하는 프로그램들은 다행히 쇼핑몰에서 받아온 일감과 공부를 병행해 할 수 있어 큰 도움이 되어주고 있었다.

안타깝게도 동아리 활동까지 할 수 있는 형편이 아니라 일주일 가까이 동아리방은 근처에도 가보질 못했다. 실은 그날 이후 더는 편의점에서 태건의 모습을 볼 수 없었기에 궁금증은 배가된 상태였다.

어디 아픈가.

턱을 괸 채 태건의 얼굴을 떠올리던 지안은 뱃속에서 울린 꼬르륵, 소리에 퍼뜩 고개를 내리곤 손으로 배를 감쌌다. 민망함에 볼이 붉어졌지만 다행히 소리가 크지 않았던 듯 제게로 쏟아지는 시선은 느껴지지 않았다. 아침은커녕 눈을 뜨자마자 도서관으로 올라온 주인을 원망하듯 질러댄 아우성에 급히 지갑을 챙겨 든 지안이 의자에서 조용히 몸을 일으켰다.

토요일에 문을 연 구내식당은 도서관 북쪽에 위치한 의대 학생 식당뿐이었다. 물론 기숙사 식당도 있지만 주말 점심시간엔 운영하지 않을뿐더러 왠지 눈치가 보여 가고 싶단 생각이 들지 않는 곳이었다.

아침 겸 점심을 해결할 요량으로 식당을 향해 가던 지안이 갈림길에서 잠시 고민하다 오른쪽으로 걸음을 떼기 시작했다. 조금 더 돌긴 하지만 동아리방이 있는 건물을 지나쳐 가는 길이 나오기 때문이다. 토요일이라 사람이 없을 거란 걸 알면서도 알 수 없는 힘에 이끌리듯 절로 다리가 움직였다.

내리쬐는 햇살에 절로 눈이 찡그려졌지만 모처럼 맛본 화사한 봄볕이 싫지 않은 듯 지안은 손바닥으로 만든 차양을 이마에 댄 채 자박자박 걸음을 옮기기 시작했다.

정오를 향해 달려가는 4월의 캠퍼스는 여기저기 터뜨린 꽃망울이 주변을 곱게 물들인 채 완연한 봄 정취를 더해주고 있었다. 낭만과 이상이 펼쳐진 공간. 주말인 탓에 주변은 고요히 가라앉아 있었지만 캠퍼스 특유의 생기와 활력은 박동하는 심장처럼 힘차게 대지를 두드리고 있었다.

햇살 때문이 아니더라도 봄의 정점을 찍고 있는 교정은 보는 것만으로도 눈이 부셨다. 누군가 한 양동이의 봄을 교정 안에 쏟아 붓고 있는 듯했다. 잠깐이지만 햇살과 바람을 맞으며 캠퍼스를 거니는 청춘임을 느끼게 해준 모처럼의 여유가 고마웠다.

가장 안쪽에 위치한 동아리방을 지나기 위해 건물 입구를 들어선 지안은 콘크리트 건물이 내뿜는 특유의 서늘한 기운에 슬쩍 팔을 문지르며 자박자박 걸음을 옮기기 시작했다. 굳게 닫혀 있는 문들을 바라보며 지나는 복도가 오늘따라 유독 길게만 느껴졌다.

둔. 두 두두. 둔. 두 두두.

명확하진 않지만 닫힌 문 사이로 새어 나오는 소리에 동아리방을 향해 가던 지안의 걸음이 속도를 더한 채 빠르게 움직이기 시작했다.

'베이스기타 같아.'

둔, 두, 소리가 가까워질수록 심장도 쿵쿵 막연한 설렘에 휩싸였다. 연주를 하는 이가 태건이 아닐 수도 있지만, 그래도…….

둥둥거리던 저음과 함께 희미하게 들려오는 목소리에 우뚝 걸음을 멈춘 지안이 손잡이를 향해 뻗었던 손을 거두며 그대로 숨을 삼켰다. 기타도, 드럼도, 키보드 소리도 들리지 않는, 오로지 베이스기타의 묵직한 저음으로만 연주되고 있는 곡은 'Radiohead'의 'Creep'이었다.

베이스기타만으로도 연주가 가능하다니.

단순히 코드와 리듬을 채우는 악기만은 아니란 걸 지난번 연주를 통해 깨닫긴 했지만 다른 악기의 도움 없이 홀로 연주가 가능할 거란 생각은 하지 못했다.

문을 타고 흐르는 음색은 인호 선배가 말했던 'Coffee Shop' 등등의 기교가 뛰어난 곡은 아니었다. 하지만 조용하면서도 담담한 그것을 듣고 있자니 이상하게 가슴 한편이 아릿해졌다. 가사에 이어진 그대로 천사 같은 여자를 앞에 두고도 아무것도 할 수 없는 남자의 막막함을 눈앞에서 지켜보는 느낌이었다.

멍한 얼굴로 노래를 듣고 있던 지안의 뺨을 타고 툭, 눈물방울이 흘러내렸다. 황급히 손등으로 눈물을 훔쳐 내자 언제 연주가 끝났는지 사방은 다시 고요에 휩싸여 있었다.

달칵.

속눈썹에 매달린 눈물이 여전히 뿌옇게 시야를 가리고 있던 순간, 갑자기 열린 문 안에서 커다란 인영 하나가 불쑥 존재를 드러냈다.

"......!"

얼굴을 확인한 지안이 흠칫 눈을 키우며 입술을 달싹거리자 동시에 움직임을 멈춘 태건이 그녀를 바라보며 미간을 구겼다.

"뭐야."

너무나 위협적인 모습에 저도 모르게 걸음을 뒤로 물린 지안이 꿀꺽 숨을 삼키며 입을 열었다.

"아, 안녕하세요."

당황한 탓인지 잠겨 있던 목소리가 우스꽝스럽게 갈라져 나왔다. 헙, 하고 입을 다물며 태건을 올려다보자 싸늘한 눈초리가 얼굴 위로 내리꽂혔다.

갑자기 나타나서 기억을 못 하는 걸까. 편의점에서의 만남은 둘째 치더라도 그래도 동아리 후밴데.

"뭐냐니까?"

"네?"

나름 반갑게 건넨 인사에도 불구하고 되돌아온 날 선 음성에 지안의 어깨가 절로 움츠러들었다.

"그게…….""

"얼쩡거리지 말고 꺼져."

꺼져, 하고 뱉는 입술이 삐딱하게 비틀렸다. 아무 대꾸도 못 한 채 눈만 깜빡이고 있는 지안을 못마땅한 눈빛으로 바라본 태건이 이내 시선을 돌리며 몸을 틀었다. 담배를 피우러 나온 듯 그의 손엔 담뱃갑이 들려 있었다.

"동아리 후밴데요."

저만치 멀어지는 그의 등을 향해 소리치자 그가 멈칫 걸음을 멈추며 뒤를 돌아봤다. 표정이 실리지 않은 얼굴이 물끄러미 그녀를 응시하자 예상치 못한 반응에 오히려 당황한 듯 지안이 입술을 세웠다. 이런 경우 보통은 '아, 그랬어? 못 알아봐서 미안.' 등등의 반응을 보이지 않나?

무감한 눈빛이 스윽 그녀를 훑곤 이내 원래의 방향으로 돌아가 버렸다. 굳어 있는 등 뒤로 누군가 얼음 한 바가지를 쏟아부은 듯 한기가 서렸다. 그리 긴 생을 산 것은 아니지만 살면서 처음 받아본 냉랭한 눈길이었다. 마치 옷에 들러붙은 벌레를 보는 듯한 눈빛에 정말로 벌레가 된 듯 한없이 작아지는 기분이었다.

내가 뭘 잘못했는데? 따져 물어야 했지만 그의 커다랗던 등이 어느새 점이 되어 사라지는 순간까지도 지안은 아무런 소리도 내지 못한 채 그대로 굳어 있어야만 했다.

6. 어긋난 마음

―못 보는 만큼 그리워해 줄 거잖아. 그치?

물끄러미 휴대전화의 문자메시지를 바라보고 있는 태건의 눈빛
이 아련하게 가라앉았다. 그치? 하며 생긋 웃는 얼굴이 손에 잡힐
듯 선하게 그려졌다.

너는, 아무렇지 않아?

목구멍 너머로 튀어나오는 말을 참느라 힘을 준 탓에 불도 붙이
지 않고 물고 있던 담배가 툭, 소리를 내며 꺾여 버렸다. 부러진
담배를 입술에서 빼낸 그가 휙 몸을 돌리자 내내 따라붙던 시선이
황급히 흩어지는 게 느껴졌다. 당연하게 이어질 거라 생각했던 조
치. 예상대로 그날 혜서의 이름이 들먹여진 이후 아버지가 붙인
사람이었다.

"어째 꼭 저 같은 짓을. 데리고 놀다 헤어질 거, 티 안 나는 아이로 골랐어야지. 그런 것까지 할아버지 귀에 들어가게 해?"

"민혜서랑, 사귀는 거 아닙니다."

"아니 땐 굴뚝에 연기 날까."

"정말…… 아닙니다."

어떻게든 흠집을 내고자 안달이 난 사람들 앞에서 터진 폭탄과도 같은 목격담. 사실 여부를 묻기보다 그럴 거라 단정부터 짓고 보는 아버지의 폭주를 막고자 태건은 안간힘을 다해 혜서를 부인해야만 했다. 혹시나 혜서에게 해가 미칠까, 정말 아무 상관 없는 남의 일인 양 그 앞에서 비아냥댔다.

"무슨 일을 벌이실지 별 관심은 없지만, 그래 봤자 결국 아무 상관 없는 철저한 남으로 밝혀질 텐데……. 훗, 안 그래도 입 벌리고 으르렁대는 사람들에게 좋은 먹잇감은 될 수 있겠군요."

어떤 식으로든 행동을 취한다면 그것은 곧 혜서와의 스캔들을 인정하는 셈이 된다. 눈앞을 가린 분노에 뒤늦게 주변 시선을 의식한 아버지는 좀 더 신중을 기한 채 태건을 주시하기 시작했다.

혹시나 하는 마음에 그간 코디네이터 명의의 전화기로 통화를 해왔던 게 천만다행으로 여겨졌다. 설마 코디네이터의 통화 내역까지 조회하진 않겠지만 이제는 혜서를 보는 것은 물론 그녀와 나누는 문자메시지까지 대포폰을 이용할 정도로 몸을 사릴 수밖에 없게 되었다.

"할아버지 말씀대로 여자를 만나는 것까지 막을 생각은 없다. 어차피 결혼 전까진데, 제대로 된 집안 여식을 만나지 못할 바엔 차라리 평범한 애들과 놀아."

어쩌면 '이당'이란 이름으로 누려온 풍족함에 대해 지불해야 할 당연한 대가일지 모른다. 그 자신을 제외한 대부분의 구성원들은 그에 상응한 수준의 것들—이를테면 능력—을 선보이며 충실히 역할을 수행하는 중이다.

결혼이라고 다를 바 없었다. 기업과 가문을 일궈내기 위한 정략결혼. 결국 자신들이 누려야 할 부(富)를 위한 것이라 할지라도 가시적인 행동의 정점엔 언제나 할아버지, 진 회장이 있었다. 모든 것은 그로부터 시작된다. 그것을 알고 있기에 한계치에 달한 인내는 가족이란 허울을 뒤집어쓴 채 끊임없이 서로를 물고 뜯는 행위로 대신 표출되고 있었다.

정략결혼이라……. 아버지의 꿈을 꺾고 싶은 생각은 없지만, 글쎄.

그렇다고 가진 것을 내던질 용기는 없다. 평온했던 바다에 불어닥칠 폭풍을 견뎌낼 자신이 없었다. 혜서가 유일한 숨통이라 여기면서도 막상 그녀를 위해 할 수 있는 것은 고작 관계를 부정하는 정도의 비열하고 졸렬한 행동뿐이었다.

죄책감에 맞서 형성된 감정은 타인을 향해 쏟아지는 극렬한 분노였다. 어쩌다 닿는 시선 하나에도 벌컥 짜증이 일었다. 감시자로서의 충분한 역할을 하고 있는 이들은 물론 우연히 스친 눈길마저도 모두가 자신을 향해 쏟아지는 비난처럼 느껴졌다.

제가 느끼기에도 폭발 일보 직전의 폭탄처럼 아슬아슬한 상태였다. 조금 전, 동아리방 앞에서의 무의식적인 도발도 만일 상대가 남자였다면 주먹까지도 휘둘렀을지 모를 극도의 불안에서 기인된 것이었다. 생각은 온통 혜서에게로 뻗어 있는데 할 수 있는 건 정작 아무것도 없단 사실이 그를 바짝 곤두서게 만들었다. 이런 제 자신이 너무나 한심했다. 이당에 기대 살고 있으면서도 실상 아무런 능력도 갖추지 못한 제가 말할 수 없이 비참하고 초라하게 느껴졌다.

"혜서야, 혜서야……."

조용히 이름을 되뇐 태건이 까맣게 죽은 액정을 켜자 이내 그리운 얼굴 하나가 사각의 프레임 안을 화사하게 채우며 들어섰다. 고운 얼굴을 보고 있자니 잠시 눌러두었던 감정이 용암처럼 끓어오르기 시작했다.

"사인해 드려요?"

작년 12월. 갓 제대를 한 탓에 아직 짧기만 한 머리가 불만인 듯 핸들을 잡지 않은 오른손으로 연신 머리를 매만지던 태건이 친구들과의 술자리를 향해 가던 길이었다. 마침 퇴근시간과 맞물린 도로는 꾸역꾸역 쏟아진 차량들로 인해 극심한 정체를 이루고 있었다.

제대 첫날 만나자던 유혹을 뿌리치고 꿋꿋이 닷새를 버틴 이유는 다만 며칠이라도 다듬어 조금이나마 군바리 티를 벗겨내고자 하는 나름의 자존심 때문이었다. 룸미러를 통해 비춰진 모습은 여전히 마음에 들진 않지만 제대 첫날에 비하면 그래도……

'젠장. 이건 또 뭐야.'

지름길로 가로지르고자 막 우회전을 해 들어간 골목 안, 빨간 야광봉을 손에 쥔 채 차량통제를 하는 남자의 손길에 태건이 와락 미간을 그었다.

"죄송합니다. 드라마 촬영 중인데 잠시만 협조해 주세요."

"하아."

"정말 죄송합니다."

이런 일엔 이골이 난 듯 사무적인 말투로 사과를 한 스태프는 뒤이어 늘어선 차량들에게도 다가가 같은 안내를 계속하고 있었다.

창턱에 팔을 괸 채 신경질적으로 오디오를 끈 태건이 고개를 들어 창밖을 바라봤다. 강렬한 조명이 쏟아지는 그곳에선 방금 전 스태프의 말대로 드라마 촬영이 한창 진행 중이었다. 짜증스러운 눈길로 시간을 확인한 그가 다시 한 번 깊은 한숨을 내쉬며 시선을 틀었다. 까맣게 채색된 주변을 하릴없이 살피던 그의 눈이 먹이를 발견한 맹수의 그것처럼 날카롭게 빛을 내었다.

촬영장 한옆, 추운 날씨 탓인지 커다란 목도리를 칭칭 두른 채 빼꼼히 눈만 내놓은 채 마치 병아리가 물을 먹듯 아래로 내렸던 고개를 다시 허공으로 들어 올리고 다시 아래로 내리는 동작을 반복 중인 여자의 모습이 그의 시야에 들어왔다. 반복적인 행동에 호기심이 인 그가 손에 쥔 것의 정체를 확인하고자 스륵 눈매를 좁혔다. 세로로 넘긴 직사각형의 종이. 가까이 살피지 않아도 대본임을 짐작할 수 있었다.

탤런트인가?

느릿하게 턱을 쓸며 고정시킨 시선을 떼지 않은 태건이 몸을 앞으로 숙인 채 핸들 위에 손을 올렸다. 그 위에 턱을 괸 태건이 짐짓 진지한 표정으로 물끄러미 그녀를 응시했다. 눈만 내놓고 있으니 도무지 얼굴을 가늠할 수 없다. 대본을 외우고 있는 걸로 보아 탤런트임은 분명한데 촬영을 구경 중인 무리들의 시선을 받지 못하고 있는 것을 보니 그다지 유명하진 않은 모양이었다.

톡톡. 별것 아닌 행동을 하고 있는 여자에게서 시선을 떼지 못한 그의 손가락이 규칙적인 움직임으로 핸들을 두드리기 시작했다. 웅얼웅얼 대사를 외우는지 목도리를 투과한 하얀 입김이 까만 허공 사이로 쉼 없이 흩어졌다. 문득 목도리를 내려 그녀의 얼굴을 확인하고 싶단 충동이 일었다. 그런데. 그래서 뭘 어쩌려고.

언뜻 컷, 소리가 들린 것도 같단 생각을 하는 순간 모여 있던 사람들이 주섬주섬 움직였다. 고개를 털어 상념을 흩트린 태건이 비식 헛웃음을 흘렸다.

"감사합니다. 이동하셔도 좋습니다."

눈앞에서 야광봉을 흔든 스태프가 까딱 고개를 숙여 보이며 휘휘 손을 저었다. 중립에 두었던 기어를 옮기며 부웅, 가속페달을 밟던 태건이 이내 깜빡이를 켜며 한옆에 차를 세웠다.

'후우.'

브레이크 위에 얹힌 발등을 내려다보며 그가 미간을 찌푸렸다. 하등 이유 없는 행동이었다. 골목 안에 차를 세울 게 아니라 그는 당장 클럽에서 기다리고 있는 친구들을 만나러 가야 했다. 그럼에도 섣불리 다리가 움직이지 않았다. 무언가를 놓고 온 듯 찜찜한 기분에 입술을 깨물던 그가 결국 사이드브레이크를 채우며 차 문을 열었다.

저벅저벅.

운전 때문에 벗어놓은 외투를 차 안에 그냥 두고 나온 탓인지 몰아치는 칼바람이 스웨터 안으로 고스란히 스며들었다. 하지만 다시 돌아가 옷을 챙길 여유 없이 빠르게 걸음을 옮긴 곳은 얼굴을 칭칭 감고 있던 목도리를 막 풀어내고 있던 여자의 앞이었다.

난데없이 다가온 남자의 등장에 놀란 여자의 눈이 커다래졌다. 까맣다, 라는 생각이 듦과 동시에 그것이 반짝 빛을 내자 태건이 흠칫 입매를 굳혔다.

"……."

얇게 쌍꺼풀진 눈이 가만히 태건을 응시했다. 하지만 시선이 얽힌 것도 잠시, 이내 해사한 미소를 머금은 그녀가 길게 늘이고 있던 입술을 열며 그에게 물었다.

"사인해 드려요?"

귓가를 타고 들려온 작은 목소리가 태건의 가슴 안으로 스며들었다. 작고 도톰한 입술에 매달린 미소가 마치 대지를 깨우는 봄꽃처럼 화사한 향을 흘리는 것만 같았다. 찜찜한 것은 질색이라 발끝에 매달리는 미련이 싫었을 뿐이다. 그저 얼굴이나 확인하고자 되돌아온 것뿐이라 생각했는데.

어렴풋이 느껴지는 심장의 두근거림에 한 발을 뒤로 물린 태건이 급하게 숨을 멈추며 눈을 깜빡였다. 순간 태건을 바라보고 있던 여자가 나른하게 눈매를 접으며 손을 내밀었다.

"……?"

내민 손을 바라보며 그가 한쪽 눈썹을 세우자 여자가 입술을 움직였다.

"종이랑 펜 주셔야죠."

하. 정말 사인이라도 받으러 온 줄 아는 거야?

그가 입을 꾹 다물며 여자를 바라보자 마주 바라보던 그녀가 갑자기 고개를 끄덕였다.

"아. 안 갖고 오셨구나. 그렇다고 뭘 그렇게……."

말끝을 흐린 그녀가 그 앞으로 바짝 다가왔다.

"잘생긴 미간에 주름지잖아요."

생각할 틈 없이 다가온 손이 그의 미간을 꾸욱 눌러 폈다. 턱 근처를 간질거리는 부드러운 숨결에 쳐내고자 올리던 손이 저도 모르게 내려간 채로 주먹을 움켜쥐었다.

"훨씬 낫네요."

찰흙으로 빚어놓은 조각품을 감상하는 양 허리에 손을 얹은 채삐딱하게 고개를 기울인 그녀는 만족스럽다는 얼굴로 갑자기 몸을 숙였다.

쓱쓱.

대본 뒷면에 뭔가를 적은 그녀가 조심스레 그것을 찢어내 태건에게 건넸다.

"여기요, 사인."

"……."

"받은 대본은 고이고이 모아두는데…… 이렇게 잘생긴 팬은 처음이라 드리는 거예요."

그러니까 잘 간직하셔야 해요.

생긋 웃어주던 얼굴이, 그것이 두 사람의 첫 만남이었다. 실은 사인을 요구할 팬이 많지 않다던 그녀의 수줍은 고백을 들었던. 갓 데뷔한 신인이라 그조차도 민혜서란 탤런트를 알지 못하던……

Rrrrr. Rrrrr.

전화기를 손에 쥔 채 멍하니 옛 기억에 잠겨 있던 태건의 눈이 빠르게 현실로 돌아왔다. 귓가를 울리는 소음의 정체가 자신의 전화기에서 흘러나오는 것임을 인지한 태건이 황급히 시선을 내려 발신자를 확인했다. 하지만 혹시나 가졌던 기대는 곧 실망으로 바뀐 채 그를 답답하게 짓눌렀다.

"응."

뚝뚝한 얼굴로 전화기를 귀에 대자 곧 찬성의 목소리가 흘러들었다.

[왜 안 와?]

다짜고짜 묻는 물음이 선뜻 이해가 되지 않는 듯 미간을 좁힌 그가 고개를 기울인 채 통화에 집중했다.

[까먹었어?]

머릿속을 되짚던 태건이 뒤늦게 아, 하는 탄성을 흘렸다. 제대를 앞둔 준형이 마지막 휴가를 나온다 했던 날이다.

"아니."

[근데.]

"……지금 바로 가."

대답도 듣지 않고 전화를 끊은 태건이 주차장을 향해 빠르게 몸을 틀었다.

❈　❈　❈

보글거리며 끓고 있는 육수에 차돌박이를 담그던 찬성이 젓가락을 쥔 채 태건을 바라봤다. 소스에 찍어 먹으라고 기껏 덜어준 고기와 야채가 주인의 관심을 잃은 채 앞접시에서 식어가고 있다. 멈칫. 젓가락질을 멈춘 찬성의 미간에 미세한 빗금이 그려진다.

"왜, 못 먹겠냐?"

방금 익혀낸 고기를 입에 넣은 찬성이 우적우적 턱을 움직이며 태건에게 물었다. 그제야 되돌아오는 시선에 찬성이 다시 고기를 집어 들며 말했다.

"너한텐 이딴 거일지 몰라도 나한텐 3일치 밥값이다."

점심을 사겠다며 찬성이 데려간 곳은 식당이 즐비한 골목 안, 한 샤브샤브 전문점이었다. 딱히 입맛이 있는 것도 아닌 데다 가슴을 짓누르는 갑갑증에 미처 젓가락을 들 생각을 하지 못했던 태건은 굳어 있는 찬성의 얼굴을 보며 한숨을 흘렸다.

"지금 내 상태론 눈앞에 만한전석(滿漢全席)을 늘어놔도 다를 거 없으니까 쓸데없이 오해하지 마."

마지못한 손길로 젓가락을 집어 들며 말하자 뿌루퉁하게 앉아 있던 찬성이 고개를 들어 올렸다.

"왜 또."

태건이 침묵하자 그가 재차 물었다.

"왜."

일찌감치 젓가락을 내려놓은 준형도 잔뜩 궁금한 얼굴로 태건을 바라봤다. 군대에 있다 보니 아무래도 돌아가는 사정에 둔하기만 한 탓이다.

"아, 답답해 돌아가시겠네. 말을 해야 알지!"

허리를 세우며 퍽, 가슴을 치던 찬성이 갑자기 앞으로 당겨 앉으며 태건에게 물었다.

"혹시, 들켰냐?"

말없이 두 사람을 지켜보던 준형이 궁금한 입술을 열었다.

"민혜서 얘기야?"

크렘린 같은 태건의 얼굴에 저런 표정이 드리워질 일이라곤 민혜서에 관한 것뿐이라 생각한 준형이 조용한 목소리로 물었다. 쥐고 있던 젓가락을 내려놓은 태건이 후우, 숨을 내쉬곤 앞머리를 쓸어 올렸다.

"90%쯤 들킨 상태라 몸 사리는 중이야."

"그건 또 뭔 소리야."

"에스테틱에서 혜설 본 현아가 주차장에 있던 내 차를 보고 넘겨짚었어. 제삿날 다 있는 자리서 까발렸고."

"현아? 그, 고모 딸?"

"응."

"아니라고 하지!"

"잡아떼긴 했는데 안 믿는 눈치야. 그 덕에 난생처음 대포폰이란 것도 만져 봤다."

"하. 그래서 이제 어쩌려고?"

찬성의 물음에 그가 고개를 숙이며 머리를 헝클어뜨렸다.

"몰라. 혜서 데리고 외국으로 튈까?"

"잘도 그러겠다. 카드 끊기고 돈 없으면 뭐로 먹고살려고?"

"……."

"넌 둘째 치고 민혜서는? 걔도 간다 그럴까? 이제 막 떠서 한창 잘나가는 시점에?"

"임찬성."

태건의 얼굴이 일그러지는 것을 본 준형이 넌지시 찬성의 팔을 잡았다. 대책 없이 외국으로 도망갈 생각부터 하는 태건이 못마땅한 듯 입술을 달싹이던 찬성이 준형의 눈짓에 그만 입을 다물었다.

"아직 들킨 것도 아니라며. 무작정 이럴 게 아니라…… 차라리 어른들께 솔직히 말씀드리는 게 낫지 않나? 설마 결혼도 아니고 연앤데 뭘 어쩌시기야 하겠어?"

보통의 부모들이라면 그럴지도. 하지만 설명해 봤자 이해 못 할 제 가족에 관한 이야기를 시시콜콜 친구들에게 늘어놓고 싶은 마음은 없었다. 뭐, 말 안 해도 대강 눈치는 챈 것 같긴 하지만.

"야. 재벌은 그, 정략결혼 같은 거 있잖아. 민혜서가 아무리 잘나가는 배우라도 어른들 눈에 들어오기나 하겠냐?"

"당장 결혼하겠다는 것도 아니고."

미간을 모은 채 잠시 생각에 잠겼던 준형이 태건을 돌아보며 물었다.

"안 되는 거야?"

"표정 보면 모르겠냐? 오죽하면 외국으로 튈 생각을 다 할까."

그 말을 끝으로 세 명 모두 침묵했다. 보글보글 육수 끓는 소리만 요란하게 들이치자 손을 뻗은 찬성이 스위치를 돌려 가스 불을 껐다.

"아슬아슬하긴 했지."

찬성이 냄비를 내려다보며 중얼거리다 뭔가 떠오른 듯 태건을 바라봤다.

"사람 붙이셨냐?"

태건이 대답 대신 느릿하게 눈을 깜빡이자 그가 슬쩍 문 쪽을 돌아보며 고개를 저었다.

"이러실 거면 아예 이당대학교까지 설립하셔서 그 안에 가둬 키우시지 뭐 하러 우리 학교엔 보내셨대? 아니, 군대까지 안 빼고 보내실 정도면 나름……."

잠시 말을 끊은 찬성이 숨을 고르곤 입을 열었다.

"대외용이셨나? 기업 이미지 같은?"

말을 마친 찬성이 태건의 눈치를 살피곤 벅벅 머리를 긁었다.

"시발. 알면 알수록 이 자식은 돈 펑펑 쓰는 것밖에 부러운 게 없네."

몇 안 되는 친구 중에, 그리고 그중 자신이 이당그룹 진한석 회장의 손자라는 사실을 아는 단 두 명의 친구를 앞에 두고 앉은 태건이 쓰게 웃으며 길게 숨을 내쉬었다.

"사람 감정이 맘먹은 대로 되는 건 아니지만, 끝이 보이는 관계라면 차라리……."

다음에 생략된 말이 무엇일지 떠올린 태건이 쓰게 웃고 있던 얼굴을 굳히며 주먹을 말아 쥐었다. 숨을 집어삼킨 심장의 피가 싸늘히 식는 기분이었다. 날카롭게 눈을 번뜩인 태건이 낮게 으르렁거렸다.

"입 다물어."

"어차피 헤어질 거 아냐?"

"임찬성!"

"민혜서 하나 갖자고 손에 쥔 거 다 놓을 건 아니잖아?"

쾅!

절대 듣고 싶지 않은 말이 채 귓전에 닿기도 전, 폭발과도 같은 파열음이 날카로운 파편을 만들며 허공으로 흩어졌다. 내려친 주먹에 바닥으로 나뒹군 접시가 배를 뒤집고 바르르 떨어댄다.

"둘 다 그만들 해!"

보다 못한 준형이 몸을 일으키는 순간 똑똑 노크 소리와 함께 문이 열렸다.

"무슨……."

갑자기 들려온 소음에 달려온 종업원이 빠른 시선으로 방 안을 살피며 말끝을 흐렸다. 시선을 돌린 준형이 굳은 얼굴로 입을 열었다.

"죄송합니다. 여긴 제가 치울 테니 그냥 돌아가 주시겠습니까?"

정중하지만 단호한 그의 말투에 난감한 듯 바라보던 종업원이 어정쩡하게 고개를 끄덕이곤 조용히 문을 닫았다.

짙게 내려앉은 적막이 빠른 속도로 방 안을 휘감았다. 테이블 위에 올린 손으로 머리를 감싸고 있던 태건이 나직한 목소리로 중얼거렸다.

"네가 그렇게 말 안 해도 나는, ……무서워 죽겠다."

말끝에 따라온 한숨이 결코 가볍지 않은 무게로 앉은 이들의 어깨를 내리눌렀다.

"내가 아는 세상은 혜서 하나라고 믿고 싶은데, 빌어먹게도 내가 발붙이고 있는 곳은……."

하아, 하고 숨을 내쉰 그가 숨 가쁘게 말을 이었다.

"벗어날 수가, 없어."

그래서 미치겠다.

뒷말을 삼킨 그가 손가락 사이로 잡히는 머리카락을 와락 움켜쥐었다.

"그게 어떻게 저울질이 되는 거겠냐."

방금 전까지 잔뜩 도발을 하던 말투와 달리 차분하게 가라앉은 찬성의 목소리가 달래듯 들려왔다.

"근데 어쨌든 둘 중 하나를 놓아야 하는 거라면."

상처를 헤집는 잔인한 말은 잇지 않았지만 이미 전달된 의미는 어느새 날카로운 칼날이 되어 그의 심장을 내리긋고 있었다. 그가 가만히 고개를 저었다.

"혜서 없으면, 죽을 것 같아."

"밥 없어도 죽는 건 마찬가지야."

"어차피 혜서가 없다면…… 아무것도 못 하고 죽어가겠지."

"그래서 어쩔 건데."

"……."

내린 시선으로 한동안 테이블을 응시하던 태건이 조용히 입을 열었다.

"끝까지."

낮게 가라앉은 목소리가 억눌린 감정과 뒤섞인 채 울컥 쏟아져 나왔다.

"가볼 거다."

❈   ❈   ❈

막 5월로 접어든 캠퍼스는 햇빛을 받아 더욱 푸르게 빛나는 나뭇잎들의 생기가 더해져 싱그러운 활기에 젖어 있었다. 매점에서 산 샌드위치를 입에 문 채 그늘진 벤치를 찾아 앉은 지안은 드로잉북을 펼쳐 든 채 바쁘게 손을 움직이고 있었다. 그림은 손이 아닌 눈으로 그린다는 말의 의미를 되새기듯 지안은 눈앞에 보이는 대상의 형질을 빠르게 파악하기 위한 연습으로 크게 부담 갖지 않게 그릴 수 있는 드로잉을 곧잘 그리곤 했다.

곳곳을 거니는 학생들은 요즘 들어 부쩍 더워진 날씨에 한결 가벼워진 차림인 채였다. 강의를 마치고 나온 학생들은 어디서 차를 마실까, 혹은 옷을 보러 갈까, 따위의 대화를 재잘거리며 한껏 웃음 짓고 있었다. 함께 끼지 않아도 느껴지는 소소한 행복감에 바라보는 그녀의 입가에도 슬며시 미소가 지어졌다.

리포트를 쓰기 위한 설문조사를 하느라 지나가는 학생들을 붙잡고 사정을 하는 모습, 그늘을 찾아 등나무 벤치로 향하는 느릿한 걸음, 같은 과 친구들의 야유에도 꿋꿋이 어깨를 감싸 안는 캠퍼스 커플의 애정행각, 대충 그려 넣은 족구 경기장에서 열심히 발을 놀리고 있는 사람들.

무한히 지나가는 사람들을 바라보는 지안의 눈동자가 모처럼 여유롭게 늘어졌다. 언젠가 떠올릴, 풋풋하던 스무 살의 봄으로 기억될 그곳은 아무것도 하지 않고 그냥 구경만 하는 것으로도 충분한 행복을 가져다주었다.

지잉, 지잉.

가방 안쪽에 꽂아두었던 휴대전화의 진동에 화들짝 시선을 내린 지안이 전화기를 찾아 들었다. 동아리 회장 인호의 이름이 액정 안에서 반짝이고 있었다.

[후배, 중간고사도 끝났는데 동아리 활동에 너무 건성인 거 아냐?]

통화 버튼을 누르자마자 들려온 인호의 목소리에 지안이 뜨끔 얼굴을 굳혔다. 자의는 아니었지만 어쨌든 신입회원 가입 기간을 훨씬 넘겨 이름을 올리게 된 후배치곤 심하다 싶을 정도로 동아리방을 찾지 않은 것은 사실이었다. 그나마 중간고사란 핑계로 걸음을 소홀할 수 있었지만 그마저도 이젠 써먹을 수 없는 변명이 되어버렸다.

"아…… 죄송해요."

한 달의 시간차 때문인지, 같은 신입회원이었지만 그녀는 20기 회원들과 잘 어울리질 못했다. 다른 회원이라도 있었으면 조금 나았을지 모르겠지만 어쩐 이유에서인지 추가로 모집된 회원은 지안뿐인 터라 더더욱 물에 뜬 기름처럼 느껴졌다.

어쩌면 나름의 '유대감'이란, 보이지 않는 벽이 존재하고 있을지 모르겠다. 그 안에서 느낀 어색함이 싫어 점점 더 동아리방을 찾는 일이 부담스럽게 느껴졌다. 차일피일 걸음을 미루다 보면 대강 잊혀질지도 모른단 생각에 일부러 그곳을 찾지 않았다. 무엇보다 동아리방을 찾음으로 진태건, 그에게서 받았던 싸늘한 시선을 다시 되새기는 일을 겪고 싶지 않았다. 문득 떠올린 그날의 기억만으로도 지안은 충분히 서러웠다.

[죄송하긴. 사실 너 그렇게 겉도는데 제대로 챙겨주지도 못한 내 책임이 크지.]

"아, 아니에요."

지안이 눈을 동그랗게 뜨며 답하자 쩝, 입맛을 다시는 소리와 함께 인호의 목소리가 들려왔다.

[내가 우리 후배 맘 모르나?]

털털하면서도 어딘지 다정한 말투에 괜히 코끝이 찡해져 그녀가 얼른 고개를 숙였다.

[원래 밴드라는 게, 적은 인원끼리 맨날 부대끼고 연습하고 그러다 보니 지들끼리 좀 그런 게 있어. 그래도 고작 한 달 먼저 들어온 것들이……. 어쨌든 내가 신경 썼어야 했는데, 미안하다.]

"그런 거 없어요. 선배님들도 다 잘 해주시고."

[착한 지안이가 이해해 주면 나는 정말 고맙고.]

너그럽게 달래는 그의 목소리에 그만 웃음이 흘러나왔다.

"선배도 참."

[그런 의미에서, 오늘은 동아리방 오는 거지?]

순간 네가 여길 왜, 라는 눈빛으로 바라볼 짙게 가라앉은 눈동자가 섬광처럼 번쩍 눈앞을 지나갔다. 그 싸늘한 눈빛을 떠올리는 것만으로도 왈칵 야속함이 밀려들었다. 그날 느꼈던 한기가 다시금 온몸을 감싸는 기분에 지안이 팔을 문지르며 입술을 깨물었다.

실은 그와 마주치기 싫은 마음에 동아리 방문을 등한시했는지 모른다. 잘못한 것도 없이 그런 대접을 받고 싶지 않았다. 그와 다시 마주하여 그런 눈빛을 받을 이유도, 또 감당할 자신도 없었다. 일부러 떠올리려고 한 것이 아님에도 냉기 가득한 눈빛이 이상하게 잊혀지지 않았다. 살갗에 박힌 바늘처럼, 때론 심장을 관통한 칼날처럼 날카로운 통증을 안기며 그날의 기억을 자꾸만 상기시켰다.

[지안아? 여보세요?]

무언가 가슴을 짓누르는 듯한 느낌에 더듬더듬 명치로 손을 올린 지안이 전화기를 통해 들려오는 음성에 퍼뜩 눈을 깜빡이며 입술을 움직였다.

"아, 네."

[왜 말이 없어. 끊긴 줄 알았다.]

"죄송해요."

[별게 다. 암튼, 이따 오는 거지? 애들은 벌써 합주 시작했다. 쉬운 곡이지만 그래도 합주 한 번 해보면 그게 또 완전 마약이거든.]

"저는……."

[자꾸 와서 부대껴. 그래야 친해진다. 이 선배도 신경 쓸 테니까. 응?]

더는 거절할 수 없는 설득에 지안이 난감한 듯 얼굴을 굳혔다.

[그럼 기다리고 있는다?]

뭐라 답을 하기도 전에 전화가 끊겨 버렸다. 끊어진 전화기를 멍하니 바라보던 지안이 낮게 숨을 내쉬며 아랫입술을 물었다.

"푸른 언덕에아!"

두두두두두두두두.

"배낭을 메고흐!"

두두두두두두두두.

동아리방 앞에서 한참을 머뭇대던 지안이 조심스레 문을 열자 아직은 여물지 않은 솜씨의 드럼, 베이스기타, 기타, 키보드 음이 보컬의 음성과 섞인 채 사각의 공간을 울리고 있었다.

'왔어?'

지안을 발견한 인호가 입 모양으로 반갑게 아는 척을 하자 머쓱하게 미소를 지은 지안도 꾸벅 고개를 숙여 그에게 인사를 건넸다. 행여나 태건과 눈이 마주칠까 들어오자마자 제대로 주변을 돌아보지 못한 지안이 입구 근처에 놓인 작은 의자에 주섬주섬 몸을 앉히며 마른침을 삼켰다.

"메아리 소리가 들려오……."

틱!

발등을 내려다보며 20기들의 합주를 듣고 있던 지안은 갑자기 끊긴 소리에 놀라 번쩍 눈을 키웠다.

탁, 타르르르.

내린 시야 사이로 또르르 드럼 스틱이 굴러 들어왔다. 고개를 들어보니 분명 스틱을 쥐고 있어야 할 민성의 오른손이 텅 빈 채 허공에 멈춰 있었다. 모두의 시선이 일제히 땅에 떨어진 스틱으로 향했다.

"방금 그거 뭐냐?"

자리에서 몸을 일으킨 인호가 한쪽으로 삐딱하게 고개를 기울이며 민성을 바라봤다.

"설마, 스틱 돌리기?"

'스틱 돌리기?'라 물었지만 그녀의 귓가엔 어쩐지 '스틱 돌리기를 한 건 아니지?'라 들리는 것만 같았다. 하지만 어이없어하는 인호의 얼굴과 달리 잔뜩 상기된 표정의 민성은 왼손에 쥐고 있던 스틱을 어설프게 돌리며 입을 열었다.

"으아. 정말 근사했죠?"

어깨를 으쓱해 보인 민성이 살짝 안타깝단 표정을 지으며 바닥에 떨어진 스틱을 내려다보았다.

"아. 이, 인간임을 어필하는."

미간에 손가락을 올린 민성이 고개를 절레절레 흔들며 '하긴. 너무 완벽해도.'라고 덧붙였다.

"……."

양손을 허리에 얹은 인호가 그를 보며 하아, 숨을 쉬었다. 그런 그의 상태를 전혀 눈치채지 못한 민성이 자리에서 일어나 바닥에 떨어진 스틱을 향해 걸음을 옮기며 중얼거렸다.

"곡이 수준에 안 맞게 너무 쉬워서. 'Metallica'의 'Fuel'이나 'Dream Theater'의 'Under A Glass Moon' 정도는 되어야 드럼 칠 맛도 나는데."

스틱을 주워 든 민성이 동의를 구하듯 동기들을 바라보았다.

"그렇지 않아?"

그러자 일렉 기타의 넥(Neck)을 만지작대던 정후가 입을 열었다.

"그것도 좋지만 'Impellitteri'의 'Somewhere Over The Rainbow'는 어때? 그 화려하면서도 서정적인 Chris Impellitteri의 기타 솔로. 죽음인데."

Chris Impellitteri의 속주를 따라 하듯 손가락을 움직이자 마이크 위에 손을 올린 채 그 둘을 바라보던 성훈이 미간을 좁히며 바짝 몸을 세웠다.

"야. 그건 연주곡이라 내가 할 게 없잖아."

보컬인 성훈의 항의에 가볍게 고개를 끄덕인 지석이 '그건 그래.'라며 모두를 바라봤다.

"파트는 공평해야지."

지석의 말에 모두가 말없이 동조하는 분위기다.

"그럼, 우리랑 그룹 이름도 같은 'Muse'의 'Hysteria'는 어때?"

빠르면서도 복잡한 베이스 리프로 많은 베이시스트들이 최고라 손꼽는 곡 중의 하나. 'The Muse'란 동아리 이름과 그룹 이름이 같아 한때 동아리 이름을 바꿔야 하지 않냐는 의견이 있었지만 벌써 20기를 배출한 역사를 자랑하는 만큼 Muse보다 훨씬 오래된 오리지널리티(Originality)로서의 자부심을 버릴 수는 없단 주장에 따라 그대로 이름을 유지하기로 했다.

"근데 그거 연주하려면 Big Muff Pi(베이스 이펙터) 있어야 하지 않아?"

"그게 미제는 많은데 크리스가 쓰던 러시아제는 매물이 잘 없어서. 일단 멀티 이펙터 쓰고 이퀄라이저 좀 만지면 비슷한 소리가 난다니까 그걸로 버티다 구해지면……."

"야. 파트 공평히 하자며."

키보드 앞에 서 있던 원준이 눈썹을 휙 추켜올리며 말하자 고개를 갸웃 기울인 지석이 그를 보며 물었다.

"키보드 있는데?"

"난 그냥 코드나 잡고 있으라고?"

그러고 보니 지금 언급된 곡들은 대부분 일명 '커버 연주'라 해서 오리지널 곡을 각 악기들의 화려한 연주 기법을 선보이기 위해 뮤지션 나름대로 편곡을 해 연주한 동영상들이 많이 나와 있는 곡들이었다. 원준이 불만을 품은 대로 키보드보다는 주로 드럼, 일렉 기타, 베이스기타 등이 위주가 된 곡들이다.

"키보드 괜찮은 게 뭐가 있지?"

정후의 물음에 뾰족하게 서 있던 원준이 슬쩍 입술을 떼었다.

"'Bon Jovi'의 'Always'나 'Runaway'도 있고, 아니면 'Deep Purple'의 'Highway Star'는 어때?"

"나는 'Steelheart'의 'She's Gone' 부르고 싶은데."

"다 나왔냐?"

불쑥 들려온 음성에 모두의 고개가 일제히 돌아갔다. 한옆에서 팔짱을 낀 채 이들의 대화를 듣고 있던 인호가 삐딱하게 선 채로 머리를 쓸어 올렸다. 그러곤 갑자기 몸을 틀어 민성을 바라봤다.

"하. 'Dream Theater'의 'Under A Glass Moon'?"

고개를 살짝 비낀 인호가 이번엔 정후를 바라보며 물었다.

"게다가 'Somewhere Over The Rainbow'?"

정후를 향했던 시선이 금세 지석을 향해 돌아섰다.

"그리고 넌 'Muse'의 'Hysteria'?"

삐뚜름하게 비틀었던 고개를 바닥으로 내린 인호가 '하아. 'Black Sabbath'도 아니고 'Steelheart'의 'She's Gone'이라니. 그래도 'Always'나 'Runaway'는 양호하다.' 중얼거리곤 다시 고개를 들어 올렸다.

"왜요?"

정말로 궁금하다는 표정으로 민성이 묻자 인호가 질끈 눈을 감으며 이마를 짚었다.

"왜일 것 같냐."

"글쎄요. 다 좋은 곡들인데."

"그래, 다 좋은 곡들이지. 그것도 엄청. 지금 니들 실력으론 감히 꿈도 못 꿀."

인호의 말에 수긍할 수 없다는 듯 모두의 얼굴이 불만으로 일그러졌다.

"기본도 안 돼 있는 것들이 겉멋만 잔뜩 들어가지고."

얼굴에 웃음기를 싹 지운 인호가 천천히 시선을 돌려 후배들의 면면을 바라봤다.

"리듬, 멜로디, 화성."

음악의 3요소에 대해 운을 뗀 인호가 몸을 틀어 민성을 바라봤다.

"까놓고 말해, 그래. 곡의 리듬을 잡아주는 중요한 역할을 하지만 무대 맨 뒤에 앉아 눈에 띄지도 않고, 솔직히 무지 속상하지. 무엇보다 내가 드러먼데 그거 모르겠냐?"

갑자기 바뀐, 그를 옹호하는 듯한 인호의 말에 민성의 눈이 말똥말똥 빛을 낸다.

"그래서 드럼 스틱도 열라 돌리고. 응?"

응? 하고 바라보는데 어딘지 모르게 가슴이 뜨끔하다.

"근데 청중이 네게 기대하는 건 현란한 스틱 돌리기가 아니라 박자를 쪼개 만든 너만의 리듬이야. 너는 음악이 아닌 고작 스틱 돌리는 걸로 사람들을 사로잡고 싶었던 거냐?"

한동안 민성을 응시하던 인호가 몸을 틀어 정후를 바라봤다.

"다른 사람들도 마찬가지야. 드럼이 장르를 결정한다면 기타는 곡의 느낌을 결정하지. 기타. 무대 앞에서 폼 잡기 딱 좋은 악기긴 하다. 이펙터 꾹꾹 눌러가며 피크 모서리로 뒤에서부터 쫙 긁어주면 일단 간지 나잖아?"

기타를 잡은 듯 허공으로 손을 올린 그가 방금 설명한 대로 오른손을 쭉 그어 올렸다.

"근데 애드리브 위주의 솔로나 속주. 그게 한 곡에 차지하는 시간이 얼마나 될 것 같냐?"

"……."

"일단 기타라는 게 왼손으로 핑거 보드를 누르고 오른손으로 피킹을 해야 소리가 나는데 이 둘의 타이밍이 정확히 맞아야 왼손과 오른손이 동시에 한 음을 만들게 되는 거지. 그러려면 어떻게 해야 해? 크로매틱 스케일 연습밖엔 답이 없는데 넌 기타만 닦고 있더라."

인호의 말에 입매를 꾹 붙인 정후가 바닥을 향해 고개를 숙였다.

"베이스?"

운을 뗀 그가 몸을 틀어 지석을 바라봤다. 꿀꺽. 저도 모르게 긴장을 한 지석이 크게 숨을 삼켰다.

"고작 네 줄인데 싶지만 음색의 제약 덕에 그 네 줄을 더 바쁘게 움직여야 해. 덕분에 주법 자체는 기타보다 훨씬 더 다양하지. 현악기이면서도 리듬을 받치고, 또 멜로디 라인도 만들고. 특별히 신경 써서 듣지 않으면 별로 눈에 띄지도 않는 이도 저도 아닌 소리 같지만 결국 둥둥거리는 네 손가락이 곡 전체를 관장하는 거다."

"……."

시계 방향으로 하나씩 시선을 둔 인호가 마지막으로 함께 뭉쳐 있는 성훈과 원준을 바라보며 입을 열었다.

"보컬. 연주에 대한 영향력은 적어 보이지만 무대 정중앙에 선, 결국 청중 입장에선 제일 중요한 파트지. 그렇다고 코드를 담당하는 키보드는 중요치 않다는 건 아니야. 때론 멜로디를 이끌기도 하고 풍부하게 화음을 받쳐줘 다른 악기들과의 소리를 조화롭게 만드니까."

평소 보이던 털털함은 찾을 수 없는 진지한 모습이었다. 틀린 말 하나 없는 따끔한 조언에 모두가 고개를 숙인 채 그의 말을 경청했다.

"그리고 같은 20긴데 왜 지안일 챙기는 놈이 없어? 안 그래도 혼자 여자라 얼마나 뻘쭘할 거야."

의자에 앉은 채 조용히 인호의 말을 듣고 있던 지안은 갑자기 들려온 자신의 이름에 번쩍 고개를 들어 올렸다. 그와 동시에 고개를 숙이고 있던 정후가 슬쩍 지안을 돌아보곤 머뭇거리는 목소리로 물었다.

"그래도 돼요?"

그래도 되냐니. 이건 또 무슨 뚱딴지같은 소린가. 눈을 키운 인호가 휙 눈썹을 세웠다.

"뭐?"

"지안이요. 친하게 지내도……."

머뭇머뭇 말끝을 흐린 정후가 머쓱한 듯 뒷목을 벅벅 긁었다.

"우리랑 안 놀 것 같아서 말도 못 붙였었는데."

볼까지 붉게 물들이며 중얼거리듯 말한 정후가 지안을 바라보며 헤 웃었다. 시선이 닿는 얼굴이 화끈거리는 것 같아 빠르게 눈을 깜빡인 지안이 입술을 물며 고개를 돌렸다. 동아리방에 들어와 처음으로 안쪽을 바라본 지안의 눈이 그대로 굳었다.

"아."

벌어진 입술 사이로 흘러나온 작은 탄성에 그녀가 손을 올려 손등으로 입가를 가렸다. 조금 전보다 커진 눈으로 동아리방 안쪽을 살피는 지안의 얼굴이 일순 멍해진다.

"……."

당연히 있을 거라 생각했던 얼굴이 보이지 않았다. 동아리방 앞에서부터 지금껏 제대로 시선조차 두지 못하게 만들었던, 그 차가운. 그리고 보니 동아리방 안엔 처음 이곳에서 보았던 선배들의 모습은 보이지 않고 20기 회원들과 인호만이 자리를 지키고 있었다. 어째서 그가 없을 수도 있단 사실에 전혀 의심을 품지 않을 수 있었을까. 그리 크지 않은 공간임에도 여태 그 사실을 인지하지 못했단 생각이 들자 허탈한 웃음이 흘러나왔다.

"지안아?"

가슴으로 몰려오는 이 감정은 무얼까. 긴장으로 굳어 있던 어깨가 푸스스 풀어지는 순간 들려온 음성에 그녀가 고개를 돌려 인호를 바라봤다.

"왜 그래?"

"아, 아니에요."

빠르게 볼을 쓸어내리는 지안의 얼굴을 잠시 응시하던 인호가 피식 웃음을 머금었다.

"뭐야. 갑작스러운 고백에 놀라기라도 한 거야?"

혹시나 왕따라도 당하는 건가, 내심 가졌던 고민이 일순 사라진 인호의 얼굴이 한결 밝아진 채로 돌아섰다.

"참. 악보 챙겨놓으라던 건?"

잊고 있었다는 듯 허벅지를 탁, 두드린 인호가 원준을 바라보며 묻자 그가 키보드 위에 올려두었던 파일을 집어 건넸다.

"여기요."

원준에게서 받아 든 파일을 다시 지안에게 내민 인호가 예의 사람 좋은 미소를 지으며 입을 열었다.

"예전부터 쭉 내려오던 악보들이야. 귀 카피해서 손으로 그린 것들도 있고. 좀 오래된 곡들이긴 하지만 연주하기엔 더할 나위 없이 좋은 곡들이지. 일단 악보부터 봐둬."

내내 서먹할 줄만 알았던 관계는 말꼬가 트임과 동시에 자취를 감춰 버렸다. 이 곡은 그렇게 어렵지 않으니 바로 칠 수 있을 거라며 자리를 내어준 원준 덕분에 지안은 난생처음 합주라는 걸 할 수 있게 되었다.

　—이루어질 수 없는 사랑

오래된 곡이긴 하지만 C—Am—Dm—G7, 이렇게 네 개의 코드
가 규칙적으로 반복되는 덕에 악기를 처음 배우는 초보자들에겐
거의 교과서나 다름없는 필수 연습곡이다.

어렴풋이 들어본 기억을 떠올리며 그리 낯설지 않은 멜로디를
눈으로 훑던 지안은 막무가내로 잡아끄는 동기들의 손에 이끌려
키보드 앞에 섰다.

일렬로 나열된 흰색과 검은색의 건반을 보자 문득 지그시 눈을
감은 채 제가 치는 피아노 소리를 감상하시던 아빠의 얼굴이 떠올
랐다. 미소 띤 얼굴로 주방에서 나오던 엄마의 손엔 으레 달콤한
쿠키와 향이 근사한 홍차가 들려 있었다.

"우리 딸은 피아노도 잘 치네."

쿠키를 집어 드느라 피아노 의자에서 몸을 일으킬 때면 아빠는
항상 푸근한 미소와 함께 듣기 좋은 칭찬을 건네곤 했다.

아빠. 엄마…….

오랜만에 만져 본 건반이 손가락 끝에서 어색하게 맴돌았다. 목
너머로 올라오는 뜨거운 기운을 꿀꺽 삼켜낸 지안이 시작을 알리
는 드럼 소리와 함께 건반을 눌렀다.

너의 침묵에 메마른 나의 입술
차가운 네 눈길에 얼어붙은 내 발자욱
돌아서는 나에게 사랑한단 말 대신에
안녕, 안녕, 목 메인 그 한마디
이루어질 수 없는 사랑이었기에. 음.

음, 하고 들려오는 허밍에 이 노래를 흥얼거리시던 아빠의 얼굴이 겹쳐졌다. 이 곡이 낯설지 않았던 이유가 어렸을 적 들었던 아빠의 노랫소리 때문이었단 사실을 떠올리자 가슴이 아려와 더는 손가락을 움직일 수 없었다.

"아…… 죄송해요. 아르바이트를 갈 시각이라."

발개진 눈가를 들키기 싫어 황급히 가방을 집어 든 지안이 꾸벅 고개를 숙이며 도망치듯 문을 나섰다.

퍽!

문을 닫은 뒤 몸을 돌리는 순간 갑자기 나타난 커다란 벽에 그녀가 튕겨 나가듯 바닥으로 넘어졌다. 무슨 일이 있었던 건가. 이마와 콧잔등에 느껴지는 얼얼한 통증에 눈을 깜빡이던 지안의 시야에 단단하게 바닥을 딛고 선 커다란 운동화가 들어왔다.

"……?"

아래에서부터 천천히 시선을 들어 올리던 지안의 눈이 운동화 주인의 얼굴을 확인하곤 일순 커다랗게 부풀어 올랐다. 종일 머릿속에서 어른거리던 얼굴이 지옥 문 앞에 버티고 선 야차처럼 눈썹을 추켜올린 채 그녀를 내려다보고 있었다.

전기에 감전된 듯 움찔 들썩인 몸이 그대로 얼어붙었다. 바닥에 주저앉은 채 마치 다음 행동을 할 줄 모르는 갓난아이처럼 멍하니 그의 얼굴을 올려다보던 지안은 제 얼굴에 닿는 짜증스러운 시선에 퍼뜩 정신을 차리며 황급히 시선을 내렸다. 눈이 닿은 그곳엔 배터리가 분리된 휴대전화가 볼썽사납게 널브러져 있었다.

"아!"

휴대전화를 집어 들기 위해 몸을 일으키던 지안이 작은 신음과 함께 다시 주저앉았다. 넘어질 때 접질렸는지 발목이 욱신거렸다. 바닥을 짚은 손목도 시큰거렸다. 그러고 보니 엉덩이도 아프다. 다시 일어날 엄두가 나지 않아 발목을 쥔 채 숨을 고르는데 우두커니 서 있던 그가 성큼 다가오는 기척이 느껴졌다.

미안하단 사과를 하려는 걸까? 아님 몸을 일으켜 주기라도.

숨을 멈춘 채 그대로 고개를 내리고 있던 지안은, 하지만 예상과 달리 제 옆을 무심히 지나쳐 멈춰 서는 그의 다리에 천천히 시선을 들어 올렸다.

"이거."

그가 집어 든 휴대전화를 바라보던 지안이 그것을 건네받기 위해 손을 뻗는 순간 뚝뚝한 음성이 들려왔다.

"잠시 써도 되나?"

전화기를 건네받기 위해 내밀었던 손이 그대로 허공에 머물렀다. 방금 들은 말의 의미를 헤아리는 데 잠시의 시간이 필요했던 탓이다.

빠른 손길로 배터리를 끼워 넣은 태건이 산산이 부서진 채 제 기능을 하지 못하는 대포폰을 떠올리며 미간을 찡그렸다. 솟구친 짜증을 절제하지 못하고 집어 던진 게 하필 혜서와 연락을 주고받을 때 쓰던 대포폰이었다. 찰나와도 같은 순간, 제 뇌리를 관통한 생각에 얼른 손을 거둬들였지만 이미 제 손을 떠난 대포폰은 벽에 부딪힌 채 산산조각이 난 뒤였다. 얼굴을 보지 못하는 것도 화가 나 돌아버릴 것 같은데 목소리까지 듣지 못하니 정말 죽을 것만 같았다. 반나절 넘게 그녀와 연락을 하지 못한 사실에 몸 안의 피가 다 말라붙을 지경이었다. 진탕 술이나 마셔볼까도 했지만 술김에 무슨 짓을 저지를지 몰라 그조차도 선뜻 응할 수가 없었다. 어찌해야 하나. 하릴없이 이곳저곳을 서성이던 그에게 마침 생명과도 같은 동아줄이 내려온 것이다. 힐긋 동아리방을 돌아본 그가 휴대전화의 전원을 켜며 입을 열었다.

"1학년인가 본데 금방 쓰고 갖다 줄 테니 동아리방에서 기다려."

그러곤 휙 돌린 다리로 성큼성큼 사라져 간다.

바닥에 주저앉은 채 멍하니 그의 뒷모습을 응시하던 지안은 편의점 아르바이트 시간이 다 되어간단 사실도 잊은 채 시큰거리는 발목으로 천천히 손을 옮겼다.

❊　❊　❊

오피스텔 주차장에 차를 세운 태건은 열한 개의 트랙이 모두 끝날 때까지 눈을 감은 채 음악을 듣고 있었다. 두 손으로 바짝 핸들을 틀어쥐어야 할 정도로 한껏 속도를 높인 채 어둠이 깔린 도로를 질주하고 나니 가슴을 짓누르고 있던 뭔가가 파편을 흩뜨리며 멀리 터져 나간 기분이었다.

100미터 전방에서 이미 적색 신호로 바뀐 도로를 오히려 가속(加速)하여 통과할 땐 손끝이 저릿저릿한 쾌감까지 느껴졌다. 이러다 죽을지도 모른단 생각이 잠시 스쳤지만 그게 꼭 나쁠 것만 같지도 않았다. 보고 싶어 할까? 평생 나를 그리워해 줄까? 심장에 박힌 못처럼 혜서의 기억 속에 오롯이 각인될 수만 있다면 그렇게 죽는 것도 딱히 나쁘진…….

지잉, 지잉.

피식 올라가던 입꼬리가 다시 제자리를 찾으며 단정하던 미간에 사나운 빗금이 그어졌다. 감고 있던 눈을 떠 소리가 나는 곳을 바라보자 조수석 구석에서 연신 몸을 울리고 있는 구형 휴대전화가 눈에 들어온다. 제 것이 아닌, 낯선. 하지만 이곳에 도착하기 바로 한 시간 전에도 혜서의 목소리를 들려주었던 그것을 태건의 눈이 물끄러미 응시한다.

수연이.

조그마한 액정 위로 뜬 이름을 보며, 언젯적 모델인지 기억조차 할 수 없는 휴대전화의 출처를 머릿속으로 떠올렸다.

아.

어제 낮, 동아리방 앞에서 저와 부딪친 여자 하나가 뒤늦게 생각났다.

돌려준다는 걸 깜빡했군.

휴대전화 주인이 불편했을 거란 생각보다 불편하니 새로 하나 샀겠지, 하는 생각이 먼저 들었다. 가져가라 길바닥에 던져 두어도 아무도 주워가지 않을 구형 휴대전화였다. 애초에 가졌던 목적만 아니면 벌써 쓰레기통에 처넣었을지 모를 정도의.

뻐근해 오는 어깨를 슬쩍 비틀며 그만 올라갈까, 차 키를 빼 드는데 짧은 진동이 느껴졌다. 한 번 울리고 마는 걸 보니 전화는 아니고 문자인 듯했다. 무심한 눈길로 전화기를 돌아본 그가 저와는 상관없다는 듯 그대로 몸을 틀어 문을 열었다.

　"……!"

　반쯤 내린 몸을 다시 운전석에 앉힌 태건이 손을 뻗어 전화기를 집어 들었다.

　─텔레파시가 통했길 바라.

　문자 내용을 확인한 태건의 입가가 느른하게 늘어지며 부드러운 호선을 그린다. 콘크리트처럼 단단하던 얼굴에 드리워진 미소가 곧 들려올 목소리에 대한 기대감을 증폭시킨다.

　"언제든."

　통화 버튼을 누른 그가 여보세요, 하는 혜서의 목소리를 확인하자마자 짧게 뱉었다.

　"네가 원하든 원하지 않든, 언제나."

　[훗. 내가 원하지 않아도?]

　"보기보다 집요한 구석이 있거든."

　[글쎄. 잘 모르겠는데?]

　"모르는 게 나을 거야."

　가끔은 내가 무슨 짓을 저지를지 나도 두려울 때가 있으니까.

　"촬영은 오늘도 밤샘이래?"

　[12회부턴 매일매일이 쪽대본이라.]

한국의 드라마 제작 시스템에 대한 불만을 여지없이 표정으로 성토한 태건이 머리를 쓸어 올리며 물었다.

"앞으론 드라마 하지 마. 아니, 그거 그만두면 안 되나?"

그의 물음에 돌아오는 답이 없다. 언젠가 이 문제로 크게 말다툼을 했던 기억을 떠올린 그가 시선을 옆으로 내리며 질끈 턱에 힘을 주었다.

"혜서야."

[……]

"미안."

전화기를 쥔 손등에 굵은 힘줄이 솟는다.

"미안해."

한참의 침묵이 흐른 끝에 혜서의 목소리가 들려왔다.

[작년 겨울에 청평 갔을 때, 오빠가 트렁크에 있던 휴대용 앰프 연결해서 베이스기타 쳐줬잖아.]

12월 말이었을 것이다. 혜서를 만나고 얼마 되지 않았던.

[그날 장난 아니게 추웠던 거 알지?]

차 안에 있던 무릎 담요를 뒤집어쓴 채 오들오들 떨던 혜서의 얼굴이 기억난다. 저 또한 매서운 칼바람에 손가락이 곱아 코드를 잡는 데 꽤나 애를 먹었었다. 불과 1년도 안 된 기억이지만 까마득하게 오랜 옛일 같게만 느껴진다.

초등학생들도 안 할 그런 유치한 짓을 왜 했느냐 묻는다면, 글쎄. 그가 만나던 다른 여자들처럼 단순히 명품 백을 안겨주는 것 따위로 그녀의 호감을 사고 싶지 않았다는, 이 역시 유치하기 짝이 없는 변명을 댈 수밖에 없었다.

[솔직히 오빠 잘생긴 얼굴에 혹해서 한 번 만나볼까, 갈등하던 때였거든.]

그가 묵묵히 혜서의 말을 경청했다.

[청평에 드라이브 가자고 해서 난 어디 근사한 곳에 가나 보다 했지. 근데 호숫가 바닥에 앉혀놓곤 대뜸 베이스기타를. 처음에 얼마나 황당했는지 알아?]

동그랗게 뜬 눈으로 주위를 두리번거리던 혜서의 눈동자가 떠올라 태건이 픽 웃음을 머금었다.

[정말 추웠어. 나 추운 거 정말 싫어하잖아. 근데 어느 순간 춥다는 생각보다…….]

전화기를 고쳐 쥔 태건이 전화기를 귓가에 바짝 밀착시키며 다음에 이어질 말을 기다렸다.

[멋있었어. 그러면서 가슴이 뛰더라. 나는, 그때 가슴이 뛰었어.]

곧바로 들려온 표현이 마음에 드는지 태건의 잇새로 흐뭇한 미소가 새어 나왔다.

[내가 그랬던 것처럼 오빠도 그랬으면 해. 내가 출연한 영화, 드라마 보면서 오빠 가슴도 그렇게 뛰기를.]

입가에 지어졌던 미소가 어느새 지워진 채다. 결국 또 이렇게 설득을 당한 뒤다. 그가 눈매를 가늘게 좁히며 입술을 꾹 다물었다.

[훗. 어떤 표정 하고 있을지 눈에 선하다.]

"……."

[괜찮아. 오빠 웃는 모습은 내 앞에서만 보이면 되니까.]

"가지고 놀다가 제자리에만 갖다 놔라."

[나는 밤새 오빠 가슴 뛰게 할 방법을 궁리할 테니 오빠 내 꿈 꾸면서 자.]

"너는……."

그냥 가만히 있기만 해도 이렇게 가슴이 뛰는데.

뻐근해지는 왼쪽 가슴에 천천히 손을 갖다 댄 태건이 후우, 숨을 내쉬며 고개를 끄덕였다.

"너무 무리하진 말고."

[응.]

촉, 하는 입맞춤 소리와 함께 전화가 끊어졌지만 그는 쉽게 전화기를 내릴 수 없었다. 닿았을 입술이, 혜서의 숨결과 온기가 여전히 귓가에 머물러 있는 것만 같았다.

어느샌가 감고 있던 눈을 뜨자 룸미러 너머, 익숙한 차 한 대가 현실을 일깨운다. 벌써 한 달 가까이 등하교를 함께하고 있는 저들을 보고 있자니 입가가 절로 비틀렸다. 덕분에 안 하던 공부도 나름 열심히 하고 있는 중이었다. 당분간은 어른들의 비위를 맞춰야 하니 괴로워도 견딜 수밖에 없다.

혜서의 손인 양 휴대전화를 힘껏 움켜쥔 태건이 크게 숨을 들이쉬며 차 문을 열었다.

7. 믿을 수 없게도

"소개팅?"

3교시 강의가 끝나고 막 가방을 챙기던 지안에게 다가온 여자 동기가 소개팅할 생각이 없냐며 물어왔다.

"컴공과 1학년. 고등학교 동창인데 엊그제 식당에서 널 보곤 소개시켜 달라고 난리다."

이렇게 아는 이를 통해 넌지시 소개팅을 주선해 달라 조르거나 때론 노골적으로 휴대전화 번호를 물어오는 경우가 종종 있었다.

입학한 지 벌써 두 달이 되었지만 쫓기듯 필사적으로 살다 보니 같은 과 동기들과 영화 한 편 같이 볼 여유도 챙기질 못했다. 특별히 거리감이 느껴지는 관계는 아니었지만 그렇다고 살갑게 지내거나 선뜻 친밀하게 다가갈 정도의 유대감은 아직 쌓질 못한 터라, 특히나 남자를 만날 여유가 없는 그녀로선 이럴 때마다 번번이 거절을 하는 것도 꽤 난감한 일이었다.

"혹시 남친 있는 거야?"

곤란해하는 지안의 얼굴을 슬쩍 살피던 동기, 윤아가 고개를 기울이며 물었다.

"그건 아닌데……."

"그럼 한 번 만나봐. 그만하면 비주얼도 괜찮고, 나름 사는 집 애라 돈 쓰는 것도 안 아껴."

"나는."

잠시 망설이던 지안이 담담한 말투로 입을 열었다.

"아르바이트를 해야 해서 그럴 여유가 없어."

"24시간 내내 하는 건 아니잖아."

"새벽 1시까지 해야 해."

윤아의 얼굴이 흠칫 굳는 게 느껴졌지만 표 나지 않게 입안을 깨문 지안은 애써 아무렇지 않은 척 남은 짐을 챙겼다. 할 말을 찾느라 잠시 눈을 굴리던 윤아가 책상을 짚고 있던 손을 떼어내며 말했다.

"바쁘면 할 수 없지, 뭐. 걔한텐 내가 잘 얘기할게."

가방을 다 챙겨 든 지안이 윤아를 바라보며 싱긋 입술 끝을 늘였다.

"고마워."

학교 식당으로 향하는 지안의 걸음이 어딘지 불편해 보인다. 엊그제 접질린 발목이 아직 시큰거리는 이유에서다. 괜찮을 줄 알았는데 괜찮지가 않다. 아픈가 보다. 이렇게 자꾸만 눈가가 뜨끈해져 오는 걸 보니 꽤나 많이.

문득 바닥에 주저앉아 엉엉 울어버리고 싶단 충동이 일었다. 괜찮지 않다고. 아파 죽겠다고. 나는 지금, 힘들어 죽겠다고 소리치고 싶다. 하지만…….

삼켜지지 않는 감정을 억지로 눌러 삼킨 지안이 눈에 힘을 주며 숨을 들이쉬었다. 왠지 무겁게 느껴지는 어깨를 으쓱 추켜올리자 습기가 어렸던 눈가가 다시 맑아지는 기분이다.

이따 편의점 가기 전에 파스라도 하나 사서 붙이자.

홀로 고개를 끄덕인 그녀가 막 발을 떼려는 순간 정면으로 들어올린 눈동자가 커다랗게 부피를 키운다. 저 사람은!

"저기."

작게 입을 뗀 지안이 갑자기 절룩거리는 걸음을 빠르게 움직였다.

"저기요!"

성큼성큼 멀어지는 긴 보폭을 도저히 따라잡을 수 없던 지안이 조금 더 용기를 내어 소리를 내었다. 하지만 미약하기만 한 외침은 주변을 지나던 몇몇 이들의 시선만을 잠시 끌었을 뿐 오롯이 시선 끝에 닿아 있는 그를 불러 세우지는 못했다. 터럭만큼의 관심조차 끌지 못한 채 벌써 저만치 멀어진 그의 등을 안타깝게 바라보던 지안이 힘껏 입술을 움직였다.

"태건 선배!"

어디서 그런 용기가 나왔을까. 아는 거라곤 고작 성을 제외한 태건이란 이름뿐. 그것도 제대로 된 대화 한 번 나눠보지 못한, 전에 봤을 땐 제 얼굴조차 기억 못 하던 까마득한 동아리 선배의 이름이었다.

순간, 거짓말처럼 그가 걸음을 멈췄다. 딸꾹질이 나올 것 같은 기분에 꿀꺽 침을 삼킨 지안이 말아 쥔 주먹에 힘을 주었다.

천천히 고개를 돌린 그가 물끄러미 지안을 응시했다.

"저기."

들리지도 않을 작은 소리로 입술을 연 지안이 불편한 다리를 움직여 그 앞에 서자 무슨 일이냐는 듯한 시선이 딸려왔다.

"전화기요."

그가 미간을 좁힌다. 설마, 잊어버린 건가? 아님 잃어버린……. 아, 안 되는데.

"제 핸드폰이요. 돌려주신대 놓고 안 주셨는데요."

빠르게 뱉곤 대답을 기다리는 지안이 초조한 듯 입술을 깨물었다.

"아."

잠시의 침묵 끝에 나온 짧은 탄성에 지안의 눈썹이 뾰족 선다. 뭐야. 진짜 잊어버리고 있었던 거야?

사정이 어떻든 이제라도 돌려받으면 되지, 애써 화를 누르는데 주머니를 뒤적인 그가 갑자기 지갑을 꺼내 들었다.

"……?"

일, 십, 백, 천, 만, 십만, 백만? 제 앞에 내밀어진 백만 원짜리 수표를 멍하니 바라보는데 머리 위로 묵직한 음성이 들려왔다.

"새로 사라고, 전화기."

"네?"

"백만 원이면 되지 않나?"

귀찮다는 듯 십만 원짜리 수표 몇 장을 쓱쓱 더 뽑아 든 태건이어서 받으라는 듯 손을 까딱였다. 판단되지 않는 상황에 눈을 깜빡이던 지안이 뒤늦게 그의 말을 이해하고 입술을 세웠다.

"설마, 잃어버리셨어요?"

남의 전화기를 빌려가 잃어버린 것도 기가 막힌데, 사과는커녕 백만 원이 넘는 수표를 꺼내 흔들고 있다니.

"아, 요금. 이체되는 통장 계좌 알려줘."

동그랗게 치켜뜬 눈으로 저를 올려다보는 지안을 바라보던 태건이 뒤늦게 떠올랐다는 듯 말을 덧붙였다.

따라붙는 시선을 피해 대포폰을 구하는 것은 생각만큼 쉬운 일이 아니었다. 그가 겪었던 그 번거로웠던 과정을 다시 거쳐 또 다른 대포폰을 구하느니 모양새는 좀 빠지지만 어찌 보면 훨씬 안전한 구형 전화기를 그냥 쓰는 게 낫단 판단이 들었다. 무엇보다 다시 또 번호를 바꿔 혜서에게 혼란을 주고 싶지 않았다. 전화 하나 뜻대로 못해 이리저리 눈치나 살피는 찌질한 남자로 비춰지는 것도 마음에 들지 않는 게 사실이다.

요금? 계좌번호?

그녀가 계속 눈을 말똥거리며 서 있자 결론이 나지 않을 것 같은 대화를 끝내려는 듯 태건이 입술을 움직였다.

"네 전화기는 내가 쓸 테니까 너는 새로 하나 사라고. 번호도 새로 만들고."

한국말을 하는데 도무지 이해할 수가 없다. 머릿속으로 계속 왜, 라는 의문이 빙빙 맴돈다.

"명의 이전하기 귀찮으니까 그냥 요금 빠지는 계좌번호 알려달라고. 돈 넣어줄 테니."

　단순히 '명의 이전하기가 귀찮아서.' 라는 이유론 선뜻 설명될 수 없는 상황이었다. 지금 손에 들린 돈이면 제 것보다 훨씬 좋은 최신의 휴대전화기를 구입하고도 한참이나 남을 것이 분명하기 때문이다.

　"저기……."

　"딱히 손해 보는 장사 아닌 것 같은데."

　그가 삐뚜름 고개를 기울이며 말했다.

　시선을 내리자 길고 섬세한 손가락 사이에 위태롭게 끼워져 있는 수표들이 보인다. 편의점에서 몇 시간을 일해야 모을 수 있는 돈일까. 날짜가 지난 음식들을 폐기하고, 발주한 물건을 체크해 진열하고, 담배며 과자, 음료수를 채워 넣고, 손님이 없는 시간엔 유리창도 닦아야 하고, 시재 점검하다 오차라도 발생하면…….

　그냥 받을까. 손가락이 까딱 움직인다. 눈동자에 힘을 준 채 손가락을 내려다보던 지안의 입가에 쓴웃음이 드리워진다. 구질구질하구나, 서지안.

　"새 핸드폰은 필요 없으니까 그냥 제 전화기나 돌려주세요."

　떨구고 있던 손을 들어 올린 지안이 그를 향해 손바닥을 내밀었다.

　"뭐?"

　"전화기 돌려달라고요."

　기가 막힌다는 듯 하, 숨을 뱉어낸 태건이 서늘하게 얼굴을 굳히며 지안을 바라봤다.

　"야."

"야, 아니고 지안인데요, 서지안. 그리고 먼저 사과부터 하셔야 되는 거 아닌가요?"

유순한 얼굴로 쭈뼛거리던 모습은 사라지고 어느새 똑바로 뜬 눈으로 제 얼굴을 올려다보고 있는 지안을 바라보던 태건은 또 다른 방향에서 느껴지는 시선에 힐긋 눈동자를 비껴 떴다. 건물 옆에서 자신을 주시하던 이들이 눈이 마주치자 까딱 고개를 숙여 보인다.

지잉, 지잉.

주머니에서 느껴지는 진동에 퍼뜩 고개를 돌린 그가 막 전화기를 꺼내 드는 순간 순식간에 다가온 손길이 그것을 채갔다.

"지금 뭐 하는……."

"어, 수연아. 통화 괜찮아. 점심 먹으러 가던 길이야."

재빨리 폴더를 열어 전화기를 귀에 댄 지안이 태건에게 시선을 둔 채 말했다.

[왜 그렇게 전활 안 받아. 이번에도 안 받으면 진짜 원룸으로 쳐들어가려고 했어.]

"그럴 사정이 좀 있었어."

[어디 아픈 건 아니지?]

"응."

[그럼 됐어. 일단 밥 맛있게 먹고, 이따 통화하자.]

"어."

탁, 하고 폴더를 접은 지안이 전화기를 뺏길세라 생명줄처럼 꼭 그러쥔 채 경계의 눈빛을 보냈다.

"하!"

허리에 손을 올린 그가 고개를 뒤로 젖히며 헛웃음을 지었다.

"야."

"서지안이라니까요."

후, 하고 숨을 고른 그가 고개를 끄덕이며 입을 열었다.

"그래, 서지안."

"네."

"내놔."

그가 내민 손을 바라보던 지안이 고집스럽게 입매를 굳힌다.

"사과는 안 하셔도 돼요."

꾸벅 고개를 숙인 지안이 그대로 몸을 돌려 걸음을 움직이기 시작했다. 당당하게 등을 보이고 돌아선 이 상황에, 모양 빠지게 절룩거리는 걸음걸이를 보이고 싶지 않았다. 이를 악문 그녀가 다리에 힘을 주며 걸음을 옮겼다. 욱신거리는 통증이 밀려옴과 동시에 머릿속으로 통화 요금에 대한 걱정이 스멀스멀 엉켜들었다.

이틀인데 설마 얼마나 썼겠어.

애써 담담한 척해보지만 지금쯤 제 뒤통수를 뚫어져라 노려보고 있을, 타인에 대한 배려 따윈 눈곱만큼도 찾아볼 수 없는 안하무인의 남자를 떠올리니 덜컥 겁이 들었다.

막 십만 원, 이렇게 나오는 거 아냐?

지갑 안에서 아무렇지 않게 수표를 꺼내 든 남자의 손은 남자답긴 했지만 태어나 한 번도 험한 일 따윈 해본 적 없는 듯 단정하게 정리되어 있었다. 무엇보다 그 위풍당당한 몸을 휘감고 있는 옷과 신발은 굳이 브랜드를 들추지 않아도 그가 누리고 살아왔을 경제적 풍요를 여실히 드러내고 있었다. 평일은 물론 주말에 남는 자투리 시간까지 아등바등 아르바이트에 매달려야 하는 저로선 감히 상상조차 할 수 없을 액수일 것이다. 그러니 그렇게 티슈를 뽑듯이 수표를 뽑아냈겠지. 괜한 심술에 입술이 삐죽여졌다.

하지만 믿을 수 없게도 자신을 내려다보던 그 오만하면서도 서늘한 눈동자에서, 언젠가 보았던 '냉정과 열정 사이'의 준세이가 10년 전 약속을 지키기 위해 피렌체의 두오모 대성당으로 향할 때 느꼈던 심장의 두근거림을 다시 또 느끼고 말았다. 말도 안 돼. 제것이 분명함에도 저의 의지와 상관없이 멋대로 반응해 버린 심장에, 좀처럼 경험해 보지 못한 낯선 이 말도 안 되는 상황에 그가 더욱 미워지려 한다. 식당으로 향하는 지안의 발걸음이 조금 전보다 더 힘겨워 보였다.

❊　❊　❊

급작스럽게 당한 얼떨떨한 상황에 한참을 꼼짝도 못 하고 서 있던 태건은 멍했던 표정을 풀며 우스꽝스러운 걸음으로 달아나고 있는 지안의 뒷모습을 바라봤다. 일순 정지되었던 뇌세포가 다시 활동을 시작하자 비로소 생각이란 걸 할 수 있게 되었다.

"하!"

비틀려 있던 입술이 뒤늦게 반응을 내뱉었다.

평소 같았으면 저 건방지기 짝이 없는 후배를 다시 거들떠보는 일 따윈 절대 일어나지 않을 것이다. 하지만 손에서 전화기를 떠나보낸 이 짧은 시간조차도 견딜 수 없다는 듯 한계점을 향해 달려가는 심장은 곧 폭발이라도 할 듯 요동치고 있었다.

그사이 혜서가 전화를 하진 않을까, 초조함에 바짝 입안이 말랐다. 고작 전화기 하나에 이런 기분을 맛봐야 하다니. 하지만 아쉬운 건 그 자신이다.

예리하게 달아오른 신경 탓인지 순간 완력을 써서라도 전화기를 빼앗고 싶단 충동까지 느꼈었다. 거절을 당할 거란 염두는 애초에 두지 않았기에 사과 따윈 필요 없다며 등을 돌리고 간 당돌한 후배가 안겨준 충격은 생소하기까지 하다.

돈으로 보상이 안 된다면 대체 뭘 어쩌라는 건가. 당장 그는 전화기가 필요했고, 필요한 물건을 손에 넣는 데 있어 응당한 대가를 치르려던 것뿐이었다. 거저 달란 것도 아니고 제가 사용하던 전화기의 몇 배에 해당하는 보상을 해주겠다는데 두 번 생각할 것도 없다는 듯 일언지하에 거절을 당했다. 손에 쥐지 못한 전화기가 부욱, 그의 자존심을 긁어댄다. 지안의 뒷모습을 좇는 태건의 미간이 짜증스럽게 일그러졌다.

※　＊　※

식당 입구에 들어서기 전부터 코를 자극하는 카레 향이 바로 오늘의 메뉴를 짐작케 했다.

1천 8백 원짜리 카레라이스가 담긴 식판을 든 지안은 학생들로 북적이는 식당 한구석에 자리를 잡고 앉아 꿀꺽꿀꺽 물부터 들이켰다. 찰랑거리게 차 있던 물을 거의 다 비웠음에도 두근거리는 심장이 진정되질 않았다. 들어 올린 손으로 팔랑팔랑 손부채질을 하자 민망하게 달아올랐던 얼굴이 조금씩 가라앉기 시작했다.

"미쳤어, 정말."

뭐가 멋있다고 이 난리인 거니. 고개를 숙인다고 보일 리 없는 심장을 향해 중얼거리자 옆자리 학생들이 힐긋 그녀를 돌아봤다. 점심시간, 그것도 학생들로 북적이는 교내식당에서 여자 혼자 밥을 먹는 것도 흔치 않은 광경인데 게다가 중얼중얼 혼잣말까지 하고 있으니 더더욱 시선을 끌 수밖에 없었을 것이다.

"……."

종일 한 교실에서 얼굴을 마주하던 반 친구들과 급식을 먹던 고등학교와 달리 자유롭게 장소를 선택할 수 있는 대학에서의 점심시간은 주머니 사정이 여의치 않은 지안에게 보이지 않는 부담을 안겨주었다.

함께 밥을 먹자던 동기들은 학생식당보단 교문 밖 식당을 주로 선호했다. 하루 이틀도 아니고, 학생식당보다 두세 배 비싼 가격의 음식을 매일 점심 값으로 감당할 수 없었던 지안은 차라리 교우 관계를 포기하는 것을 택하며 퍽퍽하기만 한 현실에 차분히 뿌리를 내렸다.

밥을 먹자면 커피도 마셔야 할 것이고, 영화나 쇼핑 같은, 그녀 입장에선 사치라고 표현할 수밖에 없는 부수적인 것들도 당연한 듯 딸려올 것이다. 이런 비유를 한다는 게 우습지만 황새를 쫓아가는 뱁새가 된 기분이었다. 감당할 재간이 없었다. 슬프지 않은 것은 아니었지만 처지를 비관하는 것보다 우선적으로 직면한 문제들을 따져야만 했다.

처음 며칠간은 혼자 밥 먹는 것이 너무나 민망해 식판에 코를 박듯 고개를 숙이고 밥을 먹었지만 지금은 배식구 앞에서 '많이 주세요.' 라는 말을 덧붙일 정도로 변죽이 좋아졌다. 그런데 웬일인지 오늘따라 소복이 담긴 카레라이스의 양이 유난히 버거워 보인다.

"하아."

감상에 빠져 봤자 돌아오는 건 차갑게 식은 카레라이스뿐이란 생각에 막 숟가락을 집어 들던 지안은 갑자기 머리 위로 드리워지는 그늘에 천천히 고개를 들어 올렸다.

탁.

시야에 들어오는 식판에서 쭉 시선을 따라 올라가던 지안은 그것을 내려놓은 주인의 얼굴을 확인하곤 눈을 치떴다.

"……!"

"Shit. 군대 생각나서 카렌 싫은데."

불퉁하게 식판을 내려놓은 태건이 그녀의 맞은편 의자에 털썩 몸을 앉히며 구시렁댔다.

뭘 먹어도 맛있다는 군바리도 군대 카레 앞에선 몸서리를 쳤다. 오죽하면 씁쓸하기만 한 군대 카레를 좋아하면 진짜 카레를 좋아하는 사람이란 말이 있을까. 군대를 다녀온 사람이라면 누구나 그 기묘하게도 맛이 없는 군대 카레의 추억에 대해 군대 축구만큼이나 할 말들이 많을 것이다. 그 역시도 떠올리기 싫은 듯 벌써부터 입이 썼다. 안 그래도 짜증 나는데 하필 카레라니.

미간을 그은 채 식판을 노려보고 있는 태건의 얼굴이 믿기지 않는 듯 지안이 눈에 힘을 주며 그를 바라봤다. 모두의 시선을 매단 채 제 앞에서 카레라이스가 담긴 식판을 노려보고 있는 이는 방금 전 아무렇지 않게 수표를 내밀던 그 진태건이 맞았다. 그런데 군대라니.

물론 신체 건강한 대한민국 성인 남성이라면 누구나 피해갈 수 없는 병역의 의무라지만, 알다시피 모두가 그 의무를 짊어지는 것은 아니다. 부(富)와 권력. 소위 있는 집 자식들의 병역 기피를 위해 동원되는 각종 불합리한 방법들은 특히나 군 문제에 있어 예민할 수밖에 없는 국민 정서와 맞부딪쳐 모두의 공분을 사곤 하지 않았던가.

"군대 다녀오셨어요?"

어쩜 이런 바보 같은 질문을.

저도 모르게 튀어나온 물음에 켁, 사레가 들린 지안이 얼굴이 빨개지도록 기침을 하며 물 잔으로 손을 뻗었다. 태건에게 고정되었던 시선들이 잠시 지안에게로 흔들리더니 이내 태건을 향해 돌아선다. 식판을 앞에 두고 있으니 마치 학생식당 홍보 모델을 보고 있는 듯하다.

"그럼. 놀다가 복학했을 것 같아?"

미간을 구긴 태건이 쥐고 있던 숟가락으로 카레라이스를 푹 찌르며 말했다. 그 모습마저도 화보의 한 장면인 양 근사하다 느끼던 지안이 황급히 고개를 내린 채 숟가락을 움직였다. 그로 인해 집중된 이목이 덩달아 그녀에게까지 닿고 있는 중이었다.

그와 함께 밥을 먹는 상황도 믿기지 않지만 카레를 싫어한다는 사람이 대체 왜 여기서 이러고 있는지도 모르겠다. 그런데 왜 또 이렇게 가슴은 뛰는 건지. 심장 뛰는 소리가 앞에 앉은 그에게까지 전해질 것 같은 기분에 숨마저 조심히 내쉰 지안은 혼자 처음 밥을 먹던 그날처럼 식판에 얼굴을 박았다.

Rrrrr. Rrrrr.

그리 조용하지 않은 식당 안이었지만 그가 등장하는 순간부터 쏟아지기 시작한 시선에 마치 속이 훤히 들여다보이는 유리관 안에 앉아 있는 양 불편하던 지안은 갑자기 들려온 벨소리에 반가운 듯 고개를 들어 올렸다.

"아."

가깝게 들리는 벨소리에 순간 제 것이라 착각했던 지안은 진동으로 설정을 해두었던 자신의 전화기를 떠올리며 머쓱한 듯 입술을 깨물었다. 그와 동시에 주머니에서 전화기를 꺼낸 태건이 귓가로 그것을 가져갔다. 지안의 눈썹이 뾰족해진다. 뭐야. 전화기도 있으면서.

"응."

지안의 반응은 아랑곳없이 통화에 집중한 태건이 의자 등받이에 느른히 허리를 기대며 입술을 열었다.

[과사에 들렀다 오느라 좀 늦었다. 지금 어딘데?]

"식당."

[식당? 어디?]

"말해도 몰라. 오늘은 혼자 먹어야겠다."

전화를 끊은 태건이 테이블 위에 던지듯 전화기를 내려놓곤 지안을 바라봤다.

"밥 먹고 어디 갈 건데."

"네?"

"밥 먹고 뭐 할 거냐고."

"저기, 강의 들으러……."

순간 태건의 눈썹이 꿈틀 움직였다. 다물려 있던 한쪽 입가가 보일 듯 말 듯 올라간다.

"강의 들을 때 전화 필요해?"

"……아뇨."

그가 가만히 고개를 끄덕였다. 도무지 그의 의도를 파악할 수 없어 지안이 눈만 깜빡이고 있자 태건이 씩 미소를 지었다.

"뭐 해. 얼른 먹어."

갑자기 들려온 다정한 음성에 지안이 눈을 홉뜨자 입술 끝을 끌어 올린 태건이 스윽 몸을 숙이며 작게 속삭였다.

"얼른 먹고 강의 들으러 가야지."

지독하리만치 매력적인 미소가 지안을 향해 쏟아졌다.

"하아."

벌써 몇 번째인지 셀 수조차 없는 한숨이 입술 사이로 흘러나왔다.

다섯 걸음쯤. 더 멀지도, 또 가깝지도 않은 거리를 두고 식당에서부터 지금껏 따라붙는 그림자에 안 그래도 불편한 걸음이 쇳덩이를 매단 듯 무겁기만 하다.

채 비우지 못한 식판을 들고 일어섰을 때도, 퇴식대에 식판을 반납하고 돌아섰을 때도, 그리고 냅킨을 뽑아 입가를 닦던 순간마저도 함께한 동선은, 굳이 뒤를 돌아 묻지 않아도 '어쩌다 방향이 같은' 따위의 우연이 아님을 반증하고 있었다.

그러니까 왜.

왜 따라오는 거지?

시큰거리는 발목에 억지로 힘을 주면서도 신경은 온통 한곳에 집중된 채다. '왜'라는 의문사를 머리에 넣은 채 열심히 굴려보지만 '설마 내가 마음에 들어서?' 따위의 말도 안 되는 답이 떠오를 뿐이다. 제가 생각해도 어처구니없는 답에 픽 쓴웃음을 지은 지안이 행여 생각을 들킬세라 황급히 고개를 털며 웃음을 거뒀다. 착각도 유분수지, 정말.

교양 선택으로 신청한 미술사 강의를 듣기 위해 건물 안으로 들어선 지안은 3층에 있는 강의실을 가기 위해 계단 앞에서 걸음을 내디뎠다.

'윽.'

발을 딛고 올라서자마자 밀려온 통증에 입안으로 작은 신음이 삼켜졌다. 난간을 잡은 손에 힘을 실어보지만 평지를 걷는 것보다 훨씬 가중되는 무게감 때문인지 전해지는 고통도 배가되었다.

"걸음을 왜 그렇게 걷지?"

멈칫.

계단을 오르던 지안의 움직임이 그대로 멈췄다. 티가 났나? 나름 바르게 걷느라 등 뒤로 식은땀이 흐를 지경이던 지안은 갑자기 밀려든 생각에 삐뚜름 미간을 모았다.

가만. 내가 왜 이래야 하는 거지? 내가 누구 때문에…….

"강의실이 어디야."

걸음을 왜 그렇게 걷느냐 묻는 누구 때문에 이렇게 됐단 푸념을 마음속으로 늘어놓던 지안은 댕강 잘라먹고 물어오는 질문에 방금 전 품었던 불만을 금세 사그라뜨리며 입술을 움직였다.

"307호요."

계단 난간에 허리를 기댄 태건이 슬쩍 주위를 둘러보곤 목소리를 낮췄다.

"쉽게 이해가 되진 않겠지만, 사람은 정말 별것 아닌 걸로 심장이 뛰었다 멈췄다 하기도 하거든."

눈을 깜빡이며 턱을 당긴 지안이 입술에 힘을 주며 태건을 바라봤다. 맞다. 쉽게 이해가 되지 않는다. 일단 그가 왜 이런 말을 꺼내는지부터도.

"나는 정말, 그 전화기가 필요해."

무슨 전화기요, 물으려던 지안이 입을 다물었다. 그러고는 지안의 입술이 열리기 전 태건이 자신의 전화기를 꺼내 들었다.

"새 전화기가 싫다면."

그가 지안을 향해 자신의 전화기를 내밀었다.

"강의 듣는 동안만이라도 잠깐 바꿔 쓰는 건 어때?"

"……?"

그녀에겐 생각할 시간이 필요했을지 모르지만 네, 라는 대답 대신 물끄러미 제 얼굴을 올려다보기만 하는 그녀와 마주한 태건 역시도 엄청난 인내를 발휘하고 있는 중이었다. 그깟 고물 전화기 한 번 빌리자고 이런 굴욕적인 짓까지 하고 있다니. 조금이라도 그를 아는 사람이라면 상상조차 할 수 없는 일일 것이다. 하지만 할 수 없었다. 새 대포폰을 마련하는 2, 3일간만이라도 어쨌거나 아쉬운 건 태건 자신이었으니.

"말했지? 쉽게 이해되진 않을 거라고. 근데 난 지금 그렇거든."

심장이 막…….

제 가슴에 손을 얹은 채 삐딱하게 고개를 기울인 태건이 그녀를 내려다보며 낮게 속삭였다.

"그러니까 부탁인데."

순간 아찔한 현기증이 일었다. 귓가에 닿은 은밀한 숨결에 쭈뼛 솜털이 곤두섰다. 흐읍, 지안이 숨을 들이마시자 간신히 안정을 찾았던 심장이 다시 또 요동치기 시작했다.

특별한 의미를 부여할 만한 어떤 표현도 없었다. 그저 눈을 마주하고 나눈 몇 마디. 그것도 독백과도 같은 그의 일방적인. 하지만 그 지독하게 평온하고 낮은 음성은 그녀의 심장을 주체 없이 폭주하게 만들었다.

미쳤나 봐.

지안의 눈동자가 크게 흔들리는 순간 그의 입가에 사악한 미소가 씩 어렸다.

"강의 듣는 동안만이라도. 전화기, 바꿔 쓸 수 있을까?"

─밥차에서 풍기는 냄새가 죽음이다. 다이어트, 어쩌라고!

조용히 강의실을 빠져나와 문자메시지를 확인한 태건의 눈매가 부드럽게 휘어졌다. 한창 강의가 진행되던 중이었지만 주머니 안에서 울린 한 번의 진동은 한창 열변을 토하고 있는 교수님의 강의를 견고한 방음벽처럼 차단하며 그의 신경을 집중시켰다. 결국 1분도 견디지 못하고 자리에서 일어난 그는 따가운 시선을 고스란히 받아내며 강의실 문을 나서야만 했다.

순순히 전화기를 바꿔준 여자 덕분에 이렇게 혜서의 문자를 받을 수 있었다. 처음, '강의받는 동안만'이라 달았던 단서는 그가 전화기를 건네받음과 동시에 '3일만'으로 바뀌게 되었다. 입술을 꾹 다문 채 무언의 항의를 보내던 여자는 내키진 않지만 어쩔 수 없이 지어준 미소 한 번으로 해결되었다.

웃는 모습은 절대 제게만 보여야 한다던 혜서의 당부가 떠오르지 않은 건 아니었지만 전화기만 다시 구하고 나면 다시 볼 일 없는 여자이기에 까짓, 이란 마음으로 입술 끝을 들어 올렸다. 진심을 담지 않은 것이기에 아무 의미 없는 행동이었다. 그저 하품과도 같은, 입술 근육의 움직임에 불과한 것이었기에 가책 따윈 전혀 느껴지지 않았다.

그러고 보니 혜서 입에서 무언가를 먹겠단 소리가 나온 건 꽤 오랜만의 일인 듯했다. 종종 익명의 팬인 양 촬영팀 앞으로 도시락을 보내곤 했지만, 정작 음식에 별 관심을 보이지 않는 혜서 덕분에 대부분 '촬영하는 스태프'들의 배만 불렸을 뿐이다.

배가 많이 고팠나? 슬쩍 시선을 내려 시각을 확인하니 어느덧 점심시간을 훌쩍 넘긴 3시 12분이다. 밥때도 놓칠 만큼 촬영을 강행한 건가? 힘들었을 혜서 걱정에 태건의 미간이 뒤늦게 깊은 주름을 만들며 성을 낸다. 하아. 못마땅한 듯 고개를 저은 그가 곧 허리를 곧추세우며 저벅저벅 걸음을 옮기기 시작했다.

타다다닥.

내린 차창 밖으로 들려오는 발걸음 소리에 눈을 감고 있던 태건이 천천히 눈꺼풀을 들어 올리며 초점을 맞췄다. 달칵, 하고 조수석 문을 연 찬성이 한쪽 팔을 차 지붕에 얹은 채 반쯤 몸을 기울였다.

"아까 식당이란 거, 그거 학생식당이었다며?"

꽤나 심각한 얼굴로 달려오기에 무슨 중요한 일이라도 생긴 건가 했는데 물어보는 건 기껏.

픽, 하고 웃음을 지은 태건이 삐딱하게 고개를 들어 올리며 찬성을 바라봤다.

"그게 문제야?"

그제야 조수석에 몸을 앉힌 찬성이 빠르게 문을 닫으며 고개를 끄덕였다.

"문제지. 입학한 이래 단 한 번도 학생식당을 안 갔던 진태건이 갑자기, 그것도 여자랑 같이 밥을. 둘 이상만 모였다 하면 다 네 얘기일 텐데?"

"별게."

시큰둥한 얼굴로 머리를 흩트린 태건이 느슨하게 몸을 기대며 창턱에 손을 얹었다.

"근데 전화기는 왜 꺼놨는데? 방금 그 번혼 또 뭐고."

"당분간 쓸 전화기."

"당분간? 암튼 그게 중요한 게 아니라, 카레 먹었다며?"

동그랗게 눈을 뜨며 바짝 얼굴을 들이미는 찬성이 귀찮은 듯 태건이 미간을 찌푸리며 창밖으로 시선을 돌렸다. 하지만 이에 아랑곳하지 않은 찬성은 집요하게 질문을 이어갔다.

"1학년이라며. 예쁘다던데? 응?"

"……"

"어느 정돈데 진태건이 식판 들고 줄까지 섰냔 말이야."

떠오른 기억이 짜증스러운 듯 고개를 내린 태건이 와락 미간을 구겼다.

"걔랑 사귀냐?"

말도 안 되는 물음에 콧방귀조차 뀌지 못한 태건이 그대로 고개를 내린 채 작게 혀를 찼다.

"그럼, 민혜서는 이제⋯⋯."

튕기듯 고개를 들어 올린 태건이 찬성을 응시했다. 뿜어져 나오는 기운이 심상치 않았다. 실수했구나. 얼음장 같은 싸늘한 눈빛에 흠칫 몸을 굳힌 찬성이 잔뜩 낮춘 소리로 웅얼거렸다.

"아니, 갑자기 여자랑 학생식당엘 갔다기에⋯⋯."

친구란 명목으로 유지된 관계였지만 스스로를 그와 동격으로 취급한 적은 한 번도 없었다. 물론 그가 가진 배경이 주는 위화감 때문이었기도 하지만 눈빛 하나만으로 주변을 제압하는 강한 존재감은 때론 소름이 돋을 정도로 강렬하게 그 사실을 각성시켜 주곤 했다. 그럼에도 지금껏 유연한 관계를 유지할 수 있었던 건 '주제넘는 간섭' 을 하지 않았기 때문이다. 그게 친구냐고 묻는다면, '친구' 라 규정된, 그래도 이 녀석이 온전히 마음을 내준 친구가 준형과 자신, 이 둘뿐이라는 강한 믿음이 단단하게 뿌리 내리고 있기 때문이다. 적어도 자신이 생각하기엔 그러했었다.

"나는."

쉽게 입을 떼지 못하고 우물거리던 찬성이 후우, 숨을 내쉬곤 마른 입술을 적셨다.

태건에게 있어 민혜서는 절대 건드리지 말아야 할 뇌관과도 같은 존재였다. 흥분한 마음에 잠시 잊고 있었다. 폭발 뒤에 몰아닥칠 후폭풍을 생각하니 등골에서부터 찌르르 식은땀이 솟는다. 말없이 바라보는 눈매에서 활활 푸른 불꽃이 이는 것만 같았다.

"나는, 차라리 잘됐다고 생각했었다."

차마 눈을 마주 보지 못한 찬성이 슬쩍 시선을 비끼며 입을 열었다.

"그렇다고 민혜서랑 헤어지길 바랐단 건 아니고."

입매에 꾹 힘을 준 찬성이 차분히 숨을 고르며 말을 이었다.

"적어도 그냥 두 사람만 신경 쓰는 연앨 했으면 했다."

"……."

"학생식당에서 여자랑 밥 먹었단 얘기 듣고 제일 먼저 든 생각이 뭔지 알아?"

비꼈던 시선을 바로 한 찬성이 태건의 눈을 바라보며 까딱 턱을 움직였다.

"당장 내일부터 저 사람들 안 봐도 되겠구나."

순간 태건의 눈썹이 미세하게 꿈틀거렸다.

"평범한 애 만나는 건 간섭 안 한다고 하셨다며. 그럼 저 사람들도 치우실 거 아냐."

잠시 눈을 가늘게 떴던 태건이 천천히 고개를 돌려 멀찌감치 주차된 검은색 차량을 바라봤다. 한참을 말없이 주시하던 태건의 눈동자에 많은 생각이 담기는 듯하다.

❋　　❋　　❋

[그래서, 그 동아리 선배랑 전화길 바꿔 쓰기로 했다고?]

편의점 아르바이트를 가기 전, 보편화된 휴대전화 탓에 슬그머니 자취를 감춘 공중전화를 찾아 한참을 헤맨 지안은 손에 쥐고 있던 태건의 전화기 버튼을 누르는 대신 주머니에서 꺼낸 동전을 투입기에 집어넣었다.

앞으로 3일간은 어쩔 수 없이 그의 전화기를 갖고 다녀야겠지만 '그'의 것이란 생각 때문인지 선뜻 통화 버튼을 누를 수 없었다. 이런 저와 달리 아무렇지 않게 제 전화기를 쓰고 있을 그일 테지만 불과 반나절도 되지 않아 그녀의 머릿속을 지배한 것은 통화료 걱정이 아닌 낡아빠진 기계에 대한 낙담이었다. 예상치 못한 변화라 하기엔 이미 기울어진 본능에 그녀조차도 굳이 그것을 부인하고 싶지 않았다.

수연의 번호를 누르고, 이렇게 공중전화로 전화를 걸게 된 이유를 간단히 설명하자 전화기 너머 목소리가 살짝 높아졌다.

[3일 동안?]

"응."

[오.]

길게 말끝을 늘인 수연이 어설프게 휘파람까지 불자 볼에 바람을 넣고 있던 지안이 눈썹을 모았다.

"왜?"

[왜겠어? 그 선배, 너한테 관심 있는 거야.]

"그건······."

아닐걸.

입안으로 삼킨 뒷말이 씁쓸하게 맴돌았다. 수연이 하고 있을 오해를 막자면 일이 이렇게 흘러가게 된 앞뒤 사정부터 설명해야겠지만 차마 수표를 내밀던 그 앞의 상황까지 설명할 순 없었다. 아

믿을 수 없게도 225

니, 어쩌면 설명하고 싶지 않단 표현이 맞을 것이다. 부연 설명이 끝나자마자 수연의 입에서 쏟아져 나올 반응이 어떨지, 그것으로 인해 그가 받게 될 비난이 전혀 달가울 것 같지 않기 때문이다.

[그냥 전화번호 묻는 것보단 낫다. 나름 고민한 흔적이 보이는데?]

어딘지 들뜨기까지 한 수연의 목소리에 지안이 표 나지 않게 한숨을 쉬었다. 사정을 알게 된다면 아마 '바보냐?' 버럭 소리를 지를 테지만 별것 아닌 걸로 심장이 멈출 수도 있다며 가슴에 손을 얹던 그 간절한 눈빛을 차마 거절할 수 없었다. 별것 아닌 전화기로 멈춰가던 심장을 다시 뛰게 만들 수만 있다면, 전화기를 바꿔주는 건 정말 별것 아닌 거니까.

[잘생겼어?]

생각에 잠겨 있던 지안이 수연의 물음에 느릿하게 눈을 깜빡였다.

"······응."

[오올! 키는?]

두 계단이나 아래 있었음에도 크게 차이 나지 않던 눈높이를 떠올리며 지안이 입술을 움직였다.

"커. 꽤."

[대박! 잘생긴 데다 키까지. 둘이 같이 있음 완전 선남선녀겠네.]

"그런 거 아냐."

[아니긴 뭘. 너한테 작업 들어간 게 확실하구만.]

그런 게 아니란 반박을 한 번 더 하려던 지안은 입술을 힘주어 다물며 맥없는 미소를 지었다. 재채기를 하느라 들어 올린 손에서 전화기에 남아 있던 미미한 스킨 향을 느끼는 순간, 저도 모르게 미간 사이로 깊게 주름이 잡힐 정도로 인상을 쓰던 얼굴을 떠올리고 말았다. 하필 떠올린 얼굴은 그다지 친절한 표정은 아니었지만 그녀의 심장을 뒤흔들기에 충분했다. 그런 게 아니라고. 반박을 하기에 제 심장은 너무도 정직한 반응을 보이고 있었다. 어차피 아닌데, 굳이 그걸 또 상기시킬 필요가 있을까. 어차피…… 아닌데.

[분명 이따 문잘 하든 전활 하든 할걸?]

그럴 리 없어.

[만나자고 하면……. 에잇, 튕기지 말고 그냥 만나봐.]

훗.

자조 섞인 미소가 입술 끝에 덧대어졌다. 말도 안 되는 일이란 걸 알면서도 한 번쯤 그런 일이 벌어진다면, 따위의 상상을 하고 있었다. 다정함과는 거리가 먼 사람이니 '나랑 만나자.' 퉁명스럽게 던질지도 모른다. 그럼 난 뭐라고 해야 되나. 멀거니 바라보고 있음 '뭐 해.' 하며 확 손목을 잡아끌려나? 표현엔 인색할지 몰라도 알고 보면 속은 누구보다 따뜻한 사람일 거라고.

비식거리며 올라선 입술이 풉, 하고 작은 웃음을 내뱉는다. 수연의 수다에 편승해 잠시나마 꿔본 꿈이 의외로 재미있었다. 깨고 싶지 않은 달콤함에 살풋 마음이 들떴다.

[어우, 근데 알바 끝나면 새벽 1시. 평일엔 편의점 땜에 안 되겠다.]

눈앞에 'THE END'란 글자가 커다랗게 떠오르는 것 같았다.

12시를 알리는 종소리와 함께 유리구두를 흘리고 달아났던 신데렐라는 왕자님과 오래오래 행복하게 살았을지 모르지만 편의점으로 출근을 해야 하는 서지안은 새벽 1시까지 아르바이트를 해야만 했다. 온몸의 감각들이 서서히 현실을 향해 깨어나기 시작했다.

[저녁은 먹었어?]

수연의 물음에 지안이 천천히 입술을 움직였다.

"편의점 가서 먹으려고."

[또 유통기한 지난 삼각김밥?]

그녀를 위해 유통기한이 임박한 상품을 따로 빼놓는 점장의 배려로 지안은 대부분 저녁을 편의점에서 해결하곤 했다. 뿐만 아니라 한 달에 만 원 한도 내에서 필요한 물품이나 식품을 가져갈 수 있는 보너스 혜택도 받고 있는 중이었다.

"1분만 지나도 폐기되는 건데, 아깝잖아."

[그걸 왜 자꾸 네 입에다 폐기시키냐고!]

"……맛있어."

그녀가 담담히 대꾸하자 방금 전까지 씨근덕대던 수연의 숨소리가 잦아들었다.

"맛있어서 먹는 거야."

물론 매일 먹다시피 하는 삼각김밥이 물리지 않는 건 아니었다. 소고기고추장, 참치마요, 전주비빔, 김치제육……. 안에 들어간 내용물은 매번 다를지 몰라도 비닐을 벗기자마자 코끝에 와 닿는 삼각김밥 특유의 묵은내는 결코 달갑지 않은 익숙함으로 그녀의 식욕을 저하시키곤 했다.

하지만 그녀마저도 수연과 같은 생각을 한다면. 이런 작은 투정조차도 제겐 사치임을 누구보다 잘 알고 있는 지안은 맛있어서, 좋아서 돈을 주고 사 먹는 사람도 있는데, 라는 생각을 하며 대신 불만을 내리누르곤 했다.

"오늘은 무슨 맛일까, 기대하는 것도 재밌고."

공기의 흐름을 타고 흐르는 적막에 작게 숨을 내쉰 지안이 수연의 이름을 불렀다.

"수연아."

[······응.]

"괜찮아. 맛있어서 먹는 거라니까?"

공중전화 부스 너머, 느릿하기만 한 이른 저녁의 풍경이 지안의 시야에 고스란히 담긴다. 하루 중 그녀가 제일 좋아하는 시간. 놀이터에서 놀던 아이들은 저녁을 먹자는 엄마의 부름을 받고 하나둘 집으로 사라지고, 허기진 하루를 마감하고 가족들이 기다리는 집으로 향하는 가장의 머리 위로 하나씩 불을 밝히기 시작하는 창문들. 어스름 하늘 위로 이르게 뜬 별 하나에 한껏 고개를 젖힌 채 눈을 빛내기도······. 정형적이긴 하지만 그래서 더 가슴 사무치게 그립기만 한 저녁의 풍경은 잠시 떠올리는 것만으로도 그녀를 아련한 감상에 젖어들게 만든다.

"같이 가아!"

소란스러운 기척에 시선을 돌리자 눈앞으로 삼각김밥을 입에 문 한 무리의 학생들이 지나가고 있었다. 학원 수업에 늦은 건지 뛰듯이 걷는 걸음이 무척이나 바빠 보였다. 빠르게 현실로 돌아온 지안은 밀려오는 괴리감에 머리를 쓸어 올리며 시간을 확인했다.

"그만 끊고 편의점 가야겠다."

통화를 마무리 짓는 지안의 말에 시무룩하게 가라앉은 음성이
들려왔다.

[철없는 친구를 용서해라.]

"훗."

그녀가 짧게 웃자 이내 목소리가 들려온다.

[3일간은 전화 안 할게. 대신, 어떻게 됐는지 바로 알려줘야
돼.]

"알았어."

[그래. 오늘도 수고.]

"응."

전화를 끊은 지안이 가볍게 숨을 들이쉬며 편의점을 향해 몸을
돌렸다.

"후우."

동그랗게 벌어진 붉고 도톰한 입술 사이로 꽤나 묵직한 한숨이
흘러나왔다. 오늘로 이틀째. 전화기를 바꿔 쓰기로 한 지 만 하루
가 지나 있었다.

그럴 리 없다는 걸 알면서도 문자를 하든 전화를 하든 할 거란
수연의 말을 은근히 마음에 두고 있었던지 편의점 로고가 박힌 앞
치마를 벗던 새벽 1시 5분에도, 지친 몸을 뉘던 새벽 1시 45분에
도 신경은 온통 전화기로 집중되어 있었다.

그럴 리가 없잖아.

눈을 뜨자마자 전화기부터 확인하던 지안은 갑자기 밀려온 허
탈감에 얼굴에 드리웠던 기대감을 지우며 무거운 몸을 일으켰다.

양치질을 하며 문득 바라본 거울엔 실망으로 부어 있는 제 얼굴이 있었다. 마치 그가 약속을 지키지 않은 양 서운함과 아쉬움을 드러내던 그녀는 뒤늦게 덮친 공허감에 쓰게 웃으며 고개를 털었다.

하지만 의지와는 다르게 자꾸만 전화기로 향하는 시선을 막을 수는 없었다. 강의를 듣고, 이동하는 중에도 그녀의 신경은 온통 전화기로 쏠려 있었다. 혼자 점심을 먹고, 7교시까지 이어진 세 시간짜리 연강을 들으면서도 그녀는 손에 쥔 전화기를 놓지 않았다.

"어서 오……."

어느덧 9시. 잠시 한가해진 틈을 타 냉장 폐기해야 할 냉장 코너의 상품들을 바구니에 집어넣던 지안은 등 뒤로 들려온 종소리에 몸을 일으켰다.

"……!"

"……."

서로의 얼굴을 확인한 두 사람이 동시에 굳은 채 움직임을 멈췄다.

"여기서 아르바이트를 하나?"

잡고 있던 유리문을 놓은 태건이 저벅저벅 다리를 움직이며 먼저 입을 열었다. 멍하니 눈을 깜빡이고 서 있던 지안이 황급히 시선을 내리며 바구니를 집어 들었다. 기억에도 없는 미미한 존재였던 듯 정말 처음 맞닥뜨린 사람인 양 툭 던진 태건의 말에 반가움이 담기려던 지안의 눈동자에 무안함과 서운함이 동시에 어렸다.

"……네."

서둘러 계산대 앞에 서자 그가 까딱 턱짓을 했다.

"말보로 레드."

말없이 손을 뻗은 지안이 담배를 꺼내 바코드를 찍었다.

"2천 5백 원입니다."

내린 시야로 그가 올려놓은 만 원짜리 지폐가 들어왔다. 금고에서 거스름돈을 꺼낸 지안이 눈을 마주하지 않은 채 돈을 내밀었다.

"거스름돈 7천 5백 원입니다."

담배를 쥔 그의 커다란 손이 거스름돈을 받아 주머니 안에 쓱찔러 넣는 게 보인다.

"감사합니다, 또 오세요."

시선을 좀 더 아래로 내리며 그녀가 인사하자 망설임 없이 방향을 튼 다리가 저벅저벅 움직이기 시작했다. 그리고 딸랑, 종소리와 함께 그의 모습이 사라졌다.

8. 몸살

"어디 아픈 거 아냐?"

기초입체 강의가 끝나고 우수수 몸을 일으키는 학생들 사이, 좋지 않은 낯빛으로 이마를 짚고 있는 지안을 보며 옆자리 동기, 윤아가 물었다.

"몸살이 오려는지 조금 으슬으슬하네."

그녀가 팔을 문지르며 해쓱하게 웃자 걱정스럽다는 듯 눈썹을 모은 윤아가 이마에 손을 올렸다.

"열이 꽤 있다. 얼른 병원 가봐."

손끝에 느껴지는 열감에 화들짝 놀란 윤아가 동그랗게 눈을 키우며 말했다.

고작 몸살 정도로 병원이라니. 피식 웃음을 지어 보인 지안이 별거 아니라는 듯 바싹 마른 입술을 움직였다.

"그 정돈 아니야."

"그 정도가 아니긴. 얼굴색도 완전 맛이 갔구만."

"약 먹으면 돼."

절친이라 할 순 없지만, 그렇다고 새벽 1시까지 아르바이트를 해야 한다던 그녀가 걱정되지 않는 건 아니었다. 그렇게까지 무리를 해서 아르바이트를 하는 걸 보면 경제적 상황이 썩 좋진 않단 소릴 텐데, 그런 지안에게 막무가내로 병원에 가라 떠밀기가 조금은 조심스러웠다.

"휴. 그 몸으로 아르바이튼 갈 수 있겠어?"

그녀가 허리에 손을 짚으며 묻자 지안이 고개를 끄덕였다.

"응."

꾹 붙인 입술을 머뭇머뭇 달싹이던 지안이 조용히 말을 건넸다.

"……걱정해 줘서 고마워."

학생들이 사라진 강의실 사이로 잠시 침묵이 내려앉았다. 윤아의 눈에 얼핏 당혹감이 어렸다. 동기들 간에 흔히 오갈 수 있는 인사치레였을 뿐인데 지안이 보인 반응은 그녀가 보인 작은 관심에 비해 너무 과하게 돌아왔다.

"어, 응."

어색하게 고개를 끄덕인 윤아가 서둘러 가방을 챙기곤 지안을 돌아봤다.

"약이라도 꼭 챙겨 먹어."

"그럴게."

대충 넘기지 말고, 라며 다시 한 번 당부를 아끼지 않은 윤아마저 강의실 밖으로 사라지고 나자 텅 빈 강의실에 오롯한 적막이

감돌았다. 책상 위에 팔을 올리고 엎드린 지안이 열이 올라 뜨끈한 숨을 내쉬며 눈을 감았다.

어젯밤부터 몸이 축 처지는 게 조짐이 좋진 않았다. 새벽녘, 오소소 솟는 한기에 눈을 떴을 땐 이미 목까지 잔뜩 부어 있던 상태였다. 상비약으로 챙겨두었던 진통 해열제를 먹기 위해 억지로 떠넘긴 밥도 약을 넘김과 동시에 게워내 버렸다. 물에 젖은 솜처럼 온몸이 무겁게 늘어졌다. 눈을 감았다 뜨면 그대로 하루가 지나 있으면 좋겠단 생각이 들었다. 편의점에 갈 생각을 하자 눈앞이 깜깜해졌다.

"으으……."

몸을 세우자 앓는 소리가 절로 새어 나왔다. 머리가 띵, 어지럽고 온몸이 욱신거렸다.

시각을 확인하니 아르바이트까지 약 세 시간의 여유가 있었다. 집에 가서 좀 누워야겠단 생각을 하며 주섬주섬 가방을 챙기는데 지잉, 지잉, 휴대전화 진동이 울렸다. 전화기를 바꾼 뒤 처음 걸려 온 전화에 잠시 손끝이 떨렸지만 이내 말도 안 되는 미련을 접으며 고개를 내렸다.

"……!"

열이 올라 흐릿해진 시선으로 발신번호를 확인하던 지안의 눈이 갑자기 커다래졌다. 두 손으로 전화기를 움켜쥔 지안이 빠르게 눈을 깜빡이며 액정을 바라봤다. 이건, 내 전화번혼데.

"여보세요?"

꿀꺽, 마른침을 삼킨 지안이 슬라이드를 밀어 올리자 고저 없는 음성이 귓가로 밀려들었다.

[어디야.]

"네?"

다짜고짜 물어오는 물음이 선뜻 이해가 되지 않은 지안이 네?
하고 되묻자 방금 전보다 조금은 높아진 목소리가 되돌아왔다.

[지금 어디냐고.]

우리가 서로의 위치를 묻고 답할 만큼 친밀한 관계였던가. 하지
만 어쩐지 짜증이 묻어나는 듯한 그의 목소리에 지안은 질문의 의
도를 따질 새 없이 대꾸를 하고 말았다.

"미술학관 507호요."

[어디 가지 말고 기다려.]

띠릭.

끊어진 건가? 귀에서 전화기를 뗀 지안이 통화 종료를 알리고
있는 액정을 바라보며 눈썹을 모았다. 안 그래도 어지러운 머리가
더해진 혼란으로 더욱 복잡해졌다. 기다리라고? 그 말은…….

귀결되는 단 하나의 답을 떠올리느라 잠시 눈을 키웠던 지안이
이내 담담한 표정으로 조용히 중얼거렸다.

"아, 전화기 돌려주려나 보다."

빠르게 뛰던 심장이 금세 제 박자를 찾았다. 어쩐지 열이 더 오
른 듯한 기분에 전화기를 내려놓은 지안이 두 손으로 얼굴을 감쌌
다.

✼　✼　✼

경영관을 지나 중앙도서관, 그리고 우측에 자리하고 있는 학생

회관을 끼고 좌회전을 하자 삐죽 솟은 미술학관 건물이 눈에 들어왔다. 빠르게 핸들을 풀어내던 태건이 힐긋 룸미러를 응시하곤 시선을 내려 시간을 확인했다. 4시 8분. 빠듯한 시간에 그가 초조한 듯 입술을 적시며 조수석에 놓인 휴대전화로 손을 뻗었다.

"건물 앞이니까 지금 내려와."

통화가 연결됨과 동시에 바쁘게 제 할 말만 뱉은 태건이 전화를 끊곤 건물을 향해 조금 더 속도를 높였다.

오늘은 혜서의 생일이었다. 그녀를 만나고 처음 맞는 소중한 날이니만큼 세상 누구보다 행복한 하루를 선물해 주고 싶었다.

난생처음 달력을 넘기며 날짜를 꼽아봤다. 기뻐할 혜서의 얼굴을 떠올리며 선물에 대한 고심도 하고 근사한 분위기로 입소문이 난 레스토랑을 찾아 이곳저곳 답사를 하기도 했다.

하지만 중반 이후로 접어든 드라마는 촬영 직전 한두 장씩 날아오는 쪽대본에 의지한 채 촬영팀 모두가 무한 대기 상태로 스케줄에 임해야 했고 그 역시도 아버지가 붙인 사람들로 인해 행동이 자유롭지 못했다.

기대했던 생일을 그냥 이렇게 보내야 하는 건가. 다시 존재하지 않을 하루를 위해 움직이고 생각하던 태건은 말로 표현 못 할 허탈감에 아침부터 마장(馬場)을 돌아야만 했다.

얼굴을 치는 바람을 맞으며 팽팽히 당겨진 고삐를 그러쥐던 그때.

─생일 케이크의 초는 방송용 나이로.

순간 믿어지지 않는 문자에 놀란 그가 갑자기 박차를 차는 바람에 구보로 날뛰는 말 위에서 낙마(落馬)를 할 뻔했다.

"이거, 무슨 소리야?"

[말 그대로. 생일 초는 방송 나이대로 꽂아달라고.]

"촬영은? 시간 뺄 수 있어?"

[사전에 협의 없이 갑자기 PPL이 추가되는 바람에 작가가 열받아서 그나마 쪽대본으로 날리던 작업도 완전 멈춘 상태. 마침 선거정책토론회 때문에 하루 벌기도 했고. 감독님이랑 촬영팀은 초주검 상태긴 하지만, 어쨌든 정말 기막힌 우연의 일치 아냐?]

술을 마시지 않았단 사실이 그렇게 감사할 수가 없었다. 달리듯 샤워실로 가 시원하게 쏟아지는 물줄기에 얼굴을 맡기던 그는, 하지만 뒤늦게 떠오른 생각으로 이내 미간을 구겨야만 했다.

저치들을 어쩐다.

입술을 깨문 채 생각에 잠겨 있던 태건의 머릿속으로 찬성의 목소리가 스쳤다.

"학생식당에서 여자랑 밥 먹었단 얘기 듣고 제일 먼저 든 생각이 뭔지 알아? 당장 내일부터 저 사람들 안 봐도 되겠구나."

마음이 흔들리지 않은 것은 아니다. 하지만 거짓으로라도 혜서를 대신할 다른 누군가를 옆에 두는 따위의 눈속임은 하고 싶지 않았다. 혜서가 아닌 다른 사람이라니. 떠올리는 것만으로도 심한 불쾌감이 일었다. 그러나 당장의 해결책이 없는 상황에서 내세우기만 하는 자존심은 결국 쓸데없는 객기가 될 뿐이었다.

"평범한 애 만나는 건 간섭 안 한다고 하셨다며. 그럼 저 사람들도 치우실 거 아냐."

"하아."

또 다른 방법을 강구하기엔 시간이 너무 촉박했다. 벽을 짚은 채 서서 하염없이 물을 맞던 그가 손바닥으로 얼굴을 쓸며 입매를 굳혔다.

'내키진 않지만.'

그녀는 그냥 대용품일 뿐이란 자기 위안으로 결국 학교까지 오게 된 것이다.

"내려오라 한 지가 언젠데 여태……."

초조한 얼굴로 건물 입구를 살피던 태건이 기어이 안전벨트를 풀며 차에서 내렸다. 큰 걸음으로 성큼성큼 계단을 오르던 태건은 2층에서 내려오고 있는 지안을 발견하곤 미간을 좁혔다.

"시간 없어 죽겠는데 왜 이렇게 느려."

그대로 등을 돌려 두어 계단쯤을 내려가던 태건이 우뚝 걸음을 멈추곤 다시 뒤를 돌아봤다. 뛰어와도 모자랄 판에 움직임 없이 서 있는 그녀의 모습이 답답하기만 하다.

"안 내려오고 뭐 해?"

전화기만 바꿔갈 거라 생각했던 지안은 급하게 서두르는 태건의 채근에 머뭇머뭇 입을 뗐다.

"저기, 어디 가는데요?"

하지만 질문에 답을 해줄 만큼 그는 친절하지 못했다.

짜증 나게.

속으로 중얼거린 그가 거칠게 앞머리를 쓸어 올리며 까딱 턱짓을 했다.

"일단, 내려와."

친절과는 거리가 먼 사람이란 건 알고 있었지만 그래도 이렇게 제멋대로일 거라곤 생각하지 못했다. 행선지를 밝히지 않은 것은 물론이거니와 같이 가자는 사람 의중도 묻지 않다니. 아르바이트야 아직 시간이 있다지만 그래도 이건……

"휴."

입술을 깨문 그가 팔을 뻗어 지안의 팔목을 잡아끌었다.

"앗!"

다친 발목에 대한 어떤 준비도 하지 못한 채 끌려가듯 계단을 내려선 지안은 1층 입구 앞에서 갑자기 걸음을 늦춘 태건으로 인해 간신히 걸음을 멈출 수 있었다.

끌고 가듯 일방적으로 앞서 가던 그가 갑자기 늦춘 걸음으로 그녀와 보조를 맞추기 시작했다. 주차된 차 앞에 이른 그가 조수석 문을 열었다.

"타."

"저 아르바이트 가야 해요."

"오래 안 걸리니까 일단."

버티고 선 지안의 어깨를 지그시 눌러 그녀를 조수석 안으로 밀어 넣은 태건이 탁, 하고 문을 닫고 빠르게 차를 돌아 운전석에 올랐다.

시동을 걸고 차를 움직이자 천천히 따라붙는 차가 보인다. 한 달 가까이 혜서의 얼굴을 보지 못한 건 미칠 노릇이지만 죽어라 참은 노력이 점차 결실을 보이는지 관심을 가장한 의심도 점점 강도를 낮춰가는 듯했다. 나누는 얘기를 얼핏 들으니 머지않아 밀착 감시도 거둘 예정인 것 같았다. 당분간만 몸을 사리면. 핸들을 돌리던 그가 작게 피식거리며 턱을 쓸었다.

올림픽대로를 지나면서부터 점차 속도를 높이기 시작한 차는 어느새 서울을 벗어나 팔당대교를 달리고 있었다. 평일 오후의 한가한 도로를 무서울 정도로 빠르게 질주하던 태건은 식은땀을 흘리며 이마에 손을 얹고 있는 지안의 상태는 안중에도 없는 듯 주변을 두리번대고 있었다.

아, 씨. 양평 도착하기 전에 빠져야 하는데.

신경전을 벌이느라 고집을 피우곤 있지만 작가도 언제까지 배짱을 부리진 못할 거라 했다. 저녁을 먹을 정도의 여유는 있지만 촬영이 급한 만큼 현재 대기 중인 양평 세트장에서 멀리 벗어날 순 없다 했다. 아쉽긴 하지만 그래도 통으로 날릴 뻔했던 하루를 이렇게나마 보상받을 수 있으니 그것으로 위안을 삼기로 했다. 오랜만의 만남인 만큼 뭐든 좋은 모습만 보여주고 싶었다.

미간을 좁힌 채 창밖을 살피던 태건이 갑자기 눈을 반짝이며 입술을 씩 끌어 올렸다. 힐긋 룸미러를 확인한 태건이 웡, 속도를 높이며 급하게 우회전을 했다. 모텔이 밀집된 곳에서 이리저리 곡예 운전을 하던 태건이 갑자기 방향을 틀어 구석에 위치한 모텔 주차장으로 들어섰다.

"……!"

모텔 간판을 올려다본 지안이 눈을 키우며 입술을 달싹였다.

"저기⋯⋯."

"가만."

손을 들어 지안의 말을 막은 태건이 몸을 낮춘 채 주변을 두리번댔다. 낮게 쳐진 주차장 가림막 사이로 낯익은 검은 차량이 쓱 지나가는 게 보였다.

"됐다."

그의 입가에 씩, 호쾌한 미소가 지어졌다. 쫓던 차를 놓쳤으니 직무를 다하지 못함에 대한 질책이 이어질 것이다. 하지만 저녁이 다 된 시각, 남녀가 함께 모텔 골목을 도는, 의도가 무언지 빤히 보이는 상황에 군이 알리지 않아도 될 사실까지 보고해 괜한 문책을 받을 만큼 아버지에 대한 충성도가 높을까?

'모텔에 갔음.'으로 알아서 잘 마무리될 보고서를 떠올리며 씩 미소를 지은 태건이 그제야 지안을 돌아보며 지갑을 꺼내 들었다.

"내가 좀 급해서 그러는데, 이걸로 택시 불러서 타고 가."

앉아 있는 지안의 다리 위로 십만 원짜리 수표 몇 장을 툭 던진 태건이 그대로 시선을 돌려 다시 창밖을 살피기 시작했다.

"⋯⋯."

고개를 내린 지안이 제 다리 위에 놓인 수표를 물끄러미 바라봤다. 차에 오르며 요란스럽게 쿵쾅거리던 심장은 어느새 싸늘하게 가라앉은 뒤다. 뭘 한 건지 머리가 아파 생각할 순 없지만 적어도 이 사람에게 '혹시나' 품었던 기대가 얼마나 바보 같은 짓이었는지, 뿌옇게 흐려져 오는 시야와 달리 확실하게 판단이 되었다.

주차장에 차가 들어오고도 사람이 내릴 기미가 보이지 않자 문을 열고 나온 여주인이 자박자박 다가와 허리를 숙였다.

"들어오세요. 방 깨끗해요."

끝까지 올라가 있는 창문에 대고 나긋하게 말하자 지갑에서 다시 수표 한 장을 꺼낸 태건이 돈을 건넬 만한 틈만큼만 창문을 내린 채 그것을 내밀었다.

"알아서 합니다."

"아, 네."

냉큼 수표를 받아 든 주인이 몸을 돌리며 금세 문 안으로 사라졌다. 꼼짝 않는 기척에 태건이 고개를 돌렸다.

"안 내리고 뭐 해."

"적어도."

잔뜩 잠겨 나오지 않는 음성을 간신히 쥐어짜 낸 지안이 숨을 고르며 말을 이었다.

"미안하단 사과는 하셔야 했어요."

조용히 말을 마친 지안이 허벅지에 놓여 있던 수표를 집어 대시보드 위에 올리곤 안전벨트를 풀었다.

달칵.

차 문을 열고 나서자 휘청, 땅이 뒤집히는 듯한 현기증이 몰려왔다. 까맣게 변하는 시야에 잠시 눈을 감은 지안이 이마를 짚으며 힘겹게 눈꺼풀을 들어 올렸다.

"문 좀 닫아."

불퉁하게 들려오는 목소리에 고개를 돌리자 그가 한 손을 핸들에 얹은 채 그녀를 바라보고 있었다.

탁.

바들거리는 손으로 문을 닫자 부웅, 엔진음과 함께 그의 차가 주차장을 벗어났다.

애써 눈가에 가두고 있던 눈물이 툭, 바닥으로 떨어졌다.

❊　　❊　　❊

"세상에. 얼굴이 왜 이 모양이야!"

수연은 못 본 새 부쩍 핼쑥해진 지안의 얼굴을 보며 크게 기함을 했다. 살집이 없긴 했어도 늘 생기가 돌던 얼굴이었는데 눈앞의 지안은 방금 중환자실에서 나온 환자라고 해도 믿길 만큼 형편없이 핼쑥해져 있었다.

사실, 3일 뒤 연락을 주겠다던 지안으로부터 연락이 없자 궁금증을 이기지 못한 수연은 나흘째 되던 날 결국 지안의 번호를 누르고 말았다. 하지만 지안의 목소리가 들려오는 대신 내내 이어진 신호음에 이틀을 더 기다리다 이렇게 편의점으로 달려오게 된 것이다.

"며칠 몸살 앓았는데. 표 많이 나?"

살짝 고개를 숙이며 얼굴에 손을 가져간 지안이 멋쩍게 웃으며 수연을 바라봤다.

"대체 얼마나 심하게 앓았기에."

휴, 하고 숨을 내쉰 수연이 지안의 얼굴을 살피며 미간을 좁혔다.

"전화라도 하지. 궁상맞게 왜 혼자 앓고 그래."

"그냥 몸살인데, 뭐."

"그래서 얼굴이 이 모양이셔?"

걱정이 가득한 수연의 잔소리에 지안이 픽, 웃음을 지었다. 버석하게 메마른 입술이 한 줌 물기를 머금은 듯 부드럽게 휘어졌다. 갈라졌던 마음 한구석에도 뭉클, 온기가 스며들었다.

이제야 좀 살 것 같다. 가만히 숨을 멈춘 지안이 눈매에 힘을 주며 수연을 바라봤다.

"아프단 핑계로 사흘이나 땡땡이 쳤어."

장난스럽게 고개를 기울이는 지안과 달리 수연의 얼굴엔 그늘이 드리워졌다. 웬만해선 일을 놓지 않는 지안이 사흘이나 아르바이트를 쉬었다니. 정말 심하게 아팠구나, 마음이 아렸다.

"그 사람은?"

고개를 낮춘 수연이 지안의 눈치를 살피며 조심스레 입을 열었다.

"그, 전화기 바꿔간 선배."

"아."

짧게 입술을 벌린 지안이 두어 번 눈을 깜빡이곤 픽, 입술 끝을 끌어 올렸다.

"왜?"

대꾸 없이 웃기만 하는 지안을 보며 의아한 듯 눈을 키운 수연이 궁금하다는 듯 바짝 몸을 붙였다.

딸랑.

순간 문을 밀고 들어온 손님으로 인해 대화가 끊기고 말았다.

"어서 오세요."

수연의 시선이 부담스러운 듯 황급히 고개를 돌린 지안이 손님을 향해 인사를 하며 표정을 갈무리했다. 잊었다고 생각했는데, 모텔 주차장에 덩그러니 자신을 내려놓고 사라지던 순간을 떠올리자 불에 달군 쇠꼬챙이가 푹, 가슴을 찔러오는 듯한 통증이 느껴졌다.

무슨 정신으로 서울까지 올 수 있었는지 지금 생각해도 아찔하기만 하다. 휘청거리는 걸음으로 버스를 탈 수 있는 큰길로 향하고, 땅이 뒤집힐 듯한 현기증에도 꾸역꾸역 버스에 올라야만 했다.

몸이 아픈 것도 아픈 거지만 숨을 쥘 듯 다가오는 아르바이트 시간에 어쩔 수 없이 꺼내 든 그의 전화기로 앞 타임 아르바이트생에게 한두 시간만 더 봐달라는 부탁을 해야만 했다.

자꾸만 기울어지는 몸을 애써 바로잡으며 눈가로 차오르는 눈물을 닦아냈다. 쉬고 싶었다. 아플 때는 그냥. 특히나 오늘 같은 날은, 그냥, 하루쯤.

퇴근 시간과 맞물린 탓에 8시가 넘어서야 편의점에 도착한 지안은 결국 세 시간을 버티지 못하고 조퇴를 해야만 했다. 그러곤 꼬박 사흘을 정신없이 앓았다. 충전을 하지 않은 그의 전화기는 전원이 꺼진 채 그녀의 가방 한구석에서 조용히 잠을 자고 있었다. 틈나는 대로 수신 내역을 확인하던 그전과 달리.

'돌려주려면 한 번은 만나야겠지.'

내 것이 아니니까.

더 이상 심장은 날뛰지 않았다. 차분하게 가라앉은 얼굴만큼이나 고요하고 조용했다.

딸랑, 하는 종소리와 함께 손님들이 들어서자 못마땅한 듯 입매를 삐죽 비튼 수연이 시계를 내려다보며 지안에게 말했다.

"얼굴 봤으니까 갈게. 밥 좀 잘 챙겨 먹고."

"응."

어깨를 크게 들썩인 수연이 작게 손인사를 하곤 유리문 너머로 사라졌다. 곧이어 들이닥친 또 한 무리의 학생들을 향해 시선을 돌린 지안이 '어서 오세요.' 건조한 음성을 뱉었다.

✻　✻　✻

핸들에 한쪽 손을 얹은 채 탁탁, 손가락을 움직이던 태건이 유리문 너머 보이는 지안의 얼굴에 미간을 찡그렸다.

젠장.

낮게 중얼거리고 고개를 돌리자 조수석에 올려놓은 작은 밀푀유(Mille—Feuille:파이의 켜가 여러 겹을 이룬 페이스트리) 상자가 보인다. 정말 이런 짓까지 해야 하나. 상자를 바라보는 태건의 얼굴이 착잡하게 가라앉았다.

나름 완벽하게 따돌렸다고 생각했던 모텔 골목에서의 질주는, 하지만 아버지께 불려간 그 다음날 오후가 되어서야 그것이 완벽하게 실패로 돌아갔음을 깨닫게 했다.

"팔당댐에서부터의 흔적이 묘연하더구나. 알아보니 하필 어제가 민혜서란 아이의 생일이었다고."

미련스러울 정도로 정직하게 제 불찰을 밝힌 사람들 덕에 그가 계획한 모든 것이 통째로 꼬여 버렸다. 한술 더 떠 '같은 시각, 탤런트 민혜서 양도 양평 세트장에 있었다고 합니다.' 란 보고를 함으로 아버지가 가진 의심에 불을 지폈다고 한다.

전보다 강화된 감시가 그의 목을 옥죄며 달려들었다. 다 된 밥이었는데. 참을 수 없는 허탈감에 그저 헛웃음만 흘러나왔다.

그냥 확 뒤집어엎을까도 생각했었다. 한두 살 먹은 어린애도 아니고, 이런 식의 감시가 웬 말이냐 따져 묻고 싶었다.

하지만 아버지가 할아버지가 이룬 부(富)의 성전 앞에 머리를 조아리듯 그 역시도 아버지 앞에 몸을 낮출 수밖에 없었다. 부모님의 등쌀에 못 이겨 경영학과에 진학하긴 했지만 애초에 경영 따위에 관심을 가진 적 없으니 명패에 새겨질 자리에 연연할 필요도 없었다. 기대를 한 몸에 받고 있는 사촌 형들만큼의 몫은 아닐지라도 사는 동안 더없이 그를 풍족하게 할 만큼의 재산이 상속될 것이기에 너는 야망도 없는 게냐, 힐난하던 눈초리도 그냥 흘려버릴 수 있었다. 모든 것이 마음에 들어찬 것은 아니었지만 그렇다고 딱히 불만스럽지도 않은 삶이었다. 그런데 밀푀유 상자를 눈앞에 둔 태건은 태어나 처음으로 심각하게 제 인생을 돌아보고 있는 중이었다.

그깟 스캔들쯤이 뭐라고.

짜증스럽게 머리를 쓸어 올린 태건이 후, 숨을 뱉으며 편의점을 향해 시선을 움직였다.

이름이 뭐더라? 지, 뭐였던 것 같은데.

눈을 가늘게 좁히며 집중을 해보지만 생각이 나지 않는다.

몰라.

그가 고개를 털며 다시 몸을 뒤로 기댔다.

잠시 눈을 감고 있던 그가 주섬주섬 몸을 움직여 주머니에 있던 전화기를 꺼내 들었다.

어젯밤, 다행히 금세 새 대포폰을 구할 수 있었던 그는 전화기를 돌려준단 핑계로 자연스럽게 그녀를 만나고자 했다. 억지로 또 다른 여자를 갖다 붙이는 것보단 학생식당 이후로 자연스럽게 소문이 몽글거리고 있는 1학년에게로 시선을 집중시키는 게 나을 것 같단 생각에서였다. 하지만 내내 꺼져 있는 전화기에 별수 없이 이곳엘 들렀던 그는 예기치 못한 그녀의 부재에 당황을 할 수밖에 없었다.

"여기, 밤에 일하던 여자 아르바이트생은⋯⋯."
"아, 지안이요? 아파서 오늘 못 나왔어요."

애써 걸음한 것이 물거품이 되자 간신히 절제하고 있던 감정들이 한꺼번에 머리 위로 폭발하는 듯한 기분이 들었다.

"내일은, 나옵니까?"
"그럴걸요?"

결국 두 번씩이나 걸음을 하게 만든 장본인을 말없이 노려보던 태건이 쯧, 혀를 차곤 밀폐유 상자를 집어 들었다.

※　※　※

"감사합니다, 또 오세요."

계산을 마치고 나가는 손님에게 인사를 하던 지안은 그와 동시에 편의점 안으로 들어서는 태건을 발견하고 얼굴을 굳혔다.

"……."

그대로 계속 눈을 마주했다간 꼭꼭 눌러두었던 원망이 와락 튀어나올 것만 같아 고개를 돌려 황급히 시선을 내린 지안은 지그시 입술을 깨물며 차분히 숨을 골랐다.

지안이 보인 노골적인 외면에 당황한 듯 휙 눈썹을 추켜올린 태건이 복잡한 얼굴로 이마를 문질렀다.

"저기."

입은 뗐는데 할 말이 없다. 꿀꺽 숨을 삼키고 그녀의 얼굴을 물끄러미 바라보는데 그 위로 자그마한 목소리 하나가 겹쳐졌다.

"적어도, 미안하단 사과는 하셔야 했어요."

그러게 왜 수표는 돌려주고.

못마땅한 듯 입매를 비튼 태건이 괜한 탓을 하며 들고 있던 상자를 카운터 위에 얹었다.

탁.

막 고개를 돌리는가 싶던 지안이 갑자기 어디론가 뚜벅뚜벅 걸어가더니 'STAFF ONLY'라 쓰인 문을 열고 들어가 버렸다. 뭐야, 라고 생각하는 찰나 다시 모습을 드러낸 지안이 빠른 걸음으로 다가와 손에 들고 있던 전화기를 내밀었다.

"충전을 못 해서 꺼져 있어요. 저기, 제 전화기 그만 돌려주세요."

지안을 응시하던 태건이 차분하고 담담한 손길로 그것을 받아 들었다.

"제 전화기요."

마치 할 말은 그것뿐이라는 듯 내뱉는 강약 없는 말투에 태건이 느릿하게 입술을 움직였다.

"아팠다고."

마치 걱정을 했다는 듯 나직이 들려오는 음성에 지안이 흔들리는 눈동자에 힘을 주었다.

"어제 들었어."

"어제 어떤 남자가 찾아왔었는데 아파서 못 나왔다 하니까 그냥 가더라. 1학년은 아닌 것 같던데?"

출근을 하자마자 들었던, 그녀가 앓아누웠던 사흘간 대신 시간을 메워준 두 살 위 아르바이트생이 마침 생각났다는 듯 전해준 말에 지안은 쓸데없이 차오르는 기대를 접으며 고개를 저어야만 했다. 동아리 선배 인호이거나 노안(老顏)을 엄청난 콤플렉스로 갖고 있는 정후이거나.

"그날은 내가……."

잠시 말을 끊어낸 태건이 관자놀이가 불뚝 일어날 만큼 턱에 힘을 주었다.

미안했다고 해야 하나? 근데 뭐가? 택시비를 팽개치고 간 건 이 아이였는데?

내키지 않는 사과를 하는 대신 카운터에 올려두었던 밀푀유 상자를 지안 쪽으로 쓱 민 태건이 짧게 한마디를 뱉었다.

"먹어."

✻   ✽   ✻

"앗, 뜨."

빨간 고무장갑을 낀 손으로 뜨거운 수건의 물기를 꾹 짜낸 지안이 김이 모락모락 오르고 있는 물수건을 조심스레 발목에 얹으며 작게 신음을 흘렸다. 피부에 닿는 뜨거운 기운에 얼굴을 찡그린 것도 잠시, 근육이 풀리는 듯한 노곤함에 '아, 시원하다.' 중얼댄 지안이 픽 웃음을 지으며 시선을 들어 올렸다.

"먹어."

한참의 머뭇거림 끝에 나온 무뚝뚝한 음성. 미안하단 사과도, 인사도 없이 그저 쓱 밀어주고 간 네모난 상자가 책상 겸 식탁으로 쓰는 앉은뱅이책상 위에 얌전히 놓여 있다. 물끄러미 상자를 응시하던 지안이 고개를 돌려 그것을 외면했다.

"먹어."

무릎을 세우고 앉은 지안이 고집스럽게 시선을 아래로 한 채 제

발목을 내려다보았다.

"먹어."

눈까지 꾹 감으며 도리질을 해보지만 집요하게 귓가를 파고드
는 그의 목소리는 점점 존재감을 키우며 뻗치는 덩굴처럼 그녀의
심장을 휘감았다.

"미안하단 말도 안 했으면서."

나직이 중얼거린 지안이 천천히 고개를 들어 올렸다.

"그럼 끝까지 모른 척을 하든가."

상자가 태건인 양 한참을 바라보던 지안이 슥슥 앉은걸음으로
책상 앞에 다가갔다.

어깨가 들썩일 정도로 크게 숨을 들이쉰 지안이 손을 뻗어 상자
를 열었다.

"아……."

모습을 드러낸 것은 바삭한 페이스트리와 블루베리, 그리고 커
스터드 크림이 겹겹이 쌓인, 보기만 해도 달콤한 파이였다. 먹어
본 적은 없지만 무엇인지는 안다.

"밀푀유도 만들어 왔어요. 일천 장의 잎사귀라는 뜻인데 꼭 나
뭇잎이 여러 장 겹쳐 있는 것처럼 보여서 붙여진 이름이거든요.
뭐, 파이의 대마왕이라고나 할까?"

작년 여름, 전국적으로 삼순이 열풍을 일으켰던 '내 이름은 김

삼순' 이란 드라마에서 여명이 가시지 않은 이른 새벽, 그녀가 아픈 진헌을 위해 죽과 함께 정성껏 만들던 그것과 흡사한 모양의 것이 상자 안에서 얌전히 모습을 드러내고 있었다.

본방송을 보지 못했던 그녀가 1년이나 지난 드라마의 장면을 이렇듯 상세히 기억할 수 있었던 건 케이블에서 해주는 재방송을 바로 얼마 전 우연히 볼 기회가 있었기 때문이다.

장면 전환이 바로 되지 않은 채, 바삭하게 구운 파이 도우에 커스터드 크림을 골고루 바르고 싱싱한 산딸기를 가지런히 올린 뒤 다시 커스터드 크림과 시트를 반복해 얹고 슈거 파우더와 코코아 파우더를 뿌려 장식을 하는 과정을 마치 진헌을 향한 삼순의 마음인 양 달콤하면서도 진지하게 보여주고 있었다. 엘리베이터에 올라 진헌에게 건넬 말을 홀로 연습하며 행복해하던 삼순은, 하지만 함께 밤을 보낸 듯 집 안에서 함께 나오는 희진을 발견하고 그대로 얼어붙을 수밖에 없었다.

정성껏 만들었던 밀푀유와 들깨죽을 진헌의 손에 들려주며 '같이 드세요.' 라 말하던 삼순의 심정이 어떠했을지, 그가 아픈 줄로만 알고 했던 걱정이 너무나 안타깝고 속상해 마치 제가 삼순이가 된 양 찔끔 눈물을 흘렸던 기억이 있다. 심장이 쿵, 내려앉는다는 게 아마 그런 느낌일 것이다. 내려앉은 심장은 갈기갈기 찢어졌겠지.

잠시 허공에 머물던 시선이 다시 밀푀유를 향해 움직였다.

"……."

깜빡깜빡 오르내리는 눈꺼풀 사이로 슬쩍 건들기만 해도 바삭 부서질 것만 같은 밀푀유가 보였다. 침이 꼴깍 넘어갈 정도로 먹음직스럽지만 선뜻 손을 뻗을 수 없었다. 앉은뱅이책상과는 어울리지 않는 그 모습에 방금 전까지 솜사탕을 머금은 양 달콤하기만 하던 설렘이 갑자기 뜨거운 모래 위의 신기루처럼 사라져 버렸다.

"꼭 선배 같다."

자조 섞인 중얼거림이 조용히 방 안을 울렸다. 발목에 얹은 수건은 어느새 싸늘히 식어 있었다. 모래가 들어간 듯 눈가가 따끔거려 천천히 눈을 감았다 뜬 지안이 상자 밖으로 반쯤 모습을 드러낸 밀뢰유에 손을 뻗었다.

바삭.

천 개의 나뭇잎이 앙상하게 말라비틀어진 겨울나무의 그것처럼 부서져 내렸다.

9. 기억의 끝

"대체 무슨 생각이냐?"

잘 피우지 않던 담배를 꺼내 다급한 손길로 불을 붙인 찬성이 길게 연기를 빨아들이곤 태건을 돌아봤다.

"어젠 강의 끝날 때까지 그 앞에서 기다리고 있었다며?"

그리 좁은 캠퍼스가 아님에도 태건의 일거수일투족은 마치 생중계되는 방송을 보는 듯 생생하게 전달되고 있었다. 철저히 베일에 가려진 이당그룹이란 배경은 차치하고라도 태건은 그 자체로 모두의 이목을 끄는 엄청난 존재감을 지니고 있었다. 게다가—물론 실상은 그렇지 않지만—단 한 번도 여자에게 관심을 보이지 않던 태건이 1학년 동아리 후배와 같이 밥을 먹고, 그녀의 강의가 끝나도록 강의실 문 앞을 지켰단 사실은 굴러가는 낙엽에도 까르르 웃음을 짓는다는 사춘기 소녀의 수다가 아니더라도 충분히 화제가 될 만한 '사건'이었다.

민혜서와의 관계를 몰랐다면 찬성 역시 다른 이들과 다를 바 없는 생각을 했을 것이다. 하지만 민혜서완 이제 헤어진 거냔 물음에 보였던 그의 반응은 지금 돌아가고 있는 상황과는 전혀 다른 설명을 하고 있었다.

"무슨 생각이냐고."

그가 길게 연기를 뱉어내며 재차 물었다.

"설마, 내가 생각하고 있는…… 그건 아니지?"

주머니에 손을 찌르고 선 태건이 중앙도서관 뒤로 펼쳐진 작은 숲을 바라보며 입매에 힘을 줬다. 후우, 숨을 내쉬며 고개를 비튼 찬성이 서둘러 담배를 끄곤 태건을 향해 몸을 돌렸다.

"그러는 거 아니다."

머리를 쓸어 올리며 마른 입술을 적신 찬성이 단호한 음성으로 입을 열었다.

"너 잘나고 대단한 거 아는데, 그래도 그건 안 돼."

"……."

"태건아."

침묵하고 있던 태건이 시선을 그대로 허공에 둔 채 입술을 움직였다.

"방법이 없어."

"그럼 걘?"

찬성의 다급한 물음에 태건이 느릿하게 눈을 깜빡였다.

"걘 어차피 나한테 관심도 없어."

냉랭하기만 한 지안의 얼굴을 떠올리며 태건이 말했다.

"걔 속을 네가 다 알아?"

"……."

"흔들리고 있는 거라면. 네 그 가식에 자칫 마음이라도 열면?"

"내가 뭘 했는데."

"좋아한다, 사귀자, 말은 안 뱉었으니 괜찮다? 전교생이 다 수군거릴 정도로 시선을 받게 해놓고?"

찬성의 물음에 무표정한 얼굴로 내내 숲만 바라보고 있던 태건이 휙 미간을 찡그리며 그를 돌아봤다.

"내가 그것까지 신경 써야 돼?"

"그럼 누가 하는데!"

지지 않고 맞받아친 찬성의 고함에 두 사람의 시선이 쨍, 하고 마주쳤다. 찬성이 보인 낯선 반응에 한참이나 그를 노려보던 태건이 얼굴을 굳히며 턱 근육에 힘을 줬다. 그런 태건을 바라보던 찬성이 눈을 가늘게 좁혔다.

"나쁜 새끼."

조용히 읊조리는 찬성의 가슴이 울컥 솟아오른 감정으로 거칠게 오르내렸다.

"너는 그러냐? 너한테 나도, 그러냐?"

좀 제멋대로이긴 해도 그저 표현하는 방법을 모르는 거라 생각했었다. 태어나는 순간부터 이미 익숙해져 버린, 스스로 무언가를 이루거나 해결할 노력 따윈 필요 없는 지배적 삶이었지만 그래도 바탕에 깔려 있는 본성은 저와 다를 바 없을 거라고. 이기(利己)의 범주에서 벗어나 남을 배려하는 행동이라든지, 한발 물러나 그것이 제일 마지막이라 하더라도 적어도 내가 아닌 다른 사람에 대한 최소한의 자각은 있을 거라 생각했다.

하지만 아니다. 틀렸다. 이렇게 가깝게 서 있는 그는 저와는 너무나 다른 인생을 살아왔으며, 앞으로 그가 어떤 삶을 살지 저로서는 감히 상상도 할 수 없는 별개의 세상이 펼쳐져 있을 것이다.

그가 자신의 친구일 거라고, 아니, 자신이 그의 친구일 거란 믿음이 얼마나 멍청할 정도로 순진한 생각이었는지, 씁쓸하게 드리워지는 웃음에 그가 고개를 털며 태건을 바라봤다.

"그래, 신경 쓸 필요 없지."

감정이 사라진 얼굴. 허탈한 목소리가 흘러나왔다.

"나도 신경 쓸 필요 없고."

가만히 고개를 끄덕인 찬성이 잠시 숙였던 고개를 들어 올렸다.

"앞으로, 연락하지 말자."

그 말에 태건의 얼굴이 와락 일그러졌다.

"……."

반쯤 고개를 기울인 채 잠시 생각에 잠겨 있던 그가 천천히 입술을 떼며 찬성을 바라봤다.

"그 애, 좋아해?"

"하!"

기가 막힌 듯 찬성이 고개를 젖히자 태건이 미간을 찡그리며 물었다.

"그럼 왜 이러는데."

태건의 물음에 천천히 그와 시선을 맞춘 찬성이 입술을 움직였다.

"그러게. 왜……."

꿀꺽 숨을 삼킨 그가 곧바로 말을 이었다.

"왜 그랬을까."

하얗게 주먹을 움켜쥔 채 그대로 몸을 돌린 찬성이 저벅저벅 걸음을 옮겼다.

"임찬성!"

하지만 멈출 줄로만 알았던 걸음은 좀 전보다 더해진 속도로 성큼성큼 움직임을 이어갈 뿐이다. 그러곤 찬성의 모습은 얼마 지나지 않아 그의 시야에서 사라져 버렸다.

❉   ❉   ❉

"가보겠습니다."

"어, 오늘도 수고했다. 조심해서 들어가고."

"네."

딸랑, 종소리와 함께 문을 열자 딱히 어떤 꽃이라 꼬집어 말할 수 없는 달큰한 향이 코끝을 간질이고 있었다. 걸음을 멈추고 눈을 감은 지안이 크게 숨을 들이쉬자 덥지도, 춥지도 않은 밤공기가 그녀의 가슴 안으로 뭉근히 스며들었다.

아카시아 같기도 하고 라일락 같기도 한. 5월의 밤공기가 주는 낭만은 때론 시인이 던진 질문에 대한 답을 고민하게도, 자신을 활짝 열어젖힌 꽃과 나무가 주는 싱그러움만으로도 무한한 행복을 느끼게도 한다. 좀 더 현실적으로 말하자면, 난방과 냉방을 하지 않아도 충분히 쾌적한 환경을 마련해 주는 데 대한 경제적 고마움이랄까.

혼자 한 생각에 풋, 웃음을 지으며 고개를 들어 올리던 지안은 제 앞을 막아선 검은 그림자에 흠칫 놀라며 걸음을 멈췄다.

"……"

지안이 침묵을 지키고 선 태건을 올려다보았다. 그날 이후 시도 때도 없이 모습을 드러내고 있는 그는 원래도 적은 말을 더더욱 아끼려는 듯 입을 꾹 붙인 채였다. 가로등을 등지고 선 그의 얼굴에 짙은 음영이 드리워져 있었다. 하루 새 어쩐지 수척해진 듯한 그의 얼굴에 시선이 고정되는 것을 느끼며 재빨리 고개를 내린 지안이 요동치는 마음을 추스르며 몸을 돌렸다.

자박자박. 저벅저벅.

석상처럼 버티고 서 있던 태건이 지안의 뒤를 따라 조용히 걸음을 움직이기 시작했다.

시각이 늦어서. 위험하니까. 걱정이 돼서. 그래서 집까지 바래다주는 거라고. 이것이 그 나름의 사과 방식이라고.

바보. 그럴 리가 없잖아. 적어도 날 걱정하는 사람이라면 그날 그렇게 버려두고 갔을 리가 없어. 그래, 절대 그럴 리는. 이제 그만. 또 쓸데없는 착각으로 흔들리지 마.

머릿속으로 떠오르는 수십 가지의 생각들을 털어내려는 듯 가방끈을 꽉 움켜쥔 지안이 눈에 힘을 주며 조금 더 걸음을 빨리했다.

얼마 지나지 않아 주변의 다른 원룸 건물들과 별반 차이 없는 4층짜리 원룸 건물이 모습을 드러냈다. 건물 턱을 올라 입구의 유리문에 손을 댄 지안이 갑자기 움직임을 멈춘 채 고개를 숙였다. 등 뒤로 느껴지는 기척에 다부지게 입매를 굳힌 지안이 천천히 몸을 돌렸다.

"왜 이래요?"

미세하게 떨리는 손을 감추고자 주먹을 쥔 지안이 태건에게 물었다.

"나한테 왜."

하지만 그는 입술을 꾹 다문 채 물끄러미 그녀를 응시할 뿐이다.

어디를 가든 사람들의 시선이 따라붙었다. 그 시선이 의미하는 바를 모를 리 없었다. 같은 과 동기는 물론 이름과 얼굴 정도만 알고 지내던 이들도 호기심 어린 얼굴로 다가와 태건 선배와의 관계를 물을 정도였다. 그때마다 그녀는 고개를 저었다. 그리고 그때마다 잘 벼린 칼로 심장을 저미는 듯한 통증을 느꼈다. 아니라고 하면서도 그것을 다시 부정하고픈 바람이 끊임없이 충돌하며 소용돌이를 일으켰다.

고개를 저을 때마다 사람들이 보이는 반응 또한 그녀의 마음을 괴롭혔다. 그럴 리가 있냐 물으면 그녀 또한 그럴 리가 없다 답했다. 하지만 마음은 여전히 혼란스러웠다. 사람들의 말을 곧이곧대로 믿고 싶었다. 정말 내게 이성적 호감을 느끼고 있는 건 아닐까. 하지만 그럴 리가 없지 않은가. 아무리 지워내려 해도 모텔 주차장에서의 기억은 여전히 뿌리 깊은 상처로 남아 그녀를 괴롭히고 있었다.

"선배가 이러는 거……."

다음 말을 잇지 못한 지안이 꿀꺽 숨을 삼키며 흔들리는 눈동자를 내렸다. 언제 다가왔는지 머리 위로 드리워진 그림자가 그녀의 작은 어깨를 더욱 움츠러들게 만들었다. 그녀가 입술을 깨물며 바닥을 내려다봤다.

"……들어가."

무뚝뚝하기 짝이 없는 묵직한 저음이 들려오는 순간 머릿속을 떠도는 생각들을 부정하고픈 충동과 함께 뜨거운 눈물이 왈칵 솟았다.

걱정이 되지 않는 게 아니라고, 그날은 뭔가 피치 못할 사정이 있었을 거라고.

견고하게 쌓아 올렸던 벽은 어느새 무너지고 난 뒤였다. 바보 같단 생각을 하면서도 속절없이 빠져드는 마음을 부정할 수 없었다.

밉다는 생각을 하면서도 따라오는 걸음에 마음이 설레었다. 원망을 하면서도 한편으론 그가 그럴 수밖에 없었을 수백 가지의 사정을 떠올렸다.

차라리 이대로 몸을 돌려 가버렸으면, 바라기도 했었다. 저만치 멀어지는 그의 등을 바라보며, 어느 영화 속의 쿨한 여주인공처럼 남아 있던 감정을 탈탈 털어내며 미련 없이 몸을 돌리자고.

하지만 그의 커다란 그림자 아래 갇힌 채 작은 눈썹 하나 까딱일 의지조차 잃어버린 그녀의 가슴엔 이미 평생이 지나도 사라지지 않을 감정의 파편들이 한 치의 틈 없이 들어찬 뒤였다. 지금 뽑아내지 않는다면 감당할 수 없는 깊이의 상처와 고통이 평생 자신을 괴롭힐지도 모른단 생각이 들었다. 그럼에도 불구하고 지안은 제 가슴 안에서 점점 크기를 키워가는 심장의 울림을 거부할 수 없었다.

그가, 좋아.

아무리 부정해도 변하지 않는 진실이었다.

지그시 입술을 깨문 지안이 천천히 고개를 들어 그를 올려다봤다. 시선을 마주하는 순간, 무겁게 짓누르던 상념들이 바람을 타고 주변으로 흩어졌다. 복잡하게 부글거리던 마음이 차분하게 가라앉았다. 방금 전까지 아릿하게 가슴을 파고들던 통증도 더는 느껴지지 않았다.

사락.

어디선가 불어온 꽃향기가 황량한 사막과도 같던 밤공기를 조용히 물들였다.

＊　　＊　　＊

"생각만 해도 그렇게 좋아?"

시선을 내린 채 살풋 미소를 짓고 있던 지안은 머리 위에서 들리는 수연의 목소리에 화들짝 놀라며 고개를 들어 올렸다.

토요일 오후. 늦은 점심을 같이 먹기로 한 수연과의 약속 장소에 먼저 나와 있던 지안은 놀리듯 물은 수연의 말대로 마침 태건을 생각하던 중이었다. 스스로 생각해도 우스울 정도로 그와 함께하는 순간이 자연스러워진 것이다.

좋아한다거나 사귀자, 따위의 고백은 없었지만 어느 순간부터인지 두 사람은 연인이 되어 있었다. 그게 말이 되냐, 물어도 그냥 그렇게 되었다, 라고밖엔 답을 할 수가 없다.

3교시 강의가 끝나고 문을 열면 어김없이 저를 기다리고 있는 태건 선배가 있었다. 자박자박 걸음을 맞춰 간 학생식당에선 고심 끝에 고른 메뉴로 함께 점심을 먹곤 했다. 8교시 강의가 끝나면 으레 집으로 가 쪽잠이나마 잠을 보충하던 것과 달리 동아리방에서 그의 연주를 듣거나 도서관에 마주 앉은 채 책을 보거나 하며 시간을 보냈다.

오롯이 둘만 있는 것은 아니었지만 지안은 특히나 동아리방에서 보내는 시간을 좋아했다. 제게만 들려주는 것이 아님에도 둥, 하고 그가 현을 두드리면 그녀의 심장도 덩달아 울렸다. 합주 중에 섞여 들리는 베이스기타 특유의 저음을 듣고 있자면 나직하게 울리는 그의 목소리를 듣는 듯해 그녀는 쫑긋 귀를 세운 채 베이스기타 소리만 찾아 듣곤 했다.

보통의 연인들이 하는 흔한 데이트—영화를 보러 간다거나 근사한 레스토랑을 찾거나 하는—를 즐기진 않았지만 어차피 돈도 시간도 부족한 지안의 입장에선 학교 안에서의 만남도 충분히 새롭고, 설레고, 또 낭만적이었다.

처음엔 그저 부담스럽기만 하던 주변의 시선도 이제는 자연스럽게 받아들일 정도로 익숙해졌다. 함께하는 누군가가 있다는 것. 부모님이 세상을 떠난 뒤, 수연 외에 처음 느껴본 안온함이었다. 같은 강의실은 아니지만 같은 학교라는 울타리 안에서 함께하고 있단 사실이 견딜 수 없이 좋았다.

"못 본 새 아주 그냥 얼굴이 확 피었네."

털썩. 의자에 몸을 앉히며 뱉은 수연의 말에 지안이 눈썹을 모으며 입술을 움직였다.

"무슨."

"무슨은 무슨. 나, 연애해요, 얼굴에 쓰여 있구만."

저도 모르게 얼굴에 손을 올린 지안이 아차, 하는 표정으로 밉지 않게 눈을 흘겼다. 하지만 수연의 짓궂은 놀림이 마냥 싫기만 한 것은 아닌지 금세 웃음을 머금는 얼굴에 발그레 생기가 돈다. 모처럼 활짝 웃는 지안의 얼굴이 더욱 예쁘게 빛났다.

"속으로 막 욕하고 있는 거 아냐? 황금 같은 토요일에 불러냈다고?"

직원이 가져다준 물컵을 집어 시원하게 들이켠 수연이 손등으로 입가를 쓱 닦으며 물었다. 하루 10분이 아쉬울 지안일 테지만 이렇게라도 시간을 만들지 않으면 그녀의 근황조차 듣기 어려울 것이 분명하기 때문이다. 다행히 오랜만에 본 친구의 얼굴은 건강하고 밝아 보였다. 지안을 바라보는 수연의 마음도 덩달아 환해졌다.

"자꾸 그럴래?"

지안이 다시 눈을 흘기며 새초롬히 입술을 세우자 수연이 알았다는 듯 두 손을 들어 보였다.

"근데, 인사도 안 시켜주고. 내가 보면 얼굴이 닳기라도 하냐?"

서운한 듯 샐쭉 볼을 부풀린 수연이 앞에 놓인 메뉴판을 끌어당기며 지안을 바라봤다. 내내 미소를 짓고 있던 지안이 난감한 듯 입술을 벌리며 아, 하고 고개를 기울였다. 머금고 있던 웃음기는 어느샌가 지워지고 난 뒤다.

태건을 궁금해하는 수연의 마음을 모르는 바 아니지만 말 꺼내는 게 아직은 조금 조심스러웠다. 설마 거절을 하진 않을 테지만 어쩐지 부담을 안기는 것만 같아 입을 떼지 못한 지안은 내내 미루기만 하고 있는 중이었다.

사실 지안 역시 그의 친구들을 아직 한 명도 만나보지 못한 상태다. 서운하단 생각이 들면서도 한편으론 이해가 되었다. 입장을 바꿔 그가 당장 친구들을 소개시키겠다 한다면 저 역시 덜컥 걱정부터 들 테니.

"그렇게 잘생겼다며. 나 막 장동건급으로 상상 중인데?"

생각에 잠겨 있던 지안이 응? 하는 표정으로 고개를 들자 수연이 삐죽 눈썹을 추켜올렸다.

"설마, 콩깍지였냐?"

지안의 얼굴을 바라보던 수연이 미간을 좁히며 물었다.

"그래서, 실체가 탄로 날까 봐 소개 못 시켜주는 거?"

심각하게 묻는 수연의 얼굴에 픽, 웃음을 터뜨린 지안이 좌우로 고개를 저으며 입술을 움직였다.

"그런 건 아니야."

"객관적으로, 진짜 잘생겼어?"

"응."

뾰족이 눈썹을 세운 수연이 바짝 몸을 당겨 앉으며 지안을 향해 몸을 낮췄다.

"바람둥이, 그런 건 아니지?"

낮게 속삭이는데 주문을 받으려는지 직원이 다가오고 있었다.

"주문하시겠어요?"

그제야 황급히 메뉴판을 펼친 수연이 빠른 눈길로 메뉴들을 훑었다.

"넌 뭐 먹을 거야?"

메뉴판에 시선을 고정시킨 수연이 입술을 움직여 묻자 이미 정했던 듯 망설임 없는 답이 들려왔다.

"돈가스."

"그래? 그럼 나도."

메뉴판을 접은 수연이 직원에게 그것을 건네며 '돈가스 두 개요.' 말하자 네, 하고 가벼운 미소를 지은 직원이 금세 몸을 돌려 사라졌다.

직원이 멀어진 것을 확인한 수연이 다시 몸을 낮추며 지안에게 물었다.

"바람둥이 아니냐고."

그러곤 이내 몸을 세우며 절레절레 고개를 저었다.

"하긴. 순진한 네가 그걸……. 그러니까 내가 한 번 봐야 한다니까?"

막중한 임무라도 짊어진 양 심각하게 표정을 굳히는 수연의 모습에 지안이 가만히 웃어 보였다.

"그렇게 웃을 게 아니라."

"선배 바라보는 여잔 많은데, 선배가 바라보는 여잔 없어."

담담하게 답하는 지안의 말에 답답하다는 듯 수연이 가슴을 탁, 내려쳤다.

"네가 그걸 어떻게……."

뒷말을 끊은 수연이 뭔가 이상하다는 듯 고개를 기울이곤 지안을 바라봤다.

"잠깐. 그 선배가 바라보는 여자가, 없다고?"

수연이 눈을 깜빡이며 묻자 지안도 뒤늦게 아, 하고 입술을 벌렸다.

"바라보는 여자가 너야 되는 거 아냐?"

그러게. 왜…… 나를 바라보고 있단 느낌을 받지 못한 거지?

깊은 생각에 막 빠져들려던 지안은 날카롭게 변하기 시작한 수연의 시선을 느끼며 재빨리 입술을 움직였다.

"암튼, 다른 여잔 절대 안 본다고."

황급히 생각을 털어낸 지안이 애써 태연한 얼굴로 말하자 의심쩍은 듯 눈을 가늘게 좁힌 수연이 잠시 지안의 얼굴을 응시하곤 굳혔던 미간을 풀었다.

"잘, 해줘?"

수연의 물음에 느릿하게 눈을 깜빡인 지안이 한 박자 늦게 '응.' 하고 답했다.

"뭐야. 답이 왜 늦어."

"갑자기 그런 걸 물어보니까."

머쓱한 듯 시선을 내린 지안이 볼을 쓸어내리며 말했다.

"아무리 그렇대도 그런 걸 생각해서 답하는 사람이 어딨어."

자신도 왜 그걸 생각해서 답했는지 알 수 없었다. 그냥, 순간 머릿속으로 저를 내려다보는 태건의 무심한 얼굴이 지나갔을 뿐이다. 그럼에도 왜 자신을 바라보고 있단 느낌이 들지 않았던 걸까. 하지만 그런 속내를 내색했다간 어떻게든 태건의 인성에 대해 파헤치려는 수연의 의지에 불을 붙여주게 될 게 뻔하다.

"부끄러우니까."

표정을 감추느라 재빨리 고개를 내린 지안이 조그만 소리로 중얼거리자 얼레? 짧게 외친 수연이 음흉한 표정으로 웃음 지었다.

"오오. 부끄러울 정도로 대체 뭘 해주는데?"

자신의 의도와 전혀 다르게 해석을 한 수연 덕에 화들짝 놀란 지안이 눈을 키우며 입술을 움직였다.

"해주긴 뭐, 뭘?"

"어? 왜 말까지 더듬고 그래?"

"더듬긴. 그냥 말이 헛 나온 거지."

"그래?"

한쪽 눈썹을 삐죽 들어 올린 수연이 새어 나오려는 웃음을 참으며 지안을 바라봤다.

"다정한 타입이야, 터프한 타입이야?"

수연의 물음에 음, 하고 입을 뗀 지안이 자신의 말에 말없이 고개를 끄덕이던 태건의 얼굴을 떠올리며 잔잔한 미소를 머금었다.

"그냥 좀, 과묵한 타입?"

과묵? 하고 고개를 기울인 수연이 이어 물었다.

"설마 인터넷 소설 남주처럼 '훗', '쳇', '픽' 이것밖에 안 하는 건 아니지?"

수연의 표현이 우스운 듯 풋, 웃음을 터뜨린 지안이 손등으로 입가를 가리곤 눈썹을 세웠다.

"설마."

표현이 좀 부족하긴 하지만, 그래도 한없이 무게만 잡는 인터넷 소설 속 남주인공과 그를 비교하고 싶진 않았다. 무심한 듯, 그러나 차분하게 가라앉은 눈동자를 마주하고 선 느낌은 단지 활자로 설명할 수 없는 울림이 있었다. 그가 바라보는 사람은 어쨌든 내가 분명할 테니까. 제게로 향한 시선이 어쩐지 제 몫의 것이 아닐지 모른단 불안을 털어내며 지안이 밝게 웃었다.

"그럼 다행이고."

수프가 놓인 트레이를 들고 다가오는 직원에게 힐긋 시선을 둔 수연이 몸을 세우며 머리를 매만졌다.

"수프 나왔습니다."

직원이 놓고 간 수프에 톡톡 후춧가루를 뿌린 수연이 지안의 수프에도 후추를 뿌려주곤 스푼을 집어 들었다.

"이번 생일은 그전에 미리 봐야겠네?"

불쑥 물어온 질문에 막 수프를 삼키던 지안이 수연을 바라봤다.

"생일은 그 선배랑 보낼 거 아냐. 에잇! 이래서 남친 생기면 친구는 뒷전이란 말이 나온 거야."

그리고 보니 약 3주 뒤 그녀의 생일이 다가오고 있었다. 기말고사도 끝난 방학 중. 새로 낮 시간 아르바이트를 구해야 하는 그녀로선 생일이라고 해서 특별히 다른 일상이 펼쳐질 거란 기대 따윈 할 수 없었다.

"생일이 뭐 별건가."

대수롭지 않다는 듯 수프 볼(Soup Bowl)에 푹, 스푼을 찔러 넣은 지안이 애써 아무렇지 않다는 듯 말하자 외려 수연이 눈을 키우며 그녀를 바라봤다.

"당연히 별거지!"

쥐고 있던 스푼을 내려놓은 수연이 지안의 얼굴을 똑바로 바라보며 말을 이었다.

"평생에 한 번밖에 없는 스무 살 생일인데."

"……"

열아홉 생일과 스무 살 생일이 다를 게 뭐 있겠느냔 생각을 하면서도 한편으론 등 뒤에 감추고 있던 장미 다발을 건네는 그의 모습을 상상하고 있었다.

이번엔 학교 밖으로 좀 벗어나 볼까?

점심때면 늘 학생식당에서 밥을 먹고, 강의가 끝난 후엔 도서관 아니면 동아리방, 그리고 집까지는 걸어서. 그러다 보니 한 번도 학교 밖으로 크게 벗어나 본 적이 없었다. 그가 몰고 다니는 차를 타본 것은 딱 한 번. 양평 근처의 모텔에 저를 내려놓고 갔을 때뿐이었다.

그날 하루만 빼달라고 점장님께 부탁을 드려볼까, 갈등이 일었다. 특별한 사정이 있지 않은 한 생일 하루 정돈 너그러이 배려를 해줄 것 같았다.

하지만.

묻지도 않는 생일을 제 입으로 밝히는 것처럼 민망스러운 일도 없었다. 그렇다고 그냥 넘기면…….

고민을 드러내지 않으려 억지로 눈에 힘을 준 지안이 맥없이 웃으며 스푼을 움직였다.

잠깐만, 이라며 진동이 울리는 휴대전화를 들고 사라졌던 태건이 잠시 후 한층 밝아진 얼굴로 모습을 드러냈다.

6월 중순임에도 벌써 한여름의 열기로 뒤덮인 바깥과 달리 쾌적한 온도가 유지된 도서관은 기말고사를 준비하는 학생들로 가득 차 있었다. 7시면 아르바이트를 가야 했지만 취업을 위한 학점 관리도 무시할 순 없었다. 잠시 자리를 비운 이들의 자리라도 얼어보고자 도서관을 찾았던 지안은 어떻게 확보한 것인지 그녀 몫으로 가리키는 빈자리를 보며 휘둥그레 눈을 키웠다.

나 때문에 새벽부터 자리를 잡은 건가?

부지런함과는 거리가 멀어 보이는 그가 이른 새벽부터 나와 제 가방을 빈 의자에 올려두고 자리가 있느냐 물어오는 사람들에게 일일이 '있습니다.' 대꾸했을 모습을 떠올리자 가슴 한구석에서 뭉클, 뜨거운 기운이 올라왔다. 고맙다는 말을 차마 건네지 못한 저와 마찬가지로 그도 마음을 다 표현하지 못한 것일 뿐이었구나.

탁.

눈가가 뜨뜻해지는 기분에 꿀꺽 숨을 삼키던 지안은 눈앞에 놓인 캔커피에 시선을 들어 올렸다. 냉기가 서려 송골송골 물방울이 맺혀 있는 캔커피를 올려둔 태건의 커다란 손이 천천히 멀어지고 있었다.

입가에 드리웠던 미소를 지우며 금세 무심한 얼굴로 돌아간 그가 조용히 의자에 앉으며 책을 펼쳤다. 다부지게 다문 입술과 곧게 뻗은 콧날 위로 짙게 드리워진 눈매가 빼곡하게 들어찬 활자들을 진중하게 훑어 내리고 있었다.

'고마워요.'

들리지는 않을 테지만 조그맣게 입술을 움직인 지안이 캔커피를 움켜쥐었다.

겨울이었다면 따스했을 그것은 에어컨의 냉기와 함께 오싹 한기를 안겨줬다. 하지만 쥐고 있는 그것을 놓고 싶지 않았다. 도서관 밖을 나선다면 금세 아쉬워질 냉기일 테지만 손안에서 점점 제 체온을 닮아가는 캔커피가 어쩐지 그를 보는 듯한 기분에 지안은 쥐고 있던 손에 더욱 힘을 주었다.

✽　✽　✽

전공 필수 과목인 경영정보시스템 책을 들여다보던 태건은 옆에서 느껴지는 시선에 낮게 인상을 썼다.

"걘 어차피 나한테 관심도 없어."
"걔 속을 네가 다 알아? 흔들리고 있는 거라면. 네 그 가식에 자칫 마음이라도 열면?"

아닌 척했어도 역시 다를 바 없었던가. 신경 쓰지 않아도 될 거라 생각해 고른 상대였는데 아무래도…….
여기까지 생각하던 태건은 이내 고개를 저으며 굳혔던 얼굴을 풀었다. 사실 특별히 귀찮은 것도, 신경 쓸 일도 만들지 않았다. 바라는 것도, 매달리는 것도 없어 좋았다. 있는 듯 없는 듯 조용하면서도 묵묵히 제 역할은 해주고 있으니 이 정도쯤은 얼마든. 하지만.
시선을 들어 올린 그가 힐긋 휴대전화를 바라봤다.
제게 뱉었던 말이 빈말이 아니었던지 그날 이후 찬성은 어떤 연락도 해오지 않았다. 전화를 하지 않는 것은 물론, 멀리서라도 언뜻 시선이 마주치기라도 하면 먼저 고개를 돌려 버리는 통에 말로 설명 못 할 감정에 시달리곤 했다. 덕분에 이 아이와 붙어 지내는 시간이 많아졌지만, 뭐, 보름 뒤면 제대하는 준형이 있으니 크게 신경 쓰지 않기로 했다. 하지만 털어낸 마음 끝에 자꾸만 묻어나는 허전함은…… 대체 무슨 이유 때문인지 모르겠다.

그나저나 저 캔커피는 왜 저렇게 바라보고 있는 걸까.

혜서와의 통화를 마치고 돌아오던 길, 차마 버릴 수 없어 들고 왔던 저것은 2학년 후배 하나가 건네주고 간 인스턴트 캔커피였다.

쟤도 인스턴트 캔커피는 안 마시나?

이내 관심이 사라진 듯 어깨를 으쓱인 태건이 다시 펼쳐 두었던 책으로 시선을 내렸다. 1학년 후배에게 건넨 자릿값이 아깝지 않을 만큼의 학점은 내야겠기에.

❊　　❊　　❊

"7월 12일?"

편의점 아르바이트를 마치고 어김없이 그와 함께 집으로 향하던 길. 머뭇머뭇 입술을 뗀 지안은 그날이 자신의 생일임을 밝히고 질끈 눈을 감았다. 민망함이 들이치면서도 그가 해줄 말이 몹시도 궁금했다. 슬쩍 실눈을 뜬 지안이 쭈뼛쭈뼛 그를 올려다봤다.

"아르바이트는?"

"점장님이 빼주신대요."

"아."

태건이 가볍게 고개를 끄덕이곤 묵묵히 걸음을 옮겼다.

"가고 싶은 데 있어?"

주머니에 손을 꽂은 채 걸음을 옮기던 그가 무심한 어투로 물었다. 생일이라는데 나가서 밥 한 끼 같이 안 먹는 것도 이상하게 보일 테지. 하필 생일이야. 귀찮게 됐단 생각을 하며 그가 표 나지 않게 미간을 구겼다.

가고 싶은 곳. 떠올리는 것만으로도 가슴이 두근거렸다. 학교가 아닌 다른 공간에서의 데이트. 낯설면서도 설레는 단어에 가슴의 열기가 급격히 얼굴로 몰리는 듯 발그레 달아오른 볼을 손으로 쓸어내린 지안이 작은 목소리로 중얼거리듯 말했다.

"영화, 보고 싶어요."

로맨틱 코미디든 공포 영화든 장르는 상관없었다. 커플석이 아니더라도 나란히 어깨를 맞대고 앉아 스크린을 향해 반짝 눈을 밝히기도, 좀 유치하긴 하지만 팝콘을 집으며 닿은 서로의 손끝에 찌릿 몸을 움츠리기도.

"영화?"

태건이 삐죽 눈썹을 추켜올렸다.

"네."

입술을 움찔거리던 태건이 마지못한 얼굴로 '알았어.' 답했다.

"근데, 저 이렇게 데려다 주시면…… 선배 피곤해서 어떡해요?"

자신이야 학교고 편의점이고 걸어서 채 5분이 안 걸리는 거리라지만 새벽 1시에 끝나는 저를 바래다주고 집으로 가야 하는 그는 졸지에 줄어든 밤잠 덕에 몹시도 피곤할 터다.

"괜찮아."

사랑에 빠진 놈이라면 이 정돈 당연히 해야 할 테니.

"고마워요."

고개를 내린 채 조용히 그의 걸음을 따르던 지안이 속으로만 삼키던 혼잣말 대신 낮은 음성을 뱉어냈다.

"가족이나 다름없는 친구가 있는데, 그 친구 말고…… 처음이에요. 이렇게 날 챙겨주는 사람."

태건의 시선은 정면을 응시한 채였다. 짙은 눈썹 아래, 조각을 해놓은 듯 박힌 눈동자가 까만 어둠과는 다른 짙은 빛을 띤다. 깊은 바다를 닮은 눈빛에 그가 처음 편의점 문을 열고 들어서던 날을 떠올렸다. 그날부터였을 테지. 첫눈에, 그를 마음에 담은 것은.

머뭇머뭇 용기를 낸 지안이 입술을 움직였다.

"선배한테도 그 친구 소개시켜 주고 싶어요."

막 도착한 원룸 건물 앞. 걸음을 멈춘 태건이 그녀를 내려다보며 말했다.

"나중에."

그래, 라고 흔쾌히 고개를 끄덕인 것은 아니었지만 그가 건넨 약속은 또 다른 설렘을 안긴다. 지안이 가만히 고개를 주억거렸다.

"네."

나중에, 꼭이요.

"이거……."

점심시간. 평소와 다름없이 학생식당으로 움직이던 태건의 옷깃을 잡아끈 지안이 향한 곳은 시원하게 그늘을 드리운 교정 등나무 벤치였다.

졸음이 떨어지지 않는 눈을 비벼가며 아침 7시부터 부산을 떨었던 지안은 이틀 전부터 보고 또 보다 못 해 종이 끝이 너덜거리는 레시피대로 만들어낸 샌드위치가 담긴 밀폐용기의 뚜껑을 열며 볼을 붉혔다. 정성을 기울인다고 기울였는데 막상 뚜껑을 열고 보니 내놓기 민망할 정도로 허접스러워 보였다.

"맛이 어떨지 모르겠어요."

제발 맛이라도 있길 바라며 지안이 입술을 깨물었다.

좀 더 근사한 도시락을 만들어주고 싶었지만 학업과 아르바이트를 병행해야 하는 스무 살짜리가 만들 수 있는 메뉴는 한정적이었다. 빵보다는 밥이 낫지 않을까, 김밥을 떠올리긴 했지만 밥의 간을 맞추는 것부터 돌돌 말아 예쁘게 써는 것까지. 아무리 생각을 해도 첫 번에 성공을 하기엔 무리가 있는 도전이었다.

"토마토주스랑 같이 드세요."

작은 보온병에서 따른 토마토주스를 먼저 태건 앞에 놓은 지안이 남은 주스를 탈탈 털어 제 앞에 놓았다.

지잉, 지잉.

제 전화기인가 싶어 가방을 뒤적이던 지안은 자리에서 벌떡 몸을 일으키는 태건의 손에 들린 휴대전화를 보며 머쓱한 듯 손등으로 입술을 문질렀다. 전화기를 쥔 채 성큼성큼 멀어지는 태건의 등을 물끄러미 바라보던 지안은 열었던 뚜껑을 다시 덮으며 그가 오길 기다렸다.

고개를 젖혀 시선을 올리자 얼기설기 얽힌 줄기와 가지 사이로 짙푸르게 뻗어 나온 잎사귀들이 보였다. 나무마다 주렁주렁 맺혔던 연보라색 꽃은 이제 볼 수 없지만 올려다본 나뭇잎 사이로 새어 나온 투명한 햇살이 바람결에 일렁일렁 춤을 추고 있었다.

부신 눈을 가늘게 접던 지안이 잠시만 감고 있자 싶은 마음에 스륵 눈꺼풀을 내렸다. 나른한 햇살에 스멀스멀 졸음이 쏟아졌다.

자면 안 되는데. 잠깐 1분만. 잠깐 눈만 감고 있는 거야.

순간 휙, 하고 고개가 꺾이는 느낌에 화들짝 눈을 뜬 지안은 재빨리 주변을 돌아보며 얼굴을 매만졌다. 통화를 꽤 멀리에서 하는지 태건의 모습은 보이지 않았다. 추한 꼴을 태건에게 들키지 않았단 안도감에 가슴을 쓸어내린 지안은 무안함을 달래려 휴대전화를 꺼내 들었다.

"……!"

1분 정도 눈을 감았다 뜬 것 같은데 벌써 30분이 넘게 지나 있었다. 설마 잘못 본 건가, 눈을 깜빡이며 다시 액정을 확인했지만 눈에 들어오는 숫자는 12:42라 쓰여 있었다. 어떻게 된 거지? 주변을 두리번거리던 지안이 급히 통화 버튼을 눌렀다.

[여보세요.]

어쩐지 잔뜩 가라앉은 그의 목소리에 전화기를 고쳐 쥔 지안이 입술을 움직였다.

"선배."

[지금 통화 못 해.]

띠릭.

제대로 말도 붙여보지 못한 채 끊어진 전화에 망연히 전화기를 바라보던 지안은 다음 강의 시간이 얼마 남지 않았음을 깨닫고 허둥지둥 짐을 챙겼다.

"지안이 무슨 걱정 있니?"

점장의 물음에 생각에 잠겨 있던 지안이 퍼뜩 고개를 들어 올리며 네? 하고 되물었다.

"무슨 일 있냐고."

한동안 물 오른 나무처럼 생기가 돌던 모습에 제 마음까지 흐뭇해짐을 느끼던 점장은 부쩍 어두워진 지안의 얼굴에 덩달아 걱정이 되었다. 12일이 생일이라며 하루만 아르바이트를 빼주실 수 있느냐 물어올 땐 얼굴에 꽃이 피는 듯했는데 며칠 새 꽃잎이 다 말라비틀어진 형색이다.

"내일 생일인 사람 얼굴이 왜 그렇게 다 죽어가. 아, 이제 12시 넘었으니 오늘인가?"

애써 지어 보이는 미소가 안쓰럽다. 무슨 일이 있는 게 분명한데도 도통 말을 않으니 지켜보는 마음이 답답하기만 하다.

"그러고 보니 매일 데리러 오던 남자친구도 요즘 통 안 보이네."

둘이 싸우기라도 한 건가. 속으로 중얼거린 점장이 몸을 돌려 창고 쪽으로 다리를 움직였다.

앞치마 주머니에 넣고 있던 전화기를 꺼내 든 지안이 작은 손에 그것을 움켜쥐곤 조심스레 만지작거렸다. 일주일 넘게 연락이 되지 않는 태건의 전화를 기다리던 지안은 작은 진동에도 바짝 신경을 곤두세운 채 온몸의 피를 말려가고 있는 중이다.

'대체 어떻게 된 거예요.'

전화를 받기 위해 사라지던 모습을 마지막으로 다시 그를 볼 수 없었다. 전화 통화라도 되었다면 마음이라도 놓으련만 그날부터 내내 꺼져 있는 전화기는 그녀를 지독한 공포로 물들이며 아득한 벼랑 끝으로 몰아세웠다.

아무것도 손에 잡히지 않았다. 잠을 자는 것도, 먹는 것도, 그저 길들여진 무의식적인 습관처럼 움직이고 행동할 뿐이었다. 엄마, 아빠를 한꺼번에 잃었던 그날처럼 제 곁에 있던 누군가가 갑자기 사라지는 끔찍한 고통을 다시 경험하고 싶지 않았다. 아침에 눈을 뜸과 동시에 밀려드는 지독한 공허감은 혈관의 피를 죄다 빨아들이듯 그녀를 사정없이 뒤흔들었다.

"어? 지안이 남자친구 아냐?"

힘없이 어깨를 늘어뜨리고 있던 지안은 창고에서 나오며 던진 점장의 말에 화들짝 고개를 들어 올렸다.

"선…… 배?"

환영이라도 본 듯 유리문 너머 보이는 태건의 모습에 멍하니 눈을 깜빡이던 지안이 장막처럼 드리워져 있던 정적을 툭, 깨부수며 벌떡 몸을 일으켰다.

"선배!"

타다닥 문을 향해 달려간 지안이 벌컥 문을 열어젖히며 태건을 불렀다. 느릿하게 몸을 돌리는 그의 얼굴에 거뭇하게 돋아난 수염이 못 본 새 수척해진 모습 위로 덧그려지며 그녀의 가슴을 철렁 내려앉게 만들었다.

"대체……."

말을 잇지 못한 채 그의 얼굴을 올려다보는 지안의 눈가에 그렁 그렁 눈물이 차오른다.

"어디, 아팠던 거예요?"

하지만 그는 대답하지 않았다. 그것이 오히려 그녀의 불안을 증폭시켰다. 그의 침묵을 지켜보는 일 분 일 초가 천 년과도 같은 긴 기다림으로 덧씌워지며 그녀의 심장을 서서히 옥죄었다.

"그동안, 고마웠다."

기다림 끝에 흘러나온 말을 선뜻 이해하지 못한 지안이 망연한 얼굴로 물끄러미 그를 올려다봤다. 이런 말, 헤어질 때나 하는 거잖아.

"왜 그런 말을 해요?"

두려움에 파랗게 질린 지안이 떨어지지 않는 입술을 움직여 물었다. 눈매를 가늘게 좁힌 채 깊은 생각에 잠겨 있던 그가 나직한 음성을 뱉었다.

"아침 비행기로 떠나."

순간 머릿속이 하얗게 변했다.

"어, 어딜요?"

그가 다시 침묵했다. 아무 말도 하지 못한 채 입술만 달싹이던 지안은 문득 뇌리를 스치는 생각에 고개를 꺾어 그를 올려다봤다.

"혹시 어디 안 좋은 거예요?"

"……."

그의 침묵을 긍정으로 받아들인 지안이 흡, 하고 숨을 삼키곤 마른 입술을 적셨다. 부쩍 핼쑥해진 얼굴이 그녀의 심장을 북, 긁고 지나간다.

"선배."

"네 스무 살의 사랑이 나 때문에 슬퍼지는 거, 정말 싫다. 그러니까…… 잊어. 처음부터 존재하지 않았던 것처럼."

쿵, 하고 기어이 심장이 떨어졌다. 마치 생을 정리할 때나 할 법한 그의 말에 다급히 그의 옷자락을 움켜쥔 지안이 가늘게 떨리는 입술을 움직였다.

"수술 같은 거, 받으러 가는 거예요?"

하얗게 된 머릿속을 간신히 정리하며 파들거리는 손을 꾹 그러쥔 지안이 자꾸만 말라가는 입술을 적시며 꿀꺽 숨을 삼켰다.

"어디가 어, 어떻게 안 좋은데요."

"잊어."

귓가로 들려오는 건조한 음성에 지안이 급하게 도리질을 했다.

"제발 그런 소리 마요."

"……미련 따윈 갖지 않는 게 좋아."

물끄러미 그녀를 내려다보며 뱉은 말에 지안이 다시 고개를 저었다.

"그런 말 하지 마요. 싫어. 떠나지 마요. 제발 나한테서…… 흑, 사라지지 마요."

두 손으로 그의 옷깃을 단단히 부여잡은 지안이 뚝뚝 눈물을 쏟아내며 애원했다.

"선배 돌아올 때까지 기다릴 거야. 그러니까 꼭 수술 성공해서 돌아온다고 약속해요."

옷깃을 부여잡은 지안의 작은 손 위로 그의 커다란 손이 겹쳐졌다. 처음 맞닿아본 그의 손은 눈물이 나올 정도로 따스했다. 하지만 그것도 잠시, 그녀의 손을 잡는가 싶던 그의 손이 천천히 그녀의 손을 떼어냈다. 시선을 내려 온기가 사라진 제 손을 바라보던 지안이 물기가 맺혀 있는 긴 속눈썹을 들어 올렸다.

"그게 편하다면, 네가 믿고 싶은 대로 해."

입술을 움직여 무언가 말을 해야 하는데 소리가 되어 나오는 것은 아무것도 없었다. 걸음을 뒤로 물린 그가 천천히 몸을 돌리는데도, 다리를 움직여 멀어지고 있는데도 잡을 수가 없었다.

스르륵. 그녀의 몸이 바닥으로 무너져 내렸다. 그가 사라지고 없는 어둠 속을 밀랍인형처럼 앉아 바라보던 지안이 갑자기 끅, 하고 소리를 내었다.

"으흑. 끅. 흐윽……."

끅끅 가슴을 들썩이던 지안이 결국 어엉, 울음을 터뜨렸다. 애써 봉인해 두었던 감정들이 한꺼번에 폭발하며 핏빛 파편들을 튕겨내었다. 울음소리에 놀라 뛰어나온 점장이 그녀의 어깨를 흔들며 이름을 불러댔지만, 울음을 토해내는 지안의 귀엔 아무 소리도 들리지 않았다.

"기다려요. 나, 기다릴 거예요. 흑. 그러니까…… 그러니까 꼭 돌아와요."

하얗게 질린 얼굴로 주문(呪文)처럼 연신 '기다릴게요.'만 중얼 대던 지안의, 마냥 행복할 줄만 알았던 스무 살의 생일이 그렇게 짙은 어둠 속에 각인되었다.

10. 리버스(Reverse)

"기억, 안 나?"

지독하게도 낮게 가라앉은, 찬성과는 어울리지 않는 음성이었다. 그런 진지한 목소리로 왜 이런 장난을 하는 건지, 도저히 이해할 수 없단 얼굴로 그가 찬성을 바라보았다. 제게 향해진 전에 없이 진지한 눈동자. 순간 살갗을 에는 한기가 그의 등줄기를 타고 흘러내렸다. 그럴 리 없단 생각을 하면서도.

"그게, 지안이었다고?"

입술이 움직여 버렸다.

"응."

짧게 들려온 단답형의 답에 현기증이 이는 듯 그가 질끈 눈을 감았다. 있을 수 없는 일이라 생각하면서도 크게 입을 벌리며 달려드는 불안에 마냥 고개만 젓고 있을 수 없었다. 어디선가 튀어

나온 커다란 손이 제 목을 단단히 쥐고 조르는 것만 같았다. 시뻘겋게 달궈진 쇠꼬챙이가 심장을 향해 맹렬히 달려들었다. 욱신, 하고 느껴지는 가슴의 통증에 그가 하, 하고 숨을 몰아쉬었다. 천장이 빙빙 돌고 땅이 뒤흔들렸다. 갑자기 제가 알고 있던 세상이 아닌 듯 모든 것이 낯설게만 느껴졌다.

"태건아."

찬성이 몸을 일으켜 다가오는 게 느껴졌다. 가슴을 부여잡은 태건이 깊게 숨을 들이쉬며 고개를 숙였다. 흔들리던 바닥이 점차 안정을 찾아감과 동시에 기억 속에 묻어두었던 얼굴 하나가 혼탁한 시야 너머로 떠올랐다.

"야, 아니고 지안인데요, 서지안. 그리고 먼저 사과부터 하셔야 되는 거 아닌가요?"

"군대 다녀오셨어요?"

"근데, 저 이렇게 데려다 주시면…… 선배 피곤해서 어떡해요?"

"고마워요. 가족이나 다름없는 친구가 있는데, 그 친구 말고…… 처음이에요. 이렇게 날 챙겨주는 사람."

"맛이 어떨지 모르겠어요. 토마토주스랑 같이 드세요."

"싫어. 떠나지 마요. 제발 나한테서…… 흑, 사라지지 마요."

"선배 돌아올 때까지 기다릴 거야. 그러니까 꼭 수술 성공해서 돌아온다고 약속해요."

단 한 번도 불러준 적이 없었던 이름.

"지안, 아."

골이 패이도록 미간을 좁힌 그가 가슴 부근의 옷깃을 움켜쥐며 억눌린 음성을 뱉어냈다. 붉게 달아오른 이마 위로 굵게 선 핏줄이 위태로워 보인다.

"잊어. 미련 따윈 갖지 않는 게 좋아."
"그게 편하다면, 네가 믿고 싶은 대로 해."

"나는, 나는……."
발밑에 몸을 낮춘 채 기회만 노리고 있던 불안이 기어이 시커먼 입을 벌려 한입에 그를 삼켜 버렸다. 오랜 시간 속에 잠식된 기억들이 한 줄 빛에 의지한 영사기의 필름처럼 천천히 지나갔다. 동아리방 문 앞, 바닥에 넘어져 있는 지안의 얼굴이 보였다. 아니, 바닥에 떨어진 그녀의 휴대전화가 보인다. 지안의 손 대신, 저는 전화기를 집어 들고 있었다. 절룩거리며 걷는 그녀의 뒷모습을 망연히 바라보던 그의 얼굴이 고통으로 일그러졌다. 부웅, 요란한 소리와 함께 모텔 주차장을 빠져나가는 차량 뒤로 홀로 남겨진 지안의 모습이 보인다. 움직일 줄 모른 채 서 있던 지안이 위태로운 걸음으로 발을 떼기 시작한다.

기억이 없는 게 아니었다. 이렇듯 또렷하게 기억을 하게 될까 두려웠던 무의식이 설명할 수 없이 빠른 찰나의 속도로 제 기억을 덮어버리고 만 것이다. 그리고 그는 조작된 기억을 신뢰했다. 그건 절대, 지안일 리가 없다고.

부들부들 떨리는 손등 위로 툭, 습기 어린 방울이 떨어져 내린다.

"야! 태건아!"

"으흑."

"인마, 숨 쉬어! 야!"

✱   ✱   ✱

눈앞이 하얗다. 온통 하야면서도 새까맸다. 이럴 수도 있나, 생각하며 지안이 픽 웃음을 지었다. 움직이지 않는 다리로 간신히 엘리베이터 앞까지 걸어간 지안은 하강 버튼을 누르지도 못한 채 그대로 굳어 있었다.

그랬구나. 그런 거였구나. 그랬던 거구나.

고개는 연신 끄덕이는데도 머릿속으로 이해되는 건 아무것도 없었다. 그랬다고 하니까 그냥 그런가 보다, 하는 중이다. 그렇게라도 하지 않으면 그냥 이대로 바스스 가루가 되어 사라질 것 같으니까. 그랬었구나. 태건 선배한테 난 그런 존재였구나. 등신이었구나, 나는. 그런 줄도 모르고……. 정말 등신이었어.

눈물이 흐르는 줄도 몰랐다. 고개를 내려보니 바닥에 얼룩이 져 있었다. 이건 뭐지, 생각하는데 뭔가가 다시 후두둑, 바닥으로 떨어졌다.

"서지안 씨?"

바닥으로 내렸던 고개를 들어 올리니 언제 열렸는지 내부를 드러낸 엘리베이터에서 내린 준형이 마트 비닐 봉투를 손에 든 채 그녀를 바라보고 있었다.

"아."

까만지 하얀지 알 수 없는 머릿속은 그녀가 행해야 할 행동에 대한 아무런 지침도 내리지 못한 채 하염없이 흘러내리는 눈물마저 전혀 통제하지 못하고 있었다.

"그러니까 저는."

입에서 나오는 말을 되는 대로 중얼거린 지안이 막 문이 닫히는 엘리베이터로 손을 뻗었다. 그보다 먼저 손을 뻗어 엘리베이터 문을 고정시킨 준형이 지안의 얼굴을 살피며 물었다.

"괜찮으십니까?"

아뇨, 안 괜찮아요. 괜찮을 리가 있나요?

입술을 달싹여 보지만 바위에 짓눌리기라도 한 듯 목이 콱 메었다.

아, 제사. 제사에 가야 해.

명령이 입력된 로봇처럼 눈을 깜빡인 지안이 물끄러미 그의 얼굴을 올려다보다 몸을 틀었다. 그런데 몸이 말을 듣지 않는다. 힘이 들어가지 않은 다리가 휘청 중심을 잃고 흔들렸다. 한 손으로 재빨리 지안의 팔을 잡은 준형이 손에 들고 있던 봉투를 바닥에 내려놓으며 그녀를 단단히 부축했다.

"가야…… 해요. 저는 지금, 제사에."

한눈에 봐도 정상이 아닌 상태의 지안이 횡설수설 입술을 움직이고 있었다. 그 모습에 낮게 숨을 뱉어낸 준형이 그녀를 부축해 엘리베이터에 올랐다.

"갑시다."

그가 닫힘 버튼을 누르곤 그녀를 내려다봤다. 하얗게 질린 볼을 타고 연신 눈물이 흐르고 있었다. 그녀를 부축하고 있는 손끝에 느껴지는 떨림은 단순히 한두 가지로 정의될 수 없는 복잡한 감정들이 뒤섞인 채 그녀의 전신을 지배하고 있는 듯했다. 무엇이 그녀를 이렇게 한 번에 무너뜨린 걸까. 유약해 보이는 겉모습과 달리 제법 강단 있게 제 생각을 옮겨대던 그녀의 모습을 떠올리던 준형이 도착을 알림과 동시에 열린 엘리베이터 문밖으로 그녀와 함께 걸음을 옮겼다.

"택시 타고 가면 돼요."

어느새 눈물이 마른 뺨을 손등으로 가린 지안이 제법 차분해진 목소리로 말했다. 주차장 화단 턱에 앉아 한참을 그렇게 울던 지안은 언제 그랬냐는 듯 담담한 모습으로 그를 바라보고 있었다.

"여기서 멀지 않은 곳이에요. 신경 써주셔서 감사합니다."

지안이 공손히 고개를 숙였다. 그녀를 위해 열어둔 조수석 문에 팔을 얹은 준형이 시선을 고정시킨 채 입술을 움직였다.

"가까운 거리니까 모셔다 드린다는 겁니다."

"택시 타면……."

"그러니까 그 택시 타면 금방 간다는 그 거리도 안 데려다 줬단 자책 따위 하고 싶지 않단 소립니다."

시선을 내린 채 조용히 서 있던 지안이 천천히 걸음을 옮겨 조수석 안에 몸을 앉혔다. 그녀가 안전벨트를 매는 것을 확인하며 문을 닫은 준형이 빠른 걸음으로 차를 돌아 운전석에 올랐다.

뭉뚱그려 동 이름만 말하는 그녀를 채근해 부득불 내비게이션에 주소를 찍은 준형이 천천히 차를 출발시켰다. 도로에 진입한 차가 점차 속도를 높이는 동안 차창 밖으로 시선을 고정시킨 지안

은 부자연스러울 정도로 평온한 얼굴을 하고 있었다. 힐긋 그녀의
얼굴을 돌아본 준형은 그런 그녀의 모습이 외려 상처 입은 어린
짐승의 몸부림처럼 느껴져 차라리 아까처럼 크게 소리 내어 울어
버리는 게 나을 것 같단 생각이 들었다.

Rrrrr. Rrrrr.

갑자기 적막을 가르며 들려온 벨소리에 퍼뜩 고개를 돌린 준형
이 이어셋을 집어 귀에 꽂았다.

"응."

[대체 어디야?]

"금방 가니까 일단 끊자."

[야!]

다급하게 뒷말이 이어지는 것 같았지만 아랑곳하지 않고 서둘
러 전화를 끊은 준형이 빠르게 이어셋을 빼냈다.

'저 때문에.'로 시작되는 사과가 들려올 줄 알았지만 힐긋 돌아
본 지안은 무표정한 얼굴로 창밖을 응시하고 있을 뿐이었다. 이런
그녀의 반응이 다행인 건지 아닌 건지. 슬쩍 고개를 저은 준형이
핸들을 움켜쥐었다.

"태워다 주셔서 감사합니다."

벨트를 풀어내는 지안의 어깨 너머로 제법 담이 높은 2층 저택
이 보였다. 가볍게 고개를 끄덕인 준형이 탁, 하고 조수석 문을 닫
는 지안의 행동을 놓치지 않고 주시했다. 걸음을 뒤로 물린 지안
은 그가 출발하기를 기다리듯 허리를 바로 세운 채 차 옆에 서 있
었다. 어쩔 수 없이 기어를 움직인 준형이 그녀를 향해 목례를 해

보이곤 천천히 핸들을 꺾었다.

그의 차가 사라지는 것을 물끄러미 바라보던 지안이 몸을 돌려 대문 앞으로 걸어갔다. 간신히 지탱하고 선 다리가 후들거렸지만 질끈 입술을 깨물며 눈에 힘을 준 지안이 무거운 손을 들어 올렸다.

딩동.

벨소리와 함께 '누구세요.' 하는 낯선 음성이 들려왔다.

"지안이에요."

바로 열릴 생각을 않는 커다란 대문을 바라보던 지안이 다시 손을 들어 벨을 눌렀다. 그제야 굳게 닫힌 성곽처럼 단단히 아귀를 다물고 있던 대문이 띠릭, 하는 소리를 토해내며 그녀가 들어설 틈을 내어주었다.

탁. 탁. 탁.

사이사이 잔디가 깔린 돌계단을 오르는 지안의 걸음이 빠르게 움직였다. 시야에 들어오는 잘 가꾸어진 조경 따위 눈에 담지 않겠다는 듯 꼿꼿이 정면을 향한 눈동자는 오로지 제 부모님을 만나겠단 의지만을 불태운 채 복잡하게 달려드는 감정들을 애써 털어내고 있었다.

현관 안으로 들어서자 느껴지는 어수선한 분위기에 멈칫 걸음을 멈춘 지안이 부산스럽게 소리가 나고 있는 주방 쪽으로 고개를 돌렸다. 오랜만이다, 어서 와라 따위의 인사를 기대한 것은 아니지만 최소한의 형식적 인사도 생략된 썰렁한 외면에 그녀의 미간이 미세하게 구겨졌다.

신발을 벗은 지안이 탁탁 걸음을 옮겨 주방으로 향했다. 후다닥 뭔가를 치우던 손길들이 일시에 움직임을 멈췄다.

"이게, 뭔가요?"

두 명의 도우미가 황급히 감추던 스티로폼 팩 하나를 재빨리 뺏어낸 지안이 날 선 음성으로 물었다. 쭈뼛거리며 서로의 눈치만 살피던 도우미들이 이내 고개를 돌리며 그녀의 시선을 외면해 버렸다. 생선전이 담긴 스티로폼 팩을 움켜쥔 지안이 이를 악물며 몸을 돌렸다.

"저기, 사장님 내외분 안 계세요."

빠른 걸음으로 안방으로 향하던 지안의 걸음을 막은 것은 등 뒤에서 들려온 도우미의 목소리였다.

"그럼, 어디 계시는데요?"

한 번에 말을 잇지 못해 꿀꺽 숨을 삼켜 이어 붙인 지안의 물음에 주저하던 도우미가 입술을 움직였다.

"가족분들 모두 몰디브 가셨어요."

불끈 쥔 손끝의 피가 차갑게 식는 느낌이다.

"몰디브는, 무슨 일로."

"……무슨 모임 때문에 가신댔는데."

하.

천천히 시선을 내린 지안이 제 손에 들린 스티로폼 팩을 바라보다 다시 시선을 돌려 거실 한구석, 덩그러니 위패만 놓여 있는 제사상을 바라보았다.

"제산 10시쯤 지내면 된다고 하셔서…… 이렇게 일찍 오실 줄 몰랐어요."

"……."

와작.

갑자기 쥐고 있던 스티로폼 팩을 부숴 버린 지안이 성큼성큼 걸음을 옮겨 주방 안으로 들어섰다.

"아악! 악! 아아아!"

미처 감추지 못한 1회용 용기에 담긴 나물이며 전들을 모조리 집어 허공에 던진 지안이 미친 듯 소리를 지르며 고개를 저었다. 작은 어깨가 사정없이 들썩이며 가슴 안으로 깊게 배어든 분노와 서러움을 왈칵왈칵 쏟아냈다.

"어떻게 이래! 어떻게!"

주방 안으로 선뜻 몸을 들이지 못한 도우미들은 어쩔 줄 모르는 얼굴로 발을 동동 구를 뿐이다.

"으아아!"

엄마, 미안해. 아빠, 정말 미안해.

미어지는 가슴을 부여잡은 채 길게 울음과도 같은 비명을 내지르던 지안이 거친 숨을 몰아쉬며 다시 몸을 틀었다. 입구에 서 있던 도우미들이 찔끔 몸을 움츠리며 한쪽으로 비껴 섰다. 거실을 향해 다시 몸을 움직인 지안이 상 위에 놓여 있던 두 개의 위패를 집어 들어 그것을 소중히 품에 안았다.

"그 사람들 돌아오면 똑똑히 전하세요."

텅 비어 있는 상을 내려다보던 지안이 독기 어린 얼굴로 입술을 움직였다.

"벌 받을 거라고. 언젠가는 분명, 그렇게 될 거라고."

신발을 신기 위해 몸을 숙이던 지안이 아찔하게 몰려오는 현기증에 잠시 눈을 감았다 뜨곤 천천히 숨을 골랐다. 위패를 끌어안은 손에 바짝 힘을 준 지안이 그대로 다리를 움직여 현관 밖으로 사라졌다. 탁, 하고 닫힌 문을 바라보고 서 있던 도우미들이 그제 야 어질러진 주방을 떠올리며 허둥지둥 몸을 돌렸다.

✻　✻　✻

"넌 대체."

현관에서 느껴지는 기척에 벌떡 몸을 일으킨 찬성이 실내화에 발을 꿰고 있는 준형을 보며 소리를 높였다. 마트 봉투를 손에 든 채 거실로 들어서던 준형은 테이블이며 바닥에 널브러져 있는 맥 주 캔들을 바라보곤 낮게 숨을 내쉬었다. 소파에 앉아 있는 태건 은 두 손으로 머리를 감싼 채 고개를 숙이고 있었다. 그 모습을 힐 긋 눈으로 훑은 준형이 찬성에게로 고개를 돌리며 조용히 물었다.

"취한 거야?"

"아니, 쟨 한 모금도 안 마셨어."

대답하는 찬성의 눈가가 벌겋게 달아올라 있다. 보아하니 머리 를 쥐어뜯고 있는 태건 옆에서 홀로 맥주 캔을 들이켠 듯하다. 채 가듯 준형의 손에 들린 봉투를 집어 든 찬성이 소파 쪽으로 걸음 을 옮기며 물었다.

"대체 어디 있었던 건데?"

"엘리베이터 앞에서 아는 사람을 만났어."

"어떻게 아는 사람이기에 수다를 한 시간 넘게 떨다 와?"

찬성이 소파에 털썩 몸을 앉히며 미간을 그었다. 혼자 마신 술 이 제법 취기가 오르는 듯 후, 숨을 내쉰 찬성이 봉투를 뒤적였다.

"출판사 로고 작업한 캘리그래퍼인데…… 혼자 보낼 수 없어서."

"왜. 혼자선 집 못 찾아간……. 야. 맥주가 왜 이렇게 미지근해?"

꺼내 든 맥주 캔을 흔들어 보이며 찬성이 삐딱하게 고개를 기울였다. 엘리베이터 앞에 놓아둔 채 한 시간여가 지났으니 당연한 결과일 수밖에. 미처 챙길 겨를 없이 지안에게 신경을 집중했던 준형은 다시 올라오는 길, 여전히 그 자리에 얌전히 놓여 있는 마트 봉투를 보고 그제야 던지듯 버려두고 갔던 맥주를 떠올리며 작게 실소했다.

"맥주 챙길 정신이 없었어. 너도 일단 그만 마시고."

허리를 숙여 찬성의 손에 들린 맥주 캔을 빼앗은 준형이 봉투에 넣어 갈무리를 했다.

"야. 너는 친구가 중요해, 그 캘리그래퍼가 중요해."

주방 냉장고에 넣어둬야겠단 생각을 하며 몸을 돌리던 준형은 등 뒤에서 들려오는 유치하기 짝이 없는 찬성의 물음에 우뚝 걸음을 멈췄다.

"취했다."

그가 찬성을 내려다보며 말하자 푸, 하고 숨을 뱉어낸 찬성이 혀 꼬인 발음으로 재차 물었다.

"말해봐. 애 꼴이 이 지경인데 너는, 어떻게 그 여자를 쫓아가."

난감하다는 듯 미간을 좁힌 준형이 조용하지만 단호한 말투로 입을 열었다.

"그 사람도 제정신 아니었어. 세상 무너진 얼굴 하고 있는 사람을 어떻게 혼자 보내."

"하. 그 여자 세상도 무너졌대? 여기저기 세상 무너진 사람도 많네."

"그만해. 너 취했어."

"진태건도 세상이 무너졌을 테고, 서지안, 걔도 세상 무너질 테고."

서지안이란 이름에 준형의 한쪽 눈썹이 휙 추켜올라갔다.

"서지안?"

낮게 지안의 이름을 읊조리는 준형의 머릿속으로 번쩍 섬광이 일었다. 같은 오피스텔, 같은 동의 같은 층에서 하필 똑같이 세상 무너진 얼굴을 할 확률은 얼마나 되는 것일까. 그것도 같은 이름의.

"혹시 그 1학년 후배 이름이…… 서지안이야?"

"응."

"서지안 씨, 여기 왔었어?"

오른 술기운 때문에 머리가 아픈지 이마에 손을 얹은 채 고개를 숙이고 있던 찬성이 시선을 들어 올리며 준형에게 물었다.

"서지안이 여길 왜 와."

미간을 좁힌 채 얼굴을 굳힌 준형이 천천히 시선을 돌려 여전히 두 손에 머리를 묻고 있는 태건을 바라봤다.

"서지안 씨, 여기 왔었던 것 같다."

중얼거리듯 흘린 말에 태건이 번쩍 고개를 들어 올렸다.

"세상 무너진 얼굴로 나랑 부딪쳤던 캘리그래퍼가, 서지안 씨였거든."

대추와 밤, 배, 곶감, 사과 등의 과일과 생선포, 그리고 갓 지은 쌀밥과 모락모락 김이 오르는 탕이 놓인 곳은 은은한 아이보리 빛깔의 하이그로시 식탁 위였다. 파리하게 지친 얼굴로 식탁을 내려다보고 선 지안이 그 위에 놓인 위패를 보며 작게 중얼거렸다.

"전도 없고 나물도 없네."

피식. 지안의 입가에 맥없는 웃음이 지어졌다.

"급하게 하느라."

머쓱한 손을 뻗어 괜히 한 번 그릇들을 매만진 지안이 식탁 의자에 가만히 몸을 앉혔다.

무슨 정신으로 이곳까지 왔는지, 아무 죄 없는 도우미들을 향해 악다구니를 퍼붓곤 뛰듯이 가파른 경삿길을 내려온 지안은 지나가던 빈 택시를 향해 무작정 손을 흔들곤 위패를 끌어안은 채 차에 올랐다. 어디로 모실까요, 하는 물음에 한참이나 가야 할 곳을 생각해야 할 정도로 그녀의 이성은 온전히 바닥을 드러낸 뒤였다.

"바다요. 바다 보고 싶어요."

손님, 하고 그녀를 돌아보는 기사를 향해 간신히 숨통이 트인 환자처럼 중얼거린 지안은 바다요? 하고 되묻는 기사에게 똑같은 말을 계속해서 반복했다.

서울에서 가까운, 서해 어디쯤에 그녀를 내려준 기사는 그녀가 건넨 카드로 결제를 하곤 바쁘게 사라졌다. 어둑해진 해변가를 미친 여자처럼 헤매던 지안은 그림처럼 예쁜 펜션 하나를 발견하곤 그곳으로 걸음을 옮겼다.

"제일 좋은 방으로 주세요, 바다가 잘 보이는."

마침 평일이라 예약 없이도 전망 좋은 방을 드릴 수 있었다며 활짝 웃어 보이는 펜션 주인에게 마주 웃어주지 못한 지안은 꼭 끌어안고 있던 위패를 방 안 침대 위에 내려놓고야 아직 제사도 지내지 못했음을 깨달았다. 황급히 펜션 주인에게 가까운 마트 위치를 물어 부랴부랴 장을 본 지안은 간신히 밥과 탕만 끓인 채 몇 가지 과일로 차린 제사상을 부모님께 올릴 수 있었다.

"그래도 처음이구나, 내 손으로 엄마, 아빠 밥해 드린 거."

말간 눈에 차오르는 습기를 황급히 닦아낸 지안이 애써 웃음을 지어 보이며 위패 쪽으로 밥그릇을 밀었다. 소복이 밥이 담긴 그 것은 제기(祭器)가 아닌 백합 문양의 사기그릇이다.

"바다도 보이고. 좋지?"

그녀가 몸을 틀어 발코니 쪽을 돌아봤다. 자정을 코앞에 둔 시각. 까맣게 어둠이 내려앉은 발코니 너머로 바다가 보일 리 만무하지만 코끝에 스치는 비릿한 바다 향과 가끔씩 들려오는 파도 소리가 바다와 멀지 않은 곳임을 증명하고 있었다.

발코니를 바라보는 초점 잃은 공허한 눈동자. 하지만 손톱이 박히도록 주먹을 그러쥔 지안의 입술은 북받치는 감정을 누르느라 아까부터 질근 깨물린 채다.

"나는, 열심히 살았는데. 나쁜 짓도 안 하고 살았던 것 같은데."

그런데 왜…….

"아니다."

그녀가 가만히 고개를 저었다.

"그러고 보니 정말정말 피곤할 땐 내 앞에 선 할아버질 모르는
척 눈 감고 있었던 적도 있었네. 살려서 보내줄 수 있는 벌레도 그
냥 티슈에 뭉쳐 쓰레기통에 버린 적도 있고. 늦게까지 붙잡고 이
것도 하나, 저것도 하나만 더 하던 클라이언트 몰래 인상 쓴 적도
있어."

훗.

"착하게 사는 건 정말 지독하게 힘든 거였구나."

담담하게 중얼거린 지안이 의자에서 몸을 일으켜 천천히 발코
니 쪽으로 걸어갔다. 열어둔 유리문 너머로 불어온 미지근한 바닷
바람이 고무줄로 대충 묶어 늘어뜨린 머리카락을 휙 흩날렸다. 어
둠에 잠긴 발코니 너머의 세상은 어디가 하늘이고 어디가 바다인
지 제대로 분간되지 않을 만큼 캄캄했다. 바람이 계속해서 그녀의
머리카락을 휘날렸지만 아랑곳하지 않고 선 지안은 굳게 입을 다
문 채 어둠을 응시할 뿐이었다. 길고 무거운 침묵이 그녀의 주변
으로 조용히 내려앉았다.

"그래서 이제."

흔들림 없는 까만 눈동자를 발코니 너머로 고정시킨 지안이 입
술을 움직였다.

"그렇게 살지 않으려고."

미동 없이 선 지안의 작은 어깨 위로 푸르스름한 달빛이 내려앉
았다. 주먹을 그러쥔 채 버티고 선 지안은 아까처럼 휘청대지도,

또 위태롭지도 않은 모습이었다.

✳ ✳ ✳

"아직도 꺼져 있어?"

30분 넘게 지안의 오피스텔 현관을 두드리다 입주민들의 신고로 결국 건물 밖으로 쫓겨난 태건은 흥분한 그를 위해 대신 운전대를 잡은 준형의 옆에서 깊은 한숨을 내쉬며 질끈 눈을 감았다. 집에 있으래도 기어이 따라나서겠다 고집을 피운 찬성은 술 냄새를 풀풀 풍기며 이미 뒷좌석에서 곯아떨어진 채다.

우왕좌왕하던 태건을 차에 태우고 준형이 제일 먼저 향한 곳은 아까 지안을 데려다 주었던 2층 저택이었다.

"오셨다 바로 가셨는데요."

인터폰을 통해 들려온 목소리에 정신이 아득해지는 것도 잠시, 황급히 걸음을 돌린 태건은 지안의 오피스텔 주소를 준형에게 읊으며 계속해서 통화를 시도했다.

주차장에 차가 멈추기도 전, 급히 차에서 내려선 태건은 맞닥뜨린 공동출입문 앞에서 한 차례 좌절을 겪어야만 했다. 다행히 지안이 누르던 공동출입문의 비밀번호까진 두 번의 실패 끝에 어렴풋이 기억해 내는 데 성공을 했지만 자그마한 도어락 버튼을 누르던 손가락의 움직임까진 떠올리지 못한 그는 결국 굳건히 닫힌 문 앞에서 목이 터져라 그녀의 이름을 부를 수밖에 없었다.

군이 알고자 했다면 알 수도 있었을 비밀번호를 묻지 않았던 것은 제 안에서 꿈틀대는 짐승적 본능을 제어할 수 있는 최소한의 장치로 도어락 비밀번호를 내세웠기 때문이었다. 하지만 지금은 그것이 미치도록 후회스러웠다. 물론 지안이 집 안에 있을 거란 확신은 할 수 없지만 적어도 이렇게 무기력하게 오피스텔 건물만 올려다보고 있진 않을 테니.

"하. 어떻게 이런 일이……."

제대를 하고 나서야 대강의 사정을 전해 들을 수 있었지만 우선 당장은 삶을 포기한 폐인처럼 해외를 떠돌던 태건부터 챙기느라 흐지부지 잊혀져 버린 기억이었다.

그때 그 1학년 후배가 서지안 씨였다니. 찬성으로부터 대강 흘려들었던 기억과 직접 부딪치며 받았던 느낌의 간극은 너무도 컸기에 준형 역시 적지 않은 충격으로 혼란스러워하고 있었다.

"지안인……."

어떻더냔 물음이 차마 떨어지지 않는지 말끝을 흐린 태건이 멍하니 대시보드를 응시했다.

"빈말이라도 괜찮더란 말은 못 하겠다."

느릿하게 눈을 깜빡이며 지안의 상태를 떠올린 준형이 무감한 말투로 입을 열었다.

"뭘 어떻게 해줄 수 없을 정도로 불안해 보였어. 건드리기만 해도 부서질 것 같으면서도 그냥 놔두면 어디론가 떠내려갈 것 같은."

"아……."

태건이 작게 탄식하며 얼굴을 쓸었다.

"정말 그렇게 전혀 기억이 없었던 거야? 아무리 8년 전이라도, 그래도 두 달이나."

말을 끊어낸 준형이 당시의 태건을 떠올리곤 이내 고개를 돌렸다. 지금의 태건과는 전혀 다른, 정상적인 사고조차 할 수 없던 상태긴 했다. 민혜서 하나에만 미쳐 있었다 해도 과언이 아닐 정도로, 저밖에 모르던 태건이 처음으로 마음에 담고 열렬한 사랑에 빠졌던 시간. 그리고 차갑게 되돌아온 배신에 다시 미칠 수밖에 없었던. 하지만 아무리 그렇대도…….

"그러게. 어떻게 그럴 수 있었을까."

자조적인 중얼거림이 들려왔다.

"지금은 이렇게 하나도 빠짐없이 모두 기억이 나는데."

"그게 말이 된다고 생각해?"

돌아보는 준형의 시선이 까칠하다. 시선을 고스란히 받은 태건이 쓴웃음을 지으며 입술을 움직였다.

"혜서 대신이라고 생각하면서도 나도 모르게 그 아이한테 혜설 덧씌운 것 같아."

나만 바라보던 혜서.

나를 위해 도시락을 만들던 혜서.

나 때문에 울던 혜서.

언제까지 기다릴 거라던…… 혜서.

"변명이다."

싸늘하게 들려오는 준형의 음성에 태건이 작게 '그럴지도.' 중얼거렸다. 눈앞으로 제가 만든 지독한 이기의 편린들이 떠올랐다. 날카롭게 파열된 조각들이 온몸 구석구석으로 파고들며 숨을 내

쉴 때마다 고통스러운 궤적을 남겼다.

"혹시."

무겁게 입술을 뗀 준형이 태건을 바라보며 물었다.

"민혜서에 대한 감정을 착각하고 있는 건 아냐?"

혜서.

많이 좋아하던 사람은 분명하지만.

"갑자기 이러는 이유가 뭐야?"

"나 며칠 전에 오빠 할아버지 만났어."

"……뭐?"

"오빠랑 나, 부처님 손바닥 안이었더라. 오빠 아버지는 속일 수 있었을지 몰라도 할아버진, 아니야."

"할아버지가, 협박하셨어? 만나지 말래?"

"아니."

"그럼!"

"오빠 많이 사랑하느냐 물으시더라. 물어보시기에 대답했어. 오빠 사랑한다고."

"그랬더니."

"그다음은 대충 아침 드라마 장면처럼 뒷목 잡으시거나 이거 먹고 떨어져라, 봉투 던지실 줄 알았거든. 근데 다시 물으시는 거야. 그럼 민혜서 양은 본인 자신을 얼마나 사랑합니까."

"뭐?"

"무슨 뜻인가 싶어 대답 안 했더니 그냥 계속 오빠 만나래."

"할아버지가?"

"응. 대신 그룹 차원에서 스캔들 기사를 막거나 하진 않을 거라고. 그 뒤에 발생하는 모든 일에 대해선 오빠랑 내가 책임을 지라고 하셨어."

"할아버지가, 허락을 하셨단 말이야?"

"그게 이상해서 돌아와서도 계속 생각했지. 그래서 다시 할아버지를 찾아갔어."

"그 얘길 왜 이제야⋯⋯."

"내가 오빨 만나지 않으면 어떻게 되는지, 그게 궁금했어."

"⋯⋯혜서야."

"간단하게 답해주시더라. 그 반대의 상황이 벌어질 거라고. 그룹 차원의 후원."

"민혜서!"

"그렇게 흥분부터 할 문제 아냐."

"지금 흥분 안 하게 생겼어?"

"현실적인 문제를 마냥 간과할 순 없잖아."

"현실적인 문제? 그래서 돈을 받고 나랑 헤어지겠다고? 돈이라면 나한테도 있어! 대체 얼마를 원하는 건데!"

"그게 오빠와 나의 차이야."

"말 돌리지 마."

"돈을 주겠다고? 언제까지? 사랑이 끝나는 날까지?"

"그래, 죽을 때까지!"

"어쩌면⋯⋯ 그래, 정말 변함이 없을지도 모르지. 그래서 죽을 때까지 후회할지도 몰라."

"그러니까 그냥 잊어버려. 나도 안 들은 걸로 칠 테니까."

"근데, 우리가 갖고 있는 걸 다 잃고도 지금과 같은 마음일 수 있을까?"

"잃어버릴 리 없어."

"오빤 그럴지 모르지."

"별개의 문제로 끌어들이지 마."

"반대의 경우가 생길 수도 있잖아. 나랑 계속 만나는 조건으로 오빠가 가진 모든 걸 빼앗기게 된다면?"

"설령 그렇게 된다 해도 결국 한시적인 시위일 뿐이니 걱정할 것 없어."

"나는 아니야. 나한텐 한시적 시위 따윈 없으니까. 간신히 비집고 올라온 정상에서 한순간에 나락으로 추락하는 거. 낭떠러지 아래서 뒹굴다 보면 다신 올려다보지 못할 거라는 거. 나는 그런데 오빤 그렇지 않다는 거."

"까짓 인기가 뭔데! 그거 아니라도 먹고살게 해주면 되잖아!"

"오빤 사랑해."

"나도 사……."

"근데…… 오빠보단 나를 더…… 사랑하고 싶어."

그냥 잠시 흔들리는 거라 생각했었다. 그녀가 말한 현실과 이상의 괴리는, 비록 그에겐 직접 피부에 와 닿진 않을지라도 분명 존재하는 문제긴 할 테니. 하지만 설마, 하고 방심한 사이 훌쩍 떠나버린 혜서의 부재는 상상 이상의 충격을 안겨주며 그를 공황 상태로 몰아세웠다.

"미국으로 갔다."

이제야 왔느냔 얼굴로 그를 바라보던 진 회장은 그 앞에 미국행 비행기표를 내밀며 건조한 입술을 움직였다. 마치 오래전부터 차분히 준비된, 잘 짜인 극본에 따라 움직인 꼭두각시가 된 듯한 기분이었다. 위에서 내려다본 제 꼴이 얼마나 우스웠을까.

"가서 그 아일 데려오든 말든, 그건 네 능력에 달렸을 게다."
"대체 무슨 협박을 하신 겁니까?"
"협박이라……. 모든 것은 스스로 결정하는 것이지. 너라고 다를 건 없다고 본다만."
"데려올 겁니다. 반드시, 무슨 일이 있어도!"
"제발 그러길 바라마."

하지만 호기롭게 외친 것과 달리 회장실 밖을 나선 그는 무엇부터 해야 할지 혼란스럽기만 했다. 가족에게도 알릴 수 없는 절박한 상황에서 떠오르는 건 찬성의 이름이었다.

"찬성아……."

떨어지지 않는 입술을 움직여 그의 이름을 불렀을 때, 찬성은 어디냐, 한마디를 묻곤 곧바로 달려와 주었다.

"그렇게 죽을 것 같으면 가서 잡아. 무릎을 꿇든 목줄을 매달든

할 수 있는 건 다 해."

"……."

"근데. 갈 때 가더라도, 그 애, 최소한 예의는 지켜줘라."

누구? 하고 바라보는 눈길에 그럴 줄 알았다는 듯 미간을 구긴 찬성이 말했다.

"그 1학년 후배. 민혜서 때문에 이용당한 것도 모르고 있을 텐데 마지막까지 더러운 꼴을 보여야겠냐? 최소한 네가 인간이면, 가서 말해. 말도 없이 사라질 바에야 차라리 깨끗하게 이별을 고하는 게 그 애한텐 나을 테니까."

그 밤, 지안을 찾아갔던 것이 그가 그녀에게 해줄 수 있는 처음이자 마지막 배려였다.

"네 스무 살의 사랑이 나 때문에 슬퍼지는 거, 정말 싫다. 그러니까…… 잊어. 처음부터 존재하지 않았던 것처럼."

잊어줄 줄 알았다. 아니, 잊혀질 줄 알았다. 제 옷자락을 붙잡고 펑펑 눈물을 쏟아내던 그녀를 그렇게 내버려 둔 채 돌아서며 느꼈던 홀가분함처럼.

하지만.

"나를 압니까?"

8년이나 저를 기다린 그녀에게 고작 던진 말이라곤.

"나는 당신을 모릅니다."

"윽…… 으흑."

가슴이 너무 아팠다. 정수리에 커다란 징이라도 박힌 듯 말로 설명할 수 없는 극한의 고통이 뇌리까지 쭈뼛 전달된다. 머리를 감싸 쥔 그가 고개를 숙인 채 뚝뚝 눈물을 떨어뜨렸다.

너는 이걸 어떻게 견뎠을까. 어떻게 8년이나.

"나를, 잃어버렸어요? 잃어버린 거예요?"

바라보며 묻던 말간 눈동자가 보고 싶었다. 아무렇지 않게 상처 나 입히던 저를 세상 하나밖에 없는 태양처럼 바라봐 주던 그녀가 미치도록 보고 싶었다. 후회와 자책. 가시 돋친 채찍이 그의 어깨를 사정없이 내려쳤다.

"지안아……."

절절이 끓어오르는 그리움을 폐부 안으로 삼킨 그가 나직이 그녀의 이름을 불렀다.

옆에서 지켜보던 준형의 입술에서 낮은 한숨이 흘러나왔다.

❊   ❊   ❊

달칵. 삑, 삐리릭.

출근을 위해 바쁘게 걸음을 떼던 여자의 시야로 벽에 등을 기댄 채 한쪽 무릎을 세우고 앉아 있는 남자의 모습이 보인다. 퀭하게 꺼진 눈가. 덥수룩하게 자란 수염. 전혀 가꾸지 않은 초췌한 모습마저도 연출된 화보의 일부인 양 느껴지는 남자는 오늘로 벌써 열흘째 옆집 현관 앞을 지키고 있었다.

여자가 돈 떼먹고 도망가기라도 한 건가? 그렇겐 안 생겼던데. 고개를 기울이며 다시 한 번 힐긋 남자를 바라본 여자가 매무새를 다듬으며 남자에게 다가갔다.

"저기."

허공을 응시하던 남자의 눈동자가 천천히 여자를 향해 돌아섰다.

"여기서 계속 이러시다 몸 상해요. 연락처를 주시면 제가 이 집에 사람 들어오는 대로 바로 전화 드릴게요."

물끄러미 바라보는 시선에 여자의 볼이 얼핏 붉어졌다. 오늘따라 유난히 화장이 잘 먹긴 했는데. 평소보다 정성 들여 올린 긴 속눈썹이 깜빡깜빡 예쁘게 움직였다.

말없이 여자를 응시하던 남자의 고개가 천천히 되돌아갔다. 뭐야, 대꾸도 없이. 무안한 마음에 삐죽 입술을 비튼 여자가 휙 몸을 돌렸다. 그래도 혹시나 등 뒤로 따라붙을지 모를 시선을 의식해서인지 꼿꼿이 허리를 세운 여자는 또각또각 걸음을 내딛기 시작했다.

바닥을 마찰하던 하이힐 굽 소리가 점점 멀어지고 복도는 이내 무거운 적막에 휩싸였다. 커다란 손바닥으로 버석해진 얼굴을 쓸어내린 태건은 고개를 틀어 현관문을 바라봤다.

"이제 좀 정신을 차리는가 싶더니. 대체 뭐가 불만인 거니, 응? 고작 계열사 팀장이나 시키려고 내가 그 고생을 하며 뒷바라지를 한 줄 알아? 벌써부터 이사직 달고 잘나가는 사촌들 보면 배알도 안 뒤틀려? 넌 사내 녀석이 왜 그렇게 야망이 없어!"

날카롭게 쏘아붙이던 어머니의 잔소리를 떠올린 태건의 입가에 피식 미소가 지어졌다.

야망 따윈, 없습니다.

혜서를 찾아 정신없이 미국으로 날아갔을 때, 브리지햄턴의 한 고급 렌트 하우스에서 그녀와 마주했을 때만 해도 함께 한국으로 돌아갈 수 있을 거라 자신했다.

"연기 공부 하고 싶다고 말씀드렸어."

"한국에서도 할 수 있어. 아니, 원하면 나도 미국으로 들어오면 되니까."

"집에서 좋아들 하실까?"

"내 인생이야."

"언제까지 열다섯 소년으로 살 수 있을 거라 생각해?"

"새삼 어른인 척하지 마. 왜, 대기업 스폰을 받게 되니 갑자기 세상이 달라 보이기라도 해?"

"나한테 드는 배신감, 충분히 이해해. 자고 나면 달라지는 나를 보면서 나도 내 스스로한테 놀라는 중이니까."

"그러니까 제발, 혜서야."

"나도, 나도 실은 혼란스러워. 내가 이렇게 속물이었나 싶으면서도 처음부터 원래 그 자리였던 것처럼 톱이 되고 싶단 생각이 간절해. 그저 열심히만 해서 성공하는 건…… 그런 건 해피엔딩을 꿈꾸는 드라마 속에서나 나오는 허상이잖아."

"일이 아니더라도 충분히 해피엔딩을 맞을 수 있어."

"미안한데 나는, 그러고 싶지 않아."

"혜서야!"

"그러니까 돌아가. 돌아가서 오빠가 가진 탄탄한 배경을 기반 삼아 더 이상 올라갈 수 없는 가장 높은 곳까지 올라. 그러고 그 위에서 군림해. 나 따위 보란 듯."

"……그러면?"

"……."

"하. 애초에 오를 수 없는 놈이란 걸 아니까? 머리 좋네, 민혜서. 네 말이라면 정신없이 고갤 끄덕이곤 곧장 한국으로 사라질 게 뻔한 놈이니."

"오빠."

"누구 생각이야? 너야, 아니면 할아버지야? 나 돌려보내는 대가로 뭐, 백화점이라도 하나 떼어 받기라도 한 거야?"

"오, 빠……."

"내가 가진 게 이런 거였어? 하! 정말 대단한 거네. 새삼 놀라워. 이런 머저리 같은 놈을 뭐 하러……. 아, 그래도 핏줄이라? 깨물면 아프지만 전혀 쓸모없는 여섯 번째 손가락 같은?"

둔기로 뒤통수를 얻어맞은 것 같은 강한 충격이 그를 흔들었다. 온몸의 피가 거꾸로 솟는 기분이었다. 도저히 받아들일 수 없는 배신감과 충격이 그를 나락으로 몰아세웠다.

함께 돌아갈 거라 자신하던 그의 온몸을 지배하는 것은 참을 수 없는 분노였다. 그녀를 향했던 원망이 점차 할아버지에게로, 그리고 종내 제게로 안착하는 것을 느끼며 그가 하, 헛웃음을 지었다. 결국 이렇게 될 거였다. 완벽한 군림은, 할아버지의 몫이었다. 완벽한 패자. 발끝까지 명품으로 치장한 혜서의 모습을 눈으로 훑던 태건이 천천히 걸음을 물렸다.

석 달을 폐인처럼 떠돌았다. 스위스로, 호주로. 사용한 카드 내역 덕에 그의 행적은 고스란히 집안에 전해지고 있었지만. 아니. 아마도 그 몰래 붙여둔 가디언의 충실한 보고 덕분이었을 것이다. 혹시나 뉴스에 오르내릴 사고라도 저지를까 전전긍긍해 마지않는 분의 지시가 있었을 테니.

카드가 정지되는 특단의 조치가 내려졌다. 무엇이든 이룰 수 있는 마법의 지팡이에서 고작 작은 플라스틱 조각이 되어버린 카드는 너무나도 쉽게 그를 무기력의 나락으로 내몰았다.

얼마 지나지 않아 찬성과 준형이 날아왔다. 돈이 없으면 반항조차 할 수 없단 허망한 현실을 깨달은 건 허기진 배를 끌어안은 채 침대 시트 위를 구를 때였다. 깊은 자괴감에서 벗어나기도 전, 그는 친구들의 손에 이끌려 한국행 비행기에 올라야만 했다. 야망 따위, 처음부터 그에겐 존재하지 않는 거였다.

"어?"

머리 위에서 들려온 짧은 음성이 그를 상념에서 깨워냈다. 느릿하게 고개를 들자 눈을 동그랗게 뜬 채 저를 바라보고 있는 수연의 모습이 보였다.

"왜 이러고 있어요?"

태건이 황급히 몸을 일으켰다. 빙 현기증이 일었지만 크게 눈을 깜빡인 그가 얼른 머리를 털며 초점을 맞췄다.

"지안이가 통 연락이 안 돼서 와본 건데……."

말끝을 흐린 수연이 뭔가 의심쩍단 눈으로 태건을 바라봤다.

"혹시 지안이랑 싸웠어요?"

좌악.

유리잔에 담겨 있던 차가운 물이 순식간에 태건의 얼굴로 흩뿌려졌다. 빈 잔을 쥔 수연의 손이 부르르 떨렸다.

"당신이, 당신이 인간이야?"

갑자기 벌어진 상황에 놀란 주변 테이블의 시선이 일제히 두 사람을 향해 쏟아졌다. 태건을 바라보는 수연의 가슴이 조절 못 한 감정으로 크게 씨근덕거렸다. 볼을 타고 내린 물이 턱 끝에 맺혀 뚝뚝 바닥으로 떨어졌지만 묵묵히 고개를 숙인 태건은 가만히 그녀의 분노를 받아들이고 있는 중이었다.

"당신 그렇게 사라지고 지안이 어땠는지 알아? 과사로, 동아리 방으로, 당신 소식 알 만한 곳이면 미친 듯이 달려가 묻고 매달리고 애원했어."

"……."

"정말 존재했던 사람이 맞나 싶을 정도로 흔적이 없어서 자퇴 처리됐단 직원 말이 아니었으면 지안일 신경정신과에 데려갔을 거야."

후, 하고 숨을 고른 수연이 앞머리를 쓸어 올리곤 고개를 틀었다.

"……지안이, 갈 만한 곳 없습니까?"

한참의 침묵 끝에 나온 태건의 말에 수연이 팩, 그를 쏘아봤다.

"그걸 당신이 왜 궁금해하는데! 그만큼 흔들었으면 됐지, 뭘 또 어쩌려고!"

"자격 없다는 거 압니다. 염치도 없고 볼 낯도……."

꿀꺽 숨을 삼킨 그가 마른 입술을 움직였다.

"지안이에게, 용서를 빌고 싶습니다."

"하, 용서? 당신은 참 간단해서 좋겠네. 사람 마음을 그렇게 짓밟아놓고, 그렇게 잔인하게 말려 죽이곤 그게 그렇게 미안하단 말 한마디로 용서가 되길 바라? 그 애한테 당신이 어떤 존재였는데!"

태건의 어깨가 미세하게 들썩였다.

"수술하러 간단 사람이 연락이 없어. 그게 그 애한테 무슨 의미로 받아들여졌겠어? 당신 얘기하면서 처음으로 내 앞에서 그렇게 활짝 웃었던 애가, 하루아침에 부모님을 잃고도, 그 많던 재산 고모한테 다 빼앗기고도 누구 하나 원망 않던 애가, 처음으로 하늘을 원망하더라. 내가 뭘 그렇게 잘못했냐고. 그러다 금세 무릎 꿇고 비는 거야. 잘못한 게 있으면 용서해 달라고. 벌 받을 거 있음 제가 다 받을 테니 태건 선배만 살려달라고!"

"으흑."

힘껏 다물고 있던 태건의 입술 사이로 흐느낌이 새어 나왔다.

"죽지 못해 살았단 말이 맞을 거야. 오늘은, 아니, 내일은. 그러면서 애가 하루하루…… 말라갔다고."

악에 받쳐 핏대를 높이던 수연도 이내 어깨를 늘어뜨리며 힘없이 중얼거렸다. 제가 이러는 게 무슨 소용일까. 저에게까지 말도 못 하고 모습을 감춰 버린 지안을 떠올리자 가슴 한구석이 타들어가듯 아파왔다.

수연이 시선을 들어 태건을 바라봤다. 당당하다 못 해 오만해 보이던 어깨가 잔뜩 움츠러들어 있었다. 한눈에 보기에도 헬쑥해진 얼굴. 잔뜩 고개를 숙인 그가 끅끅 피를 토하듯 울음을 토해내고 있었다.

"아픈가요?"

수연의 물음에 그가 침묵한 채 굵은 눈물을 뚝 떨어뜨렸다. 수연이 끼익, 의자에서 몸을 일으켰다.

"불에 달군 쇠꼬챙이로 당신 가슴을 들쑤셔 놓고 싶어."

조용히 중얼거린 수연이 시선을 내려 그를 바라봤다.

"설령 그 착해 빠진 것이 당신 용서한대도, 내가 평생 따라다니면서 말릴 거야. 죽을 때까지 원망 듣더라도, 당신은 절대 안 돼."

휘적휘적 그의 긴 다리가 다시 지안의 오피스텔을 향해 움직이고 있었다. 고통이 짙게 배인 숨결이 하얗게 말라붙은 입술 사이로 흘러나왔다. 고개를 내린 채 바닥을 응시하던 태건이 어느 순간 우뚝 걸음을 멈췄다. 번쩍 고개를 들어 올린 그가 버석한 입술을 달싹였다.

"지안, 아."

막 택시에서 내린 지안이 탁, 하고 문을 닫고는 천천히 몸을 돌렸다. 깜빡깜빡. 지안의 말간 눈동자가 가만히 그를 응시한다.

"지안아!"

그녀를 향해 그가 반갑게 걸음을 떼는 순간.

"저를 아세요?"

들려온 음성에 그가 다시 움직임을 멈췄다.

허망하게 바라보는 시야 너머로 그녀의 음성이 담담하게 들려
왔다.

"저는, 당신을 모르는데요."

11. 쉽지 않은

꼿꼿이 등을 세운 지안이 한 점 미련 없는 움직임으로 달칵, 현관문을 닫고 들어섰다. 삐리릭. 도어락 잠금장치가 돌아가는 소리를 들으며 신발을 벗은 지안이 느리지도, 빠르지도 않은 걸음으로 걸어 들어와 가방과 그 안에서 꺼낸 위패를 꺼내 테이블에 올려두곤 몸을 틀었다.

슥슥.

답답하게 내려져 있던 롤스크린을 올리고 창을 열자 며칠 새 익숙해져 버린 짭조름한 바닷바람이 불어오는 듯한 착각이 일었다. 쏴아, 하얗게 포말을 일으키는 파도도, 유유히 하늘을 나는 갈매기도 보이지 않는다. 조그맣게 보이던 빨간 등대도, 어디가 하늘이고 어디가 바다인지 모를 수평선도 모두 사라진 그곳. 유리 너머로 보이는 풍경을 물끄러미 바라보던 지안이 서랍장을 열어 잘

개어져 있던 속옷 세트를 꺼내 들곤 욕실을 향해 걸어갔다.

미지근한 물에 샤워를 마친 지안이 젖은 머리를 털어내며 휴대
전화의 전원 버튼을 길게 눌렀다. 얼마 없을 배터리를 떠올리며
충전기를 찾아 연결한 지안이 드라이어를 집어 머리를 말리기 시
작했다.

젖은 곳 하나 없이 꼼꼼하게 머리를 말린 지안이 드라이어를 끄
곤 침대 위에 걸터앉았다. 충전기가 연결되어 있는 휴대전화를 집
어 들자 읽지 않은 메시지들과 부재중 전화 목록이 가득히 보인
다. 액정을 훑어 내리던 무감한 눈동자가 지금은 삭제되어 버린
하나의 번호 앞에 잠시 머물렀다. 천천히 손가락을 들어 올린 그
녀가 곧 삭제, 확인 버튼을 눌렀다.

단축번호 1.

지안의 손가락이 길게 그것을 누르자 두어 번의 신호음 끝에 수
연의 음성이 와락 쏟아졌다.

[지안아! 대체……. 휴. 너 지금 어디야.]

"집."

대답하며 선풍기를 켜자 머리카락에 가려졌던 단아한 이마와
오똑한 콧날이 흩날리는 바람결에 모습을 드러냈다.

[집? 오피스텔에 들어왔다고?]

"응."

[아, 씨. 엇갈렸네. 그나저나…… 너, 괜찮아?]

"뭐가?"

주저하는 것 없이 바로 들려온 물음에 오히려 당황한 수연이 말

을 더듬었다.

[그, 저, 저기. ······그 사람, 만났어?]

"누구?"

[뭐야. 그 사람도 엇갈린 건가? 그, 태건 선배란 사람 말이야. 네 집 현관 앞에 아주 뼈를 묻을 기세던데.]

무감하게 허공을 응시하던 지안이 천천히 입술을 움직였다.

"죽은 사람이야."

[뭐?]

"그 사람, 나한텐 이미 죽은 사람이라고."

[아······ 뭐, 그래. 그렇지. 난 또 네가 흔들릴까 봐.]

"······."

[지안아.]

"응."

[괜찮지? 괜찮은 거지?]

"응."

[그럼 됐어. 일단 자. 아무 생각 말고.]

"수연아."

[응?]

"고마워."

[미친. 끊어!]

쩌렁쩌렁 울리던 목소리가 사라지자 방 안은 다시 고요에 휩싸였다. 수연이 말대로 잠을 자야 하나. 전화기를 쥔 채 망연히 앉아 있던 지안은 지잉, 하는 진동에 흠칫 시선을 내렸다.

―고모

  액정 위로 뜬 발신자를 바라보던 지안이 담담한 손길로 통화 버튼을 밀었다.

  [너, 대체 무슨 속셈이야!]

  다짜고짜 들려온 고성에 지안이 픽 웃음을 지었다.

  "도우미들한테 제사상 맡기고 몰디브로 놀러 간 고모가 하실 말씀은 아닌 것 같은데요."

  [뭘 안다고 지껄여? 일 때문에 간 거야.]

  "아, 네, 그러셨군요."

  [본데없이. 고모한테 하는 말본새하곤.]

  "고모 밑에서 본데없이 자라 그래요. 용건이나 말씀하세요."

  [하. 이제 막 가자는 거지? 왜, 뒤늦게 아쉽디? 제사 네가 모신다면 떨어질 콩고물이라도 있을까 봐?]

  "아, 난 그저 마트 음식이 마음에 들지 않아 모셔왔던 건데, 유산. 그걸 미처 생각 못했네요. 뒤늦게라도 알려주셔서 감사해요."

  [뭐?]

  "회사 지분이랑 아빠 명의의 집이랑 땅. 그리고 또 뭐가 있더라."

  [허! 이제야 본색을 드러내는구나? 근데 어쩌니. 유류분반환청구권 소멸시효는 10년인데. 상속회복권 역시 시효가 10년이던가?]

  지안의 입가에 쓴 미소가 걸린다.

  "자세히도 알아보셨네요. 10년 기다리시느라 애 좀 태우셨겠어요."

소멸시효에 대한 이야기는 꺼낼 생각이 없었던 듯 전화기 너머
에서도 당황한 기색이 느껴졌다.

"민법 제104조에 규정된 불공정한 법률 행위. 당사자의 궁박,
경솔 또는 무경험으로 인하여 현저하게 공정을 잃은 법률 행위는
무효로 한다."

고저 없는 음성으로 법률 행위에 관한 조항을 읊은 지안이 전화
기 너머의 침묵을 의식하며 말을 이었다.

"불공정한 법률 행위는 무효이기 때문에 소멸시효나 제척기간
이 없죠. 당시 미성년자였던 제게 강요하셨던 각서. 기억나세요?"

[……!]

"민법 제104조에 의한 무효가 되는 경우 민법 제746조 불법원
인급여가 되지만 제746조의 단서가 적용되어 반환청구가 가능하
다."

[너, 너…….]

"문제 될 만한 문제들 다 엮어 부당이득반환청구소송까지 제기
해 드릴까요?"

[야!]

생필품을 사기 위해 시내에 나갔다가 충동적으로 들어간 변호
사 사무소에서 들었던 설명들을 읊으며 지안이 조소했다. 법률 용
어는 무조건 어렵다고만 생각했었는데 민법 제104조의 내용은 이
상하게도 칼로 조각한 듯 그녀의 머릿속에 선명히 각인되었다. 계
속해서 끼적였던 메모도 내용을 기억하는 데 도움을 준 듯했다.
실행에 옮길 생각은 없었는데. 잔뜩 혈압을 올린 채 전전긍긍하고

있을 고모의 얼굴을 떠올리니 어딘지 통쾌한 기분까지 들었다. 은근히 못된 구석이 있나 보다. 입술 끝을 들어 올린 지안이 천천히 앞머리를 쓸어 올렸다.

"제가 좀 바빠서요. 하실 말씀 없으면 그만 끊을게요."

난생처음 먼저 종료 버튼을 누른 지안이 전화기를 내리며 쓰게 웃었다.

"하아."

아슬아슬하게 붙들고 있던 끈이 툭, 끊어져 버린 느낌이다. 고모와 조카까지 가지 않더라도, 아빠와는 친남매란 혈육으로 묶인 관계인데 어떻게······.

지안이 천천히 고개를 저었다. 머리가 아파왔다. 수연이 말대로 일단 잠을 자야 할 것 같았다. 스륵. 무너지듯 침대 위로 몸을 뉜 지안이 그대로 눈을 감았다.

얼마나 지났을까. 타는 듯한 갈증에 문득 눈을 뜬 지안은 온통 어둠에 잠긴 주변을 의식하며 느릿하게 눈을 감았다 떴다. 팔을 짚어 몸을 일으키자 휭, 현기증이 일었다. 종일 먹은 거라곤 펜션에서 먹은 어죽이 전부였다. 먹을 땐 그다지 내키지 않았는데 배가 고파서인지 뻘겋고 짭조름한 어죽 한 그릇만 다시 먹었으면 좋겠단 욕구가 불현듯 솟구쳤다. 뭐라도 먹어야 할 것 같단 생각에 몸을 일으킨 지안이 손을 뻗어 전등 스위치를 켰다.

"먹자. 먹고 힘내자."

거울을 보며 작게 중얼거린 지안이 부스스하게 흐트러진 머리를 매만지곤 지갑을 챙겨 들었다.

"······!"

현관을 닫고 돌아서던 지안의 몸이 일순 경직되었다. 가고 없을 거라 생각했던 이는 여전히 집 앞을 지키고 있는 중이었다. 시선이 부딪칠까 황급히 고개를 돌린 그녀가 꿀꺽 숨을 삼켰다. 빠르게 박동하던 심장이 이내 제 박자를 찾아갔다.

천천히 걸음을 떼기 시작한 그녀가 손목에 차고 있던 고무줄로 어깨까지 늘어진 머리카락을 하나로 올려 묶었다. 살구색 민소매 티에 하얀색의 마 반바지, 그리고 굽 낮은 스트랩 샌들을 신은 그녀가 조금은 긴장된 걸음으로 엘리베이터 앞에서 멈춰 섰다.

땡.

하강 버튼을 누르고 얼마 지나지 않아 엘리베이터 문이 열렸다. 비어 있으면 어쩌나, 가졌던 걱정이 무색하게 엘리베이터 안엔 왁자하게 떠들고 있는 한 무리의 사람들이 있었다. 혹시나 그가 따라 오를까 서둘러 엘리베이터에 몸을 실은 그녀가 빠르게 닫힘 버튼을 누르곤 벽에 등을 기댔다.

1층에 도착한 엘리베이터가 타고 있던 사람들을 쏟아냈다. 총총걸음으로 엘리베이터를 빠져나온 지안은 공동출입문을 지나 근처 상가의 식당으로 향했다.

아무래도 한식이 낫겠지.

혼자 먹기에 무난한 설렁탕을 시킨 그녀는 꾸역꾸역 숟가락을 움직여 결국 뚝배기를 모두 비워냈다. 그러곤 편의점에 들어가 고른 아이스크림을 손에 들고 공원 산책길로 들어섰다.

습기를 머금은 눅눅한 밤공기를 가르며 운동에 열중한 사람들이 그녀의 곁을 빠르게 스치고 지나갔다. 나무 밑 벤치에 도란도 란 사랑을 속삭이는 연인들. 칭얼거리는 아이를 달래는 젊은 엄마 의 나직한 자장가 소리. 눈에 보이고 귀로 들리는 모든 것들이 평 온하게 느껴졌다.

지극히 평범한 일상의 행복. 저들의 힘을 빌려 제 이 어지러운 마음이 조금이라도 희석될 수만 있다면. 잠시 가져 본 염치없는 바람에 그녀가 피식 웃음을 흘렸다.

천천히 몸을 돌리자 한 손은 나란히 걸음을 맞춰 걷고 있는 아 내의 손을, 그리고 남은 한 손으로 유모차를 밀고 있는 남자의 뒷 모습이 보였다. 다정한 부부의 모습을 보고 있자니 로맨스 소설의 에필로그를 읽고 있는 듯한 기분이 들었다.

하지만 모든 사랑이 다 결혼으로 마무리되는 로맨스 소설 에필 로그 같은 결말을 맺진 않을 것이다. 모든 것을 다 가진 근사한 남 주인공과 예쁜 데다 착하기까지 한 여주인공이 만나 이런저런 갈 등 끝에 마침내 해피엔딩을 맞이하는 기승전결의 구조는 그것이 소설이기에 가능한, 결국 많은 이들의 바람으로 탄생한 허구와 판 타지의 집약물인 것이다. 직접 겪거나 보지 못한 것들에 대해 막 연히 품는 환상과도 같은. 그러나 사랑을 믿는 것만큼 어리석은 짓은 없다는 걸, 산책로를 다 돌아 나온 지안이 올려다본 오피스 텔의 불빛들이 말없이 현실과의 괴리를 일깨우고 있었다.

지안이 다시 오피스텔로 돌아온 것은 그녀가 집을 나서고 꽤 오 랜 시간이 흐른 뒤였다. 지안은 1층 공동출입문 입구 앞을 불안한 걸음으로 서성이고 있는 태건을 확인하곤 얼굴을 굳혔다. 연신 주변을 두리번거리며 마른 입술을 적시고 있는 그는 초조한 듯 주먹을 쥐었다 폈다 하며 안절부절못하는 모습을 하고 있었다.

"지안아."

그녀와 눈이 마주친 태건이 지안의 이름을 부르며 달려왔다.

"……."

미동 없이 그를 바라보는 지안의 시선에 우뚝 걸음을 멈춘 태건이 머뭇머뭇 입술을 움직였다.

"한참 지났는데 돌아오질 않아서……."

그답지 않게 잔뜩 주눅 든 목소리가 점점 소리를 줄여갔다.

"나는 그냥 불안해서."

"그게 당신이랑 무슨 상관이죠?"

반응을 해온 그녀가 반가우면서도 한편 들려온 '당신'이란 호칭에 욱신 통증을 느낀 그가 달싹이던 입술을 질끈 깨물며 시선을 내렸다.

"상관없는 분이 이러시는 거, 불편합니다."

짤막하게 말을 마친 지안이 막 몸을 틀던 찰나 태건이 다급히 입을 열었다.

"미안!"

지안의 움직임이 멈췄다.

"미안해. 어떤 말로 어떻게 용서를 구해야 할지 모르겠지만…… 미안해. 정말, 미안해."

물끄러미 허공을 응시하던 지안의 입술이 픽 올라섰다. 그녀가 천천히 태건을 향해 몸을 돌렸다.

"용서요? 대체 누구한테 구하는 용서?"

"지안아."

그녀가 다시 웃었다.

"참 낯서네요. 당신 입에서 나온 그 지안이란 이름."

이를 악무는지 태건의 관자놀이에 불뚝 푸른 힘줄이 솟아올랐다. 꽉 쥔 주먹이 후들후들 떨렸다.

"한 번도, 들어본 적이…… 없었어."

당신 기억 속에 단 한 번도 존재한 적 없는 사람이었으니까.

회상에 잠긴 그녀의 눈동자가 아련해진다. 고개를 들어 그와 시선을 마주한 지안이 이내 담담해진 목소리로 물었다.

"용서라고 했어요?"

"……."

"용. 서."

짧게 끊어 발음한 지안이 천천히 고개를 끄덕였다.

"그래요, 그건 당신 마음이니까."

그러곤 그녀가 말을 이었다.

"근데 어쩌죠? 당신이 용서를 구해야 할 스무 살의 서지안은……."

그녀의 입가에 싸늘한 미소가 지어졌다.

"이미 죽고 없는데."

✼   ✼   ✼

"나 참. 꽃거지, 꽃거지 말만 들었는데."

지안과 만나기로 한 커피숍 안으로 바쁘게 들어서던 수연이 힐

굿 입구 쪽을 쳐다보며 고개를 가로저었다.

거리의 나무들은 어느새 색색의 옷으로 갈아입은 채 짧아서 더욱 아쉬운 계절의 끝을 달려가고 있었다. 아직 찬바람에 옷깃을 여밀 정도는 아니지만 하루가 다르게 낮아지는 기온의 변화에 겨울이 머지않았음을 느낄 수 있었다.

처음 얼마간 그러다 말겠지, 쌩한 눈으로 바라보던 수연도 날로 야위어가는 그의 모습에 점차 걱정이 되기 시작했다.

'저러다 진짜 송장 치르는 거 아냐?'

보름 전 주말, 마침맞게 익은 고들빼기김치를 전해주기 위해 지안의 집을 찾은 수연은 여전히 장승처럼 집 앞을 지키고 있는 태건을 보며 넌지시 친구의 눈치를 살폈었다. 하지만 저리 모진 구석이 있었나 싶을 정도로 지안의 반응은 냉랭하기만 했다.

'관리소에서 알아서 하겠지.'

불쌍하다고 문 열어주기만 해봐. 등신처럼 마음 흔들렸다간 다시 너 안 볼 줄 알아.

협박을 했던 건 저였는데 거꾸로 제 마음이 흔들리고 있는 중이었다. 그러나 못 이기는 척 받아주라 하기엔 남자가 저지른 죄는 너무도 엄청났다. 지안이 어떻게 살아왔는지, 고스란히 지켜본 저로선 그가 어떤 식으로 무너지더라도 절대 이런 맘을 가져서는 안 되었다.

진즉에 이랬더라면…….

와락 미간을 구긴 수연이 '어휴, 속 터져.' 구시렁대며 걸음을 옮겼다.

"왔어?"

딸랑, 하는 종소리에 이미 수연의 모습을 확인했던 지안이 다가
오는 그녀를 바라보며 미소 지었다.

"햇살은 좋은데 바람이 좀 차지?"

저를 바라보며 묻는 지안의 물음에 그러게, 끄덕인 수연이 팔을
쓸며 의자에 몸을 앉혔다.

"재진인 어머님이?"

"응. 고게 요새 도통 떨어지질 않으려 해서 걱정이다. 나오는데
어찌나 울고불고 난리를 치던지."

"괜히 만나자고 한 거 아냐?"

금세 눈썹을 모으는 지안을 보며 수연이 휘휘 손을 내저었다.

"야. 이렇게라도 콧구멍에 바람 넣어야지, 안 그럼 쉰내 나."

"쉰내는 무슨. 향긋한 아기 냄새나니까 걱정 마."

"그것부터가 아줌마란 소리잖아. 어휴, 킬힐에 세팅 머리 휘날
리고 다닐 때가 엊그제 같은데."

울상을 지으며 늘어놓는 수연의 하소연에 지안의 눈이 곱게 접
혔다.

"그때보다 지금이 더 보기 좋아."

"이야. 이 판에 박힌 듯 상투적인 위로하곤."

"진짜야."

"그래, 그래, 이제 와 어쩔 거야. 한수연보다 재진 엄마란 호칭
에 이미 익숙해져 버렸는데."

"훗."

작게 웃는 지안을 보며 같이 웃음 지은 수연이 메뉴판을 펼치며
말을 이었다.

"진짜 웃긴 게, 나는 결혼해도 절대 저러지 말아야지, 했던 걸 은연중에 하고 있다니까?"

응? 하고 눈을 키우는 지안에게 수연이 덧붙였다.

"샘플이랑 덤, 이런 거 엄청 좋아하고, 공짠 완전 사랑하고, 특가세일, 이런 거에 목숨 걸고. 분명 내 옷을 사러 갔는데 준범 씨랑 재진이 옷에 먼저 시선이 가는 건 뭐니?"

"그만큼 엄마란 자리, 아내란 자리가 커진단 소리겠지. 그건 준범 씨도 마찬가지 아닐까?"

"남자랑 여잔 유전자 자체가 다른 것 같아."

절레절레 고개를 저은 수연이 다가온 직원에게 주문을 하곤 슬쩍 입구를 바라봤다. 춥진 않더라도 장시간 밖에 있기엔 제법 쌀쌀한 날씨였다. 저러다 진짜 뭔 일 나지. 오늘따라 유독 안돼 보이는 얼굴에 수연의 얼굴에 걱정이 스몄다.

정말 금이빨 빼고 모조리 씹어주고 싶을 만큼 미웠던 사람인데 막상 저러고 있는 걸 보니 한편으로 느껴지는 남자의 진심에 마음이 무거워졌다. 설마 둘이 운명이라면.

"준범 씨, 주변에 괜찮은 남자 없어?"

"왜. 또 지안 씨 땜에? 소개팅은 절대 안 한다잖아."

"그러니까. 소개팅 말고 좀 그럴싸한 거."

"뭘 어쩌라고."

"일로 만나다가 자연스럽게 필이 올 수도 있잖아."

죽었는지 살았는지도 모를 남자를 그리느라 제대로 된 연애조차 해보지 못한 지안이 안쓰러웠던 수연은 남편 준범이 소개한 출판사 대표에 기대를 걸고 있었다. 그런데 하필 그 사람을 만나러 가는 길에 태건을 만났고, 그것도 모자라 그 둘이 친구라 했다. 뒤늦게 알게 된 사실에 적지 않은 충격을 받은 수연은 정말 둘이 운명인 걸까, 하는 생각이 들었다. 그래서 뒤늦게 이렇게라도 만나게 된 걸까?

"지안아."

입매를 굳힌 채 무겁게 침묵을 지키고 있던 수연이 조심스럽게 입을 열었다.

"왜 화를 안 내?"

수연을 바라보던 지안의 눈썹이 뾰족이 선다.

"무슨?"

"저 사람."

수연이 입구 쪽을 향해 턱짓하자 입을 꾹 다문 지안이 침묵했다.

"차라리 욕을 하든 분이 풀릴 때까지 주먹을 휘두르든. 왜 아무렇지 않은 척 그러는 건데."

"나한텐 이미 죽은 사람이랬잖아."

"그게 아니란 걸 네가 더 잘 알잖아."

"몰라."

지안이 고개를 돌려 시선을 외면했다.

"썩어 들어가는 네 속은?"

"그런 거 없어."

단호히 답하는 지안의 음성에 후, 하고 숨을 내쉰 수연이 차분한 목소리로 말했다.

"받아주라는 게 아냐. 나는, 네가 더 이상 참지 않았으면 해."

"……."

감정을 누르듯 꿀꺽 숨을 삼킨 지안이 지그시 입술을 깨물었다.

"뭐가 됐든 네가 행복해야지. 갑자기 안 하던 소개팅을 하고, 맘에도 없는 남자들이랑 밥 먹고 차 마시고."

'안 하던 짓'이란 표현이 딱 들어맞을 정도로 지안은 그녀답지 않은 행동을 보이고 있었다. 제발, 바라던 바이긴 했지만 아무리 봐도 이건……

"너 그거, 저 사람 보라고 그러는 거 아냐? 당신도 아파보라고?"

"아냐."

지안의 단호한 답에 수연이 물끄러미 그녀를 바라보다 입술을 움직였다.

"근데 지안아, 아무렇지 않은 척하는 거. 그게 더 힘들어 보여."

담담히 테이블 위를 바라보고 있던 지안의 눈동자가 미세하게 흔들렸다.

"그러니까 지안아."

나직한 목소리로 지안을 부른 수연이 말을 이었다.

"차라리 화를 내. 그건…… 네 몫의 정당한 권리니까."

❋　❋　❋

"태건인 아직 그러고 있는 거야?"

찬성의 물음에 입매를 굳힌 준형이 무겁게 고개를 끄덕였다. 벌써 넉 달째. 주말을 꼬박 보내는 것은 물론 꼬박꼬박 출근을 해야 하는 평일마저도 태건은 상대조차 해주지 않는 지안의 오피스텔로 곧장 퇴근을 하며 묵묵히 그녀의 집 앞을 지키고 있었다.

끼니는 제대로 챙겨 먹고 있는 건지, 잠은 어쩌고 있는 건지. 닷새 전 만난 태건의 얼굴을 떠올린 준형이 낮게 한숨을 쉬며 미간을 모았다.

"하아, 정말 아이러니하지 않냐?"

입맛이 없는지 내내 깨작거리던 젓가락을 결국 내려놓은 찬성이 준형을 바라보며 물었다. 다짜고짜 물어온 질문의 의도를 파악하지 못한 준형이 무슨 뜻이냔 시선을 던지자 찬성이 입술을 움직였다.

"민혜서 대용품이던 애한테 오히려 민혜서 때보다 더 정성을 쏟고 있으니 말이지. 듣자니 부모님도 안 계시고 집안도 하나 볼 거 없다던데."

제 말이 끝나기 무섭게 준형의 시선이 딱딱하게 변하는 것을 느끼며 찬성이 삐죽 눈썹을 추켜올렸다.

"왜."

"대용품이란 표현, 듣기 불편하다."

뚝뚝하게 쏟아진 음성에 어이없다는 듯 준형을 바라보던 찬성이 픽, 웃음을 지었다.

"알았다. 누가 출판사 사장 아니랄까 봐."

절레절레 고개를 저은 찬성이 앞에 있던 물 잔을 집어 입술을 적시곤 다시 준형에게 물었다.

"그나저나 기한이 내일이랬나?"

"음."

착잡하게 고개를 끄덕이는 준형의 답에 아예 상에서 물러앉은 찬성이 턱을 문지르며 조그맣게 중얼거렸다.

"죽네 사네 해도 결국 돌아가겠지. 그때도 그랬으니까."

글쎄.

준형이 담담히 눈을 깜빡였다.

일주일 전. 몸담고 있던 이당건설에 사직서를 제출한 태건은 이미 인수인계까지 깔끔히 끝낸 채 모든 업무를 정리한 채였다. 보고를 받고 노발대발한 태건의 부친이 그를 호출했지만 태건은 응하지 않았다. 네가 언제까지 버티나 보자, 부친이 제시한 기한이 내일이었다. 내일까지 회사로 돌아가지 않으면 여태 그가 누려왔던 모든 것을 잃게 될 것이다.

당장 살고 있는 오피스텔은 물론 타고 다니는 차, 연회비만 2백만 원에 월 사용한도가 1억 원에 달하는 VVIP 카드, 보유하고 있는 주식과 채권 등. 꼽을 수 없는 수많은 것들로부터 차단당한 삶과 맞닥뜨리게 될 것이다. 그가 그것을 얼마나 못 견뎌하는지, 8년 전 목격했던 기억만을 떠올린다면 준형 자신도 찬성과 같은 생각을 했을 것이다. 하지만……

"가라."

부친의 뜻을 전하기 위해 찾아간 제게 뱉어낸 담백한 음성이, 오로지 하나밖에 담지 않은 눈동자는 그가 결코 8년 전과 같은 선택을 하지 않을 거란 확신을 들게 했다.

"쉽지 않을 거다."

"알아."

"많이 힘들지도 몰라."

걱정스럽게 바라보던 제 시선에 태건은 희미하게 웃어 보였다.

"그래서 다행이라고 생각해. 지안이가 견뎠던 고통의 일부나마 나도 느낄 수 있을 테니."

"그래도. 더 이상 갈 데 없을 때까지 내몰렸다 싶음 말해라. 뭐든 도움이 될 수 있을 거야."

"아니."

그가 고개를 가로저었다.

"내가 그 아일 세상 끝으로 내몰았을 때……."

목이 메는지 꿀꺽 숨을 삼킨 태건이 힘겹게 말을 뱉었다.

"지안인 손 내밀 곳조차 없었어."

그게 너무나, 견딜 수 없이 힘들어. 내가 무슨 짓을 한 건지. 철 없을 때 저지른 실수라 하기엔 순간의 이기로 인해 유린된 그 애의 삶이, 그 애가 느꼈을 좌절과 고통이 너무 커서, 가슴이 너무 아프다.

고개를 숙인 그가 얼굴을 감싸고 흐느꼈다. 가슴이 아프다던 그는 정말로 아프게 울었다.

어깨를 다독일 수도, 어떤 위안도 건넬 수 없었다. 한 번도 보인 적 없는 모습으로 무너진 채 오열하는 친구를 바라보는 준형의 눈에 8년 전 그와 한 치 다르지 않았을 지안의 모습이 겹쳐졌다. 그의 이런 모습을 애써 외면할 수밖에 없는 지안의 결정이 이해되면서도, 한편으론 이제 그만 그를 용서해 주면 안 되는 걸까 하는 마음이 들었다.

"후우."

생각을 멈춘 준형이 인간은 어쩔 수 없는 이기적인 동물이구나, 생각하며 머리를 쓸어 올렸다.

❊　❊　❊

딩동.

아침부터 들려온 벨소리에 갓 구워낸 토스트를 접시에 옮겨 담던 지안이 움직임을 멈춘 채 인터폰을 돌아봤다. 애써 무감한 얼굴로 화면을 응시하던 지안이 천천히 걸음을 옮겨 현관 앞에 섰다.

"무슨 일이시죠?"

반쯤 내린 시선이 떨려왔다. 깊게 눈을 감았다 뜬 지안이 문 너머에 있을 얼굴을 애써 지워내며 숨을 골랐다.

[마지막으로 한 번만, 한 번만 얼굴 볼 수 있을까?]

나직하게 가라앉은 음성이 문을 타고 들려왔다.

[마지막으로…….]

단단히 입매를 굳히고 서 있던 지안이 크게 심호흡을 하곤 도어락을 해제했다. 삐리릭. 전자음이 울림과 동시에 문을 열자 고개를 숙인 채 선 그의 모습이 눈에 들어왔다. 늘 집 앞을 지키고 있단 의식은 하고 있었지만, 정작 얼굴을 마주하고 선 것은 그날 이후 처음이라 눈에 띄게 수척해진 그의 모습을 확인한 지안의 눈은 의지와 달리 크게 흔들리고 말았다.

"마지막이든 뭐든 앞으로 이러지 마시란 말 전하려고 문 연 거예요. 그러니 제발……."

"앞으로."

지안의 말을 막아선 태건이 꿀꺽 숨을 삼키고 힘겹게 말을 이었다.

"앞으로 그럴 일 없을 거야."

그가 천천히 고개를 들어 올렸다. 느릿하게 맞닿은 눈동자가 애잔하게 그녀를 응시했다.

"용서를 구하려는 것 자체가 이기(利己)였던 거지."

그의 입가에 희미하게 미소가 걸렸다.

"힘들게 해서 미안하다."

눈에 새기듯 그녀의 얼굴을 바라보던 태건이 입술을 움직였다.

"그때 네가 하지 못했던 거. 그거, 이번엔 꼭 하라고."

그의 얼굴 위로 8년 전 생일, 그녀의 심장을 가르며 들려왔던 음성이 겹쳐졌다.

네 스무 살의 사랑이 나 때문에 슬퍼지는 거, 정말 싫다. 그러니까…… 잊어. 처음부터 존재하지 않았던 것처럼.

"나 따위, 잊어. 잊어버려. 더 이상 아파하지도 말고, 힘들어하지도 말고 행복하게…… 처음부터 그랬던 사람처럼 그렇게 살아."

데자뷰처럼 느껴지는, 다시금 심장을 가르며 들려온 음성에 저도 모르게 흡, 숨이 쉬어졌다. 냉정을 유지하던 지안의 입술이 굳게 다물려졌다.

"그리고 내일 오전 중에 변호사 사무소에서 전화가 올 거야. 소송 준비는 그쪽에서 알아서 할 거니까 그냥 믿고 맡겨두면 돼."

"당신이 상관할 문제 아니에요."

"알아. 근데 이번 한 번만 내 말대로 해줘. 너도 알다시피 유류분 청구만으론 이미 소멸시효가……."

"불편하니까 이만 돌아가 주세요. 그리고 다신 찾아오지 마세요. 그쪽 말대로 나, 행복하게 아주 잘살 테니까."

날카롭게 태건의 말을 잘라낸 지안이 똑바로 시선을 맞춘 채 단호히 말했다. 그런 그녀의 얼굴을 물끄러미 바라보던 태건이 주저주저 입술을 움직였다.

"……고맙다. 그리고……."

더는 시선을 마주할 자신이 없던 지안은 다음에 이어질 말을 듣지 않은 채 문을 닫고 들어가 버렸다. 지안이 그대로 등을 기댄 채 눈을 감았다.

가버리라지. 사라져 버리라지. 다신 오지 말라지.

주문처럼 외워보지만 몸 안 어딘가에서 폭탄이 터진 듯 혈관들이 크게 요동을 쳤다. 마음이 어지러웠다. 아니, 머리가 어지러운 걸까. 갑자기 몰려오는 현기증에 머리에 손을 올린 지안이 주르륵 벽을 타고 무너졌다.

나쁜 사람. 정말 나쁜 사람. 진짜 나쁜 놈.

가슴 안에서 부글부글 뭔가가 끓어오르기 시작했다. 부피를 키워가며 끓어오른 것들이 꾹, 가슴을 짓누르며 그녀의 숨통을 옥죄었다. 하아. 가슴을 들썩이며 크게 숨을 쉬어보지만 물에 젖은 수십 겹의 천에 코와 입이 막힌 듯 점점 호흡이 가빠졌다. 도리질을 하며 쾅쾅 주먹으로 가슴을 두드렸지만 아무런 소용이 없었다. 벌겋게 충혈된 눈에서 줄줄 눈물이 흘렀다.

"하아!"

깊은 수면 아래에서 솟구치듯 벌떡 몸을 일으킨 지안이 잠금장치를 해제하며 빠르게 문을 열었다. 수연이 말대로 실컷 욕이라도 퍼부어야지. 이 나쁜…….

문을 열자 놀란 눈으로 저를 바라보고 있는 태건의 얼굴이 보였다. 주먹을 쥔 채로 달려가듯 그에게 다가간 지안이 힘껏 그의 가슴을 내려쳤다.

퍽퍽.

"나쁜 사람! 나쁜 사람!"

그녀가 소리쳤다. 말아 쥔 주먹 위로, 옷 위로 드러난 하얗고 긴 목에도 푸른 핏줄이 불뚝 솟아올랐다.

"어떻게 그래! 어떻게 나한테! 어떻게 사람을!"

그녀가 정신없이 주먹을 휘둘렀다. 간혹 어깨로, 간혹은 가슴으로. 고개를 숙인 채 단단하게 버티고 선 그는 묵묵히 그녀의 주먹을 받아내고 있었다.

"서지안이라고, 나는! 당신이 단 한 번도 불러주지 않은 내 이름! 서지안이라고! 다른 여자 보느라 단 한 번도 눈길 준 적 없는 당신! 그런 당신을 등신처럼 좋아했던 내가 바로 서지안이라고!"

갑작스러운 소란에 여기저기서 도어락이 해제되는 전자음이 들려왔지만 지안은 아무것도 들리지 않는 듯 붉게 충혈된 눈으로 태건을 바라봤다.

"가슴이!"

그녀가 퍽, 제 가슴을 내려쳤다.

"가슴이…… 얼마나 아팠는지 알아?"

눈가에 그득 고여 있던 눈물이 툭, 뺨을 타고 흘렀다.

"눈앞이 깜깜해서 아무것도 안 보였어. 가슴은 타들어가는데 내가 할 수 있는 건 아무것도 없었어. 누구에게 물어볼 수도, 들려오는 답도 없어. 답답해서 죽을 것만 같은데 당신 기다리느라 죽을 수도 없었어."

후드득 떨어지는 눈물을 손등으로 급히 닦은 지안이 바로 말을 이었다.

"피를 말리는 기다림?"

지안이 나직이 중얼거렸다.

"너무 힘들어서, 정말 죽고 싶을 만큼. 흑. 진짜 힘들었는데, 당신한테 하소연하고 싶었는데, 그런데 당신이 없어."

고개를 떨군 태건의 눈에서도 툭, 눈물이 흘러내렸다.

"다시 만났을 땐 너무 좋아서, 아니, 믿기지가 않아서……. 하루하루가 좋으면서도 얼마나 불안했는지……. 흑."

"……."

"그런데 당신은, 철저하게 날 가지고 논 거였어."

등신. 그런 줄도 모르고.

지안이 헛웃음을 지으며 작게 중얼거렸다.

"가."

남은 눈물을 황급히 닦아낸 지안이 조용히 입술을 움직였다. 태건이 고개를 들어 올렸다.

"사라져 버려."

그가 말없이 지안을 응시했다. 상처 입은 듯한 그의 눈동자가 세차게 흔들렸다.

"다신 내 앞에, 나타나지 마."

입술을 질끈 깨문 지안이 천천히 몸을 돌렸다.

후우, 숨을 고르며 눈에 힘을 준 지안이 빠르게 걸음을 움직여 집 안으로 사라졌다.

닫힌 문 앞에서 한동안 움직일 줄 모르고 서 있던 태건이 미세하게 떨리는 손을 들어 가만히 문을 쓰다듬었다.

그리고.

그녀의 바람대로 더는, 그의 모습을 볼 수 없었다.

12. 봄은 아직

"안녕들 하셨어요?"

캘리그래피 강좌 '아름다운 습관' 의 강의실 안. 허리 아래까지 늘어지는 연두색 니트 카디건을 여민 지안이 수강생들을 둘러보며 방긋 웃었다.

"날씨가 많이 춥죠. 3월이 코앞인데 왜 이렇게 추운지 모르겠어요."

"그러게요. 가뜩이나 봄도 짧은데. 요즘은 겨울, 이러곤 바로 여름이에요."

수강생의 말에 지안이 그러게요, 고개를 끄덕였다.

"음. 아쉬운 봄을 그리는 의미에서 오늘은 봄과 관련된 단어들을 연습해 볼까요? 자, 먼저 멍석에 화선지 펴시고 묵액이랑 붓 준비해 주세요."

부스럭거리는 소리와 함께 수강생들의 손이 바쁘게 움직였다. 묵액이 담긴 통을 힘차게 흔드는 움직임, 그리고 먹물 그릇에 따르는 손길이 부산스럽다.

"자, 오늘도 첫 주에 배우셨던 선 긋기랑 농도 조절, 그리고 힘 조절 연습부터 한 번하시고. 이건 피아노 치기 전에 하농으로 손 푸는 거랑 마찬가지라고 말씀드렸었죠?"

테이블에 손을 짚고 선 지안의 설명에 수강생들이 고개를 끄덕이곤 일제히 붓을 놀렸다.

"봄, 하면 떠오르는 게 뭘까요?"

"새싹이요."

"파릇파릇."

"개나리요."

"아지랑이!"

여기저기서 들려오는 소리에 가볍게 미소를 지어 보인 지안이 수강생들을 바라보며 말했다.

"네. 연상되는 단어, 의성어나 의태어도 좋고요. 표현하고 싶으신 단어를 쓰시는 겁니다. 글자 안에 담고 싶은 감성도 함께 담아 보세요. 글자에서 정말 봄이 생각나고, 봄의 느낌이 나오도록."

천천히 걸음을 떼며 수강생들의 손놀림을 들여다보던 지안이 계속해서 말을 이었다.

"초성, 중성, 종성 중 어떤 것을 강조하고 어떻게 배치를 하느냐에 따라 단어의 표정이 달라지고, 그렇게 작품의 스타일이 결정되는 거라고 말씀드렸죠?"

"저기, 선생님 성함으로 연습해도 됩니까?"

불쑥 손을 들며 묻는 남자 수강생의 질문에 멈칫 걸음을 멈춘 지안이 그를 바라보며 물었다.

"제 이름이요? 음. 그거야 상관없지만, 제 이름이랑 봄이……."

"입고 계신 카디건이, 꼭 봄 같습니다."

강의 첫 시간부터 노골적으로 관심을 드러내던 남자의 말에 지안이 가볍게 웃어 보이며 고개를 끄덕였다. 군대를 다녀오고 복학 준비 중이란 남자는 채 20대 중반에도 들어서지 못한 호기심 많고 유쾌한 청년이었다.

"그렇게 하세요. 칙칙한 얼굴 대신 옷으로라도 봄이 전달됐다니 다행이네요."

그러자 남자의 눈썹이 삐뚜름히 휜다.

"에이, 또 그렇게 돌려 막으신다."

누가 봐도 예의상 짓는 웃음이 분명한 미소를 입가에 지은 지안이 다른 수강생들의 글씨를 살피며 천천히 걸음을 움직였다. 하나하나 공들여 글씨를 쓰고 있는 수강생들의 진지한 얼굴을 바라보는 지안의 입가가 부드럽게 늘어졌다.

봄. 파릇파릇. 봄 처녀. 봄비. 꽃. 내게도 봄이 와.

수강생들의 글씨를 바라보던 지안의 시선이 지안의 이름을 쓰고 있는 남자의 손끝에서 잠시 멈추었다. 문득 시선을 들어 올리자 아직 봄기운이 닿지 않은 앙상한 나뭇가지들이 그녀의 시야에 들어왔다.

[서지안 씨 되십니까?]

"그런데요?"

[안녕하십니까. 저는 법무법인 태우의 강한섭 변호사라고 합니다.]

그가 말했던 대로 다음날, 한 대형 로펌 소속의 변호사로부터 전화가 걸려왔다.

"진태건 씨 소개라면 전……."
[거절하실 거란 말씀도 전해 들었습니다만 진태건 씨께서 이미 수임료 전부를 선급하신 상태라, 저희로선 소송을 진행할 수밖에 없습니다.]

어찌 됐든 그의 도움은 받고 싶지 않았다. 저와 상관없는 일입니다, 차갑게 거절한 지안은 한 치의 망설임도 없이 곧바로 전화를 끊어버렸다. 하지만 다음날도 또 다음날도. 결국 오피스텔 앞까지 찾아와 끈질기게 벨을 울리던 변호사는 닷새 뒤 저녁, 그녀의 얼굴을 마주한 채로 다음과 같은 답을 들려주었다.

"자신의 이득을 위하여 서지안 씨의 재산을 부당하게 처분한 고모님의 행위는 형법상 배임 및 횡령죄에 해당할 수 있으나, 형법에서는 강도나 손괴죄(타인의 재물의 효용에 손해를 가하는 죄)를 제외한 재산죄에 있어서는 친족 간에는 형을 면제하거나 고소가 있어야 공소를 제기할 수 있는 '친족상도례'를 인정하고 있습니다. 따라서 고모님의 행위가 형사상 배임 또는 횡령죄를 구성한다 하더라도 형법상 친족상도례 규정에 의해 처벌받지 않을 확률이 높습니다."

차분하면서도 단호한 그의 설명을 들으며 지안은 각각 다른 의
견들을 제시한 변호사들의 답을 떠올릴 수밖에 없었다.

"유류분반환청구소송의 경우 민법 제1117조에 의하여 '반환하
여야 할 증여 혹은 유증을 한 사실을 안 때로부터 1년 이내에 하지
아니하면 시효에 의하여 소멸한다. 상속이 개시한 때로부터 10년
을 경과한 때도 같다.' 라고 규정하고 있습니다. 즉, 증여한 사실을
안 날로부터 1년 이내에 청구하여야 하며, 또한 증여 사실을 알게
된 지 1년이 안 되었지만 피상속인(망인)이 사망한 지 10년을 경과
하였다면 유류분청구가 불가능합니다. 하지만 상속 재산에 대해
억지로 포기각서를 쓰게 하면 형법상 강요죄가 적용됩니다. 강요
죄에 의한 불공정한 법률행위로써 고모는 직접 상속인이 아니므
로 상속재산 침해에 대해 소송할 수 있습니다."

"상속권자 또는 그 법정대리인이 상속권이 침해된 때에는 민법
제999조 제1항에 의거, 침해 상대방 또는 참칭상속인을 상대로
소를 제기할 수 있습니다. 제척기간, 즉 권리가 살아 움직이는 기
간은 민법 제999조 제2항에 의하여 상속권 침해를 안 날로부터 3
년, 침해 행위가 있는 날로부터 10년 안에 권리관계를 주장하여야
합니다. 의뢰인께서 최근에 알았다고 하여 소송을 진행할 수 있습
니다. 현재 대법원의 판례는 집합권리설(개별청구권설)을 인정하여
상속권을 침해한 참칭상속인을 상대로 상속을 원인으로 한 상속
재산의 반환을 청구하는 소를 제기할 수 있는 것입니다."

믿고 바라는 것과 현실은 분명 다를 것이다. 이들의 답이 명백히 극을 달리는 것과 다를 바 없이.

"사안의 경우, 민사상 구제 수단을 검토할 수밖에 없습니다. 민법상 부당이득에 대해 설명을 드리자면, 피고, 즉 고모님이 타인의 재산 또는 노무에 의해 법률상 원인 없는 이득을 얻고 그러한 이익을 얻음으로 인해 서지안 씨께 손실을 가한 경우 서지안 씨 본인이 원고로서 고모님께 대하여 청구할 수 있는 권리입니다. 고모님은 서지안 씨의 재산을 법률상 원인 없이 편취함으로써 재산상의 이득을 얻었으므로 고모님에게 민사상의 부당이득반환청구 소송을 제기할 수 있습니다. 또한, 고모님의 재산편취 행위가 민사상 불법행위에 해당할 경우, 서지안 씨께서는 불법행위에 의한 손해배상도 청구할 수 있습니다."

부모님의 유산을 돌려받고자 함이 아니었다. 부모님을 돌아가시게 만든 원망조차 억지로 삼킬 수밖에 없었던 건 세상 단 하나 남은 혈육이란……. 아니, 그녀는 두려웠던 것이다. 시커먼 외로움에 통째로 삼켜질 것을. 혼자란 사실을 스스로 받아들일 수 있을 때까지 그녀는 둥지를 틀고 머물 곳이 필요했었다. 아빠의 웃음소리가, 엄마의 잔소리가 들리지 않는 텅 빈 집에서 혼자 잠이 들고 싶지 않았다. 부당하다는 것을 알면서도 어쩔 수 없이 도장을 찍을 수밖에 없었다. 고모의 탐욕과 맞바꾸면서라도 세상에 혼자 남았다는 두려움을 상쇄시켜야만 했다. 하지만 혈육이란 최소한의 유대감마저 저버린 고모에게 이제 남은 건, 아무것도 없다.

"뭐? 소송을 해? 허! 거둬준 은혜도 모르고. 그래! 해봐, 어디!"

뒤늦게라도 진심 어린 사과를 전했다면 소송을 취하했을지도 모른다. 하지만······.

무거운 생각을 털어내듯 고개를 흔든 지안이 후우, 낮은 숨을 내쉬며 다시 수강생들에게로 집중하고자 눈에 힘을 줬다.

"경은 씨, 그만 퇴근하자."

직원이라곤 단둘뿐이지만 오롯이 제 힘으로 이룬 공간. 수강생 열두 명을 수용할 수 있는 아담한 강의실과 상담실 겸해서 쓰고 있는 사무실이 전부인 곳이지만 지안은 '캘리그래퍼 서지안의 아름다운 습관'이란 간판을 내걸던 첫날의 설렘을 결코 잊을 수 없을 것이다.

기업의 홍보 문구나 로고, 식당의 간판이나 메뉴, 책 표지, 때론 영화나 드라마의 타이틀 작업까지 가리지 않고 일을 맡긴 했지만 지안은 간혹 출강을 나갔던 문화센터 강의에 특히 매력을 느꼈다. 다양한 사람들이 모여 만들어내는 다양한 감성들. 그리고 그와 함께 쌓인 추억들은 무미건조하기만 한 그녀의 삶에 생생한 에너지를 전해주며 새로운 것에 대한 도전을 일깨워 주었다.

배우고자 눈을 밝히는 이들과 마주하는 순간의 설렘은 여전히 버리지 못한 감정의 들끓음을 잠재우며 그녀를 평온한 일상 속으로 이끌었다. 조금씩 젖어든다고 해야 하나. 그저 무섭기만 한 바다에 처음 발을 담그고 한 걸음씩, 가끔은 거칠게 파도가 밀려오기도 하지만 몸을 맡기면 그대로 파도를 타고 흘러가듯 유영할 수 있는, 그런.

"선생님, 오늘도 고생하셨습니다!"

꾸벅 고개를 숙이며 밝게 웃는 경은을 향해 지안도 환히 웃음을 지어 보였다.

"경은 씨도 고생했어. 조심해서 가고 내일 봐."

네, 하며 멀어지는 경은의 뒷모습을 물끄러미 바라보던 지안도 조용히 몸을 돌리며 고개를 들어 올렸다.

"……!"

차체에 비스듬히 기대고 있던 누군가의 얼굴을 확인한 지안의 눈이 커다랗게 열렸다.

"오랜만에 뵙네요. 잘 지내셨습니까?"

큰 걸음으로 저벅저벅 단숨에 거리를 좁혀 다가온 준형이 가볍게 고개를 숙여 보이며 인사를 건넸다. 경직되었던 얼굴을 애써 풀어내며 지안도 마주 인사를 했다.

"안녕하셨어요."

그와 친구이기 이전에 자신에겐 그저 로고 작업을 의뢰했던 의뢰인일 뿐이란 생각을 하며 그녀가 미소를 지었다.

"사무실로 올라오지 그러셨어요. 음. 뭐, 작업 의뢰하실 거라도."

"일 때문에 온 게 아니란 걸 아시지 않습니까."

"업무 외적으로 우리가 만날 일이 있을까요?"

담담한 목소리로 묻는 지안의 얼굴을 물끄러미 응시하던 준형이 무겁게 침묵하고 있던 입술을 움직였다.

"태건이에 대해 어떤 감정이신지 잘 알고 있습니다."

"아뇨. 알고 계셨다면 여기 이곳에 오지 마셨어야 했어요."

"태건이를……."

"죄송합니다만 저완 상관없는 일 같네요."

꾸벅 고개를 숙인 지안이 빠르게 몸을 돌렸다.

"제 생각엔 그런 것 같지 않습니다만."

등 뒤로 내리꽂힌 목소리에도 지안은 걸음을 멈추지 않았다.

"서지안 씨와 상관이 없다 생각했다면 태건이, 그렇게 모든 걸 던지진 않았을 테니까요."

빠르게 걸음을 옮기며 질끈 입술을 깨문 지안이 두 손을 들어 귀를 막아버렸다.

"가서 보십시오! 그래도 서지안 씨의 마음이 바뀌지 않는다면, 그땐 저도 더는 강요하지 않겠습니다."

여백 없이 침잠된 어둠을 가르며 준형의 외침이 공허하게 울렸다. 도망치듯 자리를 벗어나는 지안의 바쁜 달음박질도 이내 어둠 속에 잠겨 버렸다. 준형이 뱉어내는 나지막한 한숨 소리만 그녀가 사라지고 없는 빈자리를 채울 뿐이었다.

수원의 한 건물 신축 공사 현장.

위이잉, 챙챙. 여느 공사장과 다를 바 없이 들려오는 소음 속에 미동 없이 선 지안의 눈동자가 망연히 한곳을 응시하고 있다.

"서지안 씨 계십니까?"

"전데요?"

"퀵서비습니다."

커다란 헬멧을 쓴 채 바쁘게 건네주고 간 누런 서류봉투엔 이곳 공사장 주소가 적힌 작은 메모지 한 장만이 들어 있을 뿐이었다. 그리고 그 아래 적힌 '설준형'이란 단정한 글씨를 보지 않았다면 의아한 마음으로 대충 던져 두었을지 모를.

본능적으로 그것이 태건과 관련이 있단 걸 알 수 있었지만 자신과는 상관없단 생각을 퍼뜩 상기시킨 지안은 봉투째 쓰레기통에 집어넣으며 애써 마음을 다잡으려 했다. 하지만 다음날도, 또 그 다음날도 버리지 못한 준형의 끈질긴 설득에 대체 상관할 무엇이 남아 있는지 눈으로 확인하고자 이곳까지 찾아오게 된 것이다.

"어이, 이리 와 불 좀 쬐고 해!"

녹슨 드럼통 안에서 타닥타닥 불꽃을 피워내는 모닥불 앞, 옹기종기 모여 불을 쬐고 있던 인부들 중 하나가 막 질통(모래나 자갈을 나를 때 어깨에 짊어지는 도구)을 내려놓던 남자를 향해 크게 소리쳤다.

"커피 한 잔씩 마시자고!"

추운 날씨에 발갛게 언 코를 목장갑 낀 손으로 쓱 훔친 남자가 긴 걸음으로 성큼성큼 불 앞으로 다가왔다. 낡을 대로 낡아 하늘거리는 청바지에 여기저기 흙이 묻은 검은색 작업용 점퍼 역시 잔뜩 해진 채다.

"요령도 좀 피우고 해. 그렇게 움직이다간 몸 다 망가져."

종이컵에 담긴 커피를 건네며 뱉은 인부의 말에 말없이 꾸벅 고개만 숙인 남자는 그것이 소중한 보물이라도 되는 양 두 손으로 감싼 채 조금씩 홀짝였다. 그 모습을 바라보던 인부가 벌떡 몸을 일으켜 그의 장갑을 잡아당겼다.

"장갑 벗고 손 좀 녹여. 손등은 다 터져선."

쯧, 하고 혀를 찬 그가 남자를 보며 구시렁댔다. 인부의 말에 머쓱하게 웃음을 지은 남자가 끼고 있던 장갑을 벗곤 불을 쬐기 시작했다. 멀리서 보더라도 건조하게 갈라져 핏물까지 꾸덕꾸덕 말라붙은 손등이 힘겹기만 한 그의 삶을 대변해 주는 듯했다.

"흡."

놀란 숨을 들이마신 지안이 손등으로 입가를 가리며 충격으로 흔들리는 눈에 힘을 주었다.

"어휴. 멀쩡하게 생겨선 이런 막노동을. 일머리가 없으니 일이 더 고될 수밖에."

안타깝단 눈으로 남자의 손등을 바라본 인부 하나가 나직이 중얼거리자 옆에 있던 인부가 쿡, 옆구리를 치며 대신 답했다.

"받아주는 데가 없다잖아."

그의 답에 삐죽 눈썹을 세운 인부가 태건을 올려다보며 물었다.

"혹시 뭐, 죄지었어?"

왜 그런 건 묻느냔 눈빛들이 쏟아졌지만 실은 꽁꽁 감춰둔 호기심이 노출되는 것까진 숨기지 못한 모습이었다.

"네."

순순히 수긍하는 그의 끄덕임에 안 그래도 싸늘한 주변의 공기가 일순 얼어붙었다.

"설마…… 살인, 그런 건 아니지?"

그래도 궁금한 건 참지 못하겠다는 듯 조심스레 운을 뗀 인부의 물음에 남자가 가만히 입술을 움직였다.

　"사람을, 많이 아프게 했습니다."

　"때렸어?"

　대답 대신 그가 힘없이 웃어 보이자 머쓱하게 머리를 긁적인 인부가 작은 소리로 중얼거렸다.

　"거, 좀 참지. 사람을 뭘 어떻게 때렸길래. 아, 넥타이 매고 회사 다니는 사람들 보면 부럽지도 않아?"

　걱정스럽게 묻는 인부의 물음에 그가 말없이 믹스커피를 마셨다. 혀끝에 느껴지는 달달함이 한껏 쪼들린 피곤한 육체를 잠시나마 달래주는 듯하다.

　맨손으로 쥐기 힘들 정도로 뜨거웠던 커피는 뺨을 긁어내리는 칼바람에 언제 그랬냐는 듯 미지근하게 식어 있었다. 홀짝 아껴 마시는 그의 입술 사이로 하얀 입김이 쉴 없이 흘러나왔다.

　"왜……."

　입가를 가린 손가락 사이로 지안의 목소리가 새어 나왔다. 땅을 딛고 선 두 다리가 후들거렸다. 파들거리는 손을 내려 꾹 주먹을 쥔 지안이 황급히 몸을 돌리며 떨어지지 않는 다리를 움직이기 시작했다.

　나랑 상관없는 사람이야.

　나랑 상관없는 일이야.

　저게 어떻게 나랑 상관이…….

　몇 걸음 뛰다 바닥으로 푹 고꾸라진 지안이 허겁지겁 손을 털고 일어나 다시 걸음을 옮기기 시작했다. 그러나 다시 또 몇 걸음 가지 못해 바닥에 손을 짚은 지안은 결국 그대로 털썩 주저앉은 채 무릎에 얼굴을 묻어버렸다. 그러곤 더듬더듬 가방 안에서 전화기를 찾아 들었다.

한 모금도 입에 대지 못한 커피가 싸늘히 식어가고 있었다. 말없이 잔 받침대를 만지작대는 지안의 손끝이 파르르 떨려왔다. 물어보고 싶은 많은 것들이 순서 없이 뒤섞인 채 떠올랐지만 준형을 마주한 지 벌써 30분째, 그녀는 아무런 말도 꺼내지 못한 채 묵묵히 시선을 내리고 있었다.

"충격이 크실 거란 생각을 하지 않은 건 아니지만, 방법이 없었습니다. 죄송합니다."

침묵을 가르며 준형이 먼저 입을 열었다.

"대체 왜."

그 사람이 거기 그러고 있는 거죠?

잔뜩 잠겨 갈라져 나온 목소리 탓에 뒷말을 삼킬 수밖에 없었던 지안이 흔들리는 시선을 들어 올리며 눈으로 물었다.

"가진 거 다 내놓고 나왔습니다. 살고 있던 오피스텔은 물론 타고 다니던 차와 카드, 그 외 이당그룹과 관련된 모든 것들."

"그러니까, 왜……."

"왜일 것 같습니까?"

준형이 바라보며 물었다.

"그게 저와 상관이 있단 말씀이세요?"

지안이 되묻자 준형이 반쯤 남은 물 잔을 집어 입술을 적시곤 조용히 내려놓았다.

"제 딴엔 사랑이라 믿었던 민혜서와 그렇게 헤어지고, 태건이, 꽤 오랜 시간 방황을 했습니다."

조심스럽게 말문을 연 준형이 지안과 눈을 마주하며 물었다.

"그런 태건일 단번에 불러들일 수 있었던 게 무엇이었는지 아십니까?"

지안이 그저 그를 바라보고만 있자 준형이 이내 말을 이었다.

"간단했습니다. 태건이가 갖고 있던 모든 카드를 정지시키는 거였죠. 호텔, 음식, 술. 어떤 것도 가능치 못하게 만드는."

"……."

"그런 태건이가 저 스스로 모든 것을 내려놓고 나갔습니다. 태건이의 사정을 알 리 없는 아버님께선 그저 일하기 싫어 벌이는 시위쯤으로 생각하시고 일주일의 유예를 주셨지만……."

준형이 말끝을 흐리며 입술을 꾹 다물었다. 그런 준형의 얼굴을 바라보던 지안이 착잡한 표정으로 입을 열었다.

"돌아가지 않은 거야 태건 선배 마음이라지만, 왜 하필 공사장에서. 혹시나 제게 보여주기 위한."

"절대 그건, 그건 아닙니다."

지안의 말끝을 자르며 준형이 단호히 말했다. 그건 절대 아니라는 듯 지안의 눈을 똑바로 쳐다보며 강하게 부정한 준형이 낮게 한숨을 내쉬곤 설명을 이어갔다.

"처음엔 그저 이당이란 배경에서 벗어나려고 했던 것 같습니다. 그래서 여기저기 이력서도 제출하고 면접도 보러 다니고 했던 것 같은데, 그런 태건이의 행동을 이해 못 하신 아버님께서 이력서를 낸 회사에 따로 압력을 행사하신 듯합니다. 아마 아버님께선

벼랑 끝에 몰린 태건이가 다시 회사로 돌아올 거란 계산을 하셨던 거겠죠."

시선을 내린 준형이 담담한 목소리로 말했다.

"솔직히 저도 그럴 거라 생각했었습니다."

스스로를 제어하지 못한 채 앞뒤 가리지 않고 반항을 일삼는 10대도 아니고, 이미 30대의 중반에 접어들어 익숙하고 안정된 삶을 영유하던 그가 갑자기 변화를 꾀했을 때, 준형 역시도 지안에게 보여주기 위한 면이 일정 부분 있을 거라 생각했었다. 이렇게 노력을 하고 있으니 나를 다시 돌아봐 달라.

어느 순간 이력서 내는 것을 포기하고 갑자기 막노동판을 떠돌며 공사장 잡역부로 일을 하기 시작했을 때도 가시적인 결과를 도출해 내기 위한 한때의 치기(稚氣)쯤으로 생각했었다.

하지만 한 달, 두 달이 지나 어느새 넉 달째. 그의 뒤에 그림자처럼 따라붙던 이당그룹 진한석 회장의 손자란 그림자를 말끔히 지운 그는 이제 진태건이란 이름 석 자와 여전히 막노동과는 어울리지 않는 몸뚱어리만을 소유한 채였다.

굳이 이렇게까지 할 필요가 있느냐 물었다. 이런다고 누가 알아주는 것도 아니고, 당장 서지안의 마음이 돌아설 것도 아닌데 어째서 가시밭길을 자청해 들어가느냐고. 피곤한 몸을 뉠 곳이라곤 손바닥만 한 고시텔의 낡은 침대뿐인 그가 답했다. 진짜 마음은 누구에게 보여주기 위해 존재하는 것이 아니라고. 마음은, 그냥 이끌리는 대로 움직이는 것일 뿐 생각하는 대로 움직이는 것은 진짜 마음이 아닌 거라고.

칼바람이 이는 공사 현장을 버틸 수 있을 거라 전혀 생각지 못했던 준형은 제가 내민 손마저 거절한 채 묵묵히 철근을 나르던 그의 뒷모습을 그저 멀찍이 지켜볼 수밖에 없었다. 스무 살의 지안이도 아마 그랬을 거야, 라던 그의 말을 가만히 곱씹으며 선 채로.

노발대발하던 부친은 여전히 그에 대한 미련을 버리지 못한 채 끙끙 진 회장의 눈치를 살피고 있는 중이었다.

초반, 아파트 건설 현장에까지 손을 뻗던 그는 수상쩍게 쏟아지는 의문 어린 시선들에 결국 뒤로 물러날 수밖에 없게 되었다. 일개 공사장 잡부에게까지 영향을 행사하는 이당그룹이라……. 괜한 이목을 집중시켜 쓸데없는 소문만 만들어낼 필요가 없단 판단에 주변의 눈치를 보게 된 탓일 것이다.

제깟 게 언젠가는, 이라 믿고 있는 그는 하나뿐인 아들을 다시 제자리로 불러들일 방도를 열심히 궁리 중인 듯 보였다. 한편으론 경영권 승계를 위한 발판을 착실히 다지고 있는 조카들을 깎아내릴 방도를 찾느라 바쁜 것도 같았지만.

"태건인 그런 제 모습이 서지안 씨께 알려지는 것을 원치 않았습니다. 아닌 척해도 결국엔 마음을 쓸 거라고, 터럭만큼이라도 서지안 씨를 힘들게 하고 싶지 않다더군요. 저 역시도 서지안 씨의 상처를 건드리게 될지 모른단 생각에 많이 고민을 했습니다만."

꺼낼 말이 무거운 듯 지그시 미간을 좁힌 준형이 힘주어 다물고 있던 입매를 풀어냈다.

"한 번만 돌아봐 주시면 안 되겠습니까?"

지안이 고개를 틀어 시선을 외면했다.

"서지안 씨와 상관없단 말씀, 서지안 씨 본인에게도 통하지 않는 변명이란 거 잘 알고 있습니다. 아니었다면 지금 이 자리, 서로 이렇게 마주하고 있을 일도 없었겠죠."

그가 작은 소리로 덧붙이며 쓸쓸하게 미소를 지었다.

"뒤늦게라도 태건이가 알게 된다면, 아마 두 번 다시 절 안 보려고 할 겁니다."

"……."

"다시 말씀드리지만, 당장 태건일 용서하시란 소린 절대 아닙니다. 단지 스무 살의 서지안 씨가 좋아했던 진태건과 지금의 진태건이 조금은 다른 사람이란 걸, 묵묵히 움직이고 있는 태건이의 진심을 한 번만."

잠시 말을 끊어낸 준형이 이어 입술을 움직였다.

"이기적인 부탁이란 거 잘 압니다. 결코 편치 않을 거란 서지안 씨의 마음을 이용한 것도 맞습니다. 헤어져서까지도 힘들게 한단 원망도 드실 테지만…… 서지안 씨께 용서를 구할 마지막 기회를 주시면 안 되겠습니까?"

❋　❋　❋

"술 드신 분 안 계시죠?"

점심시간이 끝나고 막 오후 작업이 시작된 공사장. 원칙적으론 작업 시작 전 음주 측정이 이루어져야 하지만 이런 소규모 작업장에선 여전히 안전수칙을 꼼꼼히 챙기지 않는 경우가 많이 있었다.

오늘 태건이 해야 할 일은 철골 구조 건물 7층 옥상의 지붕 판넬(Deck Plate) 설치 작업이었다. 데크플레이트란 난간을 뜻하는 데크(Deck)와 평평한 받침을 뜻하는 플레이트(Plate)의 합성어로 단면이 사다리꼴이나 사각형 모양으로 성형된 금속용 건축자재를 말한다. 이 데크플레이트를 절단하여 철골 보에 고정하는 작업을 하는데 탭 볼트나 타입식 볼트로 고정을 하거나 설치된 보 위에 데크플레이트 단부를 걸쳐 놓으면 용접공이 점용접(點容接:금속판을 겹쳐 두 전극 사이에 끼운 뒤 전류를 통하게 하여 한 부분만 붙이는 일)을 하기도 한다.

"안전대 안 하세요?"

높은 장소의 건설 현장이나 높은 위치의 생산 설비 등, 추락 사고의 위험에 노출된 근로자들의 안전을 위해 반드시 착용해야 하는 안전대는 크게 벨트와 죔줄로 이루어져 있는데, 신체에 착용한 벨트와 안전그네를 구명줄이나 구조물 등 기타 걸이설비와 연결하여 이용하게 된다. 철골 구조물 작업의 경우 작업자가 조금만 발을 헛디뎌도 곧바로 추락을 하므로 추락 시 보호 성능을 충분히 발휘할 수 있는 안전대를 반드시 착용해야만 한다.

"에이, 입고 벗고, 귀찮아."

태건의 물음에 휘휘 손을 내저은 박 씨가 고정 작업을 위해 저벅저벅 걸음을 옮기기 시작했다. 최소한의 안전장치도 하지 않은 채 아슬아슬한 지붕을 오가는 박씨를 보며 슬쩍 미간을 찡그린 태건이 막 몸을 돌리려는 순간.

"억!"

안전화의 끈이 풀어진 줄 모르고 걸음을 옮기던 박씨가 늘어진 끈을 밟곤 휘청 중심을 잃었다. 몸을 바로 세우고자 다리를 내딛는 순간 고정되지 않은 판넬이 바닥으로 빠졌다.

"으악!"

앞뒤 잴 겨를 없이 몸을 날린 태건이 박씨의 옷깃을 아슬아슬하게 잡아챘다. 바닥에 바짝 몸을 엎드린 채 박씨의 팔을 잡은 태건이 온 힘을 다해 그를 끌어 올리고자 애썼지만 태건 역시 미고정된 판넬 위에 버티고 있던 터라 점점 몸이 미끄러지고 있었다.

챙, 텅!

여백이 생긴 공간 안으로 판넬 하나가 다시 또 떨어졌다.

"조금만 더 버텨! 조금만!"

누군가의 외침이 들려왔다. 우왕좌왕하는 움직임이 느껴졌다.

"으헉! 사, 살려줘."

태건의 팔에 매달린 채 박씨가 애원했다. 그를 잡은 태건의 팔에 푸른 핏대가 불뚝 솟았다. 그를 끌어 올려보고자 다시 애를 써보지만 혼자 힘으로는 역부족이었다. 고정되지 않은 판넬 탓에 사람들 역시 쉽게 접근을 하지 못한 채 발만 동동 구르고 있을 뿐이었다.

만약 이대로 추락을 한다면 착용하고 있는 안전대로 버틸 수 있는 한계 시간이 얼마나 될까. 두 사람을 구조할 만한 장비가 지금 이곳엔 구비되어 있지 않다. 신고를 했을 테니 구조대가 곧 도착을 할 테지만……. 구조대가 도착할 시간을 빠르게 계산했다. 벨트식 안전대라면 고작해야 2분 내외지만 제가 착용한 것은 다행히 안전그네식 안전대였다. 약 30분의 시간을 버틸 수는 있지만 그것은 성인 1인을 기준으로 한 것이었다.

"으윽!"

무게를 이기지 못한 채 미끄러진 태건의 몸이 결국 박씨와 함께 추락했다.

"아아, 안 돼!"

저 멀리에서 들려오는 누군가의 외침에 벨트와 연결된 로프에 아슬아슬하게 매달린 채 여전히 박씨의 팔을 잡고 있던 태건이 재빨리 눈을 돌렸다.

환영인 건가.

태건이 빠르게 눈을 깜빡이며 한껏 고개를 꺾은 채 저를 올려다보고 있는 망연한 눈동자를 바라봤다. 초점을 맞추자 사시나무 떨듯 떨고 있는 지안의 얼굴이 보였다.

"지안……?"

그의 눈이 크게 뜨였다. 정말로 주먹을 꼭 쥔 채 선 그녀가 그를 올려다보고 있었다. 떨어지면서 어딘가에 찔린 것인지 입고 있는 점퍼 소매로 검붉은 핏물이 배어 나왔다. 슬슬 한계치에 이른 듯 박씨를 잡은 팔이 부들부들 떨려왔다. 이를 악문 채 질끈 눈을 감았다. 죽는 것은 두렵지 않으나 혹시나 그녀에게 끔찍한 기억을 안겨주게 될까, 그것이 무서웠다.

"으으."

제발…….

눈을 감고 있음에도 간절히 염원하는 입술의 움직임을 느낄 수 있었다.

지안아.

파르르 감고 있는 눈꺼풀 아래로 눈물이 흘러내렸다.

뭐야. 이게 대체…….

지안아.

당신 때문에, 정말. 흑.

지안아…….

으흑…….

나 때문에, 울지 마…….

으흑…….

지안아…….

물 안에 잠긴 듯 몽롱해지던 그때, 어렴풋이 사이렌 소리가 들려왔다.

❋　　❋　　❋

응급실에 도착한 순간부터 소란스럽게 병원을 휘젓고 다니던 현장소장을 비롯한 공사장 관계자들이 사라지고 난 병원 6인 병실. 그를 제외한 다섯 명의 환자와 보호자들이 고요를 마다한 채 북적이는 공간이었지만 반깁스를 한 채로 침대에 걸터앉아 있는 태건이나 병실 입구 쪽 벽에 등을 대고 선 지안 주변으로만 무채색의 물감이 덧칠해진 듯 조용히 가라앉아 있었다.

다행히 뼈나 신경에 손상이 생긴 건 아니지만 튀어나온 철근에 패인 상처 부위의 인대가 파열된 탓에 급히 봉합수술을 받아야만 했다.

"아유, 저 색시는 아까부터 왜 저러고 있대."

입술을 꾹 다문 채 우두커니 바닥을 응시하고 서 있는 지안을 아까부터 계속 힐끔거리던 할머니가 호기심을 이기지 못하고 결국 입술을 움직였다.

"색시, 그러지 말고 좀 앉아. 낯빛은 허예가지고. 신랑보다 더 아파 보여."

"그러게. 많이 놀란 모양이네."

누워 있던 할아버지가 맞장구를 치자 벌떡 몸을 일으킨 할머니가 지안에게 다가가 손을 잡아끌었다.

"이러고 있음 진 빠져 못 써. 색시가 기운을 차려야 병간호도 하지."

지안의 손등을 가만히 다독인 할머니가 태건을 돌아보며 말했다.

"거, 경상도 사낸가. 신랑도 어지간히 무뚝뚝하네."

병실로 들어와 한마디도 떼지 않는 태건이 마음에 들지 않는 듯 할머니가 쯧쯧 고개를 저었다.

할머니가 이끄는 대로 들어와 의자에 몸을 앉힌 지안은 여전히 바닥을 내려다보고 있는 채였다. 두어 번 등을 쓸어준 할머니가 다시 자신의 자리로 돌아갔지만, 두 사람 사이엔 입술 사이로 간간이 내쉬는 농도 짙은 한숨만이 오갈 뿐이었다.

"지안아."

코끝에 느껴지는 병원 특유의 소독약 냄새가 여전히 익숙해지지 않는 저녁. 주저앉아 울고 싶은 몸을 간신히 추스르고 있던 지안은 귓가로 들려오는 나직하고 부드러운 목소리에 질끈 눈을 감았다.

"그만…… 들어가."

"……."

눈을 감은 채 숨을 씨근덕대던 지안이 번쩍 눈을 뜨며 몸을 일으켰다. 앙다문 입매. 매섭게 노려보는 눈빛이 크게 흔들렸다. 두 사람의 시선이 허공에서 마주 얽혔지만 여전히 침묵의 벽에 둘러싸인 채였다.

가지, 마.

목구멍 안쪽에서 치열하게 치밀어 오르려는 말을 억지로 눌러 삼킨 태건이 지그시 주먹을 말아 쥐었다.

미안해. 미안해. 정말 미안해, 지안아.

그러나 여전히 소리가 되어 나오지 못한 말들은 목울대 아래 켜켜이 쌓인 채 묵직하게 걸려 있었다.

용서해 줘. 어떤 말로 어떻게 용서를 구해야 할지 모르겠지만, 미안해. 정말, 미안해.

한참을 그렇게 노려보던 지안이 들고 있던 가방을 움켜쥐며 빠르게 몸을 돌렸다. 병실 입구까지 단숨에 걸어간 지안이 뒤도 돌아보지 않은 채 그대로 문을 열고 사라졌다.

"색시가 많이 놀란 것 같은데 달래주지도 않고."

에구, 사내들이란 그저.

쯧쯧 혀를 찬 할머니가 작게 구시렁대며 저녁으로 비워낸 도시락 통을 정리했다.

"종일 물고 빨고 핥아도 모자라게 이쁘더구만. 말 아꼈다 뭐에 쓰려고. 아껴봤자 결국엔 다 똥밖에 안 되는데, 그럼 후회밖에 더 남나?"

입술을 질끈 깨문 채 묵묵히 고개를 숙이고 있던 태건이 천천히 고개를 들어 올렸다. 내내 그의 가슴을 두근거리게 하던 체향이 미약하게나마 남아 있는 그곳엔, 그러나 사무치게 그리운 이의 얼굴은 이미 사라지고 없는 뒤였다.

"지안…… 아."

무겁게 닫혀 있던 입술에서 그녀의 이름이 흘러나왔다.

지안아. 지안아. 지안아.

그가 눈을 감으며 고개를 뒤로 젖혔다.

부르면 안 될 것 같았는데. 참아야만 할 것 같았는데. 견딜 수 있을 줄 알았는데.

번쩍 눈을 뜨며 문을 바라본 태건이 빠르게 몸을 일으켰다.

탁.

꽂힌 바늘을 미처 생각하지 못한 움직임에 걸려 있던 수액 팩이 덜렁덜렁 흔들렸다. 한 번의 손길로 툭, 바늘을 뽑아버린 태건이 투둑 흐르기 시작하는 피를 붙어 있던 거즈로 누르며 급히 슬리퍼를 꿰어 신었다.

"저, 저."

바람처럼 문밖으로 사라지는 태건의 뒷모습을 물끄러미 좇던 할머니가 쯧, 하고 눈을 흘기며 작게 구시렁댔다.

"결국 못 참을 것을."

팔꿈치 안쪽을 감싼 태건이 정신없이 복도를 두리번거리며 빠르게 걸음을 움직였다. 하지만 많지 않은 사람들 틈, 어디에도 지안의 모습은 보이지 않았다. 열렸다 닫힌 엘리베이터가 윙, 소리를 내며 방금 삼킨 사람들을 싣고 천천히 내려갔다.

"지안아."

엄마 잃은 아이처럼 눈빛 가득 불안을 머금은 태건의 눈동자가 대책 없이 흔들린 채로 곳곳을 헤매고 다녔다.

"지안아!"

입안에서 웅얼거리던 목소리가 조금 더 큰 소리가 되어 터져 나왔다.

그가 비상계단으로 향하는 문을 열어젖히곤 빠르게 계단을 내려가기 시작했다. 마음이 앞선 탓인지 자꾸만 걸음이 꼬였다. 슬리퍼 한 짝이 벗겨진 채 나뒹굴었지만 다시 주워 신을 정신이 없었다.

9층에서부터 쉬지 않고 계단을 내려선 태건이 1층 표시를 확인하며 문을 열었다. 숨이 턱까지 차오르며 빙 현기증이 일었지만 지안을 찾는 것이 우선이었다.

"지안아!"

한쪽은 맨발인 채, 환자복을 입은 커다란 성인 남자가 여자의 것인 듯한 이름을 크게 부르며 주변을 두리번대는 흔치 않은 광경에 주변의 시선이 이내 그를 향해 쏟아졌다.

"지안아, 미안해!"

절박한 외침이 사람들로 복작이는 로비 안을 울렸다.

"잘못했어! 내가 잘못했어!"

어느 순간부터인지 움직임을 멈춘 사람들이 조용히 그를 주시하기 시작했다. 그가 바닥에 천천히 무릎을 꿇었다.

"너무 미안하니까, 머릿속이 그냥 막막해져서. 처음엔 뭘 어떻게 용서를 구해야 하는 건지도……."

급하게 숨을 삼킨 태건이 빠르게 말을 이었다.

"용서를 구하는 것조차 이기란 걸 깨닫고는 그냥, 네 앞에서 사라지는 게 널 위하는 길이라 생각했어. 그래야 네가 덜 힘들 거라고."

그가 고개를 숙인 채 두 손으로 얼굴을 감쌌다. 하아, 숨을 내쉰 그가 손을 내리며 입술을 움직였다.

"근데 안 되겠어. 죽을 것 같아. 나쁜 놈이라고 욕하고 뭘 어쩐대도, 그냥 네 옆에서 살고 싶어."

그의 간곡한 절규에 정지 화면처럼 멈춰 있던 사람들이 호기심 어린 시선으로 주변을 둘러보기 시작했다. 대체 누굴까. 이렇듯 처절하게 사랑을 갈구하게 만든 주인공은.

처연하리만치 고운 여인이 곧 그 앞에 나타날 거란 기대로 모두의 눈이 반짝거렸다. 하지만 그 순간, 아마도 지켜보는 이들이 하나처럼 바랐을 영화 같은 장면은 안타깝게도 벌어지지 않았다.

"누군지, 너무하네."

안타까움에 일순 술렁이는 소리가 들렸지만, 그가 어떤 심정으로 흐느끼고 있는지까지 살필 겨를이 없는 사람들은 잠시 벌어진 해프닝에 잊고 있었던 각자의 일상을 되찾으며 바쁘게 멀어져 가고 있었다.

13. 로맨스 소설의 에필로그처럼

"재현아, 엄마 봐야지!"

곱게 차려입은 돌복이 거추장스러운 듯 눈물을 그렁그렁 매단 채 어수선한 주변을 돌아보던 아이가 두 손을 흔들며 크게 소리치는 지안과 눈을 마주하곤 방싯 미소를 지었다.

"아우, 예뻐!"

짝, 하고 손뼉까지 친 지안이 예뻐서 어쩔 줄 모르겠단 얼굴로 아이를 바라보며 마주 웃었다. 꺄르르 웃는 아이의 천진난만한 웃음소리가 들고 있는 카메라 안에 고스란히 담기고 있었다.

"누가 보면 네가 애 엄만 줄 알겠다?"

화장실을 다녀온 수연이 급히 들어서며 지안에게 속삭이자 핏, 하고 작게 웃은 지안이 여전히 아이에게 시선을 고정시킨 채 손을 흔들었다.

아이는 물론 엄마, 아빠까지도 혼을 쏙 빼놓는 둘째 재현의 돌잔치도 이제 거의 마무리가 되어가고 있었다.

"아오. 두당 3만 원짜리 뷔페인데 봉투에 달랑 5만 원 넣고 온 식구 다 데리고 온 넘도 있어."

차마 '놈'이라 뱉지 못한 수연이 입을 앙다물곤 복화술을 하듯 조그맣게 입술을 움직였다.

"큭."

지안이 고개를 숙이며 작게 웃자 수연이 그녀를 향해 곱게 눈을 흘긴다.

"웃기는."

입술을 삐죽인 수연이 지안을 바라보며 물었다.

"넌, 그렇게 뿌리기만 하고 대체 언제 거둘 건데?"

아이를 보며 간간이 손을 흔들어주던 지안의 눈썹이 뾰족 올라섰다.

"왜 불똥이 나한테 튀어?"

"이것아, 네 나이 벌써 서른하나야. 서둘러 만들어 낳지 않으면 첫애가 늦둥이다."

"뭘 만들어."

누가 들었을까, 얼른 주변을 돌아보며 잔뜩 소리를 낮춘 지안이 수연을 바라보며 조그맣게 중얼거렸다.

"누가 아줌마 아니랄까 봐."

"허. 그만큼 엄마란 자리, 아내란 자리가 커져서 그런다."

"거기에 왜 이걸 갖다 붙여?"

딴엔 위로랍시고 던졌던 말을 엉뚱하게 끌어다 붙이는 수연의 억지에 볼을 불린 지안이 그녀를 바라보며 미간을 모았다.

"귀여운 척은."

"뭐?"

"볼 불리지 말고 보톡스 맞아. 어이구, 저기 저 주름 좀 봐."

있지도 않은 주름을 가리키며 부추기는 수연의 도발에 뭐라 반박하려던 지안이 꾹 입술을 다물며 눈을 흘겼다.

"여기서 이러지 말고 좀 가봐. 혼자서 아는 사람도 없이 얼마나 뻘쭘하겠냐."

수연이 구석 테이블을 향해 턱짓을 했지만 지안은 모른 척 아이에게로 시선을 돌렸다. 그 모습에 수연이 하유, 한숨을 내쉰다.

"그만하면 됐다, 라는 말이 얼마나 무책임한지 아는데…… 니들은 뭐랄까, 네가 있어서 저 사람도 존재하고, 저 사람이 있어서 너도 존재할 수 있는 사람들 같아. 여전히 미운 마음이 없진 않겠지만."

그 미움이 태건에게 닿기 전에 이미 그녀가 먼저 상처받고 아파하는 것을 모를 리 없는 수연이었다.

그만하면, 되지 않았을까.

채 뱉지 못한 말이 입안에서 빙빙 맴돌았다.

"참석해 주셔서 감사합니다. 조심히 돌아가세요!"

활짝 웃는 낯으로 돌아가는 이들에게 일일이 고개 숙여 인사를 하는 수연의 입술이 바쁘게 움직인다.

"나도 그만 가볼게. 오늘 고생했어."

대충 갈무리가 된 분위기에 한쪽 구석에 조용히 서 있던 지안이 수연에게 다가가 그녀의 어깨를 톡톡 두드리자 퍼뜩 고개를 돌린 수연이 미안한 표정을 지었다.

"어, 그래. 아유, 종일 부려먹어서 미안하네."

"그러게요. 조만간 밥 한 끼 거하게 사겠습니다."

쌕쌕 잠이 든 재현을 품 안에 안은 준범이 사람 좋은 미소를 지으며 말을 보태자 쿡, 옆구리를 찌른 수연이 뾰족 눈썹을 세웠다.

"밥 갖고 돼? 하여간 쪼잔하기는."

"그래서 내가 거하게, 라고 했잖아."

보기 좋게 투닥거리는 모습에 지안이 픽 미소를 지었다. 수연이 힐긋 고개를 돌리자 저만치 떨어진 곳, 주머니에 손을 꽂은 채 바닥을 응시하고 있는 태건의 모습이 보였다.

"암튼 피곤할 텐데 얼른 가."

수연이 전화할게, 입술로 속삭이곤 슬쩍 그녀를 떠밀었다.

"바래다드려야 하는데……."

미안한 듯 말끝을 흐리는 준범의 옆구리를 수연이 다시 쿡, 찔렀다.

"당신이 안 나서도 되거든."

빠르게 속삭인 수연이 얼른 가라는 듯 손을 휘휘 저었다.

"갈게. 갈게요, 준범 씨."

"조심해서 가세요. 오늘 고생하셨어요."

"네."

미소와 함께 몸을 돌린 지안이 자박자박 걸음을 옮기기 시작했다. 가로등 아래, 긴 그림자를 드리운 채 서 있던 태건이 기척을 느끼곤 고개를 들어 올렸다. 음영이 드리워진 단정한 이마선과 날카로운 콧대, 그리고 굳게 다물려진 입술이 찬찬히 그녀의 시야 안으로 들어온다. 눈에 띄는 키와 외모 덕에 시선이 가지 않을 수 없는 그는 여전히 근사한 모습이었다. 그가 말없이 다가와 지안의 보폭에 맞춰 걸음을 옮기기 시작했다. 기억하던 어느 날의 밤처럼, 무엇인지 모를 꽃향기가 코끝을 어지럽혔다.

택시를 타려면 주차장을 빠져나가 오른쪽으로 나서야 했지만 지안은 그 반대쪽을 택했다. 태건이 묵묵히 그녀 옆을 지켰다.

"왜 왔어요?"

지안의 물음에 태건이 답했다.

"네가 있으니까."

침묵한 채 꿋꿋이 다리를 움직이던 지안이 그를 향해 다시 물었다.

"내가 싫다고 해도?"

"응."

"왜요?"

"네가 있으니까."

말장난 같은 대화에 낮게 한숨을 흘린 지안이 무심히 고개를 돌리며 걸음을 움직였다.

사고 이후 공사장 일을 그만둔 태건은 얼마 뒤 한 중소 건설회사의 경력직 채용 공고에 지원서를 넣었다. 설마 하는 마음으로 뒷짐을 지고 있던 그의 아버지는 결국 어찌 손을 쓸 수 없는 데까지 망가져 버린 아들의 모습에 적지 않은 충격을 받은 듯 그의 결정에 어떠한 반응도 보이지 않았다. 당시엔 아마도 당장 공사장을 벗어난 것만으로 가슴을 쓸어내렸을 테지만 시간이 지난 지금은 다시 회사로 돌아올 것을 종용하며 슬슬 욕심을 키우고 있는 중이 었다.

열심히 모아 고시텔을 벗어난 태건은 4층의 옥탑방을 거쳐 얼마 전 작은 원룸으로 이사를 들어갈 수 있었다. 여전히 뚜벅이 생활을 벗어나진 못한 상태지만 하나씩 늘어가는 통장을 보다 보면 출퇴근 지옥철쯤은 얼마든 견딜 수 있을 것만 같았다. 예전엔 절대 느끼지 못했던 행복. 너덜너덜 찢겼던 가슴은 어느새 소중한 사람과 함께할 미래를 준비하며 그것이 얼마나 애틋하고 설레는지를 깨달은 채 단단하게 아물어가고 있었다. 시선을 아래로 내린 채 걸음을 옮기는 그의 입가에 슬몃슬몃 미소가 그려졌다.

느릿하게 보폭을 맞춰주는 태건 옆에서 표 나지 않게 한숨을 흘린 지안이 머리를 쓸어 올리며 고개를 들어 올렸다.

진심 어린 사과만 있었더라도 피하고자 했던 소송은 결국 서로를 향한 날 선 공방이 이어지며 모두의 마음에 상처를 남기고 말았다. 그녀가 미성년자였을 당시 작성한 각서는 아무런 법률상 효력이 없었기에 고모는 각서의 효력 여부와 관계없이 법률상 취득한 법정대리권—부모님이 사망할 당시 다른 친족이 없어 최우선 순위로 그녀의 후견인 지위를 취득할 수 있었기 때문—에 근거하여 재산에 대한 관리, 처분권을 행사할 수 있었다고 했다. 다만 이러한 권리를 행사함에 있어 선량한 관리자의 주의의무를 다하여 재산을 관리해야 했지만 오히려 고모는 지안의 재산을 부당하게 처분하며 형법상 배임, 횡령죄를 저지르게 된 것이다. 그러나 앞서 들었던 대로 친족상도례 규정에 의해 처벌을 받을 확률이 낮았기에 민사 소송을 제기, 민사상의 청구인 부당이득반환 및 불법행위에 의한 손해배상에 의거하여 고모가 처분한 재산의 반환을 청구하였고, 길고 지루한 법적 공방 끝에 마침내 승소할 수 있었다.

하지만 고모부의 방만한 경영과 절제 모를 고모의 사치로 인해 돌려받을 수 있는 유산은 거의 남지 않은 상태였다. 이미 매각을 해버린 토지와 임야, 그리고 바닥을 드러내고 없는 사망 보험금까지. 그나마 끝까지 쥐고 있던, 원래도 아버지 소유의 것이었던 집과 경영 부실로 만신창이가 된 회사를 돌려받을 수 있단 사실을 다행이라 여겨야 할까.

"이, 천벌 받을 계집애!"

대문 앞에서 제 눈을 노려보며 뱉은 고모의 악담에 지안이 픽 웃음을 지었다. 위태위태하던 회사는 이미 다각적인 조언을 바탕으로 영입한 전문경영인이 사장직을 역임하고 있는 중이었다.

"그런가요? 그럼 어차피 천벌 받을 거, 사실 집까지 얻어드릴 필욘 없겠네요?"

뭐, 하고 고모의 눈이 열리는 걸 보며 지안이 들고 있던 통장을 흔들어 보였다.

"……."

"저도 해드려야죠."

기억 안 나세요? 하고 덧붙인 지안은 1년 치 대학 등록금이 들어 있는 통장과 원룸 키를 쥐어주던 고모의 얼굴을 떠올리며 쓰게 웃었다.

　"어, 얼마짜린데."
　"받은 만큼은 돌려 드려야죠. 아홉 평. 맞죠?"
　"야!"

　험악하게 일그러지는 고모의 얼굴을 보며 지안이 단호하게 입술을 움직였다.

　"싫음 마시고요."

　당장 갈 곳은 없고, 그렇다고 통장을 받자니 자존심이 상하고. 어찌할 바 모른 채 바락바락 악을 쓰던 고모의 손에 통장을 쥐어 준 지안이 그녀를 향해 방싯 웃어 보였다.

　"건강하세요."

　걸음을 옮기는 등 뒤로 지금도 고모의 악담이 들려오는 듯하다. 그녀가 작게 한숨을 내쉬자 주머니 안에서 무언가를 부스럭거리며 꺼낸 태건이 지안을 향해 불쑥 내밀었다. 태건의 손에 들린 것을 바라보는 지안의 눈이 가늘게 좁아들었다.
　"뭐예요?"

"뭐 같아?"

그의 손에 들린 것은 붉은색 색종이로 접은 장미꽃이었다. 초록의 줄기며 잎사귀까지 제대로 달려 있는.

"잘 만들었지?"

누가 가지고 놀던 걸 집어왔구나. 힐긋 시선을 준 지안이 대충 고개를 끄덕였다.

"그게 제일 예쁘게 만들어진 거야. 아직까진 한 번에 그렇겐 안되네."

태건의 말에 지안이 우뚝 걸음을 멈췄다.

"선배가 만든 거라고요?"

놀란 감정이 고스란히 담긴 지안의 눈동자가 커다랗게 부풀어 올랐다.

"그럼 사왔을까 봐?"

잔뜩 허리를 숙인 채로 뭔가를 열심히 하는 것 같더니.

입술을 살짝 벌린 채로 물끄러미 장미꽃을 바라보고 있자 그가 지안의 손을 잡아 가만히 그것을 쥐어줬다. 그리고……

여전히 제 손을 감싸고 있는 온기에 지안이 흠칫 몸을 굳히며 손을 비틀자 그가 잡은 손에 지그시 힘을 주었다.

"놔요."

"싫다고 하면 화낼 테고. 좀 봐주라. 나 지금 엄청 떨리는데."

"이거 놔."

"놓고 싶지 않아."

지안이 입술을 앙다문 채 그를 올려다보자 그가 나직이 한숨을 쉬곤 입술을 움직였다.

"3년 걸렸다, 손잡는 데."

지안이 묵묵히 침묵했다. 그런 지안의 얼굴을 조용히 응시하던 태건이 시선을 고정한 채로 말했다.

"그만 도망가라."

"……."

"그만 도망가고 여기 좀, 있어주라."

그의 나직한 애원에 지안의 눈동자가 미세하게 흔들렸다. 간간이 들려오던 도심의 소음은 모두 걸러진 채 오로지 그의 음성만 또렷하게 귓가를 파고들었다.

"지안아."

"이러지 말……."

그녀가 황급히 고개를 돌리며 몸을 틀었다.

"사랑해."

움직이고 싶은데 움직일 수가 없었다. 넝쿨처럼 휘감은 그의 간절한 음성이 그녀의 두 다리를 꽁꽁 붙든 채 놓아주질 않았다. 사랑해? 사랑한다고? 언젠가는 바랐을지 모를 말이다. 사무치게 듣고 싶던 고백이었을 것이다. 그러나…….

그녀의 몸이 바들바들 떨려왔다. 고요하게 가라앉아 있던 마음이 금세 불길이 일 듯 흔들렸다.

"으읍."

두 눈 가득 눈물이 차올랐다. 실은 지금도, 미치도록 듣고 싶은 말일지 모른다. 질끈 입술을 깨물어 울음을 참는 지안의 가슴이 아래위로 크게 씨근덕댔다. 지안이 꾹 주먹을 말아 쥐었다.

"사랑해."

눈을 꼭 감은 지안이 고개를 가로저었다.

"듣고 싶지 않아, 저리 비켜. 저리……."

"사랑해, 지안아."

잡힌 손안에서 벗어나고자 완강히 버티던 지안을 그가 와락 당겨 품에 안았다. 단단하고 견고한 팔이 그녀를 힘껏 감싸 안았다. 그녀의 정수리에 지그시 입술을 누른 채 그가 다시 속삭였다.

"사랑해."

"으흑."

맺혀 있던 눈물이 후드득 볼을 타고 흘러내렸다. 하얗게 관절이 도드라질 정도로 주먹을 말아 쥔 지안이 그의 가슴을 퍽퍽 내려쳤다. 오랜 시간 꾹꾹 눌러 참았던 감정이 한 번에 터져 나왔다.

"누가 그런 말을! 그딴 말을, 이제 와서!"

"늦어서 미안해. 바보 같아서, 등신 같아서 정말 미안해. 이렇게밖에 하지 못해 미안해. 다 미안해. 내가 다 잘못했어."

"싫어! 비켜! 저리 가!"

"미안해. 근데 사랑해."

"나쁜 놈. 흑."

"미안해."

그녀를 품에 꼭 끌어안은 태건이 속삭였다.

"나는 나쁜 놈이라, 너 없인 안 될 것 같아."

"나쁜 놈."

지안이 흐느꼈다.

"그러니까. 그러니까 평생, 너한테만 나쁜 놈이어야 할 것 같아."

세상에 한없이 달콤하기만 한 사랑은 없을 것이다. 그렇다고 모든 사랑이 다 아프기만 한 것도 아닐 것이다. 생각만으로도 가슴이 두근거리기도, 가끔은 짜증이 나기도, 또 표현할 수 없는 배신감에 치를 떨게 될지도 모른다. 분명 세상이 온통 아름답게만 보일 때도 있었던 것 같은데 이별 노래의 가사들이 죄다 내 이야기인 양 느껴질 때도 있었던 것도 같다. 다 똑같은 것 같으면서도 다르고, 다른 줄 알았는데 결국 공감하게 되는, 도무지 속을 알 수 없는 그것이 바로 사랑이란 감정의 실체일지도 모르겠다.

　모든 사랑이 로맨스 소설 속 에필로그 같은 결말을 맺을 수는 없다는 걸 알면서도 우리는 마지막 책장을 덮고 나서도 입가에 머문 미소가 떠나지 않는, 소설 같은 사랑을 꿈꾼다.

　지금 이렇게, 세상에서 가장 소중한 사람을 품에 안은 이 남자의 이야기처럼. 그리고 세상에서 가장 소중한 사람의 품에 안긴 이 여자의 이야기처럼.

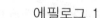

에필로그 1

탁.

테이블 위에 놓인 누런 서류봉투 위로 말갛게 흔들리던 혜서의 시선이 조용히 떨어진다.

"현금 20억에 한남동 센텀빌 78평, 그리고 청담동에 있는 상가까지. 이걸로도 모자란다면 더 줄 수도 있다."

머리 위로 쏟아지는 날카로운 음성에 지그시 입술을 깨문 혜서가 붉어지는 눈가를 달래기 위해 와락 힘을 주었다.

"그러니까 헤어지기만 해."

담담한 듯, 그러나 칼날 같은 한마디가 심장 위로 푹 내리꽂혔다.

시선을 내린 채 입술을 깨물고 있던 혜서가 크게 숨을 몰아쉬곤 침묵을 깨뜨렸다.

"죄송합니다, 어머님."

물기를 머금은 혜서의 음성에 뾰족이 눈썹을 세운 이가 이내 눈빛을 번뜩였다.

"누가 네 어머니야!"

"어머님, 저 그 사람 사랑해요. 그 사람 없인 정말……."

촤악!

간절하게 입술을 움직이던 혜서의 얼굴에서 후드득 차가운 물이 흘러내린다. 잘 다듬어진, 길고 우아한 손으로 잔을 쥐고 있던 이가 탁, 소리가 나게 그것을 내려놓으며 입술 끝을 비틀어 올렸다.

"차라리 돈이 부족하다 그래. 그딴 가증스런 변명 늘어놓지 말고."

"어머님……."

"소름 돋으니까 그렇게 부르지 말랬지!"

저도 모르게 커진 소리에 놀란 듯 힐긋 시선을 돌린 이가 완벽하게 외부와 차단이 된 채로 굳건히 닫혀 있는 문을 확인하곤 이내 싸늘하게 얼굴을 굳혔다.

"내가 너 같은 것한테 주려고 그 아일 그렇게 애지중지 키웠는 줄 알아?"

날 선 시선으로 혜서의 얼굴을 훑어 내린 이가 매서운 눈매만큼이나 서늘한 음성으로 중얼거렸다.

"수준도 정도껏 떨어져야지."

피가 밸 정도로 힘껏 입술을 깨물어 보지만 방울져 흘러내리는 눈물을 막을 수는 없다.

"눈물바람 따위 통하지 않는다는 걸 아직도 모르는 걸 보면 머리도 참……."

말끝을 흐리며 쯧쯧 혀를 찬 이가 끼익 의자를 밀어내며 몸을 일으켰다.

"길게 앉아 있어봤자."

슥 몸을 돌리며 힐긋 시선을 준다.

"제발, 다신 볼 일 없었으면 좋겠구나."

달칵.

"제발 이러고 있지 말랬지."

문이 열린 줄도 모른 채 드라마에 집중하고 있던 지안은 갑자기 들려온 태건의 음성에 흠칫 눈을 키우며 고개를 들어 올렸다. 어느새 성큼 다가온 그가 리모컨을 집어 전원 버튼을 꾹 누르자 방금 전까지 텔레비전 화면을 채우고 있던 혜서의 얼굴이 이내 까맣게 사라지고 만다.

"흠. 남 열심히 보고 있는 걸."

지안이 작게 눈을 흘기자 털썩 그녀의 옆에 몸을 앉힌 그가 가볍게 톡, 볼을 건드리며 입술을 움직였다.

"그러니까, 이런 걸 왜 보고 있냐고."

못마땅하다는 듯 태건이 와락 미간을 찡그리자 뾰족 눈썹을 세운 지안이 조용히 대꾸를 했다.

"드라마잖아요."

그러곤 스읍, 가늘게 좁힌 눈으로 태건을 바라봤다.

"정작 난 아무렇지도 않은데. 좀, 수상해."

"뭐가."

"오랜만에 다시 보니…… 마음이 막, 설레요?"

"까불지."

미간을 그은 채 그가 나직이 말하자 의심의 빛을 지우지 않은 지안의 눈이 물끄러미 그를 응시하기 시작한다.

"왜."

태건이 묻자 지안이 되물었다.

"아무렇지 않아요? 정말?"

좁혔던 눈을 다시 동그랗게 키우자 지안 쪽으로 몸을 돌린 태건이 그녀의 양 볼을 쭉 잡아 늘이며 바짝 제 얼굴을 갖다 댔다.

"어떻게 아무렇지 않을 수가 있어. 너 땜에 심장이 맨날 이렇게 요동을 치는데."

"치."

"치이?"

볼을 늘인 채 한참이나 지안의 눈동자를 바라보던 태건이 눈꺼풀 위에 촉, 하고 입을 맞췄다.

"치이. 하 아 어으이아."

볼이 늘어난 탓에 불분명한 발음으로 '할 말 없으니까.' 구시렁대는 모양에 픽, 입술 끝을 들어 올린 태건이 그녀의 콧등과 입술에도 촉, 하고 입을 맞췄다.

"으응, 하이 아요."

하지 말라며 좌우로 고개를 흔드는 지안의 뺨을 커다란 손으로 고정시킨 태건이 지그시 눈을 맞춘 채 물었다.

"혹시, 아직도 마음 쓰고 있는 거야?"

조심스레 표정을 살피며 묻는 그의 물음에 시선을 맞춘 지안이 가만히 눈을 깜빡였다. 뉴욕 필름 아카데미(New York Film Academy)에서 연기를 공부하고, 예술 및 영화, 무대 디자인 등으로 유명한 뉴욕대(New York University)의 Tisch School of the Arts에서 석사 학위까지 받은 혜서는 그 후로도 한동안 미국에 머물다 작년 봄, 마침내 오랜 공백을 깨고 출연한 영화 '바람이 머무는 언덕'으로 800만 관객을 모으며 화려하게 컴백했다. 서른이 넘은 나이임에도 여전히 변함없는 미모를 유지하고 있는 그녀는, 한층 성숙해진 분위기와 오랜 시간 그녀를 기다리던 팬들의 염원에 힘입어 컴백을 하자마자 국민 여신으로 등극하며 제2의 전성기를 누리고 있는 중이었다.

"마음을 썼다면, 아마 숨어서 몰래 봤을 거예요."

"그럼, 퇴근하는 시간에 맞춰 일부러 틀었단 소리군."

"음…… 아마도?"

이번엔 태건의 눈이 스륵 가늘어진다.

"아주 없는 사람이랄까, 그런 건 아니지만 그렇다고 일부러 모른 척하거나 피하는 것도 하고 싶진 않아요. 그거야말로 민혜서 씨를 의식하는 행동일 테니."

잠시 말을 끊고 태건을 바라보던 지안이 이어 입술을 움직였다.

"그리고 성공한 모습이 오히려…… 보기 좋은 것도 같고."

안 그럼 더 신경 쓰였을 것 같으니까.

작게 중얼거리며 지안이 어깨를 으쓱하자 그가 눈을 마주한 채 그녀의 이름을 불렀다.

"지안아."

"네?"

가슴 안에서 뭔가가 몽글몽글 끓어오르는데 말로는 어떻게 설명을 할 수가 없었다.

한참을 바라보다 말없이 와락 그녀를 당겨 안은 태건이 그녀의 목덜미에 얼굴을 묻은 채 작게 중얼거렸다.

"사랑해."

"그럼, 오늘 설거지는 선배가 하고 가요."

분위기와 상관없이 설거지에 관한 이야기를 꺼내는 지안의 반응에 태건이 할짝 목덜미를 핥으며 작게 웅얼거렸다.

"자고 가면 안 될까?"

"으응, 안 돼요. 만나는 거 허락받은 지 얼마나 됐다고."

드라마 속 혜서처럼 물세례를 받은 것은 아니었지만, 그녀 역시 태건의 어머니에게 불려가 3억이 든 봉투를 받은 적이 있었다.

"설마, 신데렐라 따윌 믿는 건 아니겠지? 그런 건 아침 드라마나 보면서 대리 만족을 하렴."

꼿꼿이 등을 세운 채 네가 어째서 우리 태건이와 이루어질 수 없는지에 대해 조곤조곤 설명하던 그녀는, 무섭게 얼굴을 일그러뜨린 채 문을 열고 들어서는 태건의 등장에 그만 소스라치게 놀란 얼굴로 지안을 향한 원망을 쏘아내야만 했다.

"너, 태건이한테 알렸니? 나 만나는 거?"

"네."

"하!"

"죄송합니다만 제가 아침 드라마 여주인공처럼 착해빠지질 못해서요. 말 안 하고 혼자 삭이고. 태건 선배도 그런 거 절대 하지 말라 그랬고요."

미간을 좁힌 채 제 어머니를 노려보던 태건은 조곤조곤 받아치는 지안의 태도에 피식, 얼굴을 풀어내곤 크게 웃음을 터뜨렸다.

"너, 너!"

당황한 얼굴로 두 사람을 번갈아 보던 그녀는 결국 아무런 대꾸도 하지 못한 채 허둥지둥 가방을 챙겨 일어나야만 했다. 그리고 그날 저녁, 태건은 회사를 나오고 처음 부모님이 계신 본가를 찾아갔다.

"그 아이를 허락해 달란 말도 안 되는 소릴 하러 왔다면 차라리 그냥 돌아가 버려!"
"결혼 문제를 허락받아야 할 만큼 어리지도 않지만, 제가 오늘 온 이유는 다시는 그런 식으로 지안이 만나지 마시란 말씀 드리려고 온 겁니다."
"뭐, 뭐?"
"뭐라 반대를 하시든 저는 지안이와 결혼을 할 겁니다. 하지만 어떤 식으로든 방해를 하시겠다면 저 역시도 영원히 이당으로 돌아갈 생각이 없단 생각을 굳힐 수밖에 없습니다. 아무리 지안이가 설득을 하고 있는 중이라고 해도 말이죠."

"……!"

"이당건설로 돌아가라 그러더군요. 그렇게 되면 어떤 상황이 벌어질지 뻔히 알면서도 말이죠."

그가 다시 이당그룹이란 배경을 등에 업게 될 경우 누구보다 가장 먼저 불안과 직면하게 될 사람은 지안일 것이다. 하지만 그녀는 그런 제 마음을 숨긴 채 간곡히 그를 설득하고 있었다. 가족의 소중함을, 그리고 그것이 갖는 의미를 누구보다 잘 알고 있는 그녀였기에 어떤 이유로든 그가 가족이란 울타리를 벗어나는 것을 그냥 두고 볼 수만은 없기 때문이었다.

"부모님 못지않게 저 역시도 어떤 짓을 저지를지 모를 놈이란 거, 다시 겪지 않으셔도 아실 줄 압니다."

구구절절 설명을 늘어놓지도, 애원을 하지도 않았다. 간단히 제 할 말만 남긴 그는 미련 없는 동작으로 몸을 돌려 집을 나섰다.

방금 무슨 일이 있었던 건가, 자신들의 의도와는 전혀 다르게 흘러 버린 상황에 한동안 아무 말도 하지 못하던 두 사람은 최선의 결과를 도출해 낼 방법이 무엇인지 머리를 싸맨 채 밤새 고민을 해야만 했다. 절대 허락을 하고 싶진 않지만, 그럴 경우 정말로 무슨 짓을 저지를지 모르니 마냥 반대만 할 수도 없는 노릇이었다.

전자나 통신, 자동차 같은 노른자는 아니더라도 일단은 태건을 이당으로 불러들여야 다음을 바라볼 수 있었다. 조금이라도 실질

적 이득이 큰 쪽으로, 가장 손해가 적은 쪽으로…….

결국 태건이 이당건설로 돌아와야 한단 조건이 내걸렸지만 누군가의 희생이 아닌 두 사람을 위한 선택이라 믿었기에 결정에 대한 불만은 없었다. 지금이야 어떻든 '이당'과는 끊어 생각할 수 없는 관계인 것은 분명한 사실이었다. 그러나 굳이 사실을 알려 그녀의 마음을 상하게 할 필요가 없기에 이 부분에 대해서는 절대 함구하겠단 약속을 부모님으로부터 받아냈다.

이러한 결과에 대해 조부인 진 회장은 별다른 반대 의견을 보이지 않았다. 아마도 일찌감치 그가 일궈놓은 성채(城砦)를 더욱 단단히 지켜낼 만한 이들에 대한 후계구도 정리를 마친 뒤였기에 굳이 불편한 상황을 만들 필요를 느끼지 못했기 때문일 것이다. 오히려 친척들은 기업 이미지에 많은 도움이 될 거라며—비록 속마음은 그렇지 않을 테지만—훌륭한 결정이라며 그의 부모를 치켜세웠다.

"으음. 저녁 차려야 해요. 선배도 얼른 먹고 가서 쉬어야지."

지안이 슬쩍 몸을 비틀며 태건의 품 안에서 벗어나려 하자 그녀를 더욱 단단히 끌어안은 그가 입술을 맞댄 채 속삭였다.

"뭘 한 게 있다고."

"업무 파악하느라 요즘…… 훗. 하, 선배."

"지금부터 뭘 좀 하면, 그때 쉴게."

"흐읏. 뭘, 할 건데?"

"아마도, 이런 거."

그와 동시에 지안의 티셔츠가 풀썩, 바닥으로 떨어졌다.

"아훗!"

미약한 반항이 있었던 것도 같지만 이내 태건의 입술 안으로 삼켜진 채 그대로 사그라지고 말았다. 그리고, 사랑을 나누는 연인들의 뜨거운 숨소리만이 빠르게 거실 안을 가득 채워 나갔다.

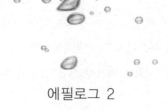

에필로그 2

[어떡하지? 내가 공연 시간을 잘못 알았나 보다. 벌써 시작을 해버렸네.]

공짜 티켓이 생겼다며 모처럼 귀 호강 좀 하자던 수연의 애원에 흔쾌히 약속을 정했던 지안은 이동 중에 걸려온 전화에 난감한 듯 눈썹을 문질렀다.

"할 수 없지, 뭐. 거의 다 왔으니까 조금만 기다려."

[앗, 내가 좋아하는 노래 나오는 것 같다. 먼저 들어가 있을 테니까 너도 얼른 와!]

"야! 티켓……."

네가 갖고 있잖아, 라는 말을 마치기도 전 벌써 끊어져 버린 전화에 망연히 눈을 깜빡이던 지안이 가서 전화하면 되겠지, 중얼거리며 걸음을 옮겼다.

"여긴가?"

약속했던 소극장에 도착한 지안은 공연을 알리는 작은 포스터 하나 걸려 있지 않은 조용한 분위기에 의아한 듯 주변을 돌아보곤 입구를 기웃거렸다. 공연 시작한 지 얼마나 되었다고 입구는 물론 티켓 창구까지 텅텅 비어 있는 상태였다.

그냥 들어가도 되는 건가? 슬쩍 몸을 기울여 안을 들여다본 지안이 천천히 걸음을 옮기며 전화기를 꺼내 들었다.

[전원이 꺼져 있어 소리샘으로 연결되오니…….]

"뭐야. 전화길 꺼놓으면 어쩌라고."

난감한 듯 입술을 깨문 지안이 전화기를 가방에 집어넣곤 다시 주변을 살폈다. 조용해도 너무 조용했다. 아무리 방음이 된다 해도 이렇게까지…….

고개를 갸웃하며 슬쩍 문을 당기자 까맣게 가라앉은 암흑이 그녀의 시야를 장악해 들어왔다. 뭔가 이상하단 생각에 몸을 돌리려던 찰나 갑자기 무대 위로 팟, 조명이 들어왔다.

"예!"

갑자기 들려온 목소리에 번쩍 눈을 키우자 무대 가운데, 더 뮤즈의 20기 보컬이었던 성훈이 한 손을 들어 지안을 가리키며 눈을 찡긋하고 있었다.

"어?"

마이크를 쥔 그가 먼저 입술을 움직이자 곧이어 일렉기타와 드럼, 베이스기타, 키보드가 동시에 소리를 만들어냈다. 그녀의 귀에도 낯익은 노래. 'Bon Jovi'의 'You Give Love A Bad

Name'을 연주하는 정후, 민성, 지석, 원준이 각각 지안을 향해 알은체를 해왔다.

"아……."

놀랍기도, 또 반갑기도 한 마음에 제일 뒷좌석에 얼른 몸을 앉힌 지안이 두 눈을 반짝이며 동기들을 바라봤다. 스무 살이던 동기들은 어느새 30대에 접어든 모습으로 흘러버린 시간과 함께하고 있었다. 어색하지만 그래도 신난. 그 옛날, 처음 합주를 하던 순간의 감각을 다시 느끼듯 동기들은 음악에 심취해 있었다.

멍하니 바라보고 있는 동안 한 곡이 끝나고 다음 곡이 이어지고 있었다. 밝고 경쾌한 리듬. 'Mr. Big'의 'Shine'이었다. 드럼을 두드리던 민성이 휘릭 스틱을 돌리곤 만족스럽다는 듯 어깨를 으쓱였다. 그 모습에 훗, 하고 지안의 입가에 미소가 지어졌다.

그리고 이어진 곡은 도입 부분의 강한 베이스기타 리프(Riff)가 인상적인 'Muse'의 'Hysteria'였다.

"우와!"

지석의 베이스기타 연주 실력이 저 정도였나, 싶을 정도로 그가 만들어낸 음색은 무척이나 안정적이었다. 그런데…… 어딘지 움직임과 소리가 맞지 않는 듯한 느낌에 슬쩍 고개를 기울였던 지안은 이내 생각을 털어내며 연주에 집중했다.

"……!"

연주를 지켜보던 지안의 눈이 순간 커다랗게 열렸다. 베이스기타를 연주하던 지석이 갑자기 브이 자를 그리며 지안을 바라봤기 때문이다. 그럼에도 연주는 계속되고 있었다. 아니, 명확히 말하자면 베이스기타 리프가.

브이 자를 그리던 지석의 손가락이 무대 옆쪽을 가리켰다. 지안의 시선이 따라 움직이던 순간 베이스기타를 멘 채 무대 쪽으로 걸어 나오는 태건의 모습이 보였다.

"선배?"

몸을 세운 지안이 커다랗게 열린 눈을 깜빡이며 태건을 바라봤다. 지석이가 연주하는 줄 알았던 'Hysteria'의 베이스기타는 그럼…….

입술을 꾹 다문 채 연주에 집중한 태건의 손가락이 현란하면서도 일사불란하게 움직이며 소리를 만들어내고 있었다. 손등으로 입가를 가린 지안이 진중히 연주에 집중한 그의 얼굴을 응시했다. 그가 만들어낸 음색들이 길게 뿌리를 뻗으며 발목에서부터 칭칭 그녀를 휘감는 것만 같았다. 아무것도 움직일 수가 없었다. 숨 쉬는 것조차 잊어버릴 정도로 완벽하게 음악에 취한 지안이 그대로 얼어붙은 채 그의 연주를 지켜봤다.

두두두두두두두두두.

마침내 연주가 끝나고, 그가 움직임을 멈추며 고개를 들었다. 어둠 속에서 시선이 마주치자 그가 빛이 날 정도로 근사한 미소를 지어 보였다. 그러곤 이어 피아노 음색의 키보드 전주가 들려왔다. 그 앞으로 빠르게 마이크 스탠드가 놓여졌다. 그리고 그가, 입술을 움직였다.

"I see forever when I look into your eyes. You're all I ever wanted, I always want you to be mine. Let's make a promise till the end of time. We'll always be together, and our love will never die."

나직한 음성을 통해 들려온 이 노래는 'Firehouse'의 'When I Look Into Your Eyes'였다. 조용히 베이스기타의 현을 두드리며 지그시 눈을 맞춘 그의 얼굴이 바로 앞에 있는 것만 같았다. 무대와 객석 간의 거리 따윈 전혀 느껴지지 않았다.

"I see all my dreams come true. When I look into your eyes. When I look into your eyes."

마지막 반복된 가사와 함께 노래가 끝났다. 순간 찾아든 정적에 멍하니 바라보고 있던 지안이 입술을 달싹였다.

"항상 네 옆에서 너만 바라볼 수 있게 해줘, 지안아."

한 손을 마이크 스탠드에 올린 태건의 목소리가 객석 사이로 울려 퍼졌다.

"나랑, 결혼해 주라."

어느새 그렁그렁 눈물을 매단 지안이 부드럽게 입술 끝을 늘이며 고개를 끄덕였다. 그와 동시에 어둠에 잠겨 있던 객석이 환하게 밝아지며 펑, 하는 폭죽 소리와 환호성, 그리고 박수 소리가 한꺼번에 터져 나왔다. 주위를 돌아보자 20기 동기들은 물론 선후배들과 수연, 준범, 그리고 준형과 찬성까지 모두 일어선 채 그들을 바라보고 있었다.

바닥에 베이스기타를 내려놓은 태건이 지안을 향해 두 팔을 벌렸다. 움직이지 않을 것 같던 걸음이 그를 향해 조금씩 움직이기 시작했다. 한 걸음, 그리고 또 한 걸음. 오롯이 그를 향한 시선은 한 치의 흔들림 없는 채로 밝게 빛나고 있었다.

그 짧은 기다림도 견디지 못하겠다는 듯 무대에서 훌쩍 뛰어내린 태건이 성큼 다가가 지안을 품에 안았다.

"오오!"

"키스해, 키스해!"

주변으로 모여든 사람들이 손나발을 만든 채 소란스럽게 환호를 했지만 태건의 품에 안긴 지안의 귀엔 거침없이 요동치는 그의 심장 소리만이 들릴 뿐이었다.

사랑해.

그가 작게 속삭이며 그녀의 정수리에 길게 입술을 눌렀다.

나도 사랑해요.

그의 가슴에 얼굴을 묻은 채 지안도 속삭였다. 지안을 안은 채 제 새끼손가락에 끼워져 있던 반지를 빼낸 태건이 조심스럽게 팔을 풀어내곤 지안의 손가락에 반지를 끼워 넣었다. 자로 잰 듯 꼭 맞는 반지가 그녀의 손가락 위에서 아름답게 빛났다.

"우와! 이제 지안이를 형수님이라 불러야 하는 건가?"

불쑥 들려온 목소리에 고개를 들어보니 얼굴에 한껏 웃음을 머금은 인호가 그들 옆으로 다가오고 있었다.

"선배……."

"어우, 지안이가 이런 이벤트에 약한 줄 알았으면 나도 기타 진짜 근사하게 쳐줄 수 있었는데."

언제 무대에서 내려왔는지 팔짱을 끼고 선 정후가 지안을 바라보며 구시렁대자 옆에 있던 인호가 툭, 그의 어깨를 두드렸다.

"제일 먼저, 그것도 속도위반으로 장가를 간 녀석이."

"아이, 선배!"

얼굴을 붉힌 정후가 그의 입을 틀어막으며 쉬, 쉬, 검지를 세웠다.

"근사하지 않았냐? 나의 현란한 스틱 돌리기?"

들고 있던 스틱을 다시 휘릭 돌리며 민성이 묻자 지안이 눈물을 훔치며 고개를 끄덕였다.

"한 달 내내 드럼보다 스틱 돌리는 연습을 더 많이 했었지?"

지석의 핀잔에 씰룩 입술을 비튼 민성이 곧바로 맞받아쳤다.

"태건 선배 베이스 땜에 기죽어서 못 하겠다 드러누운 건 누구였더라."

"야. 너 같음……."

투닥거리는 다툼 사이로 불쑥 수연이 얼굴을 내밀었다.

"어유, 좋은 날 왜 울고 그래."

수연이 가방 안에서 꺼낸 티슈로 지안의 눈가를 닦아주며 저도 눈물을 글썽였다.

"너는. 귀뜸이라도 해주지."

지안이 곱게 눈을 흘기며 티슈를 받아 들자 툭툭 뽑아 든 티슈로 제 눈가를 훔친 수연도 함께 눈을 흘기며 대꾸했다.

"미리 알려주면, 그게 이벤트냐?"

"그래도."

"그래도는 무슨. 좋으면서."

"피."

지안이 작게 웃자 수연이 그녀를 꼭 끌어안았다.

"행복해 보여서 다행이야."

"고마워."

"네가 그렇게 오래 끌어안고 있음 어떡해."

준범이 수연의 등을 툭 치며 말하자 그녀가 얼른 팔을 풀어내곤 그러네, 웃었다. 태건이 다가와 지안의 어깨를 감싸며 수연을 향해 정중히 고개를 숙여 보였다.

"도와주셔서 감사합니다."

"제가 뭐 한 게 있나요."

찬물을 끼얹던 순간을 떠올리며 수연이 머쓱하게 말끝을 흐렸다. 이렇게 될 줄 알았으면 그때 좀 참는 건데.

"수연 씨한텐 늘 고마운 마음 가지고 있습니다."

"딴 건 필요 없고."

그녀가 지안을 돌아보며 말했다.

"이렇게 웃게만 해주세요."

"그럴 겁니다."

"저도 고마워요."

멀찌감치 선 채 두 사람을 지켜보던 찬성이 옆에 있던 준형을 돌아보며 물었다.

"너, 태건이 연주하는 거 본 적 있나?"

그의 물음에 준형이 고개를 젓자 찬성이 픽, 웃음을 지으며 다시 물었다.

"저렇게 행복해하는 모습은?"

지그시 미소를 머금은 준형이 천천히 고개를 저었다.

"빈 껍질 같던 놈이었는데. 결국 반쪽이란 건 있는 건가? 저렇게 속을 꽉 채운 알곡이 되어 있는 걸 보면?"

"글쎄."

"아, 젠장. 배 아프게 부럽네."

거칠게 뒷머리를 긁적이는 찬성의 시야 너머로 서로의 눈빛에 젖어 있는 두 사람의 모습이 들어왔다. 정말로 서로에게 딱 들어맞는 반쪽이란 게 있는 건가? 눈을 가늘게 접은 채 홀로 자문(自問)하던 준형이 고개를 끄덕이며 작게 중얼거렸다.

"……아마도."

아마도 그럴 것이다. 빈틈없이 서로를 채우고 마침내 하나가 되는, 그리고 거친 비바람을 무사히 견딘 그것은 결국 단단히 굳은 땅 아래로 차분히 싹을 틔워 뿌리를 내리고 가지를 뻗어낼 것이다. 어떤 바람에도 절대 흔들리지 않을, 저들의 사랑처럼.

〈The End〉

작가 후기

난생처음 출간 후기를 적으며 설레던 때가 엊그제 같은데 어느새 일곱 번째 후기를 쓰고 있습니다. 손으로 꼽아놓고도 벌써? 라는 놀라움에 여전히 초짜의 티를 벗지 못한 어설픈 글들을 다시 한 번 돌아보게 되었습니다. 잘하고 있는 건가. 스스로에게 물어보지만 여전히 답을 잘 내리지 못하겠습니다.

무작정 의욕만을 갖고 덤벼들었던 처음과 달리 가끔은 두렵기까지 한 요즘입니다. 글을 쓴다는 것이 그저 키보드를 두드려 자음과 모음을 조합하는 것이 아니라는 사실을 점점 더 깊게 깨달아가는 탓이겠지요.

이상을 따라주지 못하는 부족한 필력 덕에 심심하면 좌절과 어깨동무를 한 채 우울의 늪으로 빠져들곤 합니다. 혼자뿐이었다면 깊이 떨어진 바닥에서 헤어 나오지 못하고 있을 테지만 흐트러질 때마다 저를 다독여주시는 감사한 분들이 계셔 이제껏 글을 쓸 수 있었던 것 같습니다.

언제나 따뜻한 관심과 애정 어린 시선으로 끊임없이 용기를 북돋아주시는 웨하스님. 비록 블로그라는 가상의 공간이었지만 완결 의욕이 솟구칠 정도로 근사한 표지를 만들어주셨던 vina님. 물리적 거리 따윈 느껴지지 않을 정도로 연재 말미까지 함께해 주셨던 애플님. 덤벙거리고 모르는 것투성이인 제게 다양한 가르침을 주신 유엔님. 넘치는 에너지를 나눠주시는 유니스님. 오랜 시간 함께해 주신, 저와 남주인공 취향이 같으신 거북이님. 저를 로맨스 월드로 이끌어주신 팽초님. 그리고 제가 무사히 완결을 지을 수 있게 도와주신 로맨스 월드의 운영진 여러분들과 여러 작가님들, 그리고 함께해 주신 독자님들께 감사드립니다.

바쁘신 와중에도 법률 자문을 도와주신 『예술가를 위한 따뜻한 법률 상담소, Caf'e la Loi(카페 라 루와)』 여러분들께도 깊은 감사 인사를 드립니다. 소설이지만 마냥 이상적인 결론만을 내릴 수 없는 상황에서 가장 적절한 방법을 찾고자 함께 고민해 주셨습니다. 제겐 막막하기만 한 어둠을 밝혀주신 등불 같은 분들이셨습니다. 세상의 빛과 소금 같은 존재로 많은 분들의 사랑 받으시기를 기원드립니다.

끝으로 부족한 글 다듬느라 고생하신 청어람 문혜영 부장님과 편집부 여러분들께 감사한 마음 전하고 싶습니다. 애써주신 덕분에 이렇게 세상에 나오게 되었습니다. 출간일이 다가오니 정말 많이 떨리네요.

책장을 덮고 나서도 입가에 머문 미소가 떠나지 않는, 따뜻한 글을 쓰도록 늘 노력하겠습니다. 감사합니다.

2014년 늦여름, 르비쥬 드림.